【美】约翰·吉尔斯特拉普 著 朴逸

人质归零

HOSTAGE

ZERO

北方文艺出版社

黑版贸审字 08-2017-066 号

图书在版编目（CIP）数据

　人质归零 /（美）约翰·吉尔斯特拉普

（John Gilstrap）著；朴逸，裴翊云译 . —— 哈尔滨：

北方文艺出版社，2018.8

　书名原文：hostage zero

　ISBN 978-7-5317-3986-9

　Ⅰ . ①人… Ⅱ . ①约… ②朴… ③裴… Ⅲ . ①长篇小

说 – 美国 – 现代 Ⅳ . ① I712.45

　中国版本图书馆 CIP 数据核字（2018）第 130922 号

人质归零

Renzhi Guiling

作　者 /〔美〕约翰·吉尔斯特拉普　　　　译　者 / 朴　逸　裴翊云

责任编辑 / 路　嵩　富翔强　　　　　　　装帧设计 / 琥珀视觉

出版发行 / 北方文艺出版社　　　　　　　网　址 / www.bfwy.com

邮　编 / 150080　　　　　　　　　　　　经　销 / 新华书店

地　址 / 黑龙江现代文化艺术产业园 D 栋 526 室

印　刷 / 北京诚信伟业印刷有限公司　　　开　本 / 880×1230　1/32

字　数 / 320 千　　　　　　　　　　　　印　张 / 13.5

版　次 / 2018 年 8 月第 1 版　　　　　　印　次 / 2018 年 8 月第 1 次印刷

书　号 / ISBN 978-7-5317-3986-9　　　　定　价 / 45.00 元

1

哈维·罗德里格兹一直等到天亮才敢出来看尸体。为了确保在那个带枪的人离开前不让自己成为他的靶子，哈维几乎一整夜都趴在树林的帐篷里，尽量一动不动，以免被人发现。

如果哈维还有头脑的话，就该趁着夜幕迅速逃离此地。然而每当他挪动双腿打算起身的时候，他又总是告诉自己再等等，花点时间好好计划一下。

从一方面说，他在这里住了很久，生活上基本处在了弹尽粮绝的地步。即使那个杀手已经把死者的口袋搜得干干净净，但是尸体上可能还剩些有点价值的东西，哪怕只是脚上的一双袜子，或许还有一块手表。哈维戴了十年的那块天美表已在上个月彻底停摆了。

从另一方面说，当你变成一个流浪汉——就像现在这样——只能时不时地靠着别人并不情愿的施舍苟且度日时，你最不希望的事情就是让自己卷入一桩凶杀案了。不像是有人会为他提供不在现场的证明，是不是？他几乎能想象出接受审讯的场景：

昨晚你在哪里？

我在家。

你的家在哪里？

我安顿在哪儿，我的家就在哪儿。昨晚，我的家是在金赛尔城郊外的树林里。

就是发生了凶杀案的那个地方，对不对？

是的，长官。可是那完全是个巧合，不是吗？我在帐篷里躺着，听到有人进了树林。我刚要偷偷向外看，就听到一声枪响，天啊！于是我缩在帐篷里一夜都没敢动。

谁会相信他的话呢？然而，如果现在逃跑，情况似乎会更糟。认识哈维的人并不多，可世上没有不透风的墙。早晚有人会发现尸体，而无家可归的流浪汉总是要第一个受到怀疑，尤其是如果那个流浪汉还穿着死者的袜子，戴着死者的手表的话。

是的，扒下尸体上的东西不是什么好主意，他可不会那么做。

如果他是一个模范公民，他应该唤来人们进行救助。但是平心而论，这可是完全违背了他的初衷。他所以选择这么个地方露营，就是因为这里人迹罕至。而如果他要寻求救助，就必须按照救助的字面含义，将双手拢在嘴边大声呼喊："快来救人啊！"这与他悄悄隐居在此地的想法是难以兼容的。

总之，不管他现在是跑还是不跑，看来都不会有什么好果子吃了。不过既然熬到了这时候，上帝作证，无论如何他是要去瞅一眼那具尸体了。他亏欠自己的够多了。但是，那个可恶的死鬼亏欠他的更多，让他整个晚上都没睡上觉。

终于，是时候了。哈维蹑手蹑脚地从摇摇欲坠的帐篷里爬出来，向四周张望着。和过去几周简直无法忍受的闷热天气相比，这是一个凉爽的凌晨。不过即使是现在，他仍然能感觉出恪尽职守的太阳将送来一个依旧烫人的白天。这片地方在这个季节的气候就是这样，毕竟冬天已过去了很久，而它的重新到来又要在很久以后。

相对而言，冬天是哈维·罗德里格兹最难熬的时候。有人问他为什么不去一个没有冬天的地方流浪，事实在于，他目前已经成了一个彻头彻尾的弗吉尼亚人。波托马克河流域的冬日气候其实还是较为温和的。这里很少下雪，半夜里结的冰一到正午几乎就融化了。即使是冬天，他也很少遇上没能从河里捞点鱼虾或是在林子里捕到松鼠的日子。

哈维伸直了一米七五的躯干，低头看了看他那双豁着嘴的阿迪达斯运动鞋，然后决定不穿它了。左脚那只鞋的胶底快要磨出窟窿了，但愿它至少能再挺过一个下雨的日子。他一边扫视着地平线，一边拽了拽当作短裤穿的游泳裤的拉绳，徒劳地希望它能更紧点。想在炎热的天气里保持体重是太不容易了。

哈维站在原地缓缓地把身子转动了整整三百六十度，观察和倾听周围有没有危险的征兆。还好，看来可以安全地移动了。哈维从树枝上取下夜里晾在上面的 T 恤衫套在了身上。他很珍惜这件 T 恤，上面印着联邦调查局的 FBI 三个字母。

哈维小心翼翼地穿过茂盛的草丛和低矮的灌木走向河边 。他判断尸体应该是在这个方向。他一路留心着自己的脚下。如果让赤裸的双脚踩在某个人中枪后淌出来的肠子上，这一天的开端就太糟糕了。

在十一点钟方向有什么东西吸引了他的注意。他停住脚步，眯起眼睛仔细观察。有什么东西在动吗？他不这么想。这是他的直觉给出的提示，以前也出现过类似的情形。哈维知道在这种时候他不能着急，要等待他的大脑逐步地理出头绪。他的周围万籁俱寂，只有轻风吹拂着顶端上结了种子的野草，使广袤的大地像水面一样起伏着波浪。

是什么让人产生警觉呢？

不和谐的异常现象。

当有人卧倒隐藏——或是倒地身亡——的时候，他们以为自己已经融入茂密的草丛，完全消失了踪影。他们或许是正确的，如果不是出现异常现象的话。当大地上的一切都在微风中摇曳时，静止不动的那块植被就是这样的一种异常，何况眼前的情形是比那还要显眼的异常。哈维在起伏的草地上发现了一处明显凹陷的地方——倒下的身体压在草丛里就会形成的那种凹痕。

随着距离越来越近，哈维突然想到了自己的脚印和其他可能留下的证据。但是如果真到了那一步，至少他可以指出他的脚印是从帐篷朝这里延伸的。另外，如果脚印确实成为问题，那么这里至少还应该有一行脚印是和真正的杀手有关的。

还差三米远的时候，他透过晃动的叶子瞥见了蓝色的纺织物。

绝对是一个人。据他所知，人是穿衣服的唯一物种。

他放缓了脚步。"喂？"他喊道，"嗨，你还好吗？"

这个死鬼一动不动。很好，不然的话，哈维可要魂飞魄散了。

只是到了几乎可以俯视的时候，他才看清了这个人的全貌。他倒吸了一口气，用手捂住了嘴。恐惧瞬间席卷了他的全身，仿佛有只手在用力地攥住并扭动他的心脏。

没有任何前兆，哈维·罗德里格兹不由得做出了他自己也不记得多少年没做过的事情——他哭了。

2

七月的弗吉尼亚。

他们两个人从租来的雪佛兰轿车里钻出来后关上了车门。虽然太阳已经落下去了，天气却依旧潮湿闷热，就像是身上穿了件湿漉漉的羊毛衫。与伪装的身份相符，他们穿的是标准的联邦调查局探员的行头。白衬衫、棱纹领带、平淡无奇的细条纹西装。个子矮的人穿的是蓝色西装，他的大块头同伴是灰色的。

大块头是鲍莱恩·冯·穆勒贝洛克，朋友们都叫他鲍克瑟。他正在像走进了教堂的小孩一样不停地扯着自己的衣领。"我向上帝发誓，巴拿马的天气也比这里凉快。"他抱怨道。

乔纳森·格雷夫笑道："好在我们这里至少还有个秋天可以期盼。"在从军报国的那些岁月里，远离舒适是他们的奉献和牺牲当中一个重要的内容，他们两人都曾在散发着腐臭的热带雨林气候中征战了几年的时光。然而在弗吉尼亚今天这种天气里穿着布克兄弟品牌的西服出门，似乎比在当年的丛林更为难受，而贴在面部的乳胶塑性材料自然也不会带来任何凉爽舒适的感觉。

他们离目的地还有半个街区。贝森监狱在外形上的最大看点，就在于它的毫无看点。它是一组用白色石块作为基座的红砖结构低层建筑，看着像出自建筑学专业某个学生的一篇劣质作业，不经意路过这里的人也许会把它误认为是一所小学或是一处娱乐场所。

"这是我见过的外形最难看的一所监狱。"鲍克瑟说道。他的话与乔纳森的心思不谋而合。

"墙太薄了，安全防范上也有点松懈。"乔纳森评论道。

尽管冒充成了联邦调查局的特工，他们也像普通人一样把车停在了付费的地段。乔纳森等着鲍克瑟从兜里掏出 3 枚 25 美分的硬币塞进了咪表。"干吗总得我交钱？"鲍克瑟面露不悦的神情嘟囔道，"你的钱多得都数不过来。"

乔纳森没搭话。作为给鲍克瑟签发薪水支票的老板，他知道这个大块头才不会心疼这几个钱。乔纳森也知道，回去后鲍克瑟递上来的将是一张 6 枚 25 美分硬币的报销单。

距离目标不到五十米了。乔纳森问道："还有什么问题吗？"

"没有了。"鲍克瑟回答。他扮演的角色并不复杂。他的任务是在监狱的周围走动和观察，评估它在安全设施上的牢固程度，寻找薄弱环节，确定最有效的撤退路线。目前是行动的第一阶段，动用杀伤性武器不是这个阶段的选择。但是，如果在万不得已时必须开出高爆炸药这剂处方的话，那就是鲍克瑟的职责了。

"你能听到我们吗，鸡妈妈？"乔纳森像是对着空气问道。

他们的耳机里响起了清晰悦耳的回答："当然了。"这个声音来自维妮丝·亚历山大。这个女人的行政管理能力极强，从而保证了乔纳森的各种行动和日常生活总体上处于一个有序的状态。她还有一个特殊的才能，就是能让信息空间的电子流随着她选择的音乐翩翩起舞。她让世界各地数不清的 IT 产业和保密安全方面的管理人员大惑不解，搞不清他们那些"固若金汤"的数据库究竟是如何被人侵入的。

维妮丝继续说道："我的屏幕上能看到那里所有的监控视频画面。我已经开机将近一个小时了。你一进门，我就可以向你挥手问好。"

接近正门时，鲍克瑟停住了脚步，不让自己走入监狱外围摄像头的监控范围。"祝你好运，头儿。"他说，"你的鼻子真的很漂亮。"说完，他就到周围溜达去了。

乔纳森苦笑了一下。他伪装得不错，填充了面颊，增大了鼻子，足以骗过面部识别软件。他通常不这样化妆，可是这次行动的地点太近了，简直像是在自家后院一样，所以他格外加强了防范措施。他甚至还戴上了隐形眼镜，把自己的蓝眼睛变成了棕色。

他拉开玻璃门的右扇，走进了接待室。里面给人的感觉有点像是 20 世纪 70 年代那种滑雪度假村的前厅，墙壁是用表面粗糙的米黄色砖块砌成的，从褐色瓷砖地面的边缘一直砌到了贴了隔音板的天棚下面。

长方形房间的尽头坐着负责接待的警官。见到有人进来，他显得有点不耐烦。"探视时间已经过了。"他说。

"当然是已经过了。"乔纳森说。把手伸进口袋去掏他那张偶尔使用的合法证件时，他有一个感觉，似乎这个接待员正等待着他的到来。"探员哈里斯，联邦调查局的。"

"要的就是这个。"警官说。

"不想猜猜我到这儿来见谁吗？"

警官耸了耸肩膀。"我们关押的这些囚犯里，遭到联邦调查局指控的只有吉米·亨利一个，罪名是绑架和谋杀未遂。"

"就是他。"乔纳森说。他已经靠得足够近，能看到警官的名签了：戴安。乔纳森希望这是他的姓氏，而不是他的名字[①]。

警官注意到了乔纳森的目光。"如果你想笑，最好就现在，"他说，"那样我也就省得起身了。"

"我叫利昂，"乔纳森撒谎道，"这个名字也不怎么样，电影里

---

① Diane：音译为戴安或黛安。可用作家族姓氏和人的名字。用作人名时，是 Diana（戴安娜）的异体，女子名。

著名的杀手。有这样一个名字，我就顾不得笑话别人了。"

惺惺相惜，漂亮！

"到那边的门口去。"戴安说着，脑袋朝厚重的铁门那边歪了一下，"我开门放你进去。"

乔纳森沿着走廊向前走去。他已经在维妮丝的屏幕上熟悉了这道走廊。就在两个小时前，他还在位于渔人湾的办公室里仔细观察这个地方。进了第一道门便是安检隔离区，一张齐胸高的长长的台子挡住了他。如果换一个场景，你会觉得它像是个吧台。

"我总觉得你是在浪费时间。"戴安从另外一道门走进隔离台的对面时说道。他把手伸到台子下面，取出了一个长方形的盒子。"你需要把枪还有其他武器放在这里边。吉米·亨利一经被捕就请了律师到场。他的律师是本·约翰逊，你认识他吗？"

"从没听说过这个人。"乔纳森说。他从皮带的枪套中抽出一支15发装的9mm格洛克手枪，退出弹夹，关上保险，然后把枪和弹夹都放进了盒子。他注意到靠近天花板的地方有壁挂式摄像头，但是没看到金属探测器。

"本·约翰逊是个能干的律师。他告诉那个孩子把嘴闭上，那孩子真就什么都不说了。"

"哦，"乔纳森说，"我现在跟他聊聊行吗？"

"你确定吗？没有律师在场的情况下，他说的任何东西在法庭上都是不算数的。"

"这么说我在讯问他的时候要小心点了，是不是？"乔纳森模仿着他多年来从很多联邦特工那里听到的居高临下的口气。

戴安掀起一块台板，打开下面的门，让乔纳森进去了。远处还有一道厚重的金属门。戴安抄起墙上的电话，拨了分机号4272。乔纳森记住这个号码，虽然他不知道是否会有用。

"嗨，蔡斯，我是比尔。我待会儿要让一个联邦调查局的探员进去。他想和亨利那孩子谈谈。"短暂的停顿后戴安又说，"什么，你以为我这儿没有表？不是我给联邦调查局打的电话，这个人自己就来这儿了。是啊，对，他们办事不是一向如此吗？"

他挂了电话，接着按了台面下的一个按钮。电子门锁发出嗡嗡的声响打开了。乔纳森走过去拉开了门。荧光灯照耀下的牢房区展现在他的眼前。乔纳森跨进门槛时，感觉四周的钢筋混凝土墙壁向外散发着经年累月沉积下来的恐惧和苦难的气息。但凡是监狱，不论是弗吉尼亚州政府还是萨达姆·侯赛因建造的，都有一个共同点，就是它里边充斥的只有悲惨和痛苦。

另一个看守站在几英尺远的地方。他的名牌上写着：巴特尔斯。"你来得挺晚，"他说，"我以为你们联邦调查局的人只干白班呢。"

乔纳森没跟他闲扯。"我得和吉米·亨利谈谈，"他说，"你这有审讯室吗？"这个问题的答案他早就知道。

巴特尔斯的态度也随着访客的语气而认真了起来。他指了指监区主廊道中间的一间屋子。

"那就麻烦你把他带到这里来。"乔纳森说着就向大厅走去。

巴特尔斯快步跟了过来。"什么事这么急？"他问道，"你们通常都是提前打电话告诉我们的。"

乔纳森没理他的问题，走到了审讯室门口。"待会儿我和他在一起的时候，请把屋里的录音设备关掉。"

巴特尔斯停顿了片刻说："那可不符合我们这里做事的方式。"

"今晚的情况特殊。让我们把该办的事情抓紧办完吧，好不好？"

巴特尔斯不喜欢这样，从他的脸上就能看出来。不过他还是打开门，让乔纳森进去了。"你坐会儿，我把他带来。"

乔纳森走进屋里，身后的门关上了。看守锁上了门，仿佛是读懂了他的心思——也确实是经常读得懂——维妮丝在耳机里说道："别担心录音的事。我这里可以用电脑控制他们的声道。即使他们不把录音关掉，一会儿亨利来了，我也能把所有声音清零。"

知道她能看见自己，乔纳森微微点下头表示明白。他找了一把没有拴囚犯脚镣用的那种铁环的金属椅坐了下来。

巴特尔斯的传唤让乔纳森疲惫的双脚得到了十分钟的休息。他注意到屋顶上方的摄像头。尽管化了妆，乔纳森还是尽量避免抬头看它。

门锁转动了，吉米·亨利在巴特尔斯的押送下走进了房间。这个十九岁的囚犯约有一米八的身高，从橙色连身囚衣下的身材看，他平日是干重活的。深棕色的头发睡得乱七八糟，眼睛好像是陷进了头骨里。他显然是对自己被人从床上拖起来感到不满意，不过他知道即使提出抗议也没用。

"坐下。"巴特尔斯指着一把空着的椅子命令道。

吉米沉着脸点下头，挪动着戴脚镣穿拖鞋的两只脚来到了椅子旁。由于双手被成套的铐具固定在了腰间，他坐下时显得格外小心翼翼。如果你跌倒的时候无法自我保护，你就会明白你的鼻子和牙齿有多么脆弱了。等小伙子一坐好，巴特尔斯就开始把他的镣铐拴到椅子上。

"没这个必要。"乔纳森说。

巴特尔斯白了一眼，继续做他该做的。确认一切妥当之后，他说："你让他回去时就砸下门。"他锁上门离开了。

乔纳森靠在椅背上，抱起双臂，跷起了二郎腿。"这么说，你就是吉米·亨利。"

"我已经讲了，我不跟任何人说话。"吉米说，"这个钟点儿把我带出来是不合法的，剥夺了我睡觉的权利。"

"录音关掉了，"维妮丝的声音在耳机里响起了，"是他们自己关的。"

"这么说你懂得自己的权利，是吧？"乔纳森用嘲弄的语气说道。

"我当然知道。"

"啊哈，那你知道为什么你到了这个地方吗？"

吉米只是干瞪着眼睛。他有权保持沉默。

"干得不错，"乔纳森说，"就是说这段时间你一直闭着嘴巴？你什么都没承认？"他的语调里露出了些许的赞赏。

吉米抬起头，眼神有了一点变化，他的抵触情绪有些减弱了。

"坦白说，"乔纳森不再抱着膀子，而是把胳膊支在冰凉的桌子上，向前倾着身体说道，"首先我得让你明白，如果你想快点死去，最好的办法就是惹我生气，而惹我生气的最好方法，就是让我重复我说过的话。明白了吗？"

吉米这会儿露出了一点笑容。乔纳森的身高要比他正在威胁的对象矮个五公分左右，模样看上去也不可怕。不过，他虽然没有一副吓人的身材，眼睛里的那道寒光却是令人生畏的。吉米注意到了他的眼神，脸上的笑容消失了。"嗯，好吧，我明白了。"

"记着，吉米，你没有犯错的余地。"

"FBI 的特工都是你这个样子吗？"

乔纳森又回到了原来那种放松的姿势。"嗯，问题就在于，"他说，"我不是联邦调查局的特工。我是你从来都不认识的一个朋友。我的使命就是从这里把你弄出去。"

吉米用怀疑的目光越过他的肩膀往门口瞥了一眼。"你什么意思？"他的声音低得如同是耳语。

"我为那些不想让真相泄露出去的人工作，就是你今天早晨所干的那件事。有两种选择：他们可以雇人干掉你，他们也可以雇我来救你出去。如果我是你，我就会选择让我救你。"

"但是，为什么呢？"

"因为你是唯一一个被人逮住的笨家伙。你是个傻瓜，不过你还年轻，这就是为什么你现在还活着。但是，让你离开这里的提议三秒钟后就会失效。你打算合作吗？"

吉米又越过他的肩膀快速察看了一眼。"你想怎么做？"

"那是该我操心的事，不是你。准备好凌晨两点钟走。还有，牢牢闭上你的嘴巴。他们给我钱只说让我试试，我不是非得成功才行。如果你背叛了我——"

吉米突然来了劲，使劲摇头说："不，上帝作证，我绝不会那么做。"

乔纳森没有着急，他想给对方注入更多的恐惧。"好，那么我两点钟左右再来。我要求你躺在床上尽量装睡。起床时你就穿现在这一身。你不要自作主张想干点什么。到时候，我让你怎么做你就怎么做。"他站起身说道，"过会儿见。"

当乔纳森走到门口正要敲门喊看守时，吉米在椅子上快速转过身问道："等一下，我怎么知道你说的是不是真的？我怎么知道跟你在一起是安全的？"

"你没法知道，"乔纳森面无表情地答道，"但是你想想另外的结局吧。你是个绑匪，小子，如果你们枪击的那个人死了，那么你的胳膊上就会多个针眼。"

"我没向任何人开枪。是那个疯子干的。"

乔纳森举起手打断了他。"别说了，我不关心那个，至少现在不是时候。好好闭上你的嘴，一切都会好起来的。"他敲门喊来了巴特尔斯。

3

哈维完全没想到，仰面躺在地上的是个穿着磨得很旧的睡衣的小男孩。这孩子闭着眼睛，嘴上被人从脑后绕着贴上了一圈胶带。他双腿微蜷，双手放在肚子上，好像是殡仪师特意为他摆了这种姿势。哈维对这类事没什么经验，但他推测这个小孩是十三或十四岁，也可能更小一点。这么大孩子的年龄是很难猜准的。

他的情感不知为何就突然爆发了。起初哈维觉得有点难为情，不过他意识到这是人性使然。这些年里他见过很多的死亡，而且不用多久对见到死人就习以为常了。但是，那些死人都不是孩子。如果你对孩子的死亡也见怪不怪的话，你的生活就没什么指望了。堕落到那一步，你的存在对于这个社会也就毫无意义了。

哈维呆呆地站立了很长时间——也许是三四分钟，或者更长，想着他应该做点什么。像他这种流浪汉的尸体躺在草地上被秃鹫啄食，或是被狐狸和野狗一块块地叼走，那是另外一回事。你不能眼看着这个孩子——

男孩的胸脯突然间有了起伏。用不着说什么具有戏剧性之类的话，他的胸膛真的动了。

哈维靠得更近一点。他明白原来是他搞错了，这个孩子没有死。孩子的脸上还有血色。哈维弯下腰抓起男孩的一只手，还是热乎的。揣着一颗怦怦直跳的心，哈维跪到男孩的肩膀旁边查看他的颈部。哈维用两个指尖找到他的喉头，然后沿着环状软骨和胸锁乳突肌前缘之间的凹陷部位滑动手指，希望在那里能找到细微的脉搏。他找到了，是强劲有力的脉动。

事情不大对头。哈维从男孩的腹部抬起他的一只手，然后松开了，孩子的胳膊像是一块石头一样砸落下来。这个孩子处在毫无知觉的状态。哈维查看了他的眼底，明显的瞳孔收缩，毒品的作用。

哈维仍然跪在地上，但是直起了腰。他伸长脖子环顾周边是否有人路过，发现没什么人后他松了一口气。他必须做下一步的事情了。如果被人撞见，他就很难解释清楚了。

他需要扒光这个小家伙的衣服。

上帝作证，确实有人开过枪。睡衣上看不到任何的窟窿或是血迹，但这不等于孩子身上没有枪伤。哈维用颤抖的双手解开四个纽扣，把睡衣掀向两侧。他注意到在这个男孩的胸口上方锁骨以下的地方有轻微的瘀伤，但是胸部和腹部看着都还正常。孩子总体上是偏瘦的，然而似乎不是由于营养不良。

哈维的技能恢复的速度之快，让他自己都感到惊奇。他仿佛要扎入游泳池似的将右手压在左手上面，用手指在男孩腹部上进行触诊。松软，有弹性，没有明显的内出血，肝、脾的大小都正常。

漏诊也是一种误诊，哈维需要扩大诊察范围了。

为了检查孩子的臀部，哈维拉开松紧带，把他的内裤褪到了小腿上。仍然找不到伤口。孩子已经进入青春期了，而且没做割礼，肯定不是一个犹太人。怀着越来越乐观的情绪，哈维搬动孩子的大腿和上肢，把他侧过身靠在自己跪着的大腿上。哈维把睡衣拉到孩子的肩膀上边，露出了他的整个后背。看到没有任何贯通伤，哈维长出了一口气，又让男孩恢复到仰卧的姿势，把睡衣拉回了原位。

还要检查什么地方？哈维努力去回忆他在海军陆战队接受的训练内容。

对了！他的胳膊。枪伤似乎可以排除了，那么他的胳膊应该最能说明问题。果然，当哈维把孩子的左臂从睡衣袖子里拉出来时，一眼就看到了肘部的瘀血。在这个孩子肘关节皮肤皱褶的地方有个针眼，看着就像是罩在紫色光晕当中的一只牛眼睛。

十六个小时过去了，这个男孩还没醒过来。他的身体有过几次颤动，在最近的两个小时里还发出过一些嘟嘟囔囔的声音——都是不错的征兆——但他依然处在不省人事的状态。

哈维在脑袋里排列着那些可以产生如此持久和强烈作用的毒品名单，意识到这个孩子还能活下来实在是一种幸运。肝损伤或是肾功能衰竭的风险仍然存在，但是由于复苏的迹象渐渐增多，这种风险可以说是大大减退了。

随着时间的推移，具体是什么把孩子折磨到这般程度已经变得不重要了，重要的是为什么有人要如此残酷地对待这个孩子。那些气急败坏地给一个孩子注射大量麻醉毒品并把他丢弃在荒野上让他慢慢死去的家伙，不论他们是什么人，如果知道他们的计划落空了，只会是更加气急败坏。哈维可不想与他们这种人打什么交道。

如果哈维长了脑子，他就该像遇着大火的兔子一样逃离此地，跑得越远越好，然后想法通知别人去救这个孩子。他可以这么做，他应该这么做，他需要这么做。可是问题在于，哈维没长脑子，所以他决定充当一次护士，监测这个孩子的呼吸和脉搏，如果出现了异常就立即予以施救。

如果那些坏家伙回到这里，噢，那就是这个完美的一天里最完美的结局了，是不是?

认命吧。

男孩此刻是在哈维的帐篷里，罩着他的蚊帐，躺在他的睡袋当中。黑暗再次降临了，孩子能否复苏，取决于他自己和上帝了。

哈维的直觉告诉他，只要这个孩子能在昏迷中醒来，就不会有太大的危险了，可是然后呢？

没错，这才是问题所在，不是吗？

哈维都可以想象出媒体的大标题了：流浪汉巧遇半裸男孩。天啊！

不要再提昨夜由于担心扯不清和一具死尸的关系而焦虑的情形了，那算不得什么。被人家发现他和一个活生生的小男孩在一起，才是上得了全国头条的好素材呢！如今这年头，仅仅是不够得体的衣着，就能让人把你当成一个恋童癖。在那么一个地方，你们都做了什么？噢，谢谢关心，可不是这么回事呀！

他到底该怎么办？到警局报案就等于是去领一张进监狱的门票。甚至这个孩子都无法证明他没干坏事，警察自然而然就会认为他干了。一旦他们得出这种结论，有没有事实根据就是无关紧要的了。

在最初的一两个小时里，在男孩还是处在一动不动、瞳孔缩小的状态时，哈维差点就要跑出去求救了。可是，万一在他离开期间孩子的小命不保该怎么办？把警察带到死在他帐篷里的孩子身边吗？

还是谢谢了，这绝对不行。

恭喜你终于做出了最糟糕的选择，领衔主演哈维·罗德里格兹先生。

哈维坐在他的尼龙吊带野营椅上，倾过身去拿科尔曼火炉上的那壶中午喝过后重新加热的咖啡。为了守在男孩身边，他的午饭和晚饭吃的都是作为应急储备的金枪鱼罐头。他希望反复热过的爪哇咖啡的苦涩能够除去嘴里的死鱼味道。

男孩咳嗽了。

哈维迅速转过头去。咳嗽是一种自主行为，表明大脑意识有了明显的提高，意味着这个男孩从昏迷中醒来了。

哈维把咖啡壶放回炉子上，关掉炉火开关，从椅子上站起来爬进了帐篷。他拿起一个月前从垃圾桶里捡来的打火机，点燃了只剩下一片罩盖的丙烷灯。接着他拉开蚊帐，俯身靠近男孩，举起灯照亮了孩子的脸。他感觉到男孩把唾沫咳到了他自己的脸上，便用拇指把它擦掉了。

随着他的触碰，孩子抽搐了一下。

"嗨，小子，醒了吗？"

没反应。

哈维轻轻按住孩子的肩膀摇了摇。"嗨，伙计，睁睁眼。"

孩子的眼睛眨了眨。

"这就对了，继续，睁开眼睛。你很安全，没事的。"

孩子又开始咳嗽，同时用力把头抬起了一点点，他快要完全清醒了。

哈维更用力地抓住他的肩膀。"你快好了，来，睁开眼睛。快告诉我你没事，和我说说话，我还不知道你叫什么呢。"

男孩皱起眉头，咧了一下嘴。哈维把灯从他眼睛旁挪开了。

"你度过了漫长艰难的一天，朋友。"哈维说，"现在睁开你的眼睛，回到这个世界来吧。"

眼睑慢慢张开了，可是意识的恢复耗去了接下来的几秒钟。孩子把双手举到脸部，用掌跟揉了揉眼睛。不一会儿，他看着就和睡了很长时间后刚刚醒来的其他孩子差不多了。突然间，他也真的是彻底清醒过来了。这个孩子急忙把手撤下，由于恐惧而缩成了一团并试图滚到一边去，但是他没能摆脱睡袋的束缚。

哈维伸手要安抚他，男孩却大喊道："别碰我！"

哈维连忙缩回手，就像是触到了火炉。

"救命！"这孩子叫道。

哈维感到一阵恐慌。"嘘！妈的，小子，安静点儿。"

"救命！别伤害我！放了我吧！"

简直就是一场噩梦。哈维向帐篷的开口处瞥了一眼，竟然有点期望有个警察站在那里。"我不碰你，小家伙，"他严厉地低声说道，"上帝知道，我救了你的小命，你消停点吧。"

孩子死命地踢着睡袋。他越挣扎，睡袋裹得越紧。"请别再伤害我了。"

"听我说！"哈维咆哮道，希望大声喊叫能让男孩清醒过来。"我不是那个伤害你的人，是我救了你。"他把灯盏举到脸旁说，"看着我，我不是那个伤害你的人。"

起初，男孩好像根本没听到他说什么，只是继续和睡袋搏斗。恐惧和挫折驱使他的动作变得更加暴烈。随后他停了下来，仿佛哈维说的话绕了很大一个弯，刚刚到达他的耳朵里似的。他转过头，皱着眉头仔细打量哈维。

"你在这儿很安全。"哈维的语气重新变得柔和了。

孩子的目光从帐篷的这个角落瞟向那个角落。"他们在哪儿？"

"走了。"哈维说，"大约在二十个小时之前。"

即使一个头脑清醒的人，要弄明白这一切也很不容易。在大量毒品的麻醉下刚刚苏醒的这个孩子，尤其需要一个艰难的过程。

"你安全了。"哈维重复道。

这是小家伙想听到却又不敢相信的话。"我在哪儿？"他问道。

"一个很少有人光顾的地方。"哈维说。看到孩子的眉头锁紧了，他又补充道，"你在一片树林里，弗吉尼亚州，波托马克河附近。伤害你的人可能以为你已经死了。"

孩子的思维依旧不清晰。"我死了吗？"

哈维笑了。"你活得挺好，多幸运啊。"他伸出手说，"我是哈维·罗德里格兹，很高兴认识你。"

男孩看了看他的手，但是有点畏缩。"他们去哪儿了？"

哈维的手继续伸着。"他们走了。"

男孩摇了摇头。"你说的是他们走了，"他说，"不是他们走到哪儿去了。"

哈维轻声笑着，放弃了握手的企图。"你说得没错，但是我没法回答你的问题。"他讲述了迄今所发生的事情后说道，"发现你还活着，这真是让人吃惊，而我能找到你也是挺让人吃惊的事情。"他给孩子留出了一段思考的时间，随后又伸出手去，"让我们再试一次。我叫哈维·罗德里格兹。"

孩子握住了他的手。"我叫杰里米·舒勒。"友好的肢体接触让他放松了下来。

"很高兴认识你，杰里米·舒勒。你饿不饿？"

杰里米摇了摇头。"能给我一点水吗？"

哈维从一只塑料牛奶罐里把水倒进了金属咖啡杯。他强忍住了向这个孩子提出一连串问题的冲动。在他经历了这些苦难之后，哈维不该马上把他带回不堪回首的回忆中去。小家伙需要一段时间来适应。哈维把杯子递给杰里米。"小点口，别喝得太快，"他提醒道，"你的胃可能还没像其他器官一样醒过来呢。"

男孩抿了一口水咽下去。"谢谢。"他说。

"别客气。"哈维一直看着杰里米喝水，以至于男孩都被他盯得有点尴尬了。"我跟你说，"哈维轻轻拍了一下手说道，"我把灯放在你这儿。我出去做晚饭。如果你改了主意想吃点东西，我这儿可是有很多好吃的。"

虽然此时让孩子进食并不是最关键的医疗需求，但是他迟早都需要补充营养，而且越早越好。

帐篷里有一块约有 2×4 英寸的木头在充当着床头柜。哈维从它上面抓起手电筒，钻出帐篷走向立在外面的一个行李箱。这个箱子发挥的是储藏柜的功能。他转动密码锁，掰动搭扣，掀开了箱盖。

在已进入了第五个年头的流浪生涯中，杰里米是来哈维的帐篷做客的第一个伙伴，一定要让这孩子大快朵颐才对。哈维掏出了一包通心粉和奶酪，这要感谢美国陆军的慷慨。去年冬天最寒冷的日子里，哈维到收容所度过了一个晚上。他讨厌那里的规则和人群，但是对圣凯瑟琳教堂牧师的宽宏大量留下了深刻印象。牧师为每个需要的人都准备了一份军队的方便食品。这些食品倒不至于让哪家餐馆歇业，但是味道确实不错，当你想奢侈一下的时候，它们就派上用场了。

平时哈维都是用无焰加热器热一下食物，今晚他却要在炉子上像模像样地做一顿饭。烹饪过程应该有真正的火焰参与，只有这样食物的味道才更好。他刚把水烧开，杰里米从帐篷里出来了。

"还有我的晚饭吗？"孩子问道。

哈维微笑着指了指野营椅说："你坐舒服点等着。"

4

维妮丝·亚历山大想在办公室的沙发上小睡一会儿，可无论如何也做不到。每当她闭上眼睛，溅满了血迹的墙壁、浸泡着鲜血的地板，还有孩子们惊恐和悲痛的脸庞，都一一浮现在她的脑海里。这些在小小年纪就已经遭受了足够痛苦的孩子，竟然还要在自己的家园里目睹这种暴力行径，这真是一种难以用语言来形容的可怕情景。

她试图撵走这些想法，结果却适得其反。现在，关键是要取得这次行动的成功。维妮丝已经不再为这类行为的合法性如何而纠结了。她希望有一天自己也能像乔纳森，也就是迪格那样，义无反顾、充满激情地投入眼下的这种行动中去。然而她的天性却并非如此。

每当救援行动的大幕开启时，维妮丝都要求自己完全融入迪格和鲍克瑟这些男人的团队，并在其中扮演非常重要的角色。但是事情过后她总要做出分析，他们采取的手段哪些正确，哪些则不该。好在每次行动的结局都是正义得到了伸张，然而他们为了得到这样的结局而做出的那些事情，却是令人胆寒的。

根据在斯鲁森调查事务所与迪格共事这么多年的经验，维妮丝明白，只要是值得去做的事情，对于迪格他们而言，结果从来都要远远高于手段。如果行动的结局足够重要，而法律又横在他们伸张正义的路上碍手碍脚，那么任何法律都是可以弃之不顾的。他们关心的，是让被绑架者回来与家人团聚。而且对迪格和鲍克瑟来说，激励他们投入这种游戏的部分原因，就在于打破法律和规章的束缚所带给他们的乐趣。维妮丝可以把他们冲破法律约束的行为理解为是实现正义所需要的一种无奈之举，然而她无法从心底由衷地赞成和赞颂这样的行为。

也正是由于这样的原因，乔纳森称她代表了他们这个团队的良知。

反正是睡不着了，维妮丝就用最后的半个小时重新检查了一遍她和弗吉尼亚州贝森监狱之间的信号连接。乔纳森目前用他的地面视图只能看到监狱总体建筑三分之一的情形，而维妮丝这里却能够总览监狱的全貌。监狱的夜班执勤时间是从晚十点到第二天早晨六点。执勤人员共有六名警官，轮流值守前台和三个监区。这些监区之间都是由一道道厚重的金属防护门隔离开的。

维妮丝把监狱的平面图拉到屏幕的中心位置，再次把其中一些重要的目标记在了心里。成人牢房构成了一个不对称的 V 字形，较长的左腿部分是男监区，女监区则位于较短的右腿部位。两条腿的汇合处是监狱的管控中心，接待室和安检隔离区都设在这里。

牢房外面的廊道设置了多道铁门。它们除了具有自身可控的开关装置外，还可以由管控中心来统一控制。这样，万一某个牢房出现骚乱，管控中心就能实现局部封闭，将事件控制在任何一翼监区的三分之一区域内。监区的看守在完成廊道的巡逻后，回到位于两翼尽头装备有各种安全设施的工作台执勤。

维妮丝通过屏幕可以看到监狱的每个角落。如果愿意的话，她也能看到牢房里边的情形，当然她对此毫无兴致。再没什么比观看独处的男人和女人更让人反胃的了，尤其是在夜晚。

行动一旦开始，她就必须在非常短的时间内做很多事情，而且没有犯错的余地。她已经编写了所有的相关指令，不仅将它们存入了存储器，而且列表放在了她的键盘旁边。在这最后的时刻，她的手指在键盘上空模拟着敲键的动作，就像是一位钢琴演奏家在走上舞台之前默默地重温一首协奏曲似的。

确认已经做好了所有她应该做的事情之后，她在电脑的一个单独窗口里玩起了蜘蛛接龙游戏。四套花色接龙成功。

凌晨1：45，维妮丝戴上了耳机，等待与头儿通话。她了解乔纳森和鲍克瑟，在行动前的最后三个小时，他们很可能是在某家美食厅大吃一顿。

耳机响了。"鸡妈妈，我是猛蝎，你在吗？"

维妮丝先是舒了一口气，紧接着袭来的是行动前的紧张和激动。"我在，"她答道，"大块头呢？"

"我在线。"鲍克瑟回答。

"你的屏幕上有什么？"乔纳森问道。

"不过是监狱里一个无聊的夜晚。"维妮丝说。

"我们的计划还有什么问题吗？"

维妮丝尽量控制着自己的语速。"我已经模拟过各种可能出现的场景，我觉得我们准备好了。"自不待言，当理论转化为现实时，任何行动计划都会在五秒钟后遇到很多新问题。

她的脑海里又开始出现溅满鲜血的墙壁了。"嘿，伙计们，"她说，"一定把那个狗娘养的弄出来，好吗？"

乔纳森和鲍克瑟在昏暗的车内交换了一下眼神。"维妮丝刚才骂人了？"鲍克瑟倒抽一口气说，因为这相当于一位虔诚的教徒喝了一杯酒，以前从没遇到过。

"是的，我骂了，"耳塞里的声音说，"抱歉，我只是……"她的声音拖没了。

"我完全明白你的意思，"乔纳森说，"那就让我们行动起来吧。"

车棚灯的电路已经切断了。所以乔纳森打开副驾驶一侧车门出来时，车内车外都是一片漆黑。他对着鲍克瑟的侧影说道："耐心点，大块头，要对 21 世纪的斯鲁森调查所抱有信心才是。"

"当然了，"鲍克瑟答道，"你也永远别放弃对 19 世纪的预备队的信心。"听鲍克瑟的口气，好像是挺希望乔纳森把事情搞砸后由他这支预备队出来救场似的。

如果一切都按计划进行，维妮丝就是这次行动的关键人物，她将在一百公里之外通过电脑终端协调和掌控所有动态的进展和变化。乔纳森不懂技术上的细节，不过他对维妮丝的技能已经见证过很多次，足以相信她能够完成所承诺的每一项任务。

鲍克瑟的观点也是有价值的。如果事情搞砸了，鲍克瑟引爆的一枚大炸弹将是他们逃生的唯一机会。

乔纳森再次踏上了刚才走过的路径，甚至连步态也和上次一样。当他走近接待室的前台时，他突然觉得这一切太容易了。

在他的经历中，这从来不是一件好事。

格兰维尔·乔治用眼角捕捉到监控器的视频画面动起来了——在这个时间段，监控器的图像通常都是一片死寂。格兰维尔马上就意识到，是傍晚时分来过的那个联邦调查局探员又回来了。在换班时，格兰维尔已经看了比利·戴安的日志中的来访者出入记录，在更衣室换服装时巴特尔斯也对他说过这件事。是什么原因让联邦调查局的家伙们变得这么讨厌呢？格兰维尔猜测，FBI 的学院里也许是开设了教会他们如何自命不凡的专业课程吧。

说起来没有哪个 FBI 的人会相信，但是格兰维尔绝对不愿意调到联邦调查局去，即使涨一倍工资也不去。他喜欢生活在这种傍水的小城镇，这里发生的罪案在性质上与大城市差不多，但是规模却小得多。格兰维尔被强制发配到监狱里做六个月的狱警，是因为他在高速追捕过程中毁坏了一辆警车。再过十五天就到期了，然后他会重新回到街面上做自己喜欢做的事情。

穿着西装的男人穿过接待室来到了窗口前面。格兰维尔瞪眼看着他。

"我是 FBI 的探员哈里斯，"那人说着亮出了证件，"我需要和吉米·亨利谈一谈。"

格兰维尔从他手里接过黑皮证件夹检查了起来——不是因为必须检查，而是因为他有权检查。徽章的重量表明这人的身份是合法的。假徽章的金属重量很少能和真的一样。"有点太晚了，不是吗？"他抱怨着把证件夹还给了主人。

"法律从不睡大觉。"那个探员说道。

格兰维尔翻了翻白眼。"没错，可是我们的囚犯在睡觉。凌晨两点把他们弄起来，倒是一个引发骚乱的好办法。"

"所以你们的每一道牢门都有锁，"探员自命不凡地笑道，"我真的需要和他谈一谈。"

"谈什么？"

"内容保密。现在你能把他叫起来吗？"

格兰维尔叹了口气以表明自己有多不情愿，然后从椅子上站起来，指了指位于他左侧、访客右侧的那道门说："在那里等我。"从理论上讲，他有权让这个探员坐在冷板凳上等到 6∶30 犯人起床，但是他看不出这么做对他有什么好处。他已经把自己头儿得罪了，以至于跑到监狱里干了半年的苦差事，更多地激怒别人一点意义都没有。

那个看守离开他的桌子后，维妮丝数到五，然后动手干活了。所有程序事先都已编排完毕，所以现在需要的只是按几个键子。前台的视频监控器瞬间变黑了，当画面恢复时，屏幕上显示出乔纳森穿着他现在的这一身正在经过安检隔离区走向里边，就像他此刻正在做的一样，只不过这些图像都是约六个小时以前的罢了。

　　她让早些时候录制的各种画面分别占据了各自的监控器屏幕，只留下了正对着接待室前台的那部摄像头继续进行实时的直播。这种偷梁换柱不是毫无瑕疵的，但是能在这么短的时间里把它们整合在一起，维妮丝觉得已经是很不错了。

　　乔纳森跟着另一个看守——金发，瘦高个，名牌上写着他叫申顿——进入审讯室，径直走到了桌子旁边。

　　"我一会儿就带着亨利那小子过来。"申顿说完就离开了。乔纳森注意到他没像他傍晚那个同事一样出去后锁上门。

　　"他去吉米·亨利的牢房了。"维妮丝在他的耳塞里说。乔纳森没有回答，她又补充道，"看守们看到的都是原来录制的视频。审讯室的音频已经关掉了。"

　　乔纳森点点头。"谢了，"他又补充说，"我不关心正常的事情，我只在乎有什么不对头的。"他讨厌无线通话。

　　不像傍晚那一次，当时他是为了拍摄而表演。此刻的乔纳森没心思坐着等待，只是在房门和桌子间的瓷砖地面上踱来踱去。等到该行动的时候，他打算迅速出击。

　　他看了一眼手表。只过去了两分钟，他感觉却像是十五分钟。他明白申顿给亨利戴上镣铐并押到这里是需要时间的，但是这种理解并不会让时针转得更快。

　　"他们在走廊上，朝你走过去了，"维妮丝说，"大概还有十秒钟。"

房门打开了。乔纳森转过身让到一边迎接客人。吉米·亨利依旧戴着铐具，双手铐在腰间，脚踝上拴着三英尺长的脚镣。他的脸色由于惊恐而显得苍白，早些时候那种挑衅式的招摇已经换成了一副俯首帖耳的神态。

"让他坐到椅子上。"乔纳森指示道。他伸出胳膊做了个手势，就像是领班给客人指点他的餐桌似的。乔纳森在狱警的领地里如此指手画脚未免有些放肆了，可是接下来发生的事情才真正叫作粗鲁。

他让犯人走过了身边。然后，就在申顿靠近的一刹那，乔纳森突然向这位看守发动袭击，用手掌猛地劈向了对方上下颚的挂钩处。这是每个拳击手都最喜爱瞄准的部位。乔纳森的击打动作还没结束，申顿就已经昏过去了。在他即将瘫倒的一瞬间，乔纳森架住了他的胳膊。

"哇！"吉米叫道。他吓得往后一退，跌坐在了指定的椅子上。"真他妈的！"

"闭嘴。"乔纳森嘘道。紧接着是一气呵成的连续动作，他把申顿瘫软的身体拖到固定在地面的桌子旁边，轻轻撂在地板上，又掏出一副手铐把看守和桌腿铐在了一起。

"你杀了他吗？"吉米一边挣扎着重新站起来，一边问道，"天哪，他倒下来的模样像是已经死了。"

"我谁也没杀。"乔纳森说。他只是希望自己没有打碎看守的下巴。他弯下腰去摸申顿的口袋。

"那我们现在怎么办？"吉米问道。他冲到门口，探出身子，看了看走廊的两侧。

"回来，关上门。"乔纳森命令道。他在看守的制服口袋里找到了一串钥匙，就把它掏了出来。一把标准的西勒奇钥匙，可能是申顿他们家的，还有一把本田车和福特车的钥匙，只是没有一把看着像是能打开高安全性防护门的钥匙。不过他找到了一把镣铐钥匙，这就有足够的理由将这串钥匙塞进他的西服口袋了。

"就是它！"吉米边指着边喊道，"就在你手里，那就是打开这些该死玩意儿的钥匙。"他尽量举起双手，身上的镣铐抖动得哗啦直响。

忙完失去意识的看守后，乔纳森站了起来。"听着，"他用指头点着吉米·亨利说道，"这是我的活儿，不是你的。我不需要建议，也不需要忠告。我的活儿是把你弄出去，你要做的是让你干什么就干什么。对你来说这并不难做到，是不是？"

吉米向后退了一步，明显感觉受到了侮辱。"伙计，没必要发这么大的火吧？"

乔纳森向前走过去，直到两个人的鼻子几乎要碰到。"我要把你从监狱里弄出去，混蛋，这儿到处都是全副武装的狱警，而且我很想在明天早上活着醒过来，这他妈的就是我发火的原因。"

囚犯向后退步时身上叮当作响。"说真的，伙计——"

乔纳森举起手指让他安静下来。"别出声，让你干什么就干什么，别做我没让你做的任何事。记住这一点，我们就不要紧。"他等着亨利点头表示明白后继续说道，"好。现在我们要进入走廊，向左拐，一直向前走，直到我们走到外面为止。然后我们就坐车离开这里。"

囚犯点了点头。"就这么走？"

"就这么走。"

耳机突然响了。"猛蝎，"维妮丝说道，"我们有麻烦了。"

5

　　杰里米·舒勒说不饿的时候装得还挺像，但却风卷残云般地吃掉了通心粉和奶酪，接下来吃烘豆和橘味蛋糕的时候仍是一副狼吞虎咽的样子，没把自己的手指咬掉一根算他幸运了。杰里米挺瘦，然而他这一顿饭摄取的热量比哈维的一整天都多。显然这是个没怎么受过苦的孩子，以哈维的经验，只有经历过匮乏的人才会以一颗更加感恩的心来对待食物。

　　"太好吃了。"杰里米一边舔着指头上的蛋糕渣，一边说道。

　　"很高兴你喜欢吃。"

　　"还有吗？"

　　"今晚就这些了。"在给出否定的回答时，哈维以为这孩子也许会有点抵触，却意外地发现小家伙只是点了点头，把盘子放在了膝盖上。

　　哈维接过盘子，拿起炉子上的水壶向盘子里浇了点开水。等到开水平静了一点，他用一块破抹布擦洗了盘子。整个过程中杰里米什么话也没说，只是睁大了眼睛在一旁看着。这可是挺别扭的。

　　"你看来心里有事，小子，你最好说出来。"哈维说。

　　哈维的观察力似乎吓着了孩子。"我想回家。"他说。

　　"我猜就是。"哈维说道，"家在哪儿呀？"

　　"我在渔人湾的学校上学。我就住在学校，它叫复活者家园。"

　　哈维听说过那个地方。它属于圣凯瑟琳教区，今晚的食物就是那里的教堂送给他的。他一直以为复活者家园是一家孤儿院。"好啊，明早回去吧。得走挺长的路呢，我没车，在夜里路显得更长。"

"如果那些人回来找我怎么办？"

这孩子心有余悸，不是吗？"我倒不担心，"哈维说，"他们本来是有一整天可以回来找你的。如果他们要来，他们早就来了。"如果他的语气足够肯定，也许连哈维自己也会相信这样的说法，然而一个最简单的事实是，杰里米的思维还没有飞跃到能够接受这种说法的程度。

杰里米思忖了一会儿，问道："你不想知道发生了什么吗？"

"当然想啊，但那得你愿意告诉我才行。"

"我……被绑架了。"他吞吞吐吐地说出了这句话。在忽明忽暗的灯光下，哈维看得见杰里米的眼里闪着泪光。

"一群人闯进了我的房间，"杰里米尽量保持着平稳的语调，"他们把安东尼绑了起来，然后他们……"声音越来越小，但是他又深深吸了口气说了下去，"然后他们杀了斯图尔特先生。"

哈维心里一紧。"谁是安东尼？"他问道。

杰里米闭上了眼睛。"是我的室友。"他尖声答道。

哈维的脑子有点发蒙，情况比他想象得更糟。"一群人进了你的房间，把你给绑走了？"

杰里米点点头，垂下手将自己的双腿搬上椅子，像个印度人那样盘腿坐在了上面。

"那么谁是斯图尔特先生呢？"

杰里米低头看着膝盖答道："是我们学校的看门人。他是我的朋友。"

"为什么他们干出了这种事？"

"他们还绑了别的孩子，"杰里米说，"至少还有另外一个。"

"你确定吗？"

坐在野营椅上的杰里米似乎是在逆着时光往回收缩，不论是面容还是躯干都变成了一个更小的孩子。他的肩膀耷拉着，脑袋也一直低垂在那里。有那么几秒钟，哈维怀疑这孩子是不是睡过去了。

　　但是杰里米抬起了头，又深深地吸了口气，开始讲起了他的故事。

6

格兰维尔·乔治放下了值勤日志，抬起脑袋仰靠在椅子上。说是椅子，它简直就像是中世纪的某种刑具。他敢发誓，警长之所以专门订购这种破椅子，就是为了让他的六个月刑期尽可能地悲惨，好像指派他干这种头脑生锈的活儿还不够解气似的。

他挺直后背伸了个懒腰，在监控器的视频上瞥见了自己。他对此并不留意，顺势也看了看其他的监控器画面。他看到泰瑞·米兰正在女犯监区的廊道上巡逻，就像她应该做的那样。男监区的走廊上没人巡逻。这并不奇怪，因为这会儿罗布·申顿在应对 FBI 的哈里斯探员呢。与此同时，监控器显示出另外三名看守正在中央控制室履行着各自的职责。

可还是有点不对头，是不是？格兰维尔把视线转回了审讯室的监控器。没错，亨利那小子正坐在桌子前面，联邦调查局的那位访客隔着审讯桌坐在他的对面。申顿在哪儿呢？他一定是站在摄像头照不到的角落里了吧。

只是，这一切确实不对头。蔡斯·巴特尔斯在换班的时候已经对格兰维尔说过，那个联邦调查局的浑蛋明确表示要和犯人单独谈谈，不希望有人待在旁边。

事实是，蔡斯·巴特尔斯此刻恰好出现在了屏幕上。他刚离开审讯室，开始在廊道里巡逻了。

不是罗布·申顿。是蔡斯·巴特尔斯。他已经下班走了呀。

"噢，妈的！"格兰维尔骂道，"噢，他妈的！"他一把抓起了电话，并用另一只手掌急忙向紧急报警器的按钮拍去。

看到视频里接待室的那个警官猛然从椅子上跃起，维妮丝知道事情出岔了。她看了一眼监控器的其他画面，马上明白了是怎么回事。警官认出了不应该这时候在视频上出现的一个看守。

当警官伸手抓起电话时，她抢先输入密码关闭了电话系统。这是她事先准备的紧急预防措施中的一个。

"猛蝎，我们有麻烦了，"维妮丝对着麦克风说道。她说这话时，看见接待室的看守在操控台上按下了什么东西。顷刻间，她的监控器音响里传出了震耳欲聋的警报声。

"该死！这是怎么了？"乔纳森咆哮道。

维妮丝没理他，因为她不知道该对他说什么。

"演砸了？"吉米·亨利说，尽管他的声音在刺耳的警报当中听不大清。

他的话准确地表达了乔纳森的想法。

申顿警官皮带上的对讲机噼啪作响。"紧急情况。A区有紧急情况。"

乔纳森把一只手按在吉米的胸前。"一切都还在掌控之中，"他故作镇定地说，"只是我们得抓紧了，跟住我。"他伸手去推门。

门是锁着的。

"鸡妈妈？"乔纳森在对讲机里喊道。维妮丝听得出他声音中带出的愤怒。"门锁着呢。"

这种情况不在他们事先设想的意外当中。"看来是警报器一响，自动就把所有的门都锁上了。"维妮丝说。

"那你就不能把它们打开吗？"

维妮丝拒绝对他苛刻的问题给出一个答案，她也很难用迅速解开门锁的事实来回答他。警报器的紧急启动一定是激活了某种程序，她原来准备的所有指令一律不灵了。在监狱的平面图上，凡是有门的地方都在闪动着红色，表明所有的门都已经落了锁。但是她瞟了一眼屏幕的上方，发现接待室前台的那个警官在疯狂地敲击着键盘。随后，接待室那道门的信号灯变成绿色，开始闪烁起来了。这个警官正在有选择地解锁，想放出其他的看守来控制局面。

这已经成了一场竞赛，就看谁是更好的键盘操控手了。

格兰维尔尽量不去想究竟是什么人篡改了电脑里的狱门管控程序。是谁干的或是为什么这么干之类的问题目前都不重要，对解决眼下的危局于事无补。最重要的，是有人企图在他的眼皮底下越狱。

小样的，休想逃跑。

监狱当初在设计狱门控制系统时，就加装了一套应对突发事件的装置——只要有一个囚犯制造骚乱，监区里所有的门立即同时落锁。落锁后想重新打开牢门也很容易，按照说明书的记载，只要用鼠标在屏幕上点击特定的那道牢门的标识，它就可以解锁。但是今夜用鼠标点击却一点没反应，那个侵入了计算机的该死的家伙一定是把预设系统摧毁了。格兰维尔别无选择，只好分别输入这些狱门的关键代码了。

桌子后面的架子上有这方面的说明书，可是现在他没时间去找，只有凭记忆了。由于这里的案头工作过于无聊，他实际上读过了所有这些技术资料，在这座监狱的狱警当中大概也只有他有资格说这个话。格兰维尔从未想过有一天他会用上它们。作为一个电脑迷，他只是有点喜欢阅读这种东西罢了，而现在他需要的是记起其中的内容。

打开每一道门都需要一长串的口令。先是输入这道门的标识符，然后是指令代码。他的手指飞快地敲击着键盘。他想最先打开的是中央控制室和A区即男监区之间的那道隔离门。输入完毕后他敲下了回车键，看到接收讯号的光点变成了绿色。这时格兰维尔才意识到，他那胖胖的指头刚才敲错了标识符，结果开锁的是另外一道门。他喘着粗气大声咒骂着。

他让自己冷静下来。毕竟是已经打开了一道门，他开始输入下一道门的指令。

就在这时，刚才绿了的那个光点重新变红了。

天啊，他正与一个非常敏捷的敌人在作战！那人正在把他下达的所有指令清零。

维妮丝键入密码锁死了监区里所有的门。这会延缓这个看守的进展，同时也为自己赢得查寻她的备忘录的时间。她在上面记下了所有狱门的代码。

刚才那道门由红转绿时，这个看守却是骂骂咧咧的。维妮丝从中知道他是开错了门，现在他要打开的是一道更管用的门了。如果在维妮丝让自己的头儿逃出来之前，这个狱警先把其他的看守放出来，那就麻烦了。

维妮丝在写字台最右侧一把抓起了抄有牢门代码的那张纸条。不过，她在这次竞赛中已经落后得很远。这个看守具有领先的优势，如果不给他下脚绊的话，维妮丝绝对赢不了他。她再次输入了锁死所有狱门的那个代码，但是她等待着。一看见中央控制室那道隔离门的图标变成了绿色，她马上按下了回车键。

瞬间，刚刚闪出绿色的那个光点重新变回了红色。

"这他妈的到底是谁？"那个狱警吼叫着在桌子上猛砸了一拳。

7

　　杰里米·舒勒的眼睛在灯光的照射下眯成了一条线。光线很亮，足以照出他闭合的眼皮下面的毛细血管。他试图闪躲，光圈却始终笼罩着他。"快关掉。"他想说得清晰，可是他的声带还没有苏醒，所以他的话听上去就是没有任何意义的嘟囔。

　　一只厚实的大手捂住了他的嘴。"再出声我就抠出你的眼睛。"一个嘶哑的声音在他耳边咆哮着。这是个男人，身上散发着大蒜和香烟的气味。"听懂了吗？"

　　那只手的压力阻断了所有的空气，让他无法作出回答。不过他肯定是点了点头，因为压力减轻了。

　　"你叫什么？"那人厉声问道。

　　"杰里米，"他气喘吁吁地说，又咳嗽一声清了清喉咙，再次答道，"杰里米·舒勒。"右侧传来了撕碎布料的声音，他快速瞥了一眼，只见有三个人聚在他的室友安东尼的床边。安东尼不停地挣扎，还想大声喊叫，可是他的嘴似乎被什么堵上了。随着一声沉重的击打，挣扎和嘈杂声都停止了。

　　"看着我。"那个声音喝道。

　　杰里米重新在光亮的刺激下眯起了眼睛。

　　"不要去看他们，向前看。你多大了？"

　　杰里米感到自己的全身都在不由自主地颤抖。"十——十三岁。"他结结巴巴地说。

"好，杰里米·舒勒，如果你还想活到十三岁半，那就得一切照我说的去做。明白吗？"

杰里米点了点头。

"重复一遍。"

"一切都照你说的做。"

"你很聪明。"

房间里安东尼那边的撕扯声彻底沉寂了。那几个人离开了安东尼那张床，过来围住了杰里米。"我们完事了。"其中一个说。

手电筒从杰里米的脸庞移到了安东尼的床上。他们已经用胶带把安东尼绑成了一具木乃伊。手电又照了回来，再度强烈地刺激了杰里米的视网膜。"起来，"袭击者说着，开始扒他的被单和毯子，"下床！"

虽然只是薄薄的两层纺织品，但是他感觉它们就是他身上的保护膜。暴露在这些人的眼前是如此可怕，他恨不得把自己缩成一个球。

他的延宕惹恼了袭击者。那人抓住杰里米的胳膊，把他从床上拖起来扔到了地板上。"现在给我站起来。"

杰里米好不容易才站了起来。他整理了一下自己的睡衣。在复活者家园里，每个人都穿同样的浅蓝色睡衣，包边是深蓝色的，就像是电影《反斗小宝贝》里演的那样。

"别跟我过不去，小子。"袭击者说道，"对我来说，宰了你就是小菜一碟。"

杰里米点点头，浑身颤抖得更厉害了。他的头仍然感觉昏沉沉的，这给了他一线希望，觉得这一切也许只是一场非常真实却又非常糟糕的、达到了创纪录水平的噩梦而已。

"你认识埃文·吉恩吗？"嘴里喷出大蒜气味的家伙问道。

杰里米再次点点头说："认识。"作为一种下意识的自我保护，他接着称呼道，"先生。"

"你知道他在哪个房间吗？"

"他怎么了？"杰里米的话音未落，眼睛就冒出了金星，因为脸上结结实实地挨了一记耳光。他闻到了鲜血的味道，没过一会儿血水就沿着他的嘴唇流到了下巴上。"我知道，"他连忙说，"我知道他的房间在哪里。"

他的上臂被嚼过大蒜的家伙一把抓住，双脚几乎要离地了。"带我们过去，"那人说着，还伸出了一根手指，但是由于离得太近，杰里米看得不甚清楚。"别出声。"

杰里米抽了一下鼻子，使劲点了点头。抽鼻子的动作又带来了满嘴的血。

埃文·吉恩和扎伊姆·艾哈迈德两个人住一个房间。他们的房间在杰里米和安东尼的对面一侧，是沿着走廊向右的第六或是第七个门。他们两个人都不大讨人喜欢，除了彼此以外再也没有朋友。他们都太聪明了，又都太喜欢让别人都知道这一点。

杰里米领着他们穿过走廊。不可思议的是，这么多人的走动竟然会悄无声息，甚至没有哪个人的鞋底在光亮的瓷砖上发出嗒嗒声。不过杰里米能感觉到他自己的血正在滴落到地面上，他仿佛已经听见了第二天早上斯图尔特先生擦拭血迹时的抱怨。

有人抢上前去，用钥匙打开了埃文的房门。先推开了一道小缝，再慢慢把门开大，直到有两个人溜进了这间黑暗的寝室。杰里米短暂地听到了床腿在地板上移动和有人挣扎的声音。没等他弄清里面的情况，嚼过大蒜的家伙就用强有力的胳膊把他拉走了。

他们来到走廊尽头的防火门前边，停住了脚。"这道门通到什么地方？""大蒜"用手指着问道。

杰里米学乖了，马上答道："那边是女生宿舍。但有报警器。"

他在干什么？为什么要提醒他们？如果他们触发了报警器，也许这帮家伙会跑掉吧。他这么说只是出于一种本能。

"从那儿能出去吗？"

杰里米摇摇头说："我不知道，我从没去过那边。"

身后响起了一个男人的声音。"这儿发生了什么？"

不用回头杰里米就听出来了，这是斯图尔特先生的声音。他们都转过身去。斯图尔特先生站在那里，就像是一座黑色的大山，不过杰里米惊讶地看到，他今天也穿了件男生们都穿的那种傻傻的蓝睡衣，所以也可以说成是一座蓝黑色的大山。斯图尔特先生那张通常都洋溢着欢乐的脸庞——见到杰里米时尤其是如此——此刻变得怒气冲冲，仿佛在宣告任何敢于接近他的人都会陷入危险。

刚才用胶带捆绑安东尼的一个家伙不知从哪儿掏出了一支枪。"这儿没你的事。"他警告道。

这支枪看来并没有吓倒斯图尔特先生，如果说它产生了什么作用的话，那就是他的神情变得更加强硬了。"这儿不是你们待的地方。"他咆哮着。

"但是我们目前在这儿。""大蒜"回答道。随后他用一种好像是让人把盐递给他一样的口气，说了声，"开枪。"

杰里米大喊道："不要！"可为时已晚。枪声响了。斯图尔特先生倒在地板上，瘫成了一团。

杰里米尖叫："斯图尔特先生！"。一只手捂住了他的嘴。"大蒜"掐着他的脖子把他提了起来，使他的两只裸脚脱离了地板。

他们身后的走廊里传来了喧哗声。"怎么了？出什么事儿了？"刚才闪进寝室的一个家伙跑回了走廊，手里也拿着一把枪。

"我们得走了。""大蒜"说。

杰里米无法相信这些家伙竟然是如此冷酷残暴。他们刚刚枪击了复活者家园里一个最善良的人。杰里米的指甲狠狠地抠进了"大蒜"的手，双脚发狂地连蹬带踢。他不能离开斯图尔特，不能就这么离开。

袭击者只是把杰里米抓得更紧。"把那个孩子也带出来。"他命令道。有个家伙连忙又回到了寝室。

"放开我！"杰里米喊道。可是没人理他，好像他根本就不存在似的。

又一间寝室的门开了，一个男孩发出了惊叫。杰里米认识那张脸，但想不起他的名字。杰里米大声叫道："救命！"可是那个孩子立刻缩回房间，砰地关上了门。

"到楼梯那儿！""大蒜"喊道。

杰里米已没有能力反抗了，只是眼睁睁让自己被他们带走。

又一道门开了。又是一声惊叫。

有人喊道："米奇！小心！"

随后杰里米就被火车撞了，至少那一瞬间的感觉就是这样。他在毫无准备的情况下被人推得双脚离地，撞在了坚硬的水泥墙上。一时间金星四射，仿佛他的眼前燃放着缤纷的烟花。

意识突然模糊了，但是周边肯定是传来了更多的尖叫。等到脑袋清醒过来后，杰里米用了一两秒钟才看明白眼前发生的事情。斯图尔特先生正在和绑架杰里米的家伙搏斗。他和"大蒜"在地板上滚作了一团。他不停地咒骂着，厮打着，努力想占据打斗的优势，而他的伤口同时在涌出鲜血，溅得到处都是。

"救命！"杰里米哭喊道。更多的门打开了，但是挤在门口的那些孩子没有一个敢于采取行动。

很快，另一个袭击者从走廊跑过来加入了打斗。这人揪住斯图尔特的衣服把他从"大蒜"身上拉开了。衣服被撕裂了，纽扣掉落在了地上。看门人重新向"大蒜"扑去，然而已经优势不再。另一个家伙这次抢先抓住了他的手臂。他们迅速围住了斯图尔特，使他几乎无法移动了。斯图尔特的前胸和腹部都是淋漓的鲜血，但是他仍然在尽力挣扎着。

"你快跑，杰里米。"他喊道，"孩子们，都进房间去，锁上门——"

"大蒜"在斯图尔特的肋部上猛击了一拳，好像打的正是往外涌血的枪伤部位。

斯图尔特的脸痛苦地扭曲着，但他没有喊叫。相反，他的眼睛再次注视着杰里米。"快跑。"至少从嘴型上看他是这么喊的，但是他已经发不出声音了。

但是杰里米却没能跑开。他无法救出自己的朋友，他也无法救出他自己。当他用手捂住嘴看着他们殴打斯图尔特时，他甚至不知道自己正在哭泣。他们一次又一次地狠命击打斯图尔特，打完最后一拳后把他抛在了地板上。

"我说过我们该走了。""大蒜"对同伙说完，又走到杰里米身边，弯腰抓住了他的手臂。这一次的用力不重。"还有你，杰里米。"他说。

杰里米呆站在那里。在他们把一块臭烘烘的抹布捂到他的脸上之前，映入他眼里的最后景象是，所有的孩子都在盯着他，看着他被人带走，看着倒地的斯图尔特咽下最后一口气。

随之而来的是一片黑暗。

"我记得的就是这些。"杰里米最后说道。在讲述这个故事的过程中，他的声音越来越小，到后来几乎都听不到了。他一直是低着头，好像是对着盘在野营椅上的两条腿说话似的。杰里米终于晃了晃脑袋，把它抬了起来。在昏暗的灯光下，哈维惊讶地发现这个孩子的眼睛是干涸的。"那帮家伙为什么要这么干？"杰里米问道。

"我不知道。"哈维说。他的声音在黑夜里听着空空荡荡的。他尽力为这件事去做一个合理的解释，而他翻滚的思绪似乎正在与砰砰乱跳的心率赛跑。这起事件比单纯的绑架还要糟糕。这些人，无论他们是谁，把杰里米拖出这么老远来杀死他，但是后来又没有杀。如果他们想杀死杰里米，为什么不在第一现场就杀了他？他们已经杀了斯图尔特，为什么不向这个小男孩再开一枪？更不明白的是，为什么他们还开了一枪，假装是杀了他？

哈维觉得恐惧在他的心头如同蘑菇云一样升腾。这是一起重大的事件，他敢肯定，它会像海上的潮汐一样越升越高，最终把他击碎和吞噬掉。他已经很多年没有经历过这样的风险了。

他无处可逃了。如今他和一个陌生的孩子绑在了一起。这个孩子本该是被人杀死的，而且毫无疑问，有人会回到这里来纠正他们的失误。如果他们找到了这孩子，他们也就找到了哈维。然后呢？

不，拜托了。他选择了现在这种不可理喻的生活方式，就是为了防止此类事情发生。他已经为太多的人承担过责任，这就可以了，他参加过并不属于自己的战争，他再不想做这种事了。

他应该摆脱这个孩子才对。他本应让孩子在荒野里死去，成为一具尸体，而他也该收拾起自己的破烂离开这里。他有什么拿不起放不下的呢？不就是一个装着快餐食品和一些小工具的行李箱吗？

空气似乎突然间浓稠得让人无法呼吸。哈维把双臂紧抱在胸前，两手用力挤压胳膊上的肌肉，试图让恐慌停留在可控的范围内。这种办法有时起作用，有时不起作用。不起作用的时候事情就麻烦了。

他闭上了眼睛，在脑海中去想象一片宁静的湖泊。这是一位心理医生在很久前教他的，用来在面临危险时寻求心理的庇护。如果在湖光波影的景象消失之前他自己能进入其中的情境，就意味着可以化险为夷。如果他未能融入湖景，估计他就要再经历一次狂风骤雨。他会跟随着自己的意识漂流，任其把他带到随便什么地方。脑海中的情景宣告结束后，他将对自己面临的危险等级作出评估。

上天佑我——他祈求道——让我赢了这次吧。如果输了，四年多的时光总体上颇为成功的流浪生活就算是白费了。天啊，千万别让这种事情发生。

他看到了。在脑海中的影像屏幕上，他看到了波平如镜的一泓清池，湖面倒映着湛蓝的天空和苍翠的松林。他看到自己变回了小孩子的模样，坐在湖畔栈桥的尽头，裸露的双脚来回晃动着，脚趾浸入宁静的水面重复地画出 V 形的波痕。

上述的画面源自于哈维的自我催眠术。这些情景一经出现，从来都是栩栩如生。他感觉出照在脖子上的阳光暖暖的，浸在水里的脚趾凉凉的，这种感觉就像他正在放缓的心跳和变得平稳的呼吸一样真实。潋滟的湖光没有排斥他，是他划破了湖面的宁静，他赢了。他为此感到自豪。

"你没事儿吧？"

是杰里米。他从椅子上爬下来了，弯下腰看着坐在那里的哈维。孩子把手放在了他的肩上，把他从湖边拉回了现实。

"你没事儿吧？"杰里米再次问道。

哈维用鼻子深深地吸了一口气，又像是吹起无声的口哨一样慢慢从嘴里吐出气来。他变得平稳了，恐惧消失了。

"我们俩都要认真想想了，年轻人。"他说道。

8

"我正在安装炸药。"鲍克瑟的声音在乔纳森的耳塞里响起。

大块头带来的塑性炸药对付这些牢门是毫无问题的，但是将留下一个乱摊子。乔纳森想说不，然而形势确实很严峻。"好的，"他说道，"但是只有等到我的指令才能引爆。"他们来这儿是为捞出一个囚犯，而不是要解放整个监狱。

"这他妈的是怎么回事？"吉米·亨利问道。他看来是吓坏了，似乎是随时在准备向警察投诚。"你一直在跟谁说话？"

乔纳森没理他。"鸡妈妈，请讲话。"他说。

"情况不妙。"维妮丝说，乔纳森听到噼里啪啦敲击键盘的声音。"他们猜出了我们在做什么，正在全力阻止。目前，他们也和你们一样被锁在里面，但不会持续太久。一旦你们出来了，就得赶紧撤退。"

就好像我打算在这混日子似的，乔纳森没说出口。

门锁发出了嗡嗡的声音，维妮丝终于设法打开了它。乔纳森把吉米·亨利推到前面，出门进入了廊道。乔纳森又把吉米推向左边，朝着隔在廊道间的防火门走去。乔纳森向身后瞥了一眼，看到了一幅生动无比的壁画。几张面孔正贴在中央控制室的钢化玻璃上盯着他。乔纳森不认识这些狱警，但是毫无疑问他们恨不得立刻杀了他。

乔纳森想让他取出来的这份"贵重物品"走得更快一点，但是镣铐让吉米的移动像个蹒跚学步的婴儿。他们离防火门还剩不到两米的时候，中央控制室的大门砰的一声打开了，五个怒不可遏的看守在他们身后潮水般地涌了出来。

"你们！"其中一个狱警喊道，"快站住！"

"他们出来了！"吉米喊道。

"我看见了。"乔纳森咆哮道，"鸡妈妈？"

"门开了。"维妮丝说。防火门发出了开锁的嗡嗡声。

"你们别干傻事！"一个看守高叫道。

乔纳森推开门，用尽力气把吉米·亨利推了出去，以至于亨利跌倒在门那边的地毯上。乔纳森也跟着穿过去，回身紧紧地顶住门，直到听见了锁闩复位的声音。就差片刻，那些猛扑而来的看守被挡在了门的另一侧。他们气急败坏地撞击着铁门。

"太悬了。"乔纳森说。在隔着门上的钢化玻璃与看守们的目光相互交流的那一瞬间，他如释重负地注意到，这些看守没有一个人带着武器。这并不奇怪，在众多冥顽不化的罪犯面前佩带枪支，是随时随地都可能出麻烦的。不管怎样，乔纳森的心头松快多了。

还要穿过三分之二长度的廊道、两道防火隔离门，他们才能说是逃出去了。目前他们仍然困在男监区当中的一个"盒子"里，廊道的两端是紧闭的铁门，两侧是成排的牢房。惊醒的囚徒们贴着牢门上方的长方形玻璃大叫大嚷，有人在恶毒地咒骂，有人在兴高采烈地为他们喝彩。就像狱警格兰维尔·乔治刚才说的那样，把贝森监狱里的居民从睡梦中吵醒可不是一件闹着玩的事情。

所以你们的每一道牢门都有锁。

乔纳森不由得想起了他当时摆出自命不凡的样子所做的评论。"对了，"他说，"嘿，鸡妈妈，我有个主意。"

"现在没空。"她厉声说。乔纳森又听见了飞快敲击键盘的背景声。

"打开门。"乔纳森命令道，"所有的门，包括囚犯的牢房。那样的话看守们就有事干了。"

乔纳森的理解是不差的，维妮丝的一时沉默源自无法置信的震惊。

"囚犯不会一窝蜂都跑出来，有那么一两个就够了。只要这些看守被别人绊住，我们就有机会了。"他解释道。吉米·亨利已经快走到下一道防火隔离门了。

"但是我不能——"

"按我说的做，该死。"乔纳森开始怀念起人们对他的命令不提出任何质疑的时光了。

格兰维尔明白自己快要赢了。无论在电脑系统另一端的是谁，那人也应该明白了。不然他们为什么不敢给越狱者开门，而是要同时锁住所有的牢门呢？格兰维尔输入了打开 A 区廊道 C 门的最后一个数字，正在敲击回车键——

监狱里所有的门的光点瞬间全都变成了绿色。

乔纳森跑到第二道防火门前边时，所有的门都开始发出了嗡嗡的开锁声。他这道门轻易就打开了，可是拦住了看守的后面那道门同样也开了。当看守们再次沿着廊道向他追来的时候，乔纳森甚至怀疑自己是不是判断错了，因为所有的囚犯都还待在他们的牢门里面没有动静。

"你们全都自由了，他妈的！"他高声喊道。

跑在最前面的看守——身材比鲍克瑟只小一号，表情像是气得发疯——离乔纳森只有三四米远了。这时终于有一间牢房的门开了，一个满头长发、身体近乎赤裸、胳膊上全是飞车团文身的大汉冲进了走廊。

领头的看守全然无视那个囚犯，目标依然是直取乔纳森和吉米·亨利。从他眼里喷射的火光可以肯定，他一心想的是如何弄死他们。乔纳森摆好姿势准备与对方格斗。如果可以杀人就容易多了，但它是一个绝对不能考虑的选项，这也就意味着要看彼此的拳脚如何了。

这个看守拉出的架势是快速前扑，拦腰抱住乔纳森，再把他拧成两半。可是乔纳森从看守的眼神里看出，对方的拳头瞄准的是他的胸口以上的部位。在最后的一瞬，乔纳森的身体朝下一缩闪开了打击，又跨上两步贴住对方，一个转身借力把大个子看守扔到了地上。

乔纳森趁势跑过防火门并把门关上了。他喊道："快锁门！锁门！"

他听到了锁闩滑进锁槽的声音。可是，马上又响起了嗡嗡的开锁声。

"你这是在干什么？"他厉声责问维妮丝。

"不是我。"她说，"他们已经预料到了我要锁门。先把门顶住。"

乔纳森用双手和全身的力量顶住铁门，两脚向后使劲蹬在光滑的地毯上。他听到门那边犯人的骚动加剧了，但是仍然有人用力地撞击了一下这道门。门被撞开了几厘米的缝隙，可还没能完全撞开。如果对方再这么重重地撞几下，如果他们撞门的人数再增加，那么这场角力就该结束了。

一个人影从后面闪了过来，没等乔纳森做出反应，两只黑皮肤的手掌已经分别按在了乔纳森的双手上。乔纳森感觉到了脖子后面有人在粗重地呼吸。"我们得加把劲，"一个声音说道，"不然他们就把门撞开了。"

乔纳森扭头看了一眼这个声音和这双手的主人：一个年轻人——从他肌肉发达的胳膊来看，也许是个举重运动员——一脸的认真，没有开玩笑的意思。

"他是刚从一间牢房里跑出来的。"乔纳森还没发问,维妮丝已经回答了他的问题。"噢,锁上了。"她说。

锁闩又滑回了锁槽。他们又争取到了一点时间。

鲍克瑟在耳塞里说道:"炸药准备完毕,头儿。"

"再等等,"乔纳森说,"我还没打算引爆呢。"

"什么引爆?"他的新搭档问道,"你这是在和谁说话呢?"

"没你事。"乔纳森说。

"该死的门又锁上了!"吉米在廊道尽头大声喊道。只差这一道门他就逃出去了,而且他分明感觉到了自由在向他招手。正好站在门旁的吉米不知道的是,如果鲍克瑟在这时候炸开牢门,他就一定是尸骨无存了。

乔纳森的新搭档喊道:"你他妈的在那儿干吗?"

"我们要越狱!"吉米喊道。他的话引起了好多牢房的骚动。这些犯人都想越狱。

"是真的吗?"那个犯人问乔纳森。

乔纳森点点头。"恐怕是的。"他走向了最后那道门。

犯人跟了上来。"我是安托万·约翰逊。"他边说边伸出手来。

乔纳森忍住笑意,握了握他的手,继续沿着廊道走去。"很高兴认识你。"

"我跟你走。"安托万说。

"不,你不能。"乔纳森看都没看他就回答道。

安托万一把拽住了乔纳森的胳膊。"我看你是没听明白我说什么。"

这一次,乔纳森的眼神似乎要刺穿对方的脑袋。"把手拿开。"他厉声喝道,"谢谢你帮了我,所以我不想伤害你。"

安托万不由放下手,往后退了一小步,他似乎为自己会做出如此反应而惊讶。"别这样,伙计。我不应该属于这里,我是无辜的。"

他说。

"我相信你是的。"乔纳森说,"不过我这趟来只是为了他。"他用头指了一下吉米。

最后那道门也发出了开锁声,吉米伸手要推门。"不要动。"乔纳森命令道,"我让你动你再动。"他回头看看安托万说,"别跟着我们。"

"我倒要看看你怎么拦住我?"气势汹汹的安托万看着似乎是长高了一英寸。

乔纳森走近一步,以几乎是耳语的声音说道:"如果我看见你越过这道门,我就要杀了你。刚才你帮了我,我很感谢。千万别逼我杀你,安托万。"

这个犯人后退了一步。"那我该怎么办?"

乔纳森耸了耸肩说:"等牢门重新打开后回你的屋去。"

"猛蝎,我们得走了。"鲍克瑟说。

"知道了。"乔纳森答道。他向安托万伸出手说,"谢谢,祝你好运。"

安托万看着他的手的样子仿佛是那上面有毒菌。

"相信我,"乔纳森说,"在接下来的十二个小时之内,你会为此感到庆幸的。"

"迪格!"维妮丝通过耳机大声叫道。

安托万歪着头问道:"我会感到庆幸,呃?"

乔纳森微笑道:"我保证。"

这个犯人握住了乔纳森的手。"你是个疯子才这么干。"

乔纳森迅速点点头,消失在了门外的夜色中。铁门立刻又锁上了。

一到外边，乔纳森和鲍克瑟就分别架起吉米·亨利的两只胳膊，压低他的身子，连推带拽地带着他跑向鲍克瑟停在远处路边的那辆面包车。这个场景与白宫特勤局的特工掩护遭遇火力的总统撤离现场几乎一模一样。

　　车的后排门是敞开的，处于等待状态。当他们离车只有几码远的时候，鲍克瑟松开吉米，飞快地跑过去坐到了方向盘后面，而乔纳森则把他们的"贵重物品"又推又搡地塞进了已经拆除了后座的车厢里。没等吉米直起身，车就已经开动了。当他们转过了第一个弯，乔纳森探身关上了车后门。

　　"太棒了，伙计！"吉米笑道，"我是当真的，他妈的太棒了。我敢肯定我们——"

　　"闭嘴！"乔纳森吼道。

　　乔纳森在黑暗中看见的只是吉米的轮廓。不过他注意到吉米惊得向后缩了一下。"天哪，伙计，你不是——"吉米张嘴说道。

　　乔纳森隔着橙色的囚服抓住吉米的脚踝一拉，吉米立刻躺倒在了车上。没等他反应，乔纳森用力一拳击中了他的睾丸，立竿见影。这个小伙子不禁一阵干呕，身子缩成了一团。乔纳森开始用胶带缠他眼睛的时候，他还在为了恢复呼吸而挣扎着。

　　"伙计，他妈的这是什么——"

　　乔纳森用手紧紧掐住了这家伙的嘴巴，力气大得足以捏碎他的牙齿。他的脑袋被乔纳森牢牢压在了车厢地板上。"闭嘴，你个二百五。"乔纳森嘘道，"闭上嘴，不让你说话你就别出声。我向上帝发誓，如果你再叫我一声'伙计'，我就砸烂你的鼻子。"

　　吉米哭起来了，由于疼痛，也是由于害怕。"你让我干什么都行，"他哀求道，"向上帝保证，我是你们一伙的，好吗？"

　　"别说得那么肯定，小子。"鲍克瑟在前面说道。

"你们，你们到底想干什么？"

乔纳森又猛击了一下他的裆部，这次力量更重。"'闭嘴'这个词你有哪个地方不明白？"乔纳森吼道。

吉米又是一阵干呕，终于吐了出来。乔纳森觉得舒坦了，因为他总算让对方弄明白了自己的意思。吉米不敢冒再挨一拳的风险了，所以乔纳森也就不必费心再给他来一拳了。睾丸对于疼痛十分敏感，不过它们倒也是相当结实的。如果用同样的力量击打腹部，有可能造成肝和脾的损伤，甚至导致肠破裂。而击打一个人的私处，不仅能够引起对方的足够注意，而且还会使击打的一方取得巨大的心理优势。受到击打的一方越是年轻，取得的这种优势越是明显，就好像上帝在造人的时候考虑到了刑讯的需要似的。

至于呕吐，这是一种不幸的，却是在预期之内的副作用——所以乔纳森没有用胶带封住他的嘴巴。在得到他们需要的东西之前，他可不希望这个小伙子由于窒息而死掉。

他们的车在弗吉尼亚州北部广袤的平原行驶了十多公里的路程，沿途是成千上万英亩的农田，只有星星点点的一些树木。整个大地笼罩在黎明前一片深蓝色的黑暗之中，如果没有预设 GPS（全球定位系统）导航，乔纳森甚至怀疑鲍克瑟能否看到他们应该转入的那条私家车道。

这辆车一直处在熄灯的状态。鲍克瑟和乔纳森摸黑行驶的自信应当归功于他们戴在头上的夜视镜。汽车在坑坑洼洼的道路上颠簸，躺在车厢金属地板上的吉米也随着颠来颠去。然而，除了对于疼痛和恐惧偶尔有点本能的反应之外，他倒是再也没有多嘴。

在长长的车道尽头有一道敞开的大门，两旁是一排护墙板搭成的围栏，上面标示着通往谷仓的方向。他们开到了体量庞大的谷仓，只见它的大门也已经打开了，这都是事先安排好的。这家农场的主人叫霍恩，是乔纳森的老熟人。尽管他对乔纳森的业务性质也有过一点不算是太离谱的猜测，但是他明白不该问的就不问的道理，而且也不介意在适当的时候提供一点合作。

他们把车开进谷仓里停下了。乔纳森只是静静地等待着，听见鲍克瑟下车关上谷仓的门，又回来把车后边的两扇门都打开了。

"听我说，吉米，"乔纳森的语气很温和，"我们打算让你下车，我希望你能配合，明白吗？"

因为害怕，吉米的呼吸频率加快了一倍。眼睛被胶带缠着，还有挨打造成的疼痛，这小伙子吓坏了。要的就是这个效果。

乔纳森用下巴对鲍克瑟做了个示意。大块头抓住小伙子的裤腿，把他拖到了后保险杠边上。当两腿被撂下时，吉米主动坐了起来。大块头蹲下来像个消防员似的把吉米扛在了身上。进一步的恐慌使得吉米挣扎了两下，但是他很快控制住了自己，不再乱动了。

"做得很好，"乔纳森鼓励道，"接下来的情况可能会更糟，但是你不要怕。等到我朋友把你放下，你就在原处别动。马上就放下了。"

谷仓的天花板有六米高，上面吊着的几个灯泡散发出昏暗的光线，支撑着棚顶的是几根１２×１２英寸的硬木柱子。鲍克瑟来到其中的一根柱子旁，把肩上的"货物"卸下来立在那里，又用巨大的手掌按住吉米的胸部，把他紧紧地靠在了柱子上。

"这会儿有点让人害怕，"乔纳森安慰道，"只要好好配合就不会伤到你的。"

"请别伤害我。"吉米禁不住哀求道。

农场主霍恩先生按照乔纳森的要求事先在柱子上钉了一个大钉子，离地有两米高。钉子上挂着一个厚实的皮制狗项圈，上面还拴着皮带。鲍克瑟二话不说，从钉子上摘下狗项圈套在了囚犯的脖子上。

"我们不会让你喘不上气来的，"乔纳森没等对方来得及产生恐惧就说道，"我们甚至不会进一步勒紧它。我们只是不想让你逃跑。"

吉米的呼吸频率又加快了一倍。

就像乔纳森许诺的那样，鲍克瑟在吉米的脖子和项圈之间留了约两指宽的间隙。随后他把皮带固定在了钉子上，皮带的松紧程度刚好是既不让吉米窒息，也不让他忘记自己无助的处境。他们让吉米站了约有一分钟的时间，这期间没人说话，只是鲍克瑟回到车上去取下一步要使用的工具。

当大块头哈腰从敞开的车门里拎出那根沉重的橡胶警棍时，乔纳森也禁不住觉得心头一颤。警棍的大小和形状很像一个棒球棍，然而弹性却大得多，所以它不会打断人的骨头，却能给人的皮肉带来剧烈的痛苦。

鲍克瑟回到了吉米左侧他刚才的位置。他活动了一下肩膀，接着站成了击球手的姿势。他看了看乔纳森，等待着行动指令。看到头儿点头了，他用力挥臂击出了一个本垒打。警棍的最佳部位正中吉米的屁股上的髋骨，像是用枕头捂住的手枪发出的低沉的响声回荡在谷仓里边。

吉米惨叫了一声。这一声是源于恐怖和痛苦的，听起来十分刺耳和令人窒息的惨叫。胶带蒙住了他的眼睛，他不知道是什么导致的疼痛。手臂戴着手铐，脖子被狗项圈箍着，他无法保护自己。"别打了！"他喊道，"你们想让我干什么？"

回答之前，乔纳森沉默了十秒钟。他憎恶这类的刑讯手段，但是已经有两个孩子失踪了，他没有时间也没有兴致诉诸婉约的手段。一上来就需要先树立一个疼痛的基本标准。他希望用警棍敲打一次就够了。

看着吉米乞求着哭泣的样子，乔纳森有点同情他。这毕竟还是个十九岁的孩子。"吉米，你听我说。"乔纳森尽量使自己的声音听起来柔和一点。

"别再打我了。"

"你不逼我，我就不会。"乔纳森说，"但是你要知道，刚才那一棍子只是个开场白，我们完全可以让它持续一整夜。你不想那样，对吧？"

吉米使劲地摇头道："你让我干什么我就干什么。"

"我希望是这样，"乔纳森说，"不过我得说实话，我这位朋友可不这么想。他一心只想揍你，想让你在轮椅上过一辈子。"典型的伎俩，一个唱白脸，一个唱红脸。不过在这件事上，他说鲍克瑟的这番话倒也不是假的。

"我对天发誓。你让我干什么我就干什么。"

"好吧。那么，我们就从昨晚说起。等你把所有的事情都说出来，我就会离开你的生活远远的。"

"昨晚我做的事就是开车。"吉米连忙申辩，"我根本就没进楼。我和开枪的事没关系，我对上帝发誓。"

"但你事先知道你们是去绑架孩子。"乔纳森说。

吉米没吭声。

乔纳森明白吉米是在琢磨如何回答才好。"想骗我你可就错了，"他说，"需要我们再揍你吗？"

"是，"吉米说，"噢，我的意思是不！你们不用揍我。是的，我知道我们是去绑架孩子的。"

"为什么要绑架孩子？"

"他们从没对我说过。"

"你也没问？"

吉米摇了摇头。"我不想知道，我不需要知道。"

"你肯定听他们提过名字，"乔纳森提示道，"你肯定听到了他们要绑谁。"

"我知道是两个孩子。"吉米强调地说，显然是急于证明他说的是真话，"但是我只听到了一个名字，叫埃文什么的，是爱尔兰人的名字。"

"埃文·吉恩。"乔纳森说。

"就这个名字。后来他们出来了，我听说他们向什么人开了枪。我当时心想，这他妈的干的是什么事？"

"这么说，你听到的只是埃文·吉恩一个名字？"乔纳森重复问道。

"对上帝发誓。"尽管皮带很松，但是吉米还是踮了踮脚，让自己的下巴更舒服些。

"为什么你只记得他，而不知道另一个孩子的名字？"乔纳森问道。

吉米的呼吸再次急促了起来。这是对方希望知道可是他自己却没有答案的一个问题。"我也说不清楚，我对上帝发誓。我知道埃文·吉恩是因为我无意中听到了这个名字。"

"他们绑他干什么？"

"他们没说。"

"你的意思是你也没问？"

吉米犹豫一下说："嗯，是的，我也没问。你瞧，我关心的就是那家伙给了我六百块钱让我去开车，是不是？"

"你知道你们是去绑架孩子，"乔纳森加重语气说，"可你从来就没想过要问问为什么？"

吉米试着让脚跟着地并且靠到了柱子上。"我觉得他们的想法很明显，"他稍微耸了耸肩说，"我的意思是，那个地方是收养罪犯子女的孤儿院，对吧？我想可能是有人惹恼了什么人，所以这些人想拿他们的孩子出气。"

没等乔纳森做出什么反应，鲍克瑟用尽全力把橡胶警棍砸向了大木柱，整个谷仓都震得有点摇晃了。"你觉得这一切很正常，是不是？"他咆哮道。

"嗨，我只是告诉你发生了什么事！"吉米惊叫着，再次跷起了脚跟。

乔纳森举起一只手来止住了鲍克瑟，并用目光示意他退后。乔纳森心里也恨不得揍死这小子，但他们不是业余干这行的，而且他们还有许多事情要做，率性而为是不可取的。

"都冷静点儿，"乔纳森劝道，"做下深呼吸，你们两个都是，我是当真说的。"他留出几秒钟时间让自己也进一步冷静下来，然后说，"吉米，你很难让我们相信，竟然有人会同意去绑架两个孩子而不去问问为什么。"

"如果他们想让我知道，他们自然会告诉我的。"吉米说，"再说了，就像我说的，我认为我已经知道是怎么回事了。这种靠绑架家人来互相报复的事情，是黑帮们最擅长的了。"

"雇你的是什么人？"乔纳森问道。

"一个叫肖格伦的家伙。杰瑞·肖格伦，我想是的，呃，也可能是乔治·肖格伦，我说不准了，反正是字母 J 开头的名字。我以前也给他干过几次活儿。"

"也是绑架吗？"乔纳森又问。

吉米用力摇头说："不，不是。一次是抢银行，没捞到多少油水。还有一次是抢劫便利店。这几次都没有人受到伤害。"

"但是他们很可能会受到伤害。"鲍克瑟指出。

"但是他们没有。"

乔纳森用不赞成的目光看了鲍克瑟一眼。他不应该意气用事，只顾着责骂和贬损对方。在审讯中，当他们中的一个人发问时，另一个人应该把注意力集中在一些更重要的环节上。鲍克瑟对这一点知道得不比任何人差，他只是仍然还在气头上。

吉米突然主动问道："那个挨了一枪的人后来怎么样了？"

"你干吗还关心这个？"乔纳森问。

吉米从鼻子里呼出一口气，摇摇头说："我就是一个开车的，对吧？我可没想着要陷进这些烂事里边去。我不是一个愿意绑架孩子的畜生，但我也明白这下子我的罪名可是不小，因为我参与其中了。如果挨了他们一枪的那个人死了，我的日子就更不好过了。"他的声音低了下来，"我本来就想着挣口饭吃。我没料到会是这样。"

乔纳森继续问道："那个姓肖格伦的家伙，他的姓是怎么拼的？"

"我不知道怎么拼，我们又没通过信什么的。"

乔纳森承认他的话在理。"他也和你们一起去绑架学生了吗？"

尽管仍然非常害怕和不安，可是吉米竟然还笑了出来。"肖格伦？他当然不会去。他从来不弄脏自己的手。"

"他只是个中间人吗？"乔纳森又问。

"没错。有人需要帮忙就找他。"

"他的客户都有谁？"

"他交给我的第一票活儿，是给一个叫萨米·贝尔的家伙干的。我不知道你听没听说过他。"

乔纳森意味深长地看了一眼鲍克瑟。萨米·贝尔曾是老斯莱特犯罪家族的打手，该家族当年经常和乔纳森的父亲发生利益上的冲突。老斯莱特在十多年前死去后，萨米当上了那个团伙的掌门人。

"这次的事也是萨米·贝尔干的吗？"乔纳森问道。

"不是，不是，我可没那么说。我只是说我是怎么认识肖格伦的。我不知道萨米·贝尔是不是卷进了这次的事。"

"在哪儿能找到这个叫肖格伦的？"乔纳森问道。

呼吸又急促了起来。"我不知道，"吉米说，"我从来没找过他。没这个必要，到时候他会来找我的。"

"肖格伦是他的真名吗？"

"我反正是一直这么叫他。"

"那么其他人呢？"乔纳森继续问道，"你怎么称呼他们？"

吉米一副气急败坏的样子。"上帝呀，听你的话，好像我们之间是一起喝酒的哥们似的。我从来不称呼他们，真该死，我甚至不想和他们说话。"

"那是为什么呢？"

"可怕，他们是一群可怕的人。似乎整个世界都欠他们一样。他们互相之间也大吼大叫，就像两口子似的。"

"他们有几个人？"

吉米迟疑了一会儿，为的是在脑袋里核准数目。"四个，"他说，"一共五个，包括我。只不过他们之间好像是认识的，而且他们实际上并不喜欢我跟着。"

"怎么个不喜欢？"

"就像你去约会时不得不带着你的小妹妹一样。"

"我知道这个措辞什么意思，"乔纳森说，"不喜欢为什么还要带上你？"

"我猜是他们的司机也许出什么事了，所以才让我掺和进来。"

"他们的司机出了什么事？"

吉米的挫折感达到了顶点。他叫道："我他妈真不知道！"

这又一次招来了鲍克瑟的警棍。还是猛击在柱子上，没有伤到吉米。

"接着打呀！"吉米高声叫道，"来呀，接着打我呀，你这个蠢货。你想从我这儿揍出点什么来，你就先他妈的往里揍进去一点东西。我真是不知道你们间的事。"

"都给我冷静点！"乔纳森命令道。

"你们是什么人？"吉米问。

乔纳森吃惊的是他竟然过了这么长时间才问这个问题。"相信我的话，如果告诉你我们是什么人，你肯定会认为不知道才好。"他说，"你是说你跟他们在一起的时候从来没听过他们称呼什么名字吗？他们彼此间一定会称呼对方什么呀。"

吉米强迫自己做了个深呼吸。"那个看起来是个头儿的家伙好像是叫庞德。他好像很生气，因为事情进展得不太顺利。"

"你跟他们一道待了多长时间？你最后看到你这些朋友是在什么时候？"鲍克瑟问道。

吉米又做了个深呼吸。"我把他们拉到了金赛尔镇里的一个好像是仓储中心之类的地方。"吉米说，"那家仓储店的名字挺蠢，其中有个单词是'You'，可是他们只用了一个字母'U'。他们在那里把孩子拖下车后，连头都没回就走了。"

"为什么是一家仓储中心？"

"我猜是他们在那里放了一些东西。"吉米很快又补充道，"我可不该自作聪明。向上帝保证，那些人确实没告诉我他们的安排。"

"你都看到什么了？"

"我是尽可能地不去看。我说过的，他们是一些很凶的家伙。你要知道，当你被抢劫的时候，千万别盯着看那些拿枪的家伙，那样他们就不会因为你有可能作证而杀死你。和这帮家伙在一起时的感觉就是这样。"

乔纳森自己从来没有过这种感觉，但是他有时会给别人造成这种感觉倒是真的。"这么说吧，在你尽量什么都不去看的情况下，你都看到什么了？"

这一次吉米犹豫了很长时间——大概有二十秒吧。这种内心的挣扎通常都预示着重要的事情。

"首先你得答应不杀我。"吉米说。

乔纳森看了鲍克瑟一眼。这是审问，不是谈判。审讯的规则明确禁止与受审者达成任何交易。为了始终处在主宰地位，教程上说，你必须让你的对手感到毫无希望才行。

但是乔纳森决定信任自己的直觉。"我不是杀手，"他说，"如果你出门被卡车撞死，我是不会流一滴眼泪的。但是只要你合作，我就不会杀你。"

又是沉默，吉米在心里权衡着。"他们那里有一架直升机，"他坦白道，"它不是很大，而且它的旋翼，是这么称呼吧，也没有转动，在那里下垂着。我是从机头的方向看到它的。"

乔纳森心里一沉。"这么说他们是用直升机把孩子带走了？"

"我想是的。"吉米变得躁动不安了，"我看到了它，我当时就明白我陷进去了，陷得太他妈深了。有架直升机，看在上帝分上，这都是什么人？什么人这么有钱能用上这个？我只好赶紧开溜，越快越好。"

乔纳森脑海里已经无法移除直升机的影像了。吉米问到了点上。究竟是什么人能够拥有这样的资源？"后来你溜到哪去了？"他问道。

吉米发出了苦笑。"监狱，"他说，"我本来是要把车停到蒙特罗丝一家麦当劳的停车场上，那里有一辆野马等着我。可是，我在半路上就被警察扣住了。"他叹了口气，"我想是我的油门踩得太狠了。"

乔纳森没有告诉他的是，有目击者在绑架现场看见了他的面包车。如果不是那个失眠的人报了警，吉米得到的最多只会是一张超速罚单。

乔纳森觉得自己再没什么问题要问了。鲍克瑟朝他耸了耸肩，这位大块头也没有问题了。

9

联邦调查局的特工和弗吉尼亚州警察局的警官们都在绞尽脑汁试图弄清楚究竟发生了什么。格兰维尔·乔治看着他们奔忙的身影，竭力抑制着不让自己的笑意浮现在脸上。制造出这场混乱的不论是谁，这个人都有权利为他自己的这番大手笔而骄傲——尽管格兰维尔本人由于这起事件的牵连大概还要在这张桌子后面多坐上相当长一段时间。

他的警长查尔斯·威洛已经从床上抬起干瘪的屁股，参与到侦查工作中。从他睡得蓬乱的头发和白色的胡茬看得出来，通常对自己的媒体形象十分在意的这位警长今早出门时肯定是忘了照一照镜子。

就目前而言，威洛警长最关注的还是如何维系与州警察局和联邦调查局调查人员之间的良好关系。州警察局和 FBI 似乎都已变成了监狱的掌管者，而威洛警长本人更像是个接受调查的嫌疑人，而不是一个调查人员。不过，由于在名义上他还是这里的负责人，所以暂时还没有人要求他离开这间接待室。至于格兰维尔，弗吉尼亚州警察局极有魅力的警队队长琳茜·威尔逊已经让他把昨夜的故事讲述了三遍。

"但是 FBI 没有这么一个名字叫利昂·哈里斯的探员。"琳茜队长说道。这是对格兰维尔刚才再次提供的相关情况的回应。

"我听明白了，"格兰维尔说，"而且我也没笨到那个地步。就从他打晕我的同事的时候起，我就认为他可能是个冒牌货了。这个话我得说多少遍才行？"

威洛警长终于找到发话的机会了。"如果我是你，警官，我会注意我的语气。"他说。

格兰维尔没理他。

琳茜队长也没理他。"等你解释明白你是如何让一个冒牌货通过隔离区的，我就不再问了。"

"他是个持有真实证件的假 FBI。"格兰维尔再次解释道。

"不可能。"说这话的是联邦调查局探员威廉·麦耶。格兰维尔不明白在这起案件中他是什么角色。当然了，格兰维尔同样不明白为什么吉米·亨利是由于联邦政府的指控而被拘押在这里。"他的证件一定是伪造的。"麦耶接着说道。

"那就是它伪造得非常好。"

"对于外行的眼光来说也许是这样。"麦耶说，琳茜也点头表示同意。看起来在这次事件中联邦政府和弗吉尼亚州政府之间配合得很默契，这在格兰维尔眼里倒是个新鲜事。

格兰维尔朝他们两人比画一下，问道："你们两位以前认识吗？"

"准确点说，并非如此。"琳茜说。听她的口气，以前不认识是一件挺好的事。

"那么你怎么知道他确实是联邦调查局的？"

麦耶气鼓鼓地喘着粗气，像是被抛上岸的一条鱼。

"凭他的证件，对吧？"格兰维尔替琳茜答道，"我的意思是，你不可能对他做个快速的背景调查或是采集指纹什么的。主要是看他的做派、他的徽章，还有他的配枪，对不对？我也是同样。"

琳茜队长听明白了他的意思，不由得笑了笑。麦耶探员可没笑。"让我们继续。"她说道。

"别，别继续。"格兰维尔尽量想让语气保持平和，但是越说就越激动，"就让我们先在这里打住，直到大家都形成这样一个共识，即我不是一个白痴。让我们说清楚，我是一个受害者，而且从许多角度来看，我事实上是这件事的主要受害者。"

威洛警长朝他迈了一步。

"不用，警长，我清楚这是咱们这个警局的耻辱。嗨，目前这个房间里的所有人当中，我比谁都清楚。"

"你们守住了监狱。"麦耶翻翻眼珠还挥了一下手说。

格兰维尔猛地站了起来，腿碰倒了椅子。"守住了监狱，天哪，我们能不能当真说说昨天夜里这座监狱究竟发生了什么？"

"这就是从我们到这儿来一直都在做的事情。"琳茜队长说。

"那是扯淡。你们一直在挖掩体，以便追究责任的时候把自己的部门保护起来，但是你们挖的坑口太小，我钻不进去。"他感觉脸上发热，心里明白离开这张办公桌的日子更加遥遥无期了，但他已经不在乎了。"实际上，这里发生的是一次策划非常周密、行动堪称完美的越狱事件。"

"最好别让我听到你的语气里有赞赏的意思，警官。"

格兰维尔瞪了他一眼说："天哪，警长，睁开你的眼睛吧。说'赞赏'未必十分准确，但我必须承认，差不多也就是那个意思。这是一次完美的越狱行动。"他又转向探员麦耶问道，"有这么一伙人竟然有能力操控我们的整个计算机安保系统——而且在行动结束后清除了他们到过这里的一切痕迹，除了现场的目击者——他们还有办法用一块金属造出一个足以乱真的 FBI 徽章，同时把一些纸片变成了令人信服的你那个部门的证件。可是你们联邦调查局的探员为什么就不愿意承认这些事实呢？"

他停了一下。这些问题是尖锐的，而麦耶特工的回答只是脸上一阵发红。

格兰维尔的注意力又转向了自己的头儿。"我明白，警长，你正在费尽心机考虑向你的选民提供一些听起来不错的消息。你也许是想提到这样一个事实，说在这起事件中多亏我，还有你手下那些警察进行了英勇的战斗。我们差点就成功地阻止了他们，而且我们把极有可能演变成大规模暴乱的危险局面控制到了仅仅有一个人侥幸逃脱。"

威洛警长本想发火，但话到嘴边又咽了回去。

格兰维尔压低嗓门，拿出一副在交易中拍板的神态说道："你放心，警长，这一夜我看到的都是英雄的业绩，其他什么也没看到。有一个警官被罪犯打成了重伤，我们团队中的其他人都冒着生命危险阻止了一场灾难的发生。"

他又转向 FBI 的麦耶说："我估计，根据你们的指控拘押在这里的那个小子肯定是有很硬的靠山。那些人不想让他继续落在你们的手里。他们为吉米·亨利的越狱所提供的那种帮助，可不是一般人能干出来的。"

"可是那小子什么也不是，"琳茜队长说，"吉米·亨利就是个小混混，被抓进局子两三次，跟有头有脸的人没什么关系，跟任何人都没什么关系。"

这就对了，格兰维尔明白自己在这伙人里赢得了尊重。琳茜已经是与他平等地讨论和对话，而不是敲打和质问他。"吉米被指控昨天参与了在一个学校发生的枪杀案，是不是？"格兰维尔知道答案，所以他继续说道，"也许那些人是打算伸张正义的民间执法者，他们把吉米劫出去就是为了找个地方吊死他。"

"看在上帝的分上，乔治警官，别胡说了。"威洛警长咆哮道。

格兰维尔还是决定不去搭理他的头儿，放过这个一心想看到他的职业生涯毁于一旦的家伙。

"是叫利昂的那个家伙的话语或是行为让你产生了这样的想法

吗？"琳茜问道。

格兰维尔耸耸肩说："不是这样的。而且我还是那句话，不管是他说话还是做事，没有一点东西能让我怀疑到他不是联邦调查局的人。"

"听着很像是赞恩·格雷①作品里的故事啊。"麦耶说。

"你知道那个学校里发生了什么事情吧？"格兰维尔继续说，"那里的学生都是父母关在监狱里的孩子。如果说有人打开赞恩·格雷的那个魔瓶，从里边放出了几个侠客的话，那应该就是那些孩子的家长。"

"这倒是值得调查一下的，"琳茜边说边在本子上记了下来，"让我们从被绑架的两个孩子的父母开始——"

一个州警进屋后清了清嗓子，打断了琳茜。他的岁数挺大了，可是制服袖子上连道杠都没有。他手上是一部已经接通的手机。"对不起，队长，有个公园管理员。他开始是找威洛警长，当我告诉他是你在负责案件调查后，他说他想和你们两个人都谈谈。"

"公园管理员？"琳茜看了看威洛警长，问道，"我放免提，没问题吧？"

警长只是耸了耸肩。

她按了一下手机的按键。"我是弗吉尼亚州警察局的琳茜·威尔逊警官，"她说，"我和威洛警长在一起。有什么需要我们帮忙的吗？"

扬声器传出的背景噪音清楚表明这个管理员是在户外环境中。

"嗨，"一个年轻的声音说道，"我叫保罗·约翰逊，是国家园林局的。我现在的位置在帕波河的乔治·华盛顿出生地纪念碑。"

屋里的每个人同时都耸了耸肩。"哦。"琳茜应道。

"嗯，我想我这儿有一件属于你们的东西，"他的声音里透出一丝

---

① 赞恩·格雷（ZaneGrey）：生于 1872 年，于 1939 去世。美国著名作家，被誉为"美国西部小说之父"。

笑意，"准确说，是一个人。他说他叫吉米·亨利。这对你们有用吗？"

　　华盛顿出生地纪念园的早班工作人员吃惊地发现，有个戴着镣铐的人被拴在了公园入口的方尖碑基座上。他们在向国家园林局填写的事件报告书上说，这个年轻人当时躺在地上睡得很香。他们看到这人的锁链和橙色囚服，就马上把他和媒体的早间报道联系到了一起了。没等走近这个逃犯的身边，他们就已经向上级报告了。

　　格兰维尔·乔治在监狱等着吉米·亨利回来。没人要求他加班，可他不在乎，需要自己掏腰包买饭吃也没什么关系，只要能看到囚犯重新伏法就好。

　　他们从米德尔塞克斯县派了一辆车去威斯特摩兰县接人。当吉米被押回来时，格兰维尔用自己的脸色向他表明，人的一切行为都是会产生后果的，而吉米的行为是一种最糟糕的选择。

　　处理这种情况的规定很明确。吉米·亨利要像一个第一次到达这里的囚犯一样，重新经历一遍入狱的全部环节。对他的随身物品——什么也没有——登记归类后，再把他押到隔离间，剥光他的衣服进行体腔搜查。这是格兰维尔特别不喜欢的一个程序，但是他在好久以前就已经失去替对方感觉害羞的本能了。除非一个人真能从肛门里掏出武器来，否则这种搜身根本没必要。

　　所以格兰维尔对吉米将要经历的这次羞辱是有准备的，可对他身上的那些伤痕却没有心理准备。吉米·亨利的左边大腿的上部都是青肿的，带着一道深黑色的伤痕，显然是遭到了某种硬物的用力击打。他们连忙找来了监狱的医生——其实就是地方的医生兼职赚点外快——医生除了看到坚固的镣铐勒出的那种典型的伤痕外，还在吉米的脖子上发现了被人掐过的瘀伤。

　　"谁给你弄的？"医生问道。

"我用不着对你说什么。"吉米回答。

"要我看，说出折磨你的那些人是谁，对你是最有利的了。"麦耶探员说。琳茜队长也在这间屋里，但是她始终保持着沉默。如果格兰维尔没猜错，这是因为她面对裸体的囚犯觉得有点尴尬。

"谁说有人折磨我了？"吉米说，"这些瘀伤是因为我摔了一跤。"

"摔得够重的哈。"格兰维尔说。

但是囚犯不打算再开口了。"我知道我的权利，"他说，"没有律师在场，我什么都不会对你们说。"

"是谁把你从这儿弄出去的？"威洛警长问道。

琳茜队长拍了拍警长的肩膀说："他要找律师，我们不能再问了。"

于是，就这么结束了。

格兰维尔等吉米换了一套干净的橙色囚服后，押着他走回几个小时前他住着的那间牢房。当他们来到廊道中央时，格兰维尔对着各个牢房喊道："都来看看吧，各位先生。你们可以试着逃跑，但是你们永远也逃不掉。"一个个囚犯的面孔出现在牢门的玻璃后面。

"吉米·亨利跑出去五个小时后，又回到我们中间来了。昨晚的所有骚乱都是他引起的，那对你们任何人带来了什么好处吗？唯一结果是，所有监舍禁闭四十八小时，不准放风。当你们在里边憋得快疯了的时候，可不要怪罪我和其他警官。我希望你们记住，这完全是吉米惹的祸，该负责任的是他。"

吉米惊恐地看了他一眼，格兰维尔警官把他卖了。他这番话就是一个让这些囚犯对他大打出手的动员令。吉米早该想到这事的。

"你是个绑架犯，"到达牢房门口时，格兰维尔说道，"你还是那个害得犯人们失去了很多权利的家伙。我要是你的话，我就会当心点儿。"吉米的眼睛随着看清现实而睁大了。"如果我是你，我会考虑和警方好好合作的。"

吉米的眼神里有什么东西一闪就过去了。也许是恐惧？大概是对严峻现实的一种无可奈何的认可吧。但是这小子却突然说话了："哦，我这么对你说吧，乔治警官，如果我是你，我早就不想活了。所以你就别为我操心了，拜托，好吗？"

格兰维尔打开牢门，让吉米进去了。

关门时，他扫了一眼左侧的牢房，发现另一个犯人——安托万·约翰逊——正在幸灾乐祸地咧着大嘴笑呢。

"看什么看？"格兰维尔吼道。

安托万咯咯地笑出了声。"我很高兴，因为我现在知道我比自己原来想象的要聪明。"

埃文·吉恩知道自己是在某种移动的过程中。

他什么也看不见，什么也听不见。他的头很疼，像是被锤子砸过一样，但是他知道自己并没有静止地躺着不动。他有种漂浮的、甚至是旋转的感觉。这不是一种很好的感觉，同你在梦里骑着哈利·波特的扫帚飞行可不一样。这是一种晕眩的、有点恶心的感觉，有点像是那天晚上鲍威尔·安徒生偷出他叔叔艾德的酒回到寝室款待了所有同学以后第二天早晨醒来时的样子。埃文总觉得当时多姆神父是有所察觉的，但是神父从没有提起这件事情。

尽管是在漂浮，他仍然感到自己是被什么东西固定住了。他觉察不到任何的绳索或锁链，但是每当他想动弹时，每一只胳膊和腿都像是有百斤的重量。

他需要逃跑。但是，为什么呢？

黑暗中的男人。粗壮的大手拿着胶带的男人。蒙到他脸上难闻的抹布。

他被绑架了。绑架，可能吗？

谁会绑架他？

想得越多，脑袋越胀。他想挪动，想奔跑，可是他瘫在这里无法活动。

除了眼皮。既然他身体的其他部分都在承受着不堪的重负，他就只有让眼皮睁开了。首先是左眼，然后是右眼。目光的聚焦很困难，但是当他强迫自己做出努力后，眼前的景象渐渐清晰了。

他仰面躺着，盯着低矮的天花板，上面有旋钮和一些他没见过的东西。这些东西和它们的影子构成了一个锐角，所以他明白光线是从他的侧面投射进来的，而他原以为光源都应该在上面。他把头转向右边——动作小心翼翼，以免在他脑壳里砸来砸去的那些锤子相撞在一起——看到了一个椭圆形的窗口和它外面的天空。窗户很小，根本爬不出去。

他这是在飞机上。他从没坐过飞机，但他在电影中看过许多机舱里的情景。乘上了飞机这一事实，使他在醒来后第一次感到了真正的恐惧。被绑架了，他想到，到底还是被绑架了。如果他们让你飞走，你就是永远地飞走了，不是吗？

他又把头向左转，进一步证实了自己的判断，这绝对是飞机。

"他醒了。"有个声音说道。埃文害怕自己做错了什么。如果他能发出声音，他是会道歉的。

"醒不了多长时间。"另一个声音说。

有影子在动。一个人出现在埃文的视野里。"你有个了不起的肝脏呀，小子。"那人说，嘴里有一股"大蒜"的气味。

什么也做不了——说话、尖叫或者是翻身——埃文看着那人举起一只塑料针管，给上面装上了针头。

他瞬间产生的念头是，这只塑料管的一端肯定要扎进自己的胳膊。接着，他的脑袋又变成了一片空白。

10

有一根树枝咔嚓一声断了。

虽然树枝折断的原因会有许多，可哈维知道，这是有人来杀他。

他一直在帐篷外的露营椅上打盹，睡袋和充气床垫留给了杰里米。他没打算熟睡，或者说，他根本就没打算睡。嗨，他压根儿没想到在过去的二十多个小时里会发生这么多事情。

他已经完全清醒了。新的一天也是刚刚醒，金色的太阳正在从东方的地平线升起来。他的身体没动，只是睁开眼睛扫视着周围。没发现什么。

又断了一根树枝。还有什么在沙沙作响。

黑暗的帐篷里传来了杰里米压低了的声音："哈维？"

他的话近乎是耳语，但是在哈维听来却像是惊天的呐喊。"嘘，"他轻声说，"我听见了。"

孩子的脸孔出现在三角形的帐篷口上。"是谁来了？"

"可能只是一头小鹿。"哈维说出的是他自己的希望。

"可是我听到汽车声了。"杰里米说。

哈维的心头一紧，本来他就没相信那是一头鹿。

杰里米爬出了帐篷。"是他们，对不对？"

别乱说，哈维告诉自己，说出来对这孩子没什么好处。

"哈维？"

"嘘。"这声嘘是加强版。他们需要沉默，没有比这更重要的了。沉默，还有隐身。要是时间能倒退回去，干脆不卷进这事就好了。

"我害怕，哈维。"

这孩子不明白"嘘"是啥意思吗？

杰里米过来了。他离开帐篷，一直爬到了哈维身边，蹲在露营椅旁紧紧抓住了哈维的胳膊。

他指望我保护他，哈维暗想。多么愚蠢的想法啊。在哈维·罗德里格兹的生命中只有一个重要的人物，那就是哈维·罗德里格兹自己。如果杰里米——一个陌生人——以为，哪怕只是在瞬间，以为哈维会由于某种崇高伟大的原因而让他自己吃亏，那他就大错特错了。

有人在移动，声音越来越清晰了。不到一分钟，哈维又听到了他们在说话。又过了几秒，他已能听清他们说话的内容了。

"这种事毫无意义啊！"

"就是这么回事吧，你记得你什么时候干过有意义的活儿吗？"

"而我还得为这种事卖力气？这真没道理。"

两个声音都是男性，听起来既不年轻也不太老——哈维的判断在几秒钟后就得到了证实，因为他已经能看到他们了。在三十米开外的地方有两个人，都穿着牛仔裤和 T 恤衫，正在蹚着高高的野草走向哈维发现昏迷的杰里米的那个地方。

杰里米的手紧紧抓住了哈维的胳膊。"真是他们，对吗？"他尖声问道。

"不要动。"哈维说。阳光刚刚越过帐篷，在对着这两个来客的眼睛照射。如果一动不动的话，他们就有可能不被发现。这两个家伙在行走中没做任何防范，这说明他们认为周围的环境一切正常。相信自己对于环境所形成的第一印象，是人的一种天性——这为人们隐藏在别人的眼皮底下提供了可能。但是，几千年的进化史并没能消除人的另外一种本能，即对于环境的任何一点动态性变化都会产生警觉。

两个人看来都经常从事健身运动，靠近哈维这一侧的那人似乎尤其为自己的身材而自豪。他那件看上去至少小了两号的 T 恤衫紧紧裹绷着自己的肱二头肌和胸大肌。也是这个人，在胳膊下面夹着折叠的灰色裹尸袋。哈维为自己竟然能认出那是什么东西而吃惊。

"趴下，"哈维低声道，"要慢，非常慢。"他边说边从杰里米手里抽出胳膊，用两手往下按孩子的肩膀。杰里米没有反抗。他小心地趴到了地上，双臂压在胸前。

看孩子趴好后，哈维从露营椅上慢慢滑下屁股，肩膀靠到椅子的帆布上，最后完全平躺了下来。他仰面朝天，但是两只眼睛却始终盯着这两个不速之客。刚才的这种移动是有危险的，但是他们的身体毕竟是暴露得越少越好。

"他在哪儿呢？"胸大肌先生问道。

"我知道得不比你多。"另一个人说。看他的肩膀，这个人和同伴一样强壮，但是他的 T 恤很宽松。他的头发很长——盖住了耳朵，不过没盖住头顶。"他应该就在这附近。"

"和说的不一样。杰瑞说的是，走到停车场的尽头，然后继续走，直到快走到水边。他就是这么说的，而我们现在就在这个地方。可是死孩子在哪儿啊？"

"胸大肌"坐到地上去了。越过摇曳的野草上端，哈维仍然能看到那人的脑袋。

"那么他就肯定是在这儿的什么地方。"

"也许是有人把他拖走了。""胸大肌"说。

"不可能。要是有人发现了他，这地方早就被警察弄得乱七八糟了，所有的媒体也都会报道这件事。他们已经跑到学校里挖出了那么多消息，如果发现其中一个孩子死了，你想想又会怎么样？"

"胸大肌"点了点头。"你说的有道理。要不就是那个死孩子不知怎么又爬起来离开这儿了？"

他们继续搜寻着，有好一阵没说话。随着太阳升得更高，这些人的外貌也变得更清晰了，而哈维产生了一个可怕的感觉，就是他们看着像警察。那种军事化的派头，那种对于手头上任务的专心致志，都像是警察应有的模样。哈维本来就砰砰响的心脏现在跳得更快了。是警察想杀死一个孩子，而他却跑出来坏了警察的事。麻烦大了。

"嘿，比利，""长头发"说，"看看这儿。"根据哈维的估算，这人正好是站在他发现杰里米的地方。"你看这些草。它们被什么东西压过。"

哈维努力回想自己是否在现场遗落了东西，可是什么也想不起来。当时他的全部注意力都放在了孩子身上。

比利走了过去。"是压得挺厉害。尸体呢？"

"噢，不知道。也许是什么动物把他叼走了？"

"那么血迹呢？"

哈维第一次想到他是不是应该站起来朝林子里飞跑。他们想要的只是这个孩子。也许他跑了也……

……他们只会是继续追杀他。和他们这种人是开不得玩笑的。

"我现在觉得这孩子根本没死。"长头发说道。

一阵沉默。"你接着说啊。"比利说。

"好好想想吧，这里边可是大有文章。"

比利还是一副困惑的样子。"你的意思是，他只是受了伤，后来就爬起来走了？"

"也许是，或者，也许是……"长头发的视线直接射向了哈维的营地，"那是什么东西？"

两个人齐刷刷从 T 恤下抽出手枪指向了哈维。

"看到你了！"长头发喊道，"不许动！"

"噢，该死！"比利咕哝道，"这他妈的是什么人？"

用的是单数形式，哈维想，他们只看见了我一个。

"站起来！"长头发说道，"慢慢地站起来，你要是不想死的话。"

哈维的脑子转得比心跳还快。他可没把死亡列在今天的日程里。

"哈维……"杰里米小声呜咽道。

哈维没回答。起身的时候他用力压低了杰里米的脑袋，就像是按下一块石头。重要的是不要让他们看到孩子。如果他们看见了杰里米，他们就会开枪。如果他们向孩子开了枪，他们也就没有必要让哈维继续喘气。杰里米应该从这里消失，而既然那是不可能的，那他就应该不被这两人看见。

"嗨。"哈维用尽可能轻快的语气打招呼道。他认出两个人手中的枪是 9 毫米的贝雷塔，标准的军用制式武器。警界的大多数部门都还没配备这种武器，威斯特摩兰县警局则肯定没有。

"你为什么藏在那儿偷听我们？"比利问道。

哈维认定他是两个人当中性子更急的一个，需要先把他安抚下来。"在这么空旷的地方想听不到别人说话是很难的，"他说，"这儿太安静了。"他边说着边向前走了几步，心想如果他们没发现这个孩子，就不会认为他与这件事有什么关系了。哈维向左前方斜着移动，目的是把他们的视线从这里移开，以防杰里米在身后弄出什么动静来。

"你躲在这儿干什么？"比利又问。

哈维尽力笑出了声，希望他的话听起来很真诚。"你们也都听到你们说了什么，对吧？"他打趣道，"听到这样一些话，有谁不想找个地方躲起来呢？"

比利抬起手枪瞄准了哈维的胸部。哈维熟悉他这种目光，这下完了。

另一个家伙抓住比利的手腕，把他的胳膊按了下去。"不，"他说，"现在不要。"

"我们必须干掉他。"

"不是现在。"他的同伴重复道。

"肖恩……"

"我说了，不行。"

哦，这个长头发的家伙叫肖恩。知道了要杀你的人的名字总算是不坏。哈维的心脏继续在急速跳动，但他惊讶地发现自己的头脑却很清醒。"是啊，比利，他说了不要开枪。"哈维说。

"天哪，现在他知道我们的名字了。"比利厉声道。

哈维以为套点近乎也许会缓和气氛，他错了。

肖恩松开同伴的手腕，允许他对准了目标。"现在你最好是给我们好好做点解释。"肖恩说。

哈维一直向左边挪动，让他们的目标离杰里米越远越好。现在他停下了。"我对你们没威胁，"他说，"就像你们刚才说的，如果我想报警，这地方早就遍地是警察了。你们看见这里有警察吗？"

比利和肖恩交换了一下疑惑的眼神。

哈维利用他们短暂的沉默编出了一个谎言，他想为自己再赢得一点时间。"前天晚上我在这里，"他说，"我看见他们把那个孩子拖到这里，还向他开枪了，接着我又听到了直升机的声音，可把我吓死了。"他停顿了一下又说，"如果我想给别人打电话，那个时候就打了，不是吗？"

哈维几乎听得到肖恩的大脑处理这个信息的响声。他知道接下来不可避免要提出的问题，于是抛出了自己的弥天大谎。"事实上，你们晚了三个小时。"

这话像是给了两人当头一棒。当他们再次半信半疑地互相对视时，哈维注意到了有人在他们身后向右侧移动。应该是两个人，他想，一个是大块头，另一个是中等个头。他不让自己的目光直接投向他们，因为他们似乎都拿着武器，而通过眼角的余光哈维可以肯定，他们瞄准的不是他，而是要杀他的那两个人。

"来了两个家伙把尸体搬走了。"哈维继续说道。真得感谢新来的参与者给了他更多的灵感。"一个是大块头，另一个是普通的个头。"

"他在说谎，"比利说，"从他脸上就能看出来。"

肖恩盯着哈维看了一会儿，点了点头。"你说得对，"随后他转向哈维说，"你挺能编啊！"

哈维再没什么办法了。他向新来的人瞥了一眼，目光里含着默默的祈求。

祈求立刻见效了。"放下武器！"新来的一个人喊道。不过几秒钟后，一切都结束了。可是哈维忙着卧倒隐蔽自己，什么也没看见。

鲍克瑟驾驶着悍马车，乔纳森在鼓捣他的散弹枪。受到《蝙蝠侠》的启发，鲍克瑟给这辆装甲车加装了许多先进的电子设备，并给悍马 H2 起了个昵称——蝙蝠车，这个称呼还真的就保留下来了。乔纳森已经摘去了扮作 FBI 利昂·哈里斯探员的化妆用具，换下了在监狱时的那套衣服。他把这些东西和租来的车一起留在了农场。他知道一切都会得到妥善处理，该清理的会得到清理，该还回去的会有人把它还回去。从华盛顿出生地纪念园返回的路上，乔纳森和鲍克瑟彼此赞颂了一番，为他们共同想出的办法把吉米·亨利送回监狱而乐不可支。

吉米提供的有关 Ｙ ｏ ｕ 写成 U 的线索，经查是金赛尔镇一家从事特许经营的仓储物流中心，名字叫 U -lockit。从逻辑上说，那里就是他们的下一站。时间还很早，乔纳森不知道他们去那儿能找到什么，但经验告诉他，调查拖延的时间越久，得到的回报也就越少。复活者家园遭到袭击已经是二十八个小时之前的事情了。

"你知道吗？"距离目的地一公里时候，鲍克瑟说道，"你不把我们的线索交给联邦调查局，这可是有风险的。"

"让他们收集他们自己的证据吧，"乔纳森说，"他们反正也不欣赏我们的方法。"

"你不觉得和他们的较劲有点过分了吗？"

乔纳森好奇地瞥了"大块头"一眼，因为鲍克瑟很少表现出这样宽宏的胸怀。"我们通过这种办法取得的证据即便是给了他们，也不会被他们所采信。"他解释道，"有毒的果树上不会掉下来好水果的。"乔纳森认为，美国司法体系的一个重大弱点就是，即使在这种恶性案件中，获取证据的手段和过程这类东西竟然被视为与证据本身具有同等重要的分量。

"而且，"乔纳森继续说道，"回到渔人湾后我会向道格通报这些情况。"道格·克雷默是渔人湾的警长，也是乔纳森的发小。不管是出于偶然还是通过调查，道格在这些年里已经把许多零星的线索串在了一起，从而对乔纳森的斯鲁森调查所绕开甚至违背法律开展业务的那一面是有所了解的。道格很清楚他的警徽意味着什么，但是他还没看出有什么理由要对乔纳森予以干涉。

过了一会儿，鲍克瑟指着挡风玻璃的前面说："这是什么东西？"

一辆不大起眼的黑色克莱斯勒轿车停在 U -lockit 办公楼前面，

车里看着没什么人。车后面不远的地方就是一排排的仓库。

乔纳森看了一下表，5：45。"我们悄悄过去。"他警觉地说。作为一个从不相信偶然巧合的人，他断定这辆车肯定和某个坏蛋有关。

鲍克瑟驶入车道停下车，关掉了引擎。"打算怎么办？"

乔纳森说道："不要轻易暴露自己。准备好武器，但是先别拿出来。"他打开车门，悄悄溜下了车。

鲍克瑟追上了他。"你估计他们是什么人？"

问得好！根据吉米·亨利的交待，乔纳森觉得什么人都有可能，也许是回到犯罪现场的坏人，也许是找到一点线索前来取证的警察。"我想做最坏的打算。"他说。

来到克莱斯勒车旁，乔纳森注意到它虽然熄火了，但是发动机风扇还在发出一点声响。

"听上去他们也是到了不久。"鲍克瑟说，这和他的头儿想的一样。

乔纳森抬起头仔细听了听周围的动静，有点儿不对劲。他说："谁会在这个时间把车停到这种地方？如果你想从仓库取什么东西，你就会把车停在你租的那个仓库前面。把车停在这儿的不论是什么人，肯定不是为仓库里的东西来的。他们想要的是别的东西。"

"比如什么？"

问得更好！乔纳森向院子边上的树林走去，用下巴示意鲍克瑟跟上。接近树林边缘的草地时，他指着地面说："看这儿。"

很明显，刚才有人从这里走过。他们掏出枪走进了树林。

乔纳森听到了声音。在这样一个静谧湿热的早晨，声音是很容易传播的。他可以清楚地分辨出远处传来的是人的说话声。但是他那一对在职业生涯中被枪炮、直升机和炸药的轰响肆意虐待过的耳朵无法听清飘来的每个单词。

几分钟过后，展现在他们面前的像是一出抢劫的闹剧。两个穿着 T 恤、帅气整洁的家伙似乎是要抢劫一个身材瘦长的拉丁裔流浪汉。这个流浪汉好像就是在这片水边的树林里安营扎寨的，而且从周围的各种迹象看，乔纳森猜他已经在这里住了很长时间。这三个人的肢体语言都显露出一种箭在弦上的感觉，说明乔纳森他们来得正是时候。

多年的配合使得他们两人的行动十分默契。乔纳森和鲍克瑟拉开了一定距离，这样会增加对方瞄准的难度。大约还有十多米远的时候，乔纳森与长着胡子的流浪汉进行了短暂的眼神交流。他饶有兴趣地注意到，这家伙很冷静，已经在不知不觉中兜了半个圈子，与身后的小帐篷拉开了挺远的距离。在乔纳森看来，这表明帐篷那边有某种值得藏匿的东西。

在这个距离内他们的话都听得很清楚了。流浪汉的语速很快，正在讲什么有人迟到了三小时。

乔纳森感觉出鲍克瑟瞥了他一眼，便点了一下头作为回答。该介入了。

"放下武器！"他喊道。

流浪汉似乎就是在期待这一刻。他反应非常迅速，一头扑倒在地，给他们留出了毫无遮拦的视野。

穿着 T 恤的两人急忙转过身，手里的枪已经举起，眼睛里满是杀气。已经没有谈判的余地了。

乔纳森和鲍克瑟同时开了枪。那两个人应声倒在地上。每人挨了三枪，两枪击中心脏，一枪正中前额。当第一粒弹壳掉在地上的时候，他们就已经死了。

即使目标已经倒地，他们俩谁也没有放下枪。乔纳森喊道："虽然我没向你开枪，但你最好是给我站起来，举起你的双手。"

没有动静，鲍克瑟耸了耸肩。

"最后的机会！"乔纳森喊道，"如果让我找到你，你的日子就不好过了。"

他边喊边瞄准流浪汉刚才趴下的地方。当那人在右边十米远的草丛里慢慢起身时，乔纳森不禁吃了一惊。他和鲍克瑟同时转移了瞄准的方向。

这家伙看上去比刚才老多了，骨瘦如柴、蓬头垢面。他从草丛里站直了身子，就像是乘着升降机从下面升上来的。他又开十指，高举着双手，看样子是吓坏了。

"干得好，"乔纳森循循善诱，"你很聪明。"

他突然感觉到帐篷那边有动静，而鲍克瑟也同时喊道："左边！"

乔纳森负责左翼，这事归他。在鲍克瑟示警的瞬间，他迅速转过身去。

天哪，是个孩子。男孩的一脸恐惧的表情并不能让乔纳森为自己的威武而自豪。他放下枪，让点 45 的枪口朝向了地面。枪仍然顶着火，如果需要他随时可以开枪，但是现在这样可以避免意外走火时伤及无辜。

"一步也别动。"乔纳森指着流浪汉命令道。随后他走向男孩，刚迈出两步他就认出了这个孩子。"杰里米？"太好了，简直不敢相信这是真的。

孩子恐惧的表情转为了迷惑。终于，他也认出来了。"乔纳森先生。"他喊道。

乔纳森把枪插进枪套，仍然是顶着火，然后向孩子奔了过来。杰里米退缩了一下，乔纳森停了下来。"你没事吧？"乔纳森问道，同时瞥了一眼那个流浪汉，见他依旧高高举着双手。乔纳森又向前迈了几步，在离孩子还差半米远的地方停了下来。"我们为你担心死了。"他说。他忍住冲动，不去打听另一个失踪的孩子——埃文·吉恩。也许乔纳森是害怕知道，也许他是想在得到任何可怕的消息前先享受一下眼前的胜利。

杰里米还是没有动。他只是稍微抬了一下脑袋，像是要把一些非常复杂的图板拼在一起。

乔纳森记得这两个被绑架孩子的档案资料。他知道杰里米·舒勒十三岁——七年级学生，再有三年就能拿驾照了——可是在这一刻，他看上去只有十岁甚至是八岁、六岁，随便你说个小岁数。他的面孔像是在融化，从一个大孩子变成了小娃娃。

杰里米终于向乔纳森扑来，用双臂紧紧抱住他，放声呜咽起来。乔纳森没做这样的准备，从不感情用事的他感到有点放不开。乔纳森拍了拍杰里米的后背，然后捧起他的头，更紧地把他抱在了怀里。

按照乔纳森的经验，凡是感情和理智之间的界限发生模糊的时候，就没有带来过什么好事情。在他的世界里，要瞬间做出事关生死的决定，要将除了行动以外的一切都抽取为真空状态。这意味着他刻意躲避与获得解救的受害者的拥抱，在他和被他帮助的人们之间竖起一堵情感的隔离墙。

杰里米·舒勒颤抖着、抽泣着，滚热的泪水浸透了乔纳森的衬衫。乔纳森觉得自己的隔离墙快要崩塌了。在几米外的地方，鲍克瑟正在搜查流浪汉身上是否藏有武器。

这是个胜利，乔纳森告诉自己。还有一个孩子没找到，所以仅仅是一半的胜利，但还是值得庆祝的。虽然仍有一大堆的问题悬而未决，但是乔纳森·格雷夫确信他知道其中一个问题的答案，那就是：伤害了这个孩子——也许仍然在伤害着埃文·吉恩——那些人，不论他们是谁，一定会为此而付出高昂的代价。

11

伯兰蒂·吉丁斯舒服地坐在走廊里一把带软垫的古色古香的椅子上，假装没注意到白宫的特勤局特工们瞥向她的眼神。他们不苟言笑地在前厅里属于各自的位置上站立着，用自己那张毫无表情的面孔同时传递出了令人胆寒的凛凛杀气和尽职尽责的敬业精神，伯兰蒂对此惊叹不已。她想知道，他们的这副神情——任何人都能一眼看出与众不同——是不是经过某个学院专门培训的结果。

美国特勤局有这样的学院吗？她很好奇。当然了，这些特工肯定在什么地方学到了他们的本领，可是她从来没听说过这样的地方。联邦调查局倒是有自己的大学，没错，谁都知道它就是设在弗吉尼亚州匡蒂科军事基地的 FBI 国家学院。克莉丝·史达琳（朱迪·福斯特在电影《沉默的羔羊》中扮演的角色）就是在那里上学时领受了她的任务。可是那里也有一所美国特勤局的学院吗？从来没听说过。

一年半前，她从原本就很中意的那份美差一跃而获得了"噢，天哪！真让人难以置信"的这个职位———一年半前，美国选民为白宫选出了一位令人兴奋的新主人——即使过了这么长的时间，伯兰蒂有时还要掐一把自己，为的是确认这一切真的不是在做梦。

她在世界的各个地方跑来跑去，参加与英国首相、罗马教皇、中国总理和俄罗斯总统举行的会谈。然而，这些经历都比不上此刻坐在白宫西翼的感觉，这个地方总会让她产生难以名状的敬畏，感受到那种不须矫饰而无处不在的权力的气息。简洁的装饰、低矮的举架、过时的建筑格局，这一切反倒是增强了这个地方的庄严和尊贵。

伯兰蒂的头衔是美国国防部长特别助理，不过她知道别人是怎么想的。有"华盛顿婊子"之誉的丹妮丝·卡彭特公然在电台访谈节目中称她为"核战荡妇"，伯兰蒂听过这个节目。它不过是这个丑陋都市中一个保守派女首领的一句脏话而已。哈里·杜鲁门总统说得好：如果你想在华盛顿有个朋友，那你最好是去找一条小狗。

伯兰蒂·吉丁斯不在乎别人对她怎么想。她的老板雅克·莱杰是国防部的一把手，也可以说是美国历史上第一位强调和平优于战争、倡导用包容来取代对峙的国防部长。伯兰蒂是他的团队的一员，也是这个伟大行动的一员，这真是不可思议的事情。

二十八岁的伯兰蒂有一张看着还要小十岁的脸蛋，还有一副与之相匹配的绝好身材。如果是在好莱坞，这会被视为是上天赐予的礼物。可是在位于东海岸的这座城市，它带来的只会是人们的诅咒。华盛顿是一个流行勃肯鞋和推崇化淡妆的城市。"它是一潭死水或者干脆就是一座死城。"她在乔治敦大学的一个同学曾经对她这么说过。

他们愿怎么说就怎么说吧。火辣性感的外貌在伯兰蒂身上还是很能派上用场的。她毕业后工作的第一站，就到时任参议员莱杰的办公室做了一名雇员，之后又随着她的老板进驻了五角大楼最外层E环的那一片让白宫都自愧不如的办公区。总统的椭圆形办公室的知名度和影响力当然是无与伦比，然而在美国联邦政府机构中，她的老板在五角大楼的办公条件也是闻名遐迩的。

伯兰蒂干的可都是大事。她经常调度那些四星上将和有着四十年职业经历的老官僚，这简直快把他们气疯了。在不是直接关系到国家防务的那些事物上，她是莱杰部长最重要的助手。她要找谁，对方回电话的时间很少会超过十分钟。作为她的老板的官方代表，她周游各国时乘坐的豪华军用专机足以使企业巨头们感到脸红。

那些脱口秀达人和深夜节目的主持人想怎么说就怎么说吧。他们的话没有一句能改变目前她处在什么地位和他们不处在什么地位的事实。只要她为之服务的那个男人的事业不断取得成功，史书上也就会给她——伯兰蒂·吉丁斯留下那么一笔。

不要误解"服务"这个词。她和莱杰部长之间可没有什么浪漫的故事。如果莱杰希望这个词有某种特殊的含义，那当然就另当别论了，特别是在参议院那些年也不是没有过这种可能。但是即使是在那个时候，他们之间的密切关系完全是建立在相互信任和辛勤工作之上的。随着时间的推移，她已经学会欣然接受这一点了。

此刻，伯兰蒂在椭圆形办公室外面狭窄的走廊上等待着内阁会议的结束。她心不在焉地用黑莓手机刷着邮件，思忖着如何向部长报告这个坏消息。他们掌控的一件非常重要的事情遇到了麻烦，她需要想出办法，既让老板了解内情，又不要把他气得做出过激的反应。这件特别的事情与莱杰部长早期的职业生涯有着密切的关系。

伯兰蒂在屏幕上得知情况还没有好转。她把手机放回包里，再次看了看表，6:30。距离连续占用了她17个小时的上个工作日，现在还不到8小时。一份能够领到这么多津贴的工作，肯定是要耗费大量时间的。

总统始终为自己习惯于一清早就开始工作而骄傲。自从《纽约时报》在三个月前的白宫专题报道中突出渲染了总统的这个特点后，他更是一发不可收了。当然了，当你天生是个喜欢早起的人，而你的家碰巧就是你的办公室的时候，为什么不能在早上六点钟召集大家开会呢？不像是有人会对此说个"不"字。

伯兰蒂叹了口气，重新跷起了二郎腿，而且这一次她大胆地回应了特工们投来的目光。如果她不希望男人注意到自己的身材，她早就会向自己的食欲输诚，抓起成袋的炸薯条大快朵颐了。如果她不希望男人面对她的胸部流口水，她早就会扔掉自己的特制定型罩杯了。事情已经很清楚了，实现她的报国热忱的一个代价是，她的私生活也不得不接受人们的关注和监督。既然如此，为什么不悄悄鼓励一下特勤局特工的窥视呢？这一生中的许多床上伴侣也许都不如随时准备为他人牺牲生命的强壮的男人吧。

内阁会议室的门开了。她想象中的特工情人重新目不斜视了。伯兰蒂也站了起来。华盛顿那些较不重要的权贵如农业部长和内政部部长，先行离开会议室，穿过了走廊。他们对伯兰蒂从来都视而不见，而她觉得他们故意表现出的冷漠挺好笑。在美国两百多年的历史上，在他们这种位置上的官员都没有留下过什么深刻的印迹。哦，还有交通部、商业部、卫生和公共事业部等等，也都差不多。她觉得他们是因为自尊才强迫自己假装看不见她的。她几乎都为他们感到难过了，你到达了你的职业生涯的巅峰，可是你又知道你的事业注定要默默无闻，这是多么难受的一件事呀。

"打起精神来，"莱杰部长大步流星地走出来说道，"别高兴会议散得挺早，把它当作是这一天的发令起跑。"

"我会的，先生。"她挤出一丝笑容说道，随后匆匆跟上他从不放慢的脚步。

莱杰侧过脸瞥了她一眼。"你刚才叫我先生？听起来好像不是什么好兆头啊！"

当他们走到通向专用停车场的门口时，伯兰蒂在部长身后拉开了一米多的距离，防止有记者已经设法混进了这里。华盛顿官场有一条守则，就是永远不要试图与你的老板同时露脸。

作为工作待遇的一部分，所有的内阁部长都有一辆专车和一名司机。但是只有国务卿和国防部长配备有安保力量。诚然，国防部长的规模要小一点——一名司机加一名保镖，后面还有一辆跟随的副车——不过足以体现这个岗位的神秘和重要了。保镖是个三十多岁、穿着便装的陆军少校，他也是整个安保行动的负责人。当莱杰部长走到林肯车的右后侧时，少校为他打开了车门，等到他的屁股一挨上椅子，少校又关上了车门。伯兰蒂则自己拉开左侧车门坐上去了。这位少校叫宾德，几周前与他的一次谈话中，伯兰蒂误以为他是要与她调情。结果少校是要向她明确表示，他的任务是保护部长，没有兼顾她的义务。事实上他进一步强调，在他们这些保镖眼里，她这样的工作人员可以起到人体盾牌的作用，增加了刺客直接瞄准射击国防部长的难度。

车启动了。莱杰在他的座位上跷起腿说："告诉我坏消息吧。"

伯兰蒂惊得合不拢嘴。

莱杰笑了。"别装出惊讶的样子，"他说，"我对你的了解甚过我的太太。在我开会前你就一直在肚子里揣着坏消息。"

伯兰蒂的城府很深，超出了一般人的想象，然而只要她愿意，她也能变得像玻璃一样透明。当对方主动问起的时候讲出坏消息，相对来说要容易些。"我们的那项特别行动遇到了一点麻烦。"她说。

这个消息让莱杰的耳朵有点发红，他的右眼眯起了一点。显然他预料的坏消息不是这方面的。

"事后才发现那伙人没有完全按照原先规定的程序去做。我们刚刚发现，我们的照顾对象中的一个已经死了，是在美国本土被杀死的。"

莱杰的下巴也开始扭曲了。"你是说那个看门人吗？他死了？"

伯兰蒂摇了摇手说："不，我是说我们的照顾对象当中的一个死了。"

他闭上眼睛用三个手指挤压着额头。"哪一个？"

"小打手。"她说。这是他们规定的代号。尽管车是密封的，而且每天都检查是否有窃听设备，但是在说这些事情时他们谁都不愿使用正常的语言。

"为什么我现在才听到这些消息？"他咬着牙关问道。

"我本来是希望在危害得到有效控制后再向您汇报。"

莱杰看她的样子就好像她疯了。"控制危害？他死了，上帝啊。"

到她最担心的阶段了。她选择的策略是有话直说，该出现的风暴就让它出现。所以，她继续说道："我们已经派人去收拾尸体了。"

他的眼神里闪过了一道光。有那么一瞬间，伯兰蒂觉得莱杰部长可能要出手揍她。"尸体？去什么地方收拾尸体？"他问道。

伯兰蒂谨慎地选择着措辞。"因为在学校里开了枪，那伙人有点惊惶。他们知道警察会很快赶来，所以就急着撤出来了。在指定地点接应的直升机驾驶员告诉他们，机上无法搭载那么多人。所以，他们把小打手带进树林开枪杀死了。"

莱杰睁大了眼睛，脸上惊恐的表情显得很真实。"天哪！"

伯兰蒂继续说道："今天凌晨三点毒蛇给我来了电话，不然我也不知道这些情况。他发誓说当时没有别的选择了。他告诉了我那具尸体在什么地方，我已经派人去处理了。"

莱杰皱起眉头说："毒蛇今天凌晨三点才来电话？在事件发生的二十四小时之后？"

"是的，先生。显然是在通讯上遇到了一些障碍。"

莱杰盯着她，就好像他没听懂似的。随后，他把目光转向豪华轿车的前方，盯着把他们和保镖隔开的那块镌刻着国防部盾形徽章的隔板。他的脸色很阴沉。

伯兰蒂说："先生，我向您保证，这件事还是在可控范围内。

我们知道有风险，但是总体而言……"

"伯兰蒂？"他转过头来，表情疲惫地看着她。

"先生？"

"你闭嘴，行吗？"

12

"我一点都没碰那个孩子，"流浪汉强调说，"我救了他的命。"乔纳森发现他有一点西班牙口音。当他们走向蝙蝠车时，他依然举着双手，直到乔纳森告诉他可以放下来了。他们已经穿过茂密的树林，回到了空旷的地带，没有什么比一个邋遢鬼高举双手做投降状更能吸引人们注意的了。

乔纳森觉得重要的是尽快让杰里米远离那些尸体。可怜的孩子经历得太多了，他不需要再看到四散飞溅的脑浆。鲍克瑟还待在那里，在那两个男人的口袋寻找可能有用的信息。

杰里米还是要跟在乔纳森的身边。他还太小，许多事情还是不让他看到为好。乔纳森需要尽快把他送到多姆神父的心理科诊椅上去。

"告诉他，杰里米，"哈维说，"别把我就这么晾着。告诉他是我救了你的命。"

杰里米没说什么，只是注视着前方。

哈维继续说道："你看，先生，我向上帝发誓……"

"我相信你。"乔纳森打断了他的话。他们离悍马车还有十米的距离，但是乔纳森停下了脚步。

哈维的脸上露出不相信的表情。

"我也向上帝发誓，"乔纳森说，"我看见你是怎么保护他的了。我看到你把他们的注意力从帐篷那里引开了，我知道你没出卖他。所以放松点，好吧？"

恐惧消失了，可是愤怒爆发了。"放松！"哈维喊道，"放松？

怎么放松？帐篷里拖进了两个死人，谁都知道那是我的帐篷！而且，没有冒犯的意思，可是当我正在和杀了他们的人说话时，我还怎么能放松？"

乔纳森紧张地瞥了一眼杰里米。他不喜欢让孩子听到这些话，不过他很快意识到妖魔早已经从瓶子里出来了。"你知道他们是什么人吗？"乔纳森语气柔和地问道，希望这对哈维的态度能够产生影响。

"我知道他们是杀手！"哈维说，"他们来这儿是为了找他的尸体……"他伸出手指越过乔纳森指向杰里米。那孩子仍然呆呆地停留在他自己的世界里。"只不过他没死，因为我救了他。他们给他注射了麻醉毒品，我能看出来，因为他的瞳孔缩小了。而且，他们还想杀了他，只是没能得逞。"哈维连比画带讲解，逐渐呈现出了事情的细节。在详细解释了他采取的所有医疗护理措施后，他说："我对着圣经发誓，我做的这些都是为了他好。我肯定没做什么不适当的或是他不喜欢的事情。"

他总在强调自己没对孩子做什么不好的事情，这引起了乔纳森的注意。为什么他要否认一个尚未有人做出的指控呢？"你在哪里接受的医疗培训？"这是一个合乎情理的问题，不过乔纳森也是等到流浪汉的火气消得差不多时才提了出来。

"谁说我受过医疗培训？"

"你说你知道杰里米被人下药了，是因为他的'瞳孔缩小'。这说明你有这方面的专业知识，而且'瞳孔缩小'这个说法本身……也挺专业的。"

哈维不再回避。"我在军队待过，"他说，"我是卫生兵。一个不错的卫生兵。参加过两次小布什的战争。"

"你在哪个部队？"乔纳森又开始领着他们向悍马车走去。

"海军陆战队。"哈维瞪着他看了几秒钟，随后摇摇头说，"不提那些糟糕的时光了。对了，你到底是什么人呀？"

他那满腹狐疑的模样把乔纳森逗笑了。"嗯，这个，这很复杂，"他说。

"你是政府的人还是怎么的？"

"我不是政府部门的。"他懒得再去解释，至少现在不想。"这么说吧，我就算是个朋友。"

"谁的朋友？"

他们走到了蝙蝠车旁。"当然是杰里米的，"乔纳森说道，"也是你的，如果你想和我们玩下去的话。"

"玩什么？"

"问你话的时候你回答就是。今天不是只有你救了一个人的命，你知道吗？"为了留出时间让流浪汉切实记住是谁救了他，乔纳森回头向树林和他们藏尸体的地方瞥了一眼。他看到鲍克瑟刚出了林子，正向他们走过来。

"你看上去像政府的人。"哈维说。

"老实讲，我听人说我看上去像个老童子军。"

那家伙终于笑了。"嗯，也挺像的。但是我怎么觉着你们杀的那两个家伙也是政府的人。他们的做派像，他们的发型也像。"

还有他们开的车，乔纳森暗想。

"至少告诉我你的名字吧，"哈维说，"怎么称呼你？"

乔纳森犹豫了一下。他生活在一个假名字和假证件的世界里。他真的不喜欢在离家这么近的地方亮出自己的真名字。但是杰里米知道他是谁，很快哈维也会明白他是哪里的人，保守不必要的秘密是没有意义的。"我叫乔纳森，"当鲍克瑟走近时他说，"朋友们都叫我迪格。"

哈维想了想。"噢，乔纳森。"他把眼睛眯成了一条线，又问道，"这一切究竟是怎么回事儿？"

乔纳森打开车锁，拉开了悍马的前后车门。"你抢了我的台词，哈维。我第一个要问的问题就是这个。"他越过流浪汉望着鲍克瑟问道，"都处理完了？"

大个子点点头。这意味着他已经收回了弹壳，清理了能够辨认尸体身份的物件。

"好。"乔纳森说。他探进车里，伸手越过宽大的前座椅，在中控台里取出一个和香烟盒大小差不多的黑盒子。他转向哈维说："我得看看你的手。"

哈维把手插进了兜里。"为什么？"

乔纳森打开盒子，露出了一块平面屏幕，很像一部 iPod，但它不是。"我想采集你的指纹，只是为了确认一下你本人的身份并不比你的模样更可怕。"

"去他妈的。"

鲍克瑟沉着脸逼近他。"管好你的嘴，朋友，"他吼道，"小孩子不应该听到骂人的话。"

如果鲍克瑟想恐吓谁，即便是最硬的汉子也会畏缩的，何况哈维·罗德里格兹远不是一个硬汉。他从兜里抽出有点发颤的手，伸了过去。

"谢了。"乔纳森说。他把流浪汉的食指按在小小的屏幕上，接着是拇指。确认纹路清晰后，他按下了发送键。维妮丝马上就会开始指纹的比对搜索。

"很简单，是吧？"乔纳森说，"现在我要你上车，坐到后面。杰里米和鲍克瑟在前面。"

大个子听到用了他的真名，气愤地瞪大了眼睛。乔纳森没理他。

"为什么？"哈维问。

"因为我要求你这么做。"

"我们去哪儿？"

"去鲍克瑟带你去的地方。"他顿了一下，又微笑道，"哈维，你很安全，知道吗？你不会再有危险了。"

"我那些东西怎么办？"

"会留下来的。"乔纳森宽慰道。

"我的所有家当都在那儿呢。"

乔纳森抬起了头。为了让哈维能明白他刚才说的都是废话，乔纳森一字一顿地说："你认为这两个家伙会是来这儿的最后一拨吗？一旦他们没有出现在他们应该回去的地方，你认为不会有更多的人要来这里吗？我不认为当那些人到来的时候你还愿意待在这个地方。"

哈维的眼神表明他明白了。"人们会认为是我干的，"他说，"不管是那些家伙的朋友还是来野外徒步的人，只要是有人看到那些尸体，他们就会认为是我干掉他们的。"

"不，他们不会。"乔纳森说。

"他们当然会。"

乔纳森把手按到哈维的肩膀上，让他安心。他刚碰到对方时，流浪汉不由得退缩了一下。"相信我，哈维，"乔纳森说，"我知道该怎么处理这些事情。"

哈维的脑子总算开窍了。

"现在上车吧。希望你到了地方后放规矩点。"

哈维犹豫了一下，最后还是钻进了车里。

"你坐前面。"乔纳森笑眯眯地对杰里米说。

这孩子只是把两只手抓在一起。

"杰里米？"乔纳森喊道。男孩的目光依旧注视着前方。

"他没事儿吧？"鲍克瑟问道。

"现在还不行。"乔纳森说，"杰里米，看着我。"

孩子的脸转了过来。

"你现在的感觉不好，这很正常。你经历了那么多事情，可是你现在安全了。我的大朋友在这儿，他叫鲍克瑟，他会带你回渔人湾，带你去见多姆神父。你喜欢多姆神父，对吧？"

杰里米几乎察觉不出来地点点头。

"现在什么事都不会发生了，明白吗？这几天确实很可怕，但是你已经安全了。上车吧。"

"你也来吗？"杰里米问道，他的声音是沙哑的。

他终于开口说话了，乔纳森很高兴。"我大概过一个小时左右就过去，也许要两个小时。有些事情我还要处理一下。"

"什么事情？"

乔纳森和鲍克瑟交换了一下眼神。"那些事情和你没关系。好了，做个乖孩子，上车吧。鲍克瑟开车会很小心的。"

又劝了两分钟，杰里米终于坐到副驾驶位置系上了安全带，乔纳森关上了车门。

"你确定不用我来收拾这个烂摊子吗？"鲍克瑟对乔纳森低语道，"我们可以换个角色。"

乔纳森宁愿去穿越火场也不想再去哄劝杰里米了。"不用，我没问题。"他说，"把他们带到大楼去吧。提前给多姆打个电话，看他能不能先到那儿等着。"

"你这位蓬头垢面的朋友怎么办？"

"给他找个房间。在我们调查他的底细期间，把他安顿得舒服点。"

鲍克瑟把从一具尸体口袋里找到的车钥匙交给了乔纳森。"有麻烦就马上告诉我。"他说着走到了驾驶员一侧的车门旁。

为了把两具尸体塞进那辆克莱斯勒的后备厢里，乔纳森脱得只剩下一条短裤了。他觉得自己的这个模样有点荒唐，不过如果在接下来的十分钟里有人在附近晃悠，那么近乎裸体的尴尬只会是他面临的一个最小的问题了。

这是个令人惊奇的一天，而最新的惊奇则来自这两个枪手——乔纳森已经把他们的指纹传输给维妮丝了——他们竟然已经在后备厢里仔细地铺好了塑料布。如此具有讽刺意味的事情怎能不令人发笑呢？

但是一想到这两个人的卑鄙企图，乔纳森略带讥讽的笑容立即被愤恨的神情所取代了。这两个浑蛋原本是想把一个孩子的尸体放进后备厢里。复活者家园的一个孩子，就是说是乔纳森的一个孩子。他们怎么敢？地狱里今天又多了两个新的居民，连撒旦都会鄙视企图杀害儿童的凶手吧。

他把克莱斯勒开到了尽可能靠近这两个家伙的地方，这样可以缩短把尸体扛在肩膀上走动的距离。他们俩的体型都不错，坚实的肌肉使他们的体重比同样个头的人要重一些，但是由于脂肪不多，抓起他们来不滑手，所以更容易塞进后备厢。往里塞第二具尸体时，这两个家伙的脑袋撞在了一起，乔纳森不禁感到了一丝明知不应出现的快意。

把他们的胳膊和腿都塞进去后，乔纳森关上后备厢，上下打量了一下他自己。双手、前胸和胳膊上都是血迹，指甲缝里也是。至于脸上是什么样子，他只有靠想象了。这样不行。他走进流浪汉的帐篷开始翻找肥皂，他相信这里的什么地方应该有这种东西。找到后，他一手拿着肥皂，一手拎着枪，手臂上搭块毛巾遮住部分枪身，穿过高高的草丛来到了河边。

他用短短几分钟时间就冲洗完了。擦干身体后，他重新穿上衣服，坐到克莱斯勒的方向盘后面，发动了汽车。开出几公里后，他从口袋里掏出手机，按下了语音呼叫键。"呼叫奈尔斯·德克尔。"他说。

对方在铃声响了三下后接起了电话。乔纳森说了他要干什么。

德克尔叹了口气。"我在办公室等你，"他说，"直接把车开到后面去。"

"半小时后见。"乔纳森挂断了电话。

他只用了二十五分钟。

德克尔家族的几代人一直从事殡葬业务，在弗吉尼亚北部地区的同行业中声誉是最好的。殡仪馆的大楼很气派，是蒙特罗斯郊区的一个地标性建筑。门口那排高大坚固的廊柱不禁让人想到白宫北门的前廊。瞻仰厅的墙壁是用华丽的织物包裹的，天花板垂挂着美轮美奂的枝形吊灯，与世界上最奢华的豪宅相比起来一点也不逊色。处于劳工阶层的农场工人和渔民梦想着有一天能住进这样的豪宅，然而可悲的是，他们只有在死后才会被推进这个地方。

乔纳森和奈尔斯·德克尔从小学一年级到高中一直是同学。虽然他们不算特别亲密，但是他们的父辈在生意上的联系却很紧密。按照公开的说法，乔纳森的父亲西蒙·格雷夫诺的财富是靠废旧物资回收利用的生意积累起来的。事实上乔纳森目前仍然拥有这家回收公司，它赚的钱仍然足够供养一个非常富裕的家庭。几年前，乔纳森就把公司的经营权交给了伦纳德·金，他自己只是偶尔出席一下董事会的会议，不过他喜欢与真正的企业经营保持着联系。

当年在生意之外的时间里，西蒙·格雷夫诺是个窃贼和杀手，新闻报道中称他是美国南部地区黑手党的一个关键人物。为了毒品交易的不断兴隆，他根据需要买通或是出卖政客，呼风唤雨，为所欲为。凡是挡在他路上的人，他都采用极端的手段移除掉了。而如今西蒙已被山姆大叔请去做客，只能在安全等级最高的一所监狱里度过余生了。

乔纳森从他很小起就留心不去介入他父亲黑道上的事情，与家族生意的那个部分严格地划了一道界限。他的父亲对此很失望。自打乔纳森在十八岁的时候把自己的姓氏由格雷夫诺改成了格雷夫以后，父子之间基本就断绝了联系。

但是父亲毕竟还是给儿子留下了一些东西，其中有些对乔纳森不是没有帮助的。与德克尔家族的关系也算是其中之一。

德克尔殡仪馆位于一座小山顶上。接收尸体这项令人不快的业务是在地下室开展的。这里有一个地下卸载场地，可以让灵车，或者是像现在这样，让一辆克莱斯勒轿车开进来，把货物卸到距离尸体防腐间只有几步之遥的地方。

乔纳森在车道上掉头后把车倒进了地下库。奈尔斯·德克尔已经在这里等他了。这家伙甚至在上高中的时候就很讲究穿戴，如今由于经营上的原因更在意衣着的庄重了，从没有人见过他不穿昂贵西装的时候是什么样子。今天他穿的是深蓝色的正装和挺括的白色衬衫，系着一条图案夸张的领带。他的身材短小结实，与影视里出现的那种又高又瘦的殡葬师形象差距很大。不过随着家族血统的进化，他身上还是具备了一点幽默感的。

"你好！奈尔斯。"乔纳森从车里钻了出来。车库的卷帘门已开始重新落下了。

"早上好，乔恩。"迪格的绰号是乔纳森在军队的那些年里获得的，虽然他认识的大多数人都这么叫他，但是奈尔斯出于自己对于礼仪的理解，从来不对乔纳森使用这样的称呼。奈尔斯站在一旁看着乔纳森打开后备厢亮出了货物。"塑料布垫得很仔细，"他说，"你的准备还挺充分。"

乔纳森懒得解释说塑料布不是他准备的。这不关殡仪馆老板的事，他肯定对此也并不真正在意。

"我能问问这两位绅士干了什么才落得这么个结局吗？"

"他们想杀了我。"乔纳森说。

"这些人啥时候能变得聪明点呢？"奈尔斯脱下西装套到衣架上，又把衣架挂进了门旁的衣橱里。他从里边拿出两件长袖橡胶围裙，递给了乔纳森一件，问道："不介意搭把手吧？"

乔纳森套头穿上围裙，把胳膊伸进了袖子里。"当然没问题。"

奈尔斯又打开衣橱旁边一个柜子，里面是一堆裹尸袋。他取出两个袋子，用一分钟时间把它们展开铺在了水泥地面上。最后他从柜子里变出了两副橡胶手套，就是你用热水洗盘子时戴的那种。

"他们有名字吗？"当他们抬起那个金发脑袋已经开了瓢的家伙时，奈尔斯问道。

"没有名字，"乔纳森说，"我不认为这对你有多么重要。"

奈尔斯不赞成地看他一眼说："我们这儿有些人对于偶尔碰到的这种事情心里很不安。"

乔纳森抬着尸体的头部和肩膀。抬到离铺着裹尸袋的地面还有二十公分高的时候他撒开了手，尸体砸落到地上发出了"咣当"一声。"抱歉又让你不安了，奈尔斯。不过这件事很重要，不安归不安，只要你别不干就行。"

奈尔斯在尸体的脚旁找到拉锁，拉上了袋子。"如果能不干的话，我当然就不干了。"

乔纳森没接茬，把注意力转向了第二具尸体。还是他抬更重的那一头。奈尔斯没有那个勇气拒绝处理他拉来的尸体，他明白如果他真敢这么做，乔纳森就会断掉他在其他非法客户身上赚钱的一切路子。

处理这种尸体的办法很简单，却非常可靠。当死者在殡仪馆供人瞻仰时，他们并不是直接躺在棺材的底部。棺材里有一张尼龙绳编织的网床，这种东西与户外草坪家用的尼龙网没什么两样，上边再铺上一层薄薄的垫子，便是死者安卧的地方。殡仪师可以根据死者的胖瘦调整网床的升降，使尸体相对于棺材的边缘有一个合适的高度。奈尔斯·德克尔的父亲发明了一种龌龊的勾当并把它传给了儿子：网床和棺材底之间的空隙是藏匿另一具尸体的最理想的地方。密闭的裹尸袋不会散发尸臭，而且网床上躺着另一个死者，他的周围摆放着各种殡葬用品，所以谁也想不到下面还有一具搭便车的尸体。至于额外的重量，每个人都会当成是结实的棺木带来的。

亏了德克尔，在威斯特摩兰县正经有几座这种双人墓地呢。

"什么时候能埋掉他们俩？"乔纳森问。

"今晚吧，"奈尔斯说，"今天下午有两个葬礼，我肯定他俩也会参加的。"

"那就谢谢了。"乔纳森说。他等在原地，看着奈尔斯消失在建筑物里。过了一会儿，奈尔斯推来了一张轮床，随后又是一辆。乔纳森帮他把尸体抬上了轮床。"还需要我帮你干什么吗？"他问道。

"我自己能行。"奈尔斯说。

乔纳森看得出来，非法处理不明尸体的心理负担确实在折磨着他。"嘿，奈尔斯？"

他转过身来。

"他们就是昨天在复活者家园杀人的家伙。"这已经很接近真相了，并不完全是谎言。即使不是这两个人开的枪，他们也是沆瀣一气的同伙。"你用不着为他们流泪。"

13

　　五角大楼城购物中心的美食广场同世界上别的地方的美食广场没什么两样。同样的比萨，同样的中餐，同样的汉堡。伯兰蒂觉得唯一不同的地方就是它位于一层。这种地方不是大都设在商场的顶层吗？但是在这家购物中心，美食广场摆在一层自有它的道理。这里离五角大楼城地铁站只有两百步之遥，而它的上下站就是国防部和克里斯特尔城地铁站。对于像今天这样的会面来说，这里是最好的地点了。

　　对于一个工作日的上午 10 点半来说，伯兰蒂觉得这家美食广场有点太繁忙了——不过她说不清其他这种地方是不是也同样热闹。国防部长有自己的私人厨师，这一待遇也延及到了特别助理伯兰蒂身上，而且还不用付账。当免费的五星级食物唾手可得的时候，如果不是特别必要，她为什么还要跑到五角大楼的 E 环外面去吃饭呢？

　　为了在等待中不引起别人的注意，伯兰蒂要了一杯星巴克的拿铁咖啡和一块肉桂松饼。松饼的味道像是拌了糖的锯木屑，每啃一口都要喝一口咖啡才能咽下去。出于安全的考虑，她在一大片白色餐桌的海洋中选择了中心地带的一个位子，这样别人就很难悄悄地靠近她。当你把自己的生活同收拾眼前这样的烂摊子联系到一起的时候，你患有某种程度的恐惧症就是很正常的了。

　　这次的当面会晤是不得不做的一件苦差事。打进打出五角大楼的每个座机电话都有记录——即便不录下你谈什么事情，也肯定要记下你是与什么人通话。她估计五角大楼自从装上电话就是这个规矩。伯兰蒂可以把自己的手机号码告诉对方，但是她不想让杰瑞·肖格伦对她的生活了解得比目前更多。

于是，只剩下当面交谈这一种选择了。不管怎么说，大型购物中心总还是一个让她感觉熟悉和安心的地方。

肖格伦站在自动扶梯下楼的时候，伯兰蒂就看到了他，但是两个人没有眼神的交流。她仅仅是瞥了一眼，注意到他也同样避免露出能让别人看出他们认识的迹象。这种游戏一贯如此，虽然她不明白为什么一定要这样。既然他们马上要坐在一起，她想，如果像恋人似的微笑或是挥挥手可能更好一点。

事实上，没人会相信他们是恋人。肖格伦一看就是五十岁出头了，身材活像是一头熊。浓密的灰色毛发覆盖着他的脑袋、耳朵和上唇。他说话听起来像是在恶搞新英格兰口音，发"啊"的音时，完全用鼻音发出"昂"的动静。他经常是笑容可掬，举手投足间带点老爷爷般的慈祥。但是，只要和杰瑞·肖格伦交谈过两分钟，就不会有人怀疑他有能力完成你雇他去做的任何事情。

伯兰蒂等他的影子罩到了桌子才把目光从松饼上抬了起来。"你的模样不像是给我带来了什么好消息呀。"她说。

肖格伦坐到对面，两只前臂重重地压到了桌子上。"在这一行里很少有'好'消息，如果你明白我的意思的话。"他又露出了老爷爷般的那一面，不过带有对年轻人屈尊俯就的模样，好在没让伯兰蒂觉得受到了冒犯。他继续说道，"但是这次的情况比你能想象出来的还要糟糕。"

伯兰蒂感到一阵寒意。"这么说我们找不到那个孩子了？"

肖格伦抬起头轻声笑道："嗯，那就够糟了，是不是？但是我说的情况更糟糕。我们不仅找不到那个孩子，就连我们派去找他的人也不见了。"

伯兰蒂脸色变白，心头发紧。"也不见了？这是什么意思？"

他向后靠在椅子上，试图放松一下神经。"就是你听到的意思。他们没了，失踪了，不见踪影了。噗的一下子，把他们派出去后再没动静了。后来我又派了一个组去找他们，发现草地上有些血迹，别的什么都没有。"

"是那个男孩的血迹吧？"她怀着希望问道。

他耸耸肩说："红色的血迹。这就是目前我能告诉你的。"

"发生什么事了？"

肖格伦笑了。"我是不是应该用比'噗的一下子'更明确的什么词儿？我没有任何线索。人没了，汽车没了。一切，都没了。"

"怎么会这样呢？"她一开口就知道这是愚蠢的，换个问法来问相同的问题并无意义。"一定是发生了什么意外的情况。"

他耸耸肩表示同意。"附近有个野营的帐篷，好像是有人把那当成了家，但是现在已经没有人影了。我已经让人在周围打探了，看看帐篷里住的到底是谁，这或许会成为一个线索。"

"'或许'这个字眼可不是我的老板喜欢听的。"

"你希望我说谎吗？"

实际上是的，但她没有说出来。那样的话，如果这一切全搞砸了，她就可以把责任都推到这些中间人身上。"你认为他们是……死了吗？"她问道，几乎像是在耳语。

"这两个人都是硬手，"肖格伦抬起头说，"我很难相信一个无家可归的流浪汉能对付得了他们。"

"那为什么……"

"但我更难相信他们还活着却一直不报告。他们从来不会这么做。所以，是的，我认为他们可能不会回到我们身边了。"

伯兰蒂注意到，他的语气是冷漠的，就像是在说丢了几把螺丝刀一样。"警察知道吗？"她问道。

这一次，肖格伦的笑声足以引起旁人的注意了。等到笑完了，他向后靠了靠，跷起了腿。"那我怎么跟警察说呢？"他问道，"尤其是我该如何解释他们为什么去那儿呢？"

她又问了一个愚蠢的问题。其实是，她实在想不出任何高明的问题。没有一件事情是按照原来的设想运行的。"你下一步打算干什么？"她问道。

"我还想问你呢。"

"把事情弄到这个地步的不是我。"伯兰蒂说。尽管心里很恐惧，但她很高兴的是她的口气依旧强硬。

肖格伦的态度也变得强硬起来。"我想这要看我们从什么时候开始算起，是不是？你我之间，还有你的老板，是谁决定去把那个小城弄得鸡飞狗跳，只为了搞定过去遗留的一个大麻烦？"

伯兰蒂同样怒目而视。"在我们三个人当中，你是负责拿钱去消灾的。策划和组织具体行动的不是我们。"

肖格伦眯起了眼睛。伯兰蒂第一次意识到她的担心确实是有道理的。这个人不喜欢受到别人的指责。当这种指责出自一个只有他一半年纪的女人的时候，对他的伤害肯定是很大。

她坚守着自己的阵地，而他的表情又变得柔和了。"我想了很多，"他最后说，他的语气和刚才一样平缓简洁。"你听说过弗吉尼亚州的米德尔塞克斯镇发生了越狱事件吗？那里离这次行动的地点不远。"

"媒体说它与参与了学校枪击事件的一个人有关。"

"我们也听到了同样的消息。他们说那人的越狱得到了伪装成FBI特工的某个人的帮助，干得相当漂亮。"

"既然你这么评价的话。"伯兰蒂说。从她目前的角度来说，干得漂亮可算不得是最贴切的词汇，说是祸不单行可能还差不多。

"嗯，你听到最新消息了吗？"肖格伦继续说，"尽管是得到了那么有力的帮助，但那个越狱的家伙还是被抓回来了。"

伯兰蒂其实没听说这个消息。她掂量了一下，不知道该如何应对。"这算是好消息还是坏消息？"

"就我个人而言，我希望他们杀了那个浑蛋。让我困扰的是，人们发现他的时候，他被捆扎得像一盒包装精美的圣诞礼物。不管是谁把他救出去的，他们从来就没打算让他一直在监狱外面待着。"

伯兰蒂知道她应该明白肖格伦的这些话意味着什么，但是她目前还是一头雾水。与其承认这一点，还不如继续听他说下去。

"他们把他弄出监狱，就是为了从他身上榨出信息。"肖格伦说，"他又回到了监狱，是因为他给了他们一些有价值的东西，否则他们会杀了他。据我所知，他身上一些地方瘀伤还挺严重的。"

"是谁想从他那儿榨出信息？"

肖格伦大声叹了口气。"我，不，知道。"他像是在对一个发育迟缓的小孩说话。

"他能告诉他们什么？你说过他什么都不知道。"

"任何人都或多或少知道一点什么。比如说这次吧，他知道直升机的降落地点。"

"在哪儿降落的？"

"你真想知道吗？"

问得好，她想。"不想知道。"

他笑了。"就是他们杀那个孩子的地方。同样，也是我派去的人消失的地方。"

她突然觉得明白过来了。"有人袭击了你的人。"她说。

他动了动眉毛，表示承认这种可能性。"我就是这么想的。看来吉米·亨利吐露的情况帮助他们找到了那个地方。"

伯兰蒂闭上了眼睛。"那么我们该怎么办？"

肖格伦把双臂抱在一起，又跷起了二郎腿。"也许我们可以找到那顶帐篷的主人。"他说，"如果是那样的话，我估计我们也能从他嘴里逼问出一些信息。针锋相对，一报还一报。"

"把一个陌生人牵扯进来是明智之举吗？"伯兰蒂问道，"我的意思是，你只要提出问题，他就可能怀疑……"看到他失去耐心的夸张表情，她就没把这句话说完。"哦，当然了，你比我更擅长做这种事。"她说。这个家伙最不能容忍的事情大概就是回答别人的问题了。"但是你还是必须找到那个孩子的尸体，有人还在惦记着他呢。我还是不明白究竟出了什么问题。"

肖格伦明显变得很不安。"嗯，噢，也是挺有趣的一件事，我们已经不再是寻找那个孩子的尸体了，我们是在找那个孩子。我们认为他还活着。"

伯兰蒂目瞪口呆。"噢，天哪！"

"我逼问我们的朋友米奇·庞德讲出实情，最后终于搞清楚了。原来是他手下一个叫詹金斯的，觉得对一个孩子开枪实在下不去手，所以他就把孩子带进树林里，给他注射了过量的麻醉毒品剂。他以为这样的话那个孩子就必死无疑了。为了让别人放心，他朝天开了一枪，随后他们就离开了。"

"这就是你那个公司所谓的'专业水准'吗？"伯兰蒂问道。她希望重新夺回谈话的控制权。

肖格伦用手做了个从腋下枪套里掏枪的姿势，食指对准她说："你说话的时候最好小心点，小姐。"他的面颊和前额变红了，"除非你自己亲手做过你要求我们干的那些脏活儿，否则你最好弄明白你自己是谁。我会做好需要我做的事。但是你要记住，你不是你的老板。如果是他生我的气，也许我还能忍，但是你要跟我过不去，我也许就要让你真正见识一下我的脏活儿了。"

伯兰蒂闪开了目光。

肖格伦说："我正在四处找那顶帐篷的主人。他什么也没带走就消失了，这说明他是了解一些情况的。我的直觉告诉我，如果我找到了他，我就能找到那个男孩。"

"当你找到他，你就——"伯兰蒂没说下去，觉得他会明白她的意思。

"只要你愿意，你随时可以让我在这件事上收手。"肖格伦说，"但是只要你还没这么做，我就必须把我的活儿干完。你希望我停止寻找，放过那个孩子吗？"

伯兰蒂合上眼睛，深深地吸了一口气。怎么会到了这个地步呢？"不，"她仍然紧闭着眼睛说，"我要你干完它。"这话好像不是出自她的嘴巴。七年前在乔治敦大学获得政治学学位时，她无论如何也想象不出自己有一天会下令谋杀一个孩子。然而现在，在不到一个星期的时间里，她已经是第二次这么做了。

14

乔纳森在十点三十分进入了大楼。他已经洗了一个很长也是很烫的热水澡，很高兴自己获得了重新做人的感觉，接下来那两个小时的睡眠对他也没带来什么坏处。按正式的说法，这幢体量庞大的殖民风格建筑，是复活者家园的教学和办公场地以及维妮丝一家人的住所。但是在这个小镇的其他人眼里，这里永远是格雷夫诺家族的豪宅，也是乔纳森度过了童年的地方。乔纳森继承了这幢房产后，很快就高高兴兴地用一美元的价格把它转让出去了。

内心深处一道高高的围墙使得乔纳森不愿意更多地唤起当年的记忆，所以他也很少来这个地方。如果他来了，那肯定是有重要的原因。

他快步迈入装潢华丽的门厅，穿过宽敞的楼梯下面的空间，打开了通往地下室的那道窄门。乔纳森尽量不去回想当年地下室的房间里住着成队的仆人的日子。这些仆人都归亚历山大妈妈管，她和女儿维妮丝当时有资格住在通风更好的三楼。

乔纳森有点惊奇的是，地下室的空间似乎比他记忆中的要大，远不是那种阴森森的地牢的样子。走廊很宽，当年有许多食品车和清洁工具车穿梭在这里的各个送货电梯之间。两侧的寝室则让他想起了在威廉玛丽学院住宿的日子。如今除了有人觉得有保留价值的一些破烂还堆在这里外，这些房间基本上都是空着的。

"维妮丝？"他叫道。

"这儿呢。"

乔纳森回过头，看见维妮丝走到走廊伸手招呼他。她的另一只手拿着一个纸制文件夹。她看上去比两天前大了五岁，巧克力颜色的皮肤有点松弛，面容显得憔悴。这说明她在很短的时间里流了太多的眼泪。

"杰里米在里面吗？"乔纳森走过来，头部向维妮丝刚出来的房间示意着问道。

她摇摇头说："不在。他在教区长的房间，多姆和他在一起呢。"

"他没事吧？"

"从身体上说似乎是没事的，"维妮丝说，"多姆让汉密尔顿医生来看过了。"

乔纳森很生气。"我想我告诉过你们——"

"多姆对他强调过要保密。"维妮丝打断他的话说，"这孩子被人下了药，迪格，我们不得不让大夫来看看。"

她是对的，当然了。但是在这个节骨眼上，让杰里米活下来的最好办法就是让人们都以为他仍然在失踪状态中。那些目前失去了杰里米踪迹的家伙，不论他们是什么人，最希望的就是他回到学校，这样他们就会再派一队杀手过来。他们不会因为事情变得更有难度而放弃这种打算。

"还是要注意保密，知道的人越少越好。"

"要不要告诉道格·克雷默警长？"

"先不要告诉他，"乔纳森说，"暂时别把他扯进来，除非我们没有别的选择。应付这起案件够他忙的了。斯图尔特怎么样了？"

维妮丝沉下脸，耸了耸肩说："医生认为他能挺过来，但是他们担心他的肝脏和脾脏。显然子弹击伤了这两个地方，而且当他们殴打他的时候——"她有点哽咽，停了下来。

乔纳森不需要再听下面的了。重要的是他能活下来。如果事情进展顺利的话，他会替斯图尔特报这个仇的。"我们的新朋友们都怎么样？"

"你们干掉的那两个人当中，有一个完全是隐形人，找不到有关他的任何记录。就像你一样，他从来没有正式存在过。"

乔纳森心头一紧。在当今这个时代，每个人都会在某处的档案资料里留下指纹，除了那些故意抹去指纹的人。在所有的数据库里都能做到这一点，那可太不容易了。"另外一个呢？"

"他叫肖恩·奥布莱恩，"维妮丝说，"二十年前，他还是个孩子的时候因为犯罪留下了指纹，这是我们在数据库里能找到的唯一的指纹记录。少年法庭的记录还显示，法官动员他去加入海军陆战队，他也确实去了。这在当时的办案文档中记载得很清楚。"

"让我猜猜：在海军陆战队没有他的记录。"

维妮丝点了点头。"他们的数据库里没有他。"

乔纳森抱着双臂靠在墙上。"这么说他们是政府部门的特工，"他大声说出了自己的想法，"或者是承揽政府的这类行动任务的民间机构的人。这就和吉米·亨利告诉我的情况对上号了。"他简要介绍了那个囚犯在绑架案中扮演的角色和他对同伙那些人的描述。

"政府机构为什么会卷入袭击学校的事件呢？"维妮丝问。

"很明显，他们想得到那些男孩。"

"他们只是孩子啊。孩子们干了什么，竟然值得他们这么做？"

乔纳森估计孩子们什么也没干——至少不会是有意干出了什么。实施绑架所需要的理由并不很多。有政府机构参与其中的绑架行动，其目的更是可以归结到以下三点：收集情报；确保沉默；以人质为要挟获取合作。他决定不与维妮丝谈论任何一种选项。

他说："我需要你找出有关这些杀手和这两个孩子的一切信息。这两个孩子之间肯定有一个共同点——某种他们共同知道的秘密。

110

我们得搞清楚它是什么。"他停下来深吸一口气，换了个话题，"那个流浪汉怎么样了？"

维妮丝指了指旁边最近的房间。"他在那里，"她说，"但是他不说话。他叫哈维·罗德里格兹，出生在委内瑞拉，十五岁时移民到美国。他是个儿童性骚扰者。"

乔纳森的脸部抽搐了一下。

维妮丝把文件递给他。"都在这儿，里边有好多内容。你和他谈话前应该先看看。"

他接过了文件夹，可是没忙着打开，而是和维妮丝对视了几秒钟。在这个星球上还有那种期盼着孩子们正常长大的好人吗？

"别对鲍克瑟提起这事，"乔纳森说，"他会杀了这人的。"

"你觉得那是一件坏事吗？"她朝楼梯走去。

只用了几分钟，乔纳森在文件里大致了解了哈维·罗德里格兹的基本情况。看完后，他打开房门走了进去。

尽管屋里有椅子和桌子，可是哈维仍然站在角落里，背靠着墙，双臂抱在胸前。桌上有一个空塑料水瓶，旁边还有一瓶满的。

"你无权把我留在这里，"哈维一见乔纳森跨进门槛便说道，就好像他一直在排练，而且必须在失去勇气之前赶紧说出来似的，"你不是警察。你不能让我待在这里。"

乔纳森抬起头，耸了耸肩。"走吧。"他说，走到一边让出路来。

哈维眯起眼睛："你是当真的？"

"千真万确。我是保护你，而不是要拘禁你。你想走就走吧。你到了街上成为别人袭击的目标，我就不用担心你给我们这里带来麻烦了。"

哈维犹豫了。

"我说的是真的，"乔纳森说，"走吧。"

流浪汉的眼睛飞快地转着，好像要找出这里有什么猫腻。他终于认清了形势，眼睛瞪得更大了。"如果我离开这里，那些人就会追杀我。"他说。

乔纳森从桌前拉过一把折叠椅坐下了。"这似乎是已经列进他们的日程了。"

"那个孩子在哪里？"

"在用不着你来操心的一个地方。为什么不坐下呢？"

"他们想要的是他。"哈维说，"他们把他扔在那里是想让他死，你知道吗？"

"是你救了他，你做了一件好事。而现在我想救你，"为了加深印象，他刻意停顿了一下，"除非你想离开。"

哈维权衡了大约有一分钟。"你知道我不能离开。"

"我知道。"

"那我应该怎么办？"

乔纳森没有立即作答。这也是一种谈判，而在所有的谈判中都需要把对方的利益考虑进去。"我愿意相信你会乐意接受我们的安排。"

"你把我关在了地下室里。"

"只是因为这里更隐蔽，"乔纳森解释道，"这里发生的一些事情我还没搞清楚，但是我明白一条：如果有人能下手去杀一个孩子，那他们就能下手去杀任何人。"

哈维的目光盯着前面的某个地方，脸上露出了沉思的神情。"我不喜欢和人打交道，"他说，"我对别人没多大用处。可是这件事情就在我的眼前发生了，我稀里糊涂卷进来了，不得不跟着吃挂落儿。"他朝着乔纳森翻了下眼珠，"你能明白我怎么会摊上这种事吗？"

乔纳森喜欢这个家伙，说不出为什么。"这个世界上有很多事情都让人搞不明白，哈维。"他停顿了一下，又说，"就比如，像你这么一个人——海军陆战队的一个卫生兵，竟然会由于猥亵儿童把前程葬送了。"

面对乔纳森的指控，哈维抿紧了嘴唇，可是他的眼神依然显得很倦怠。"看来你们已经做功课了。"他说。

乔纳森点了点头。"是的。而且我必须告诉你，我要早知道是这样，就会让你和那两个家伙一起死在那个地方。"

哈维的眼睛红了，但他什么也没说。

"是真的吗？"乔纳森追问道。

"如果你指的是有关我的性犯罪记录，是的，那是真的。"

"有'但是'吗？"乔纳森皱着眉问道。

哈维的微笑不带丝毫的笑意。"你不会有兴致听我说这事的。"

"你为什么这么说？"

"因为没人有兴致听我说什么。他们认定了我是个猥亵儿童的家伙，这就足够了。"

"的确是足够了。"乔纳森说。

哈维狠狠地瞪着乔纳森说道："告诉我你究竟是怎么打算的。你是认为看到档案里有关我的结论就行了，还是想听听我说真话？"

"我感兴趣的从来都是真相。"

哈维隔着桌子坐到了乔纳森的对面，用一会儿工夫整理了思绪，随后讲起了自己的故事。"我在 2004 年第一次费卢杰战役之后遇到了……麻烦。我不知道你是否了解军事行动，不过那次的战事相当激烈。他们称它为'巷战'，我想也可以这么说吧。但是在我看来，'巷'意味的是城市，而费卢杰又老又旧，像是有一千岁了。我在"三–五"K 连，我们的进攻连着几天没取得大的进展。"

乔纳森知道"三–五"是指第五海军陆战旅的第三营。

"到处都有那些穆斯林人在负隅顽抗，我们的伤亡惨重。我一

113

天到晚都忙着处理伤员的脑袋和肠子。我刚包扎了一个海军陆战队战士，马上又会送来一个；真他妈的糟透了。"

这是美军战史上一次激烈的巷战。乔纳森没有参加这场战役，但是他认真研究过它。在２００３年的伊拉克自由行动开战时，他已经离开军队有几年了，但是他与还在服役的许多战友依然保持着联系。美国媒体很少去报道那些可以令国人振奋的胜利，而是更多地聚焦于美军的损失以及给平民造成的死伤。但是那个为期数周的战役给美军在战略战术上带来的变化，已经载入了军事教科书以供后来的几代人认真进行研究。

哈维继续说："不管怎么说，如果你从未到过那里，那就很难向你描述一个人的内心是如何被撕碎的。我当不了我原以为会变成的那样一个海军陆战队军人。我曾想过有朝一日我会成为一个很好的卫生兵，我的意思不是一般得好，而是非常棒的一个卫生兵，我甚至想过借助国家为军人提供的待遇考入医学院。但是到后来我实在无法忍受下去了。"

他打开瓶装水的盖子，扬头喝了一大口。"医生们把这称为创伤后应激障碍症。当你把它用在别人身上时，这是一个堂而皇之的名称。但是落到你自己身上，你感觉这就是快变成一个'疯子'了。他们把我送进贝塞斯达的医院里待了一段时间，然后就让我退伍了。这倒也行，但是我靠什么谋生呢？我再不想和血液、内脏什么的打交道了，所以我想我应该去帮助孩子们。你知道，他们是世界的未来。"

他的尖酸的语气中又掺杂了几声冷笑。"我在布洛克县的一个社区健身俱乐部找了份工作，离布鲁克菲尔德很近。"

乔纳森知道这是弗吉尼亚州北部的一个县。

"我教孩子们游泳，也兼任救生员，甚至还教点急救课程什么的。这正是我想要的那种工作。孩子们总体上都是好的，对吧？在他们生活的世界里，所谓的暴力只不过是电视里边的东西。和他们在一起，总是让人感到自己也有了活力。"

乔纳森抢过话来："噢，活力，所以你就……"

对方愤怒的目光让乔纳森不由得把后面的话咽了回去。"你是想听下去，还是想发表议论？"哈维吐了一口唾沫，说道，"你知道吗，这就是我没必要跟人解释的原因。人们看到贴在我身上的标签，就自认为什么都清楚了。"

"很抱歉。"乔纳森说道。他是认真的。

哈维用眼睛盯了他一会儿，掂量着他的可信程度。"好吧。嗯，事实上有的孩子也很不像话。我遇到了这么一个，她叫阿曼达·古德森伯瑞，一个整天胡说八道惹是生非的捣蛋鬼，也就是十三岁左右吧。到了夏天放假的时候，她的父母每天早上七点把她送到我们那里，晚上八点再接她回去。我们收了六块钱的门票，结果就成了她的保姆。这样的孩子不只她一个，但她是最让人讨厌的。她以为自己是个该死的女王呢！她恐吓别的孩子，而且她还对大人说"滚他妈一边待着去"。你知道这种孩子吧？"

乔纳森笑了笑，决定不说出他自己专为这样的孩子们建了一所设施完备的学校。他们到了复活者家园后过不多久就和从前大不一样了，而大多数学生刚进学校的时候，要么是欺凌别的孩子的小恶棍，要么就是这些小恶棍的受害者。

"有一天，这个女孩又在胡搅蛮缠的时候被我撞见了。我告诉她，我认为她像是个可怜的小丑。我当真这么说的，让这个坏丫头在她的小跟班和受她欺负的那些孩子面前大大地丢了面子。"他用鼻子深吸了一口气，闭上眼睛摇摇头说，"第二天俱乐部来了五个警察，以二级性侵未成年人罪逮捕了我。我训斥她的那天晚上，她回家后告诉父母，说我在更衣室里摸她了。

"检察官是叫作丹尼尔·彼得雷利的一个下三滥的浑蛋。他想把我的案子弄成一个经典性的案例。他把新闻界也扯进来了。有人泄露了我有'精神不稳定'的历史。"——他用手指比画了个引号说——"于是我有口难辩了。每个人都认为，即使孩子能撒别的什么弥天大谎，他们也不会在这种事上撒谎，就这样，我突然面临牢狱之灾了。我不知道是不是真的，但是我确实听说过，监狱里那些犯人会强迫猥亵儿童的囚犯吃大粪。我可不想受这种罪。

"所以我接受了认罪协议，我的公设辩护人告诉我这是个很划算的交易。我认罪的回报就是不用去坐牢，但是我必须同意接受精神咨询治疗并且永远离儿童远远的。还有，我从此就被列入了性侵犯者名录。"

他的眼睛变红了，泪水在眼眶里打转。"而这，我的新朋友，本身就意味着是一种终身监禁。我找不到能做的工作，因为不允许我在学校、教堂或是游乐场两千英尺以内的范围活动。这样我也就没有地方可住，除非我在乡下弄一块土地，可是当一个人没有收入的时候，这真的很难做到。"

哈维张开自己的双臂，好像在说，"瞧吧！这就是我，一个曾经为了国家出生入死的英雄。除了一个小孩编出的一段谎话，他现在一无所有。而毫无疑问，这么会说谎的孩子将来总有一天会成为美国总统。"

有好长的一会儿乔纳森只是盯着哈维在看，慢慢去咀嚼他的这番叙述。有人说过，每一个犯下了可耻罪行的家伙在主观上都觉得自己是无辜的。这么多年来，乔纳森已记不清有多少恐怖分子和绑架者直视着他的眼睛信誓旦旦，试图证明他们只是出于偶然原因而成了无辜的受害者。他们强调，他们只是在错误的时间出现在了错

116

误的地点，他们只是在行使自己修炼所信仰的宗教的权利，他们只是想去帮助那些受害者。他们为自己辩护的理由层出不穷，即使他们的衣服上此时还沾染着受害者的鲜血。

乔纳森绝不是一个容易被悲哀而动人的说辞所打动的人，不过他相信哈维·罗德里格兹。这也许是因为哈维的不善于表演，也许是因为他的直白和干巴巴的讲述。不，他意识到，不是由于这些。乔纳森相信他，是由于他身上没有一丝自我嫌弃、自惭形秽的神情。

"你的生活糟透了，哈维。"乔纳森说。他不是在冷酷地刺激对方，而是在陈述一个客观的事实。

"谢谢。这两天发生的事情让我的生活变得更糟了，"哈维笑了笑，用双手胡乱地挠着胡子说，"你要是有什么能让它不那么糟糕的建议，我都愿意接受。"

"没准儿我还真有一个建议，"乔纳森说，"在这里找份工作怎么样？"

"什么？在这所学校？你可能没听清我——"

"你是指法律规定？"乔纳森笑了，"告诉我，自打我们认识以来有哪件事是符合法律规定的？"

"你说说是容易的。而我是个随时可能进监狱的人，法律不许我待在孩子身边，而且说实话，甚至我自己也不想再待在孩子身边了，我他妈受够了。"

综合考虑到各种因素，乔纳森觉得无法责怪他。"好吧，那你也不能在这里闲晃。没个工作，即使我说不要紧，亚历山大老妈也不干。"

"什么老妈？"

乔纳森没接茬。老妈不喜欢在人家还没见到她之前就向他们介绍了她的情况。"我们这儿缺个管理员，"乔纳森说，"如果你想干，

117

这活儿就是你的了。"

哈维皱起眉头。"是天天冲厕所、擦地板那种活儿吗？"

"出点体力还能赚份工钱，这比待在树林里等着被人杀强多了。"

"还是那话，你说说是很容易的。"

"我只是想帮帮你。"

哈维的眼睛里闪过了某种神情。

"怎么了？"乔纳森问道。

"你这是图什么？"

"不图什么。"

"扯淡。每个人都有他的某种企图——即使是那些认为自己毫无所图的人。你想让我相信你突然有点关心我了？嗨，瞧瞧我，连我自己都不关心我自己。"

乔纳森向后挪挪椅子，跷起了二郎腿。他再次打开了维妮丝给他的文件夹，嘴上说道："我对退伍军人有好感。"

哈维辛辣地笑道："我向上帝发誓，如果你接着说'谢谢你为我们国家所做的贡献'，那我肯定会吐得满地都是。"

乔纳森读着文件。"紫心勋章、海军杰出服役勋章和海军十字勋章，"他抬起头来，"这可是相当了不起的荣誉。"在海军或是海军陆战队对于参战人员的各种奖励中，海军十字勋章是仅次于国会荣誉勋章的。

"那不算什么，"哈维轻蔑地说，"不再有什么意义了。"

"在我这里它们意味着很多。"乔纳森反驳道。他自己也由于作战英勇而获得过勋章，但是作为最高机密，只是在位于布拉格堡基地的总部才有记录。"我之所以还能活着，就是多亏了你这样的卫生兵。"

哈维低头看着自己的手。"我不再是个卫生兵了。我也不再是个海军陆战队的军人。我是住在帐篷里的、让人避之唯恐不及的一个孤魂野鬼，对我来说这也挺好。"他抬起目光问道，"你为什么要在树林里四处游荡，甚至开枪杀人？你是怎么处理那两具尸体的？"

哈维·罗德里格兹提出了一个特别敏感的问题。斯鲁森调查所对于保密的严格要求完全被今天早晨的事情搞砸了。复活者家园的一个孩子目睹了他出手杀人的过程，这已经非常糟糕了，而眼下他还不得不与亲历了现场的、据称精神不够稳定的一个流浪汉打交道。

他字斟句酌地问道："你了解这所学校的情况吗？"

"这里每个孩子的代数都比我学得好。"

"也比我好，"但是乔纳森没有说出口。"这是一所为父母被关在监狱里的孩子们办的寄宿学校。昨晚你救的那个男孩，杰里米·舒勒，是从学校里被人绑架的。"

"这么说你是警察？"哈维说道。

"不是，我只是助人为乐罢了。"

"开枪杀人，还处理掉了尸体，像你这样助人为乐的可不是很多啊！"

乔纳森不由地笑出了声。他越来越喜欢哈维了。"我们现在能先不说这个吗？"他说，"你真的不需要知道这些事。"

"警察根本都不知道有你这么个人，对吧？"哈维猜测道，"你不仅是不想让杀手找到我，你也不想让警察找到我。"他眯起了变得清澈的眼睛，"你有很多有意思的秘密，是不是，格雷夫诺先生？"

乔纳森抬起头呵呵笑了。"我的姓是格雷夫，"他说，"没有'诺'。对你的问题我不承认也不否认。"

"对我来说这就等于是承认了。"哈维就像换个人。他第一次显得完全投入进来了，恐惧已不见了踪影。"不过，你不用担心。"他补充道，"你的秘密在我这儿很安全，反正我也没人可说。不过，这挺有意思。"

乔纳森相信哈维的话，虽然他也说不出到底是为什么。这些年里他学会了相信自己对于他人所产生的直觉。这是一种难能可贵的自信。为了完成任务，他有时需要与穷乡僻壤的部族首领或者是城市角落里的黑帮歹徒一起共事，如果看人不准走漏了风声，所有人就都得玩儿完。

"对我来说你在这里待一段时间是很重要的，哈维。而且我认为，让你自己重新成为一个有用的人，对你同样也是很重要的。"

"哈，你也成了一个精神病学专家了。"

"那是我的梦想之一。"乔纳森笑着说，"好好想想吧，好吗？"

敲门声让他们获得了解脱。

这是亚历山大老妈。她是维妮丝的母亲，也是复活者家园每个孩子的首席监护人。虽已年近古稀，她的精力依然如同四十岁一般。老妈的模样很像 20 世纪 70 年代的情景喜剧《好时光》里的女演员埃斯特·罗尔。当乔纳森的母亲在他还是个小男孩的时候去世后，亚历山大老妈就代替了他母亲的角色。在渔人湾和周边的社区，人们都用老妈来称呼她。

"你找我，乔尼？"她问道。在这个星球上的六十八亿人当中，只有老妈这么称呼乔纳森。

两个男人都站了起来。"亚历山大老妈，我想向您你介绍一下哈维·罗德里格兹，就是他昨天救了杰里米的命，我希望您把他当成一个非常特殊的客人。"

老妈的脸就像满月一样明亮。"很高兴认识你，"她伸出双手紧紧握住哈维的手说，"对任何一个给别人提供了哪怕只是一点点帮助的人，上帝都会用微笑来面对他的。"

哈维不好意思地笑着，看了一眼乔纳森。

"老妈就是上帝的使者之一。"乔纳森眨了眨眼解释道。

她戏谑地拍了一下乔纳森的肩膀。"你又开玩笑，乔尼。但你知道我说的是对的。"

"杰里米怎么样了？"乔纳森问道。他感觉出哈维也竖起了耳朵。

"他吓坏了。"老妈说，"他想回到朋友们的身边。"

"嗯，我们已经谈过了。"乔纳森说，"他获救的事必须保密，至少暂时需要保密，这是为了他的安全。"

"我不是要和你争论，"老妈说，"我只是在回答你的问题。"

"谢谢。现在我想请您带罗德里格兹先生上楼去，给他一间三楼的客房。"

乔纳森看得出她有点迟疑，但是他知道，老妈是绝不会怠慢一位客人的。

"希望他能和我们待上一段时间，"乔纳森继续道，"当然了，这取决于他自己。"

15

伴随着剧烈的摇晃，他的意识恢复了。

"醒醒，小子。"一个声音说道，"午睡时间结束了，该睁开眼睛了。"

已经有一阵了，埃文·吉恩觉得自己时不时有一点苏醒的感觉，但是这种苏醒带给他的只是一种无法忍受的酷热。他想翻滚到某个凉快的地方去，可是身体却不配合他。他的四肢仍然像是各有一百磅重。于是，他就又迷糊过去了。

这一次，是一阵剧烈的摇晃，同时还有人在拍他的后脑勺。"别睡了，你已经醒了，该工作了。"

工作？他刚才说工作？什么工作……

有好几只手重重地落在他的身上。他们抓住胳膊把他拖了起来。突然，埃文被抛到空中，接着重重摔在了坚硬的地面上。

"啊！"他大叫着，胳膊腿四下挣扎。"放开我……"

周围的环境对他来说还是一片混沌，但是由于又被人揪着头发从地上拎起来，他还是在一定程度上集中起了注意力。袭击他的是个矮胖强壮的男人，他并不比一米五的埃文高出多少，也就是十厘米吧，但是体重至少比他多出了一百磅。埃文不假思索地向那个人挥拳就打。可是这一拳就像是小女孩打的，软绵绵的毫无力道。

对方的回击非常迅速，不过是张开巴掌朝着埃文的肚子狠狠地拍了一下——如果是抓成了拳头，一定会打碎埃文的内脏或骨头——拍击的声音很响，但是造成的惊吓要大于实际的伤害。埃文疼得弯下腰去，可是他的头发又被薅住了。

"别做傻事。"那人咆哮道，"你要是逼我揍你，我就不客气。按我说的做就没事，明白吗？"

埃文咳嗽了两声，做了个深呼吸。"明白了，"他说，"好吧。"他听口音觉得那人是个平时讲西班牙语的家伙。

"很好，"那人说，"那我就放开了。"

感觉他的头皮像是复位了。埃文用手摸了摸脑袋，发现头发又湿又腻。"你是谁？"他问。他听出自己声音里的那种指责的语气，便等着再挨上一巴掌。好在这次没有。

相反，那人递给他一大堆衣服并说了些他听不懂的话。

埃文皱起眉头。"什么？"

那人重复了一遍，把衣服推到他胸前，命令道："穿上。"

"为什么？"

那人再次推过来衣服的时候，用手指戳了戳埃文刚刚挨过巴掌的肚皮。埃文不知道他是不是故意的，但是不管怎样这起到了一个提醒的作用。埃文像是后卫接起四分卫的传球那样，一手在上一手在下抱住了那堆衣服。它们很沉。

那人举起厚实的大手，五指分开，用西班牙语说道："五分钟。"

他转身离开了，随手关上了那道薄薄的门，把埃文一个人留在了里面。突然间，五分钟似乎也显得太长了。房间——如果能够这么称呼它的话——非常小，可能只有两米五见方，墙壁和地板用的材料都是宽度相同的木板，但是四面的板墙没有和地板相连接，中间留下了约有十五公分的空隙。这个房间没有天花板，只是在上边高高地支起了一个像是斗笠的圆顶，是用草扎起来的。墙壁和棚顶之间也留有很大的空隙。

埃文回过头，发现他的床只不过是胡乱钉在锯木架子上的一扇

123

木门。除了放在门对面角落里的一个水桶，这张床就是这房间里唯一的物品了。

埃文把那堆衣服放在床上进行分类。肯定是搞错了。"嘿！"他叫道，"嗨，先生！先生！"

他等了几秒钟，却没人应答，他又喊了几声，还是没有动静。他赤着脚走过去推开了门。"嗨！"

天哪，他竟然是在丛林里！在不到两米远的地方站着两个穿着迷彩服的人，听到开门的声音他们迅速转过身来，端着枪对准了埃文的胸膛。

埃文大叫一声，双手抱住头，跪在了地上。

有人在大声喊叫。沉重的脚步声向他奔来。他再次被人薅住头发扯了起来，不过这一次是被扔回了屋里，埃文的后背重重地摔在地上又滑行了一段距离。

"别开枪！"埃文哭了。

"你小子疯了！"还是刚才那个人，"疯了！你想跑，真是疯了！"

埃文挣扎着站了起来，又捋了一下头发。"我没想跑！"他叫道。

"你就是要跑！"

"没有！"

"那你到外面干什么？"

"我需要和你谈谈！"埃文说。恐惧依然存在，但是他的愤怒也在膨胀。"看看这些衣服！"他指着木床上的那堆衣服，"这是冬天穿的！"确实，这人给他的是一条蓝色牛仔裤、一件高领绒衣和一件厚厚的羊毛开衫。

"是的，你穿上它们。"

"这天气快有一千度了。"

"你穿上。"那个人重复道，还伸出三根手指。"三分钟。"他走到门口又回身说了些什么。

"什么?"

他做了个敲门的动作。"要不就开枪。"他转头要走。

"等一下。"

看守又转回身,露出一脸的不耐烦。

"我要去卫生间。"

看守皱起眉头,他听不大懂。

埃文又开腿抖了抖,用全世界都通用的手势表示要出去。"撒尿,"他说,"我得去趟卫生间。"

看守皱着眉头的怒容转化成了一丝的笑意。他指了指角落里的水桶。

埃文有点目瞪口呆。"别开玩笑。"

"没错,"那人又指了一下说,"没错。"他走出去关上门,喊了一声,"两分钟。"

这幢有百年历史的消防站小楼经过改造后,第三层全部是斯鲁森调查事务所的办公场地,第一层和第二层是乔纳森的私人住所。来到小楼的入口对着保安摄像头微笑时,乔纳森克制住了先回家看看的念头。最近几个月里,随着若干起令人不快的黑客入侵网络盗取安全密码事件的发生,他们对小楼的这道出入口进行了全面的翻修。如今每个员工必须在插入加密卡的基础上进一步提供自己的指纹才能进入办公场所,而每个访客在进入安全门之前则要接受摄像头的脸部识别验证。

作为斯鲁森调查所的老板,乔纳森需要的却只是对着摄像头露出微笑。门锁发出了嗡嗡的响声,他推门进去了。

在办公区的最前面迎接他的,是一排排如同鸽子笼的小隔间。

在这里，斯鲁森调查所的二十名调查员以及他们的助手经办一切可公开的、完全合法的业务，其客户包括世界上最知名的一些公司。

斯鲁森调查所的行政主管办公区被称为是密穴，乔纳森的核心团队在密穴的柚木会议室里等着他。调查所的秘密业务大部分都是在这里运营的，事务所的其他人几乎都不清楚他们在密穴里究竟在做什么，即使有人猜出了几分也都知道该如何闭上嘴。这没什么不好。

鲍克瑟和维妮丝在桌边坐着，和他们在一起的还有这个密穴里最新增加的成员盖尔·博纳维莉。他们都在喝着热气腾腾的咖啡。

"早上好。"乔纳森说。

对他的问候的答复只是几声有气无力的咕哝。会议室里的气氛很沉闷，他们三个人的目光都在凝视着远端的投影屏幕上一张三英尺乘四英尺的图像，那是一个男孩的照片。

乔纳森已经明确地对维妮丝要求过，在整个案子结束之前，不能在会议室里撤下埃文·吉恩的照片。它在无声地提醒着他们牢牢记住自己的责任，乔纳森这样想。复活者家园已经照顾了这个孩子四年，可是这竟然是他们能找到的近期唯一一张清晰的照片。它是在学校的圣诞晚会上拍摄的，距今也有七个月了。上帝明白，复活者家园应该是一个大家庭，可是这个孩子的生活记录却如此稀少，这个事实让乔纳森颇为气愤。

屏幕上望着他们的这张脸再普通不过了。有笑容，就是人们面对镜头时通常展现的那种笑容，然而笑的只是牙齿和嘴巴。眼神是空洞的——如同每个监狱里的每个年轻囚犯都有的那种"我不显露什么就不该受到伤害"的表情，对于环境的忧惧和出自个人的抉择各占了一半的比重。这个男孩给人印象最深的，就是一头卷曲的淡色金发。

乔纳森端着咖啡坐到了桌子把头的位置，然后把双手按在了光滑的桌面上。"都看着我。"他说。

他们都抬起了头注视他。

"多姆怎么样了？"他向维妮丝问道。如果说亚历山大老妈是这个大家庭的灵魂，那么多姆·丹吉洛神父就是它的心脏了。从上大学的时候起多姆和乔纳森就是好朋友。

维妮丝叹口气说："多姆还在尽最大努力帮助那些孩子。安抚孩子已经不容易了，可是对付新闻界的那些人就更麻烦。"

"那些该死的记者正在不惜代价地折磨与学校有联系的所有人。"鲍克瑟说。

"这些记者是轰不走的。"乔纳森说着，用手捋了一下头发，又挠了挠后脑勺。熟悉他的人都知道，这是他在心情沮丧时的一种习惯动作。"我们这些人都离他们远一点。维妮丝，开过会后，我希望你请马特·贝克和安妮·霍金斯参与处理这些事情，以便让多姆集中精力帮助孩子们恢复过来。"

维妮丝只是记录了一下，没像通常那样对乔纳森挑选的这两位公共关系和法律专家发出微词。她也意识到了现在是好钢用在刀刃上的时候，尽管这两人的报酬加起来差不多要每小时两千美元。

"你们谁去看过斯图尔特？"

维妮丝和盖尔都举起了手。

"他还是像过去一样善解人意，"盖尔说，"他更关心的是孩子们，而不是他自己。"

"但是他不知道有孩子遭到了绑架，对吧？"乔纳森希望是这样。

"但愿如此，"盖尔说，"有个记者把电话打到他房间去了。"

"又是该死的记者，"鲍克瑟说，"为什么没人把电话掐断呢？"

"现在掐掉了，还多亏那个电话提醒了我们。"她看着乔纳森，又说道，"迪格，让斯图尔特知道杰里米已经没事了，对他真的是会有很大帮助的。"

乔纳森摇摇头说："我知道，但是我们不能冒任何走漏消息的风险，至少现在还不能告诉他。斯图尔特恢复得怎样了？"

"还处在关键时期，但是状态很稳定，"维妮丝说，"已经不用呼吸机了。医生告诉我最危险的时候已经过去了。"

"感谢上帝。"乔纳森说。他慢慢地啜了一口咖啡，开始带领整个团队共同分析过去的几个小时内他们了解到的各种问题。他从椅子上站起来，拉开墙上的两扇木板，露出一个白色的写字板，在上面罗列出了一些要点。

"就是说，"他总结道，"那个叫吉米·亨利的司机，是他们通过一个叫肖格伦的家伙雇来的。这个家伙显然是和老斯莱特家族团伙的新头目萨米·贝尔有密切的联系。这就使得这次事件有可能和犯罪集团组织构成了某种联系。"他把这个观点写在了白板上。

"那个家族当年不是和你父亲有些过节吗？"鲍克瑟问道。

"对，正是他们。"乔纳森说，"但是这件事还不那么简单，它也许还和政府机构有些联系。"他让维妮丝又说了一遍有关枪手背景的调查情况。

"没有发现与政府机构相关联的确实证据，"维妮丝总结道，"但是从这些迹象上我觉得很像是这么回事。"

盖尔·博纳维莉举起了手。"我不喜欢做一个迟钝的人，"她说，"但是听你们的口气好像是这种说法能自圆其说似的。你们是说政府部门的特工在袭击和杀害儿童，我没听错什么吗？"盖尔从事司法工作的履历是从加入联邦调查局开始的。她的上升速度挺快，当上了芝加哥 FBI 人质救援队的头头。可是在一次执行任务时出现了波折，使她转而走上了印第安纳州一个小县的警长岗位。乔纳森在前一段时期的人质救援行动造成的一个附带性损害，就是让盖尔把这份差事也丢了。她身材凹凸有致，行动敏捷，在乔纳森的眼里就像电影明星一样美丽。她的深棕色的眼睛和深棕色的头发很搭，而她的灵气和悟性更是给乔纳森留下了深刻的印象。

"在目前阶段没有哪件事情是能够自圆其说的。"鲍克瑟说。他对周围人流露出的不屑一顾的样子经常会惹得别人生气。不过他也不是对谁都这样，他唯一尊重的似乎仅仅是乔纳森的意见。

维妮丝没搭理大块头，而是望着盖尔说道："我现在还不能说有政府部门介入其中的看法可以自圆其说，但是如果仔细想想，这也不是什么天方夜谭。复活者家园每个孩子的家长都由于犯罪而坐牢，其中的一些父母与联邦政府执法部门给他们定罪的那些人互相间的敌意是很深的。"

"这样吧，"盖尔说，她显然在把两个因素联系起来综合考虑，"我们一个一个来分析。如果说是黑社会团伙来学校绑架这两个男孩，起因是对于孩子家长的报复，也许吧，这种可能是存在的，为了论证下去我们姑且做出这样的假定。但是，如果说是联邦政府机构干的，究竟又是为了什么呢？"

乔纳森用混杂着赞赏和欲求的目光望着自己的这位新同事。盖尔的强项在于分析和处理信息，她能在很短的时间里得出经过了周密思考的结论。

盖尔继续说道："我很难相信美国政府的执法力量能够动用自己的资源来绑架和谋害儿童。这完全是说不通的。"

"那个叫肖恩·奥布莱恩的枪手很明显是个为政府机构效力的家伙。"乔纳森说，"还有，另一个枪手不存在任何身份信息，这也是山姆大叔的拿手好戏，它本身就是有力的证据。"

盖尔并不买账。"你如果说这是有组织的犯罪团伙干的，我同

129

意你的意见。但你如果说这是政府干的，那是毫无道理的。"

乔纳森喜欢看她面红耳赤地进行争辩的样子。"也许是犯罪团伙碰巧雇用了政府部门经常雇用的那些杀手。这不也能够解释其中的关联吗？"他说。

乔纳森自己在说话时也感到，不错，至少这种想法是合理的。

乔纳森转过视线。"维妮丝，"他说，"给我们说说你了解到的有关孩子家长的情况。"

维妮丝从为这次会议准备的一堆材料中取出了一个文件夹。"我们先说说弗兰克·舒勒，"她边说边摊开文件，拿起一张标有名字的罪犯照片说，"他是杰里米的父亲。他目前被关在弗吉尼亚州的死囚牢房里，因为他谋杀了自己的妻子，也就是杰里米的母亲。"

鲍克瑟发出了一种像是密封的罐子突然跑了气的声音。

"他的妻子和一个叫艾伦·黑斯廷斯的家伙发生了私情。舒勒枪杀了她。在审判过程中他一直强调自己是无辜的，但是陪审团却不这么想。除非发生什么奇迹，否则他在九天之后就要挨上一针了。"

她把舒勒的文件塞回去，又打开另外的文件夹，又展示了一张罪犯的照片。没有人会怀疑这是埃文·吉恩的父亲。他们有着同样的浅色金发和蓝眼睛，还有同样的脸型。"这是亚瑟·吉恩，"维妮丝说，"这就是你们所说的和犯罪暴力团伙之间的关联。他是个执行者。"

"就是杀手。"盖尔说。

维妮丝耸了耸肩。"如果你愿意这么说也行。他为了钱去杀人，最后被抓了。"她看了看她的笔记说，"他刺杀了时任纽约州众议员马克·利维的助手。吉恩说自己这么干是因为对议员的政治主张不满。但是资料显示，联邦调查局一直怀疑这件事与老斯莱特家族犯罪团伙有关。"

乔纳森注意到她说完最后一句话时露出了满意笑容。"这个亚瑟·吉恩和杰里米父亲的交集在什么地方？"

维妮丝的笑容消失了。"他们没什么交集，"她说，"至少目前我还说不出来。我甚至都没发现他们曾住在同一个州生活过，更不用说同一个城镇了。"

"他们两人之间肯定有什么联系。"鲍克瑟说。

"真的吗？"维妮丝答道，"天哪，我真希望我早就想到了这一点。"

鲍克瑟坐直了身体。"我到底说错什么了？"

"你的语气是在暗示维妮丝不明白该怎么做她的活儿。"盖尔说。

"我没有！我只是说……"

乔纳森伸出双手，就像是一个交警在阻止双向的车辆。"别吵了，"他说，"盖尔，我要你去见这两个父亲。他们的孩子失踪了，也许他们会愿意说出点什么。如果狱方不配合，你就拉着道格·克莱默警长一起去。"

盖尔一边在像是长在她手臂上的那本黑白斑点封皮的记事簿上记录着，一边说："没问题。"

"你要想和亚瑟·吉恩谈谈的话，可能是有点麻烦。"维妮丝说，"我给伊利诺伊州的监狱打过电话，想了解一下他目前的情况。但是亚瑟·吉恩已经不在那个监狱了。"

乔纳森停止了踱步，转过头来问道："这是什么意思？"

"你说呢？"

乔纳森又看了看鲍克瑟和盖尔，没从他们的表情上看出什么答案。"狱方是怎么说的？"

维妮丝看了一下自己的笔记。"他们说，没有听说要对他的案件进行什么新的审理，但是这个人已经不属于伊利诺伊州监狱系统

131

的管辖范围了。我问这个犯人被转到另外的系统去管辖的说法是不是一种托词，对方的回答是'我们对此无法肯定也无法否定'。"

乔纳森听明白了她的意思。"你认为他被纳入了证人保护计划？"

维妮丝得意地笑了一下。

"看来是联邦调查局想让他出庭作证。"盖尔说，"他们一定是想对老斯莱特家族团伙的新头目萨米·贝尔下手。他们想让亚瑟·吉恩提供证词，所以就和他做个交易。"

乔纳森喜欢听到这样的分析。他指着维妮丝说："我知道多姆现在忙得焦头烂额，但是我需要请他联系……"

维妮丝露出了一脸的笑容。"我已经和他讲了，"她说，"今天下午一点你将和金刚狼见面。"

16

埃文·吉恩表现得很老实，人家让他干什么他就干什么。他被人从小屋里带了出来，旁边跟着那两个刚才差点向他开枪的看守。他们走出大约二十米远，到了一个看着像是拍电影的地方。茂密的绿色丛林里伐出了一片空地，立着一块巨石，石头上涂着一些白色的条纹。巨石周边的地面也被涂成了白色，还撒上了圣诞节装饰用的那种塑料泡沫做的假雪花。

这些人连比画带说，命令埃文站在了大石头前面，还递给他一份《华盛顿邮报》，让他举到脖子的高度，并用手势告诉他要露出微笑。负责与埃文沟通的还是刚才去了小屋的那个矮胖子，但是一切命令都出自一个深色皮肤的男子。那人穿着黑色休闲裤和长长的白衬衫，伸直胳膊用一部手机对准了埃文。这是要给他拍照，埃文想，不过他觉得这一切都很愚蠢。他们显然是想让照片看着是在某个非常寒冷的地方拍摄的，可是埃文汗流如注，还光着脚，有谁会相信这是真的呢？

埃文以前在电影里看到过让被绑架者拿着报纸拍照这种把戏。他们用最新报纸的标题来证明受害者还活着，要求人们支付赎金。埃文突然感到了恐惧。有谁会为他支付赎金呢？老妈死了，老爸在监狱里，没有别人了。赎他对任何人都没什么意义。这个世界已经没有什么理由需要他继续活下去了。

可是，看来理由还是存在的。不论这里是什么鬼地方，这些人把他弄到这里肯定是费了不少的力气。这究竟是什么地方呢？墨西哥？南美洲？

天啊，他到底昏睡了多久？南美洲和墨西哥离弗吉尼亚州都很遥远。地理是他学得最差的科目之一，但是这点常识他还是知道的。

他们打算怎么处置他呢？另一种恐惧又向他袭来了。他曾和一群流着臭汗的男人一道生活过，那是在来到复活者家园之前最后一个寄养他的地方。他明白这些男人都能干出什么，周围连一个女人都没有这个事实，就让埃文脑袋里的弦时刻绷得很紧。埃文记得，在一次心理辅导课上他对多姆神父敞开心扉说过：他永远不会再让自己过那种生活了。上一次他还小，没有力量挣脱那些男人的魔爪。

但是现在他快十四周岁了，他明白了一些从前不懂的道理。他知道了什么是值得去追求的，也知道了什么是值得去为之牺牲的。更重要的是，他知道了什么是不值得让一个人继续活下去的。

照相的整个过程花了不到十分钟。

显然，结果是令他们满意的。矮胖子示意埃文离开石头，递给了他一条说不清是什么颜色的旧短裤，大概是介于灰色和黑色之间吧。埃文猜测它以前可能是白色的。

"你……穿上。"矮胖子说着，还指了指小屋。然后他又说了些让人听不懂的话，同时还对着埃文的身上比画着。

"怎么了？"

矮胖子捏了一下他肩膀上的羊毛衫，轻轻拽了拽。"这个？"

埃文理了理思路。"羊毛衫？"他猜道。

矮胖子点点头，又指了指埃文的牛仔裤，掂量出了两个词："给我。"

埃文没有片刻犹豫，扒下羊毛衫和高领绒衣递了过去，让自己的上身赤裸着。他觉得应该把裤子也还给他，于是走回了小屋。值得注意的是，这次看守没有跟着他。

回到屋里他换上短裤，躺到门板上，把叠好的牛仔裤枕在脑袋下面，用手臂遮住眼睛深吸了一口气。我不会哭的，他告诉自己。哭泣没有任何作用，只能表现出脆弱。

更糟糕的是，脆弱会把力量拱手让给那些要伤害你的人。

这些人是谁？他们要利用他干什么？

他们对他会做出什么？

心口一阵抽搐，埃文闭上了眼睛。你必须学会正确地面对现实，多姆神父对他说过，当坏事降临到我们身上时——特别是降临到孩子身上时，我们总是煞费苦心地企图弄清楚为什么会发生这种事情。然而，如果我们陷入昨天发生的事情而不能自拔，那么我们就不能认清今天该做的一切。今天才是最重要的，今天和明天。昨天已经过去了，我们要学会放下，直到上帝有一天让我们明白为什么会出现那样的事情。

躺在这个臭烘烘的地方，埃文开始想家了。他听到悲怆在叩击着自己的心房。当年那些社工听说他的境遇后把他送到复活者家园的最初一段时间，埃文也无法摆脱这种令人窒息的感受，那时候他才九岁。让心灵不为黑暗所笼罩是很难的，但是也许不像想象的那样难。

"我究竟遇上了什么样的事情？"埃文自言自语，声音小得只有他自己能听见。

当上帝想让你知道的时候，他会告诉你的。

埃文猛地放下胳膊，迅速转过脑袋，期待着看见多姆神父就站在一旁。他的话语清晰地在埃文耳旁响起。

当上帝想让我知道的时候，他会告诉我的。

一种清醒镇定的感觉涌遍他的全身，冲刷走了无尽的黑暗。

他没有时间自怨自艾。埃文需要快速长大并面对今天的现实。

他已经从一个自己喜欢的地方被人带到了一个臭气熏天、酷热难耐的地方。他必须用自己的双臂和大脑来接受它。他在这里没有朋友，这就意味着他必须独自一人来面对它。

如果你不知道你身处什么地方，你怎么逃跑？你需要弄清自己的方位，可是埃文连一个指南针都没有——好像他原来有过指南针似的，好像他明白如何使用指南针似的。

于是，他的第一个决定就变得容易了：他要等待一段时间。目前他还看不出有什么理由去刺激他们杀死自己。埃文相信，当生死关头到来时，他是会有感觉的，到那时他会做出重大的决定。而现在他需要的是……

房门"砰"的一声打开了。伴随着刺眼的光线，矮胖子又露面了。"过来，"他招手说，"该走了。"

"去哪儿？"埃文问道。

"快点。"那人说。埃文没动牛仔裤，就让它叠放在床板上。他小心翼翼地走到门口，看到一辆破旧的四轮驱动车在等着他。

17

　　苏塞克斯第一州立监狱位于弗吉尼亚州的韦弗利市。它就像是钢筋水泥的一块恶性肿瘤扎根在里士满南部昔日的烟草种植园大地上。这座监狱是 1998 年起投入使用的,同其他具有超级安全级别和现代流行式样的监狱一样,它的外表显得过于缺乏特色。

　　居住在这种地方,是再糟糕不过的事情了。囚犯在这里的待遇是:一天有二十三个小时被封闭在隔音的小牢房里,只有一个小时是室内的放风时间。比起那种门上装有铁栏杆的老式囚室来,新牢房以其突出封闭性为宗旨的设计理念,进一步强化了囚徒的压抑感。

　　尽管长期工作在执法领域——先是作为联邦调查局的特工,后来是作为印第安纳州一个小地方的警长——盖尔·博纳维莉依然难以忍受监狱里的那种令人窒息的氛围。囚犯的体臭经过空气过滤系统的处理似乎变得更加难闻,她甚至怀疑是不是由于牢门关得太紧,以至连氧气的浓度都下降了。再加上闷热潮湿的七月天气,你走进这里便不由自主地想到,美国的犯罪惩罚系统与中世纪欧洲的酷刑室之间的演化进程其实并不十分显著。盖尔很想知道,如果关塔纳摩监狱盖起了这样的新牢房,那些强烈要求关闭它的抗议者是否会更加义愤填膺呢?

　　至少,那些老旧监狱里普遍存在的噪音问题,在这里还是得到了相当程度的控制。

　　弗兰克·舒勒的律师玛丽·布莱迪向盖尔提出的条件毫无变通余地。布莱迪可以允许自己的委托人与盖尔同处一个房间里,但是盖尔的所有问题都必须先向律师提出，然后由布莱迪来决定委托人能否回答。距离舒勒的行刑期只有不到两个星期了，目前这个阶段他们不能出任何差错，最理想的是不让舒勒与任何人接触。这次破例见盖尔，是因为舒勒的儿子被绑架了。

按照乔纳森的指示，盖尔一句没提那个孩子已经安全回到学校的事情。

考虑到弗兰克·舒勒绝望的心情，盖尔穿了一身朴素的服装，灰色休闲裤与黑色上衣。从衣柜里选择这身衣服的另一个原因，是它们耐脏。

玛丽·布莱迪先到了，正在接待室等着她。这位律师个子不高也不矮，穿得也很朴素，并不像盖尔想象中的律师那样一身正装。她的黑色上衣和休闲裤显然是在商店里购买的成衣，脚上的鞋早就没什么光泽了。这是她为穷人们提供法律服务时穿的衣服。盖尔觉得，对于为了拯救被法庭判处死刑的一个人的性命而奔波的律师而言，能注意到这样的一些细节，着实是难能可贵的。

两位女士亲切地打过了招呼，玛丽陪着盖尔办理了进入死囚会见室的手续。在整个过程中，盖尔饶有兴趣地注意到了狱方的惩教人员对这位律师的尊重，事实上，也可以用敬重这个词来形容。当这些狱警匆忙地办理各种官方的手续时，盖尔感觉出他们几乎要为给布莱迪造成的不便而道歉了。

"你和他们相处得很融洽呀。"她们穿过安检门，随着护送人员走进灯光很亮的混凝土走廊时，盖尔这样说道。

"也不是很融洽，"布莱迪说，"各为其主公事公办的时候就谈不上融洽了。不过我是这里的常客，而且我觉得他们暗地里都希望我在我代理的这场官司中获胜。"

"他们同情一个杀人犯？"盖尔的语气比自己想象得更要震惊。

"不如说是同情人类的一员。"布莱迪纠正道,"这些年来,惩教人员和罪犯之间也建立起了一定的感情。大家不愿意看到他们由于多年前犯下的罪行而走上不归之路。"当她们走到另一道门前时,律师又几乎是自言自语地补充说,"如果政客们有这些狱警当中心肠最硬的家伙的一半人性,死刑也就应该废除了。"

在某种程度上,盖尔对于那些政客也抱有同样的观点。

"过不了多长时间,"布莱迪边走边说,"可能就是三四天,他们就会把弗兰克转到格林斯威尔监狱去关押,因为死刑执行室设在那里。离这儿大约有五十公里远吧。当死刑犯踏上这段最后的旅程时,我甚至见过这些狱警掉了几滴眼泪。人的情感是复杂的。"

一定是出于在某些人看来完全说得通的理由,弗吉尼亚州将平时关押死刑犯的监舍与死刑执行室设在了不同的地方,而死刑执行室放在了一个仅仅是中等安全级别的监狱里。官僚体系的这套名堂真是让人爱得要死。

又经过一道铁门后,盖尔和布莱迪走进了镶着一扇小玻璃墙的会见室。盖尔感到吃惊的是,里边的桌椅一尘不染,甚至可以说是闪闪发亮,然而这种明净简洁却给人一种严苛和压抑的感觉。

"你明白我需要录音,是吧,玛丽?"女看守说道。走了这么长的路,这还是她第一次开口说话。

"我知道。"布莱迪笑着回答,又向盖尔解释说,"通常我和弗兰克的谈话是保密的。但是由于你不是律师,你一会儿听他说的那些话,政府也必须听到。"

盖尔警觉了起来,虽然她还说不清是为什么。

"这就是为什么你的所有问题都要向我发问的原因,"布莱迪接着说,"如果你的提问是弗兰克不应该回答的,我就会中断你们的谈话。在我们走出这座监狱之前,我希望你不要对这个决定提出质疑。"

盖尔表示了同意。她对这位律师的印象不错。在发出如此明确的指令时，她却不给人以任何颐指气使或故作谦和的感觉，这一点不是每个人都能做到的。

两分钟后，与她们进来的房门相对的那扇门打开了，另外一位看守押着全身镣铐的弗兰克·舒勒走了进来。弗兰克看上去比八年前归档的照片老了二十岁，白发稀疏，瘦得仿佛一阵风就能刮倒。不需要任何指导，他转身让自己的手腕更靠近了狱警的钥匙。

手铐打开了，但是脚镣仍然束缚着他。他拖着沉重的脚步走到桌边，接受了布莱迪热情的拥抱。"他们说是有关杰里米的事情，"弗兰克冲口而出，"你知道是什么情况吗？告诉我，这是个好消息。"

"弗兰克，这是盖尔·博纳维莉。她是个私人调查员，从渔人湾来的。"

弗兰克的反应很快。"就是杰里米他们学校那个地方。"

盖尔伸出手去，他急切地握了握。"学校确实就在那个小城，但是恐怕我没什么好消息带给你。"盖尔说。在这种时候说谎，让她感觉很不舒服。

囚犯的脸沉了下来。"那你来这儿干什么？"

盖尔指了指椅子。"请坐。"

"还是站着吧。"弗兰克喊道，"那你来干什么？"绝望和恐惧像是滚滚的热浪从他身上涌了出来。

"学校雇我来进行独立的调查。"

"怎么会发生这种事？"弗兰克面红耳赤地质问道，"他们还是孩子，上帝啊，学校为什么一点安全保障都没有？"

盖尔再次抑制住想让他安心的冲动。"我只是为复活者家园工作，舒勒先生，但不是那里的人。我正在调查有谁可能带走了你儿

140

子，他们为什么要这么做。"

"你最好是查一查他们把他带到了什么地方。"

在回答前盖尔先停顿了一小会儿，这是询问时的一种小技巧，让愤怒的人消消气。"你的想法与我们是一致的，先生。我们希望，搞清楚了是什么人和为什么这样干，就能发现他们把孩子带到了什么地方。我明白你很焦急……"

"你明白？"

"一味责怪过去的事情，对将来是没有任何帮助的。"盖尔最大限度地让自己的语气听着入情入理。

弗兰克的脸色涨得更红了，但是神态发生了一点变化。他看了一眼自己的律师。

"她说得没错，"玛丽说，"我认为你应该和她谈谈。"

三个人陷入了片刻的静默。

"让我们坐下来吧，"布莱迪说着给自己拉出了一把椅子。开场白结束。布莱迪已经让他冷静了，该是盖尔进入正题的时候了。

弗兰克·舒勒转过身，磕磕绊绊地坐到了椅子上。"抱歉，刚才发火了。"他说，"但是我不知道你们能否想象，我听说孩子被绑架的时候是一种什么样的感觉。"

"我敢说，实际情况肯定比我能想象的要糟糕得多。"盖尔说。

弗兰克的面部有点松弛了。"学校为什么要找私人侦探而不去找警察？"

"警察还没找你谈过吗？"盖尔不想掩饰她的惊讶。

布莱迪代替她的委托人答道："别忘了我们的规定，博纳维莉女士。"

"叫我盖尔好了。"

"那你就叫我玛丽，叫他弗兰克。在这种情况下过于中规中矩似乎有点滑稽。至于你提出的问题，我相信警察早晚会来找我们的，只不过他们觉得目前这还不是当务之急。说实话，先来的是你，这倒是让我有点惊讶。"

盖尔不打算说出自己的看法或者评论警方的问题。她打开封皮有黑白斑点的记事簿，开门见山地向布莱迪问道："埃文·吉恩或者是亚瑟·吉恩这两个名字对你的当事人有什么意义吗？"

玛丽点点头，示意弗兰克可以回答。显然，他们已经习惯了这种间接的问答方式了。

"他们是谁？"

盖尔刚想回答，却又停住了。"我能回答他吗？"她问玛丽。

律师笑了。"你的提问和他的答案才是我关注的焦点，"她说，"而不是相反。相信我，过一会儿你就会习惯的。"

反正是有点怪怪的，盖尔想。"埃文是在学校遭到绑架的另外那个孩子，"她解释道，"亚瑟是他的父亲。你认识他们吗？"

弗兰克·舒勒看着一旁，皱起了眉头。当他把目光转回来时，遗憾的神情是显而易见的。"想不起来，"他说，"我的意思是，这个名字也许听着耳熟，但是谁知道呢？那些年里我遇到的人很多。你手里只有这两个名字吗？"

盖尔又提到了能够确认的那个枪手的名字。"那么，肖恩·奥布莱恩这个名字呢？"

又是一段绞尽脑汁的回忆，甚至在玛丽点头允许他之前就开始了。"也是个常见的名字。他是谁？"

盖尔发现自己像是在众目睽睽之下走到了即将滑坡的悬崖边上。这个枪手的身份不是通过合法手段了解到的，要是回答这个问题，她就得亮出手里的牌，要是回避这个问题，就可能会激怒弗兰克或让他陷入无礼的沉默。两者对他们的案子都没好处。她决定赌一把。

"我们觉得他可能和萨米·贝尔有关系。那个……"

玛丽伸手制止了她。"停住。问下一个问题。"

"那个黑道的家伙？"弗兰克问道。

"这不行，弗兰克。"

盖尔迅速应道："是的，是黑道的家伙。"

玛丽抬起的手聚成了一根指头，指着盖尔道："盖尔，你答应过我。"

"是他问我的。"盖尔摊开手表明自己的无辜。

"你认为萨米·贝尔和这件事有关吗？"弗兰克追问下去。

玛丽用力拍了一下金属桌子。"该死，弗兰克。别问了，打住。"

弗兰克生气了。"什么叫打住？我们这是在谈论我的儿子，我唯一的孩子。你让我打住是什么意思？"

"我要终止这次谈话！"布莱迪厉声说道，"谁都知道萨米·贝尔是黑道上的，你说的任何事情……"

"怎么了？"弗兰克打断了她的话，"我就是说什么又能怎么样？能比现在还糟吗？"

"我们还有一次上诉的机会，"玛丽说，"你现在说的任何事情……"

"去他妈的上诉吧，玛丽。"

女律师看着像是被人扇了一巴掌。

"他们是不会批准暂缓执行的。再过九天，他们就会把我绑在长凳上，把针头扎进我的胳膊里。他们会杀了我。如果我知道我已经尽我的所能帮助了杰里米，那么即便我去了地狱，也比到死都不知道他被绑架到了什么地方强得多。"弗兰克转向盖尔说，"问你的问题吧。"

"该死的，弗兰克……"玛丽·布莱迪喊道。

"你要我解雇你吗，玛丽？"他大声叫喊，"我不想那么做，但是我会的，如果需要的话。这取决于你，你现在就决定吧。"

盖尔意识到自己好半天都在屏着呼吸。玛丽·布莱迪显然是受到了伤害，泪水正在她的眼眶里打转。"如果我们现在放弃的话，那一切就结束了。"她用颤抖的声音说道。

弗兰克·舒勒的眼睛好像要喷出火来。"你刚才说到了萨米·贝尔。"他向盖尔提示道。

盖尔用力咽下了一口唾液。"嗯，那么……玛丽？"

"他是客户，说了算。"玛丽恼怒地挥着手说。尽管样子很暴躁，但是盖尔知道她屈服了。

她把目光转向弗兰克·舒勒。"是的，我们认为肖恩·奥布莱恩是那个黑帮头目萨米·贝尔的手下。"

"他已经死了吗？"

玛丽扬起了双手。"天哪，不要问下去了。"

"谁死了？"盖尔问道。这场谈话变得像是一场风暴了。

"那个叫肖恩的家伙。你谈到他的时候，用的是过去时。"

噢，该死，盖尔暗想。"我那么说是因为他曾经给萨米·贝尔干过活儿。"盖尔希望自己的脸色没发生什么变化。

"肖恩为萨米·贝尔都干了什么？"弗兰克问道。

盖尔深吸一口气又长吁了出来。"咳，舒勒先生——"

"叫我弗兰克。"

"好的，弗兰克，我明白你渴望尽可能多地了解情况，但我需要你让我问完我的问题。"

"你是不是隐瞒了什么？"

天哪，盖尔想，这个家伙极其敏锐。

"我们所有人都有需要隐瞒的事情，不是吗？"当她这样反问的时候，还有些腼腆地笑了笑。

弗兰克点点头表示赞同。"是的，我想我们是这样的。"他重新回到了刚才的话题上，"我确实知道萨米·贝尔是什么人——只不过人们口口相传有关黑道上的许多故事，为了体现对于广大听众的尊重，我必须指出，你这位女士作为听众之一，大概也早就知道萨米·贝尔是什么人——至于肖恩·奥布莱恩，我对他仍然是没有一点印象。"

盖尔感觉出，坐在她左侧的律师玛丽开始放松了下来，就像是发现治疗的疼痛明显低于了原先估计的一个牙科病人。

弗兰克继续说道："不过，如果你相信人际间的六度分隔理论的话，可以说我和萨米·贝尔之间只隔着两度的距离吧。"

玛丽急忙挺直了身子。"你在胡说，弗兰克。"刚才的放松不见了踪影，取代它的是无法掩饰的惊恐。

"也许是三度远的距离，我想这要看你如何计算了。"

玛丽说："作为你的律师，我用最强烈的措辞建议你闭上你的臭嘴。"

弗兰克笑了——深沉、沙哑的笑声表明，他是真的开心了。"玛丽，我太爱你了。我绝对认为你说的'闭上臭嘴'确实是一种最强烈的措辞。"

盖尔发现自己也和他一同笑了起来。

片刻后弗兰克继续说道："我的妻子玛丽莲曾经在萨米的一个代理人手下工作过。对方是萨米的一个律师。"

盖尔轻轻弹出了笔尖。"这个律师叫什么名字？"

弗兰克的脸上出现了愤怒地回忆起遥远的却又是历历在目的那些往事的神情。"纳瓦罗，"提到这个名字的时候，他握紧了拳头，手指噼啪作响，"布鲁斯·纳瓦罗。"

盖尔用笔记录着。"你知道他的法律专业是什么吗？"

"把那些恶棍从监狱里救出来，我想这就是他的专业吧。"

说得够准确的，盖尔暗想。"我希望知道更多有关——"

弗兰克挥手打断了她的话。"我知道你想了解什么。我只是个一文不名的混混，而他是个大家族的合同律师，不管这头衔意味着什么。"

"意味着一个小时收入五百美金。"玛丽用发牢骚的口气说。

盖尔继续道："那你妻子……"她看了一眼笔记，"玛丽莲在他手下做什么？"

他耸了耸肩。"文书、秘书之类的活儿，不是什么很重要的角色。萨米·贝尔的名字今天冒出来了，我觉得挺有意思的。"

盖尔的记忆里闪过了她在弗兰克的案卷里读到的一些事情，一些关于布鲁斯·纳瓦罗的事情，更具体地说是关于纳瓦罗和他的助手。

"艾伦·黑丝廷斯是怎么回事？"盖尔问道。

玛丽呻吟道："哦，闭嘴吧。"

"那是玛丽莲的情人。"弗兰克说，"我认为他就是那个杀害了玛丽莲并且栽赃给我的人。"

盖尔知道弗兰克·舒勒一直坚持这样的说法，只是他提不出什么证据。"但是你不知道为什么会发生这样的事，对吗？"她提示道。

"全世界都不知道为什么，因为警察一开始就认定我是罪犯，他们从来没想过调查其他人。"

盖尔看了看玛丽，玛丽点头确认了这一点。"从第一天开始，弗兰克就是他们瞄准的唯一一嫌疑人，"玛丽说，"别忘了这个体制是如何运行的：代表联邦政府的公诉人不必一定是正确的，唯一重要的是让陪审团相信他们是正确的。"

体制外的人也许会觉得这种说法过于愤世嫉俗了，但是盖尔明白，玛丽叙述的是一个不争的事实。整个私人调查行业的兴旺，前提就是由于各地的检察机构存在着大量行为失当的现象。检察官和公诉律师到头来也都不过是普通的人，而人的天性是不愿接受失败的。盖尔在执法部门工作时熟悉十多位检察官——有地方的，也有联邦的——他们都认为，以牺牲正义为代价来赢得诉讼的胜利，是一种完全公平的交易。甚至受人敬重的联邦调查局最近也曝出为了给他们认为有罪的人定上罪而制造假证据的丑闻。

盖尔不想轻易放过弗兰克。"对于艾伦·黑丝廷斯为什么要杀玛丽莲，你已经形成了自己的见解，是吗？"

弗兰克试探地瞥了玛丽一眼，然后深吸了一口气。"说是见解有点太过了，"他说，"不过我存在着一些疑问，而且我认为，只要为这些疑问找出答案，人们就能找出杀死玛丽莲的真正凶手。"

"我听着呢。"

"你知道几乎就在玛丽莲被杀害的同时，布鲁斯·纳瓦罗也不见了吗？"

"不见了？这是什么意思？"

"就是字面的意思。他非常富有，过得很开心，事业上很成功，然而他突然就那么消失了。据我所知，再没人听到过他的任何消息。"

"你认为他是被人杀了？"

"我不知道是怎么回事，"弗兰克坦率地说，"但是这座监狱里有一个家伙发誓说，有人在悬赏要纳瓦罗的脑袋，那是一大笔钱。你不会为一个已经死去的人这么做吧。"

"说什么话的人都有。"盖尔一边观察他一边说道。

"没错。不过这个家伙不会是瞎说。"

"他是谁？"

弗兰克摇了摇脑袋。"那不关你的事。"

"但是如果我能跟他谈谈的话——"

"不。在这种地方，在这种时候，我已经没什么可以失去的了，但是我也不想在生命的最后日子里把自己变成一个人人喊打的过街老鼠。而且你得相信我说的，如果你去找他谈，他也只会告诉你我刚才说的那些话。我没理由说谎，对你更是没这个必要。"

盖尔仔细注视着他的脸庞。

"你还没明白，是不是？从你的眼睛里我能看出来。"弗兰克俯身向前，双臂放在桌上，说道，"纳瓦罗、黑丝廷斯和我妻子都在一家和黑道有关的法律事务所工作。现在，他们都失踪或是死亡了。你说你是个私家侦探，盖尔，我还得怎么说你才能明白？"

盖尔转向玛丽。"警察怎么会对这些事实采取视而不见的态度？"

玛丽耸了耸肩。"他们已经抓到了他们想抓的那个罪犯。"

"你们有没有试过把这些事情查个水落石出？"

玛丽的表情好像在说，得了，或放我一马吧。"我们当然尝试过。但是一旦陪审团认定了弗兰克有罪，提出新的假设和不同解释的时机就已经过去了。陪审团是 12 票对 0 票做出结论的。在弗吉尼亚州，如果陪审团得出了被告有罪的结论，你除非拿出无可争辩的确凿证据，否则是无法扭转局面的。DNA 检测现在已用来为一些被冤屈地指控为强奸犯的受害者昭雪了，即使是这样，它也很难大面积地用来作为我们司法系统的纠错手段。如果发现一个检察官办了错案，许多人的政治生涯都会跟着受到伤害。有些人宁愿看到无辜的人含冤而死，也不愿盯着他的眼睛，为了错判而剥夺了他许多年的自由而道歉。"

一针见血。盖尔长期在这个体制内部工作过，这足以让她理解玛丽的这些话绝不是空穴来风。

"我觉得情况可能比你想的还要糟糕，弗兰克。"盖尔说。

这句话促使弗兰克第一次把各方面的事实联系起来做出了通盘的分析。他的脸色沉了下来。"哦，天哪！"

盖尔大声对他们两人说道："这些人都失踪了或是死亡了，而你在监狱里等死，现在杰里米又……"她停住了。他们把他扔在荒野里慢慢死去，但是她没有说出口。

弗兰克的眼里充满了泪水。"哦，天哪！他们要杀了他，是吗？"

"不，"盖尔说。她的语气过于坚定，以至都快露出底牌了。"我绝不会让这种事发生的。"她补充道。

玛丽眯起了眼睛。"你肯定知道点什么。"她说道。

盖尔觉得心跳加快了。她从来就不是个出色的说谎者，她的想法总是写在自己的脸上。她紧盯着弗兰克·舒勒的眼睛说："我认为你应该相信，杰里米会没事的。"

弗兰克皱起了眉头。他想说点什么，可是玛丽把手放在了他的胳膊上，他把话又憋回去了。

"你还有什么问题要问我们吗？"玛丽问道。

盖尔知道自己已经泄漏了秘密，然而她不禁为此而感到宽慰。任何人都不应该为自己的孩子而提心吊胆，何况事实并非如此。"没有更多的问题了。"盖尔说着站起身来。

他们两人也随她站了起来。

"谢谢你。"弗兰克说，"为你正在做的事情，为你将要做的一切事情。"

盖尔用胳膊夹住记事簿，握了握弗兰克的手。"我认为他们对你是不公正的。"

"欢迎你加入了我们这个人数极少的团队。"弗兰克说。

18

　　乔纳森提前到了十分钟。

　　梅普尔酒馆位于弗吉尼亚州维也纳市中心的枫叶大道。几十年来，这里一直是间谍还有黑帮歹徒碰头和聚会的地方。地板上总是撒着厚厚的一层锯末，客人需要自己动手来煮咖啡，这家酒馆在当地还是颇有名气的。它每天给客人的杯子里倾倒超出同样规模酒馆三倍数量的啤酒，换回来的则是盆满钵盈的现金。噢，还有每位客人必点一个的辣味热狗。准确地说，是每位两个，因为没人能在吃过一个之后抵挡得住再来一个的诱惑。

　　处于美国中央情报局总部南边十公里远的地方，梅普尔酒馆为那些不共戴天的死对头偶尔坐下来商谈一些事情提供了一个中立的场所。他们商谈的事情是永远不会被记录在案的，即便它们有时会改变历史的进程。乔纳森是在部队的时候第一次知道这个地方的，当时的职责需要他偶尔来这里窃听一些谈话，这些谈话并不像那些当事人以为的那样是完全密不透风的。

　　他喜欢这里的食物和愉快的氛围，而且也欣赏它在重大政策和战略的形成过程中所发挥的非官方作用。世界上有几十处类似的地方，但这家酒馆是离渔人湾最近的。因此，这里也就成了乔纳森与他的联系人共同进餐的地方。

　　穿过拥挤的停车场时，乔纳森注意到一辆没有标志的官方黑色小车正在倒进紧靠枫叶大道的一个车位。金刚狼比他到得还早。坐在方向盘后面的那个家伙身材结实，耳朵上拖着一根猪尾巴似的耳塞线，看上去是为只能待在停车场而闷闷不乐。乔纳森想对他友善地挥挥手，不过最后还是决定不要惹人注目。维妮丝会为此而高兴的。

乔纳森拉开门走进去，被淹没在了午餐时分嘈杂的声浪之中。从正午开张直到午夜打烊，这家酒馆都是忙碌而嘈杂的。尽管乔纳森知道金刚狼坐在什么地方，但是他仍然环顾了一下四周的顾客，以确认他们的会面是安全的。他的担心与暴力没有多大关系，这个地方的顾客都不是一般人，如果有谁敢在这里拔枪，瞬间他就会被别人打成筛子。他真正担心的是那些脖子上吊着相机嗅来嗅去的家伙。

没有人事先知道乔纳森和金刚狼会在这里碰面。他们从来不与对方直接通话，都是由多姆·安吉洛神父来安排他们之间的沟通。

确信没人在注意自己之后，乔纳森穿过第一排的卡座，绕到吧台的远处，看见金刚狼舒适地坐在左边最深最暗的角落里。不论这个位置是一种偶然的还是刻意的选择，角落的音响效果对于秘密的交谈是再理想不过的了。你不必提高嗓门就能让对方听清自己，同时周围的噪音又使得旁人的偷听几乎成了不可能。

看到乔纳森时她笑了。好动人的笑容。金刚狼是从多年前美国政府开始成为乔纳森的客户时沿用下来的化名。虽然他们两人在某些战略决策上会站在相互对立的一面，但是乔纳森却一直很喜欢她。如今她是大名鼎鼎的艾琳·瑞夫斯，联邦调查局的局长。乔纳森更加钦佩她了，她不仅是第一个坐上这个位子的女性，而且是历史上唯一的外勤特工出身的局长。他倾过身去轻轻吻了她的脸颊，这是掩护身份的需要，不过同往常一样，他感到她喜欢这种接触。

"嗨，艾琳。"他一边打着招呼一边坐在背对着房间的椅子上。他更愿意坐在对面的方向，但是如果说有人能罩住他的身后的话，没

151

错，艾琳绝对是不二人选。

"嗨，迪格。好久没见了。"

他嘲弄地笑着说："呵呵，你已经变成"摇滚巨星"了，我想你是没时间搭理我们这些小人物的。"在他们上一次的合作中——如果可以用"合作"来形容的话——乔纳森摧毁了一处隐藏生化武器的窝点，其结果是让联邦调查局，特别是艾琳成为了各大媒体聚焦的明星。

"哼，名气不过是过眼的烟云。自从新警长来到镇上，很多事情都变化了。"乔纳森明白她指的是新上任的总统，"我们以前的做事方式现在行不通了。"

"你是指我们得以经常取胜的那些方式吗？"

艾琳苦笑着摇了摇头。"我们还是会取胜的，"她说，"只是战略战术上要改变了。我们现在装作敌人似乎都喜欢上我们了，我们的一切压力都该解除了。"她叹了口气，喝下一大口水，换了个话题，"今天早上的事情干得好漂亮啊。在乔治·华盛顿的诞生地，上帝啊！"她的微笑变成了朗声大笑。

"我不明白你在说什么。"乔纳森说，但是他没有刻意去掩饰自己的眼神。考虑到他们两人之间的关系，玩这种小把戏是不必要的。

"你从那小子身上弄到了有用的情报吗？"艾琳问道。

一位女服务员朝他们走了过来，但是看见乔纳森摇了摇头后，她又转身走开了。

乔纳森俯过身去，双肘支在桌子上，用手指意艾琳靠近些。"我们共同度过了许多有趣的时光，金刚狼，别打算从现在开始来耍我。"

她的脸绷紧了，明显是感觉受到了冒犯。"你这是——"

"他们闯进了我建立的学校，"乔纳森说着，感觉自己的脾气上来了，"他们在那里开枪，差点就杀死了这个地球上最善良正派的一个人，而且在深夜带走了两个孩子。请，别，耍，我。"

艾琳让不满的神情在脸上持续了一段时间，尽管她知道自己只是做做样子。

"你知道是谁干的。"乔纳森说。

艾琳盯着桌子，考虑着如何回答。"我不知道。"她说，"但是，我们认为我们知道是谁策划的这件事，而且我们肯定是知道他们为什么这么做。"

"你们正在打亚瑟·吉恩这张牌，对不对？"乔纳森一针见血地问道。

这一次她的脸上露出了真正的惊讶。"噢，"她说，"你真行呀！"

乔纳森有点担心，如果他搞清这种事只是小菜一碟，有可能就会失去她的尊重。"是萨米·贝尔吗？"他问道。

艾琳环顾周围，毫无疑问是想看看有没有人在偷听。"老实说，迪格，没人应该知道这些。"

"埃文·吉恩和杰里米·舒勒这两个孩子这时候本应该在上英语课呢。可悲的是事情并不总是如我们所愿。"他这是在审慎地暗示杰里米还处在失踪状态，"是萨米·贝尔吧？"

艾琳叹口气，说道："我们认为是他。很显然，如果我们有证据能证明这一点，我们早就把他抓起来了。没错，我们的确与亚瑟·吉恩达成了协议，如果他站到法庭上证实他为老斯莱特家族干过的那些勾当，他将会得到一个新的身份。但是在审理的第二天，就发生了绑架案。我们已经收到了一张他儿子埃文被关押的照片，孩子的手里拿的是今天的《华盛顿邮报》。"

"我想要照片的复印件。"乔纳森说。

"我那里有世界上最好的照片分析师——"

"我要复印件。"乔纳森重复道，这次的口气更强硬了。

她停了一秒钟，然后说："好吧。"

"我还需要和亚瑟·吉恩谈谈。"

"不可能。"他还想争辩，可是她举起了手指说，"想都别想。百分之一千的没门儿。"

乔纳森实际上已经料到了这一点。一旦进入证人保护程序，保密就必须是百分之百的，否则还有什么意义呢？"那就给我一份审理此案的副本。"

艾琳摇摇头。她的眼睛像黑曜石一样坚硬，这是又一个没有商讨余地的问题。"但这并不意味着我不需要你的帮忙。"她说。

"公开的还是私下的？"

她的表情好像在说："别说傻话。"

"你想让我做什么？"乔纳森问道。

她的眼睛又扫视一下四周，然后几乎是用耳语说道："我想让你把埃文·吉恩那孩子找回来。"

乔纳森笑了。"哦，好吧，如果是这样……"随后他看明白她是认真的，"艾琳，你有权随时动用整个美国政府的力量。你为什么不把他找回来？"

"因为已经不允许我们去那儿了。"

"你说的那儿是哪儿？"

"你当年待过的地方，我想是的。哥伦比亚。他们已经不允许我们 FBI 的人进入他们的国土了，而且总统也不会批准我们在那里开展秘密行动，国防部长甚至连这种建议都不会提出来。真是见鬼，连去那里搜集情报都得不到批准了。"

乔纳森抬起头问道："你想让我做什么？"

她耸了耸肩。"做你一直在做的事情。不受法律的约束，只做你该做的事情。"发现自己的故作轻佻没有换来对方的笑容，她马上接着说道，"迪格，我再说一遍，现在的规矩都变了，这些规矩不是开玩笑的。我不能让我的人去破坏规则，这样不行，它意味的是进监狱。"

乔纳森笑了。"呵呵，太谢谢了。"

"而你干的就是这种活儿，干这个你拿手。我只是请求你做你该做的事情，即使我告诉你这是不应该做的。"

乔纳森揉了揉前额，试图驱散自己的困惑。"你鼓励我去做这事，这和你自己去做有什么区别吗？"

她的视线转到了一旁。乔纳森明白了。"天啊，艾琳，还得我自己付钱吗？这个行动至少有一半是为你做的吧，不是吗？"

她挥挥手说："我可以搞到资金。新政府刚刚组建，还不清楚小金库的底细。不过如果漏了风声，我们就会一起进监狱。这么说你就该明白了吧？"

乔纳森咯咯笑了。"你说得够明白了，不论是钱还是一起进监狱。"他话头一转，"哥伦比亚虽然是个小国，可是地方也不算小。你知道他在何处吗？"

"我在那边有线人。这个人通常是挺可靠的。他告诉我，绑架者是个叫米奇·庞德的家伙，他现在和那个孩子在一起。"

"米奇·庞德是什么人？"

"一个恶棍。他过去曾为政府部门干过一些他们不便出面的脏活儿，后来就投靠别人赚大钱去了。我们从来没能逮住他，但是我们怀疑他和近年来的多起枪杀案有关。我们认为他目前在哥伦比亚经营萨米·贝尔的可卡因生意，那里的一些贪赃枉法却道貌岸然的政客明里暗里在给他撑腰。但是话说回来，对于华盛顿官方而言，这不关我们的事。"

乔纳森还是有点困惑。"他们为什么要把孩子绑架到那里去？我的意思是，世界上有这么多地方，为什么非要选那里？"

艾琳耸了耸肩。"我觉得他们的选择不是没有道理。不在国内，跑到世界的一个角落里，远离美国人窥探的视线。而且他们反正是要把孩子绑到一个地方，为什么就不能选那里呢？"

乔纳森感受到了这场挑战的分量。"在哥伦比亚的山区里零零散散的有数百家加工毒品的小作坊，我们怎么才能在那里找出一个小孩呢？"

"我们现在有点眉目了。因为目前的哥伦比亚政府对于毒品交易采取睁只眼闭只眼的态度，我们听说庞德已经把自己的生产整合到几个规模较大的工厂里了。"

"你的意思是那些奴工农场。"乔纳森更正道。

艾琳摊开了双手。"一点不假。大家都说，如果村民不合作，庞德就成了一个凶残的屠夫。我不知道这是不是真的，但是我的线人告诉我，庞德的方式是杀死一个村庄的男人和十几岁的大男孩来获得村民的合作，然后迫使年龄更小的男孩到田地和工厂去做工。"

"女孩呢？"乔纳森问道。话一出口，他就知道那个令人作呕的答案了。

"她们成了男人的玩具，去从事那种肮脏的生意。"

乔纳森吸了口气。"对我说说，关于一个叫布鲁斯·纳瓦罗的人，你知道些什么？"

艾琳的眼睛睁大了。"天哪，我们所有外勤特工机构的反应都比你慢。"她说，"你说的这个人是萨米·贝尔的律师。他是我做梦都想得到的证人，可是他就像又一个吉米·霍法①，从我们的视野里

---

① 吉米·霍法（Jimmy Hoffa）：美国劳工领袖，曾任国际卡车司机工会主席。1975年在底特律市郊一处停车场神秘失踪，至今仍是一桩悬案。

消失了。为什么问到他？"

乔纳森想起盖尔的汇报，得意地笑了。"你知道他是玛丽莲·舒勒的老板吗？"

艾琳皱起眉头，"谁是玛丽莲……"随后她想起来了，"该死！不，我不知道。"

乔纳森把盖尔在监狱了解到的情况详细地告诉了她。"我想如果我们能找到他，我们就可以得到一些很有用的答案。"

艾琳的目光望向了远处。"他在新泽西有个姐姐，"她说，"我们一直怀疑她知道纳瓦罗在什么地方，至少知道他是否还活着。但是她不肯告诉我们任何事情。"

乔纳森挑了一下眉毛。"那是对你们。我倒是挺想知道她会不会跟我谈谈。"

"我对此表示怀疑。但是，据我对盖尔·博纳维莉的了解……"她让乔纳森自己来领悟她的想法。

乔纳森喜欢这个主意。"我可以让盖尔去试试看。"他哼地笑道，"当老板有什么好处啊？她只需要去新泽西，而我却要跑到世界上那个最脏的地方去。"他讽刺地摇摇头又说，"对我说说你那个哥伦比亚联系人的情况吧。"

艾琳闪烁其词道："我可以告诉你他的名字，但是你必须明白，他是个独立签订合同的家伙。"

"他很能干吗？"

"他给我干得不错，"艾琳说，"问题是无法预测他的忠诚度，他喜欢给出价最高的人干活。"

"他叫什么名字？"

"乔西·卡尔德隆。他现在住在巴拿马城，但是他……"

乔纳森的眼睛一下子亮了。"'麻烦制造者'乔西？当过游击队

157

员，以前在卡塔赫纳待过？"

"你认识他。"

乔纳森笑着回忆道："我当然认识他。我在部队的时候，是他帮助我们摧毁了巴勃罗犯罪集团。一个不安分的小家伙，但他明白该干什么。我还以为他在哥伦比亚是不受欢迎的人呢。"

"我不是和你说过他总是跟着出价最高的人跑吗？"

"他最近为你的人干过活吗？"

艾琳摇摇头。"没有，已经有些年头没干了。他在我们上届政府的后期帮助司法部做过一些事，我还听说他为尼加拉瓜的特工部门也干过，但那都是过去的事了。现在的怀柔政策让许多这种独立的合伙人都没事可干了。"

"我们怎么知道敌人不会趁我们撒手的时候把他们都招募过去了呢？"

"我们不知道，实际上我们有很多事情都说不清楚了。"

乔纳森十分赞赏她的这种坦诚。他能和"麻烦制造者"乔西再度合作也是件很幸运的事情。乔西认识许多人，并能够取得重要人物的信任，他还有能力在很短的时间里拉出一支全副武装的小部队。

"你知道在哪儿能找到他吗？"乔纳森问道。

艾琳笑着把手伸进上衣口袋，掏出了一张写着名字和号码的卡片。"他在等你的电话呢。"她说。

19

越野车从埃文最初被监禁的地方已经开出四个小时了。丛林变得更加茂密，越往前走，两旁的树叶离车身就越近，车道也渐渐变成了一条窄窄的小径。只要这片丛林做一次深呼吸，这条小道似乎就要消失得无影无踪了。

埃文坐在后排座上。他旁边坐着一个白人，看上去也和埃文似的与周遭的环境一点都不搭调。这人什么话也没说，只是不停地用目光打量着孩子，而当埃文看向他时，他就会扭过头去望着车前方。看去吧，埃文想，看看倒是不能把我怎么样。埃文不知道这人是否要动手碰他，如果这么做，他会后悔的。

就像埃文曾对多姆神父说过的那样，他的孩提时代没有留下任何甜蜜的记忆，但是悲惨的童年让他学会了如何保护自己。如果时间可以退回到那些坏蛋袭击学校的那个晚上，如果他当时是醒着而不是在呼呼大睡，那么，埃文此刻绝不会身处这样一个境地。

埃文当时也许会死，但是他肯定是不会来到这里，不管这是个什么鬼地方。而且，那些绑架他的人肯定已经或瞎或瘸，付出了他们的代价。

"我是米奇。"他的邻座说着，友善地伸出了手，"你是埃文，对吧？"英语说得不错，只是口音有点特别，是介乎于梅尔·吉布森饰演的澳洲人和迈克尔·凯恩饰演的男管家之间的一种语调。

埃文看了看他伸过来的手，却没有去握它。

"这么说你现在是十四岁？"米奇继续问道。

"别跟我说话，你这个变态狂。"埃文"呸"地吐了口唾沫。他转头盯着窗外。他以前遇到过这种人。如果你让他们相信你很容易上手，哪怕只有一秒钟，这些人就以为他们可以为所欲为了。

那只手依然伸着没动。"不管你相信不相信，埃文，我是你的朋友。"

埃文本来不想搭理这人，但是一听这话，他就转过身来对着这人说道："是我的朋友哈？噢，米奇朋友，你送我回家去怎么样？"

米奇缩回自己的手放在膝盖上。"我知道这才是你希望我做的，"他说，"但是目前这是不可能的。"

车轮掉到了一道很深的大沟，车里所有的人都重重地颠了一下。埃文为自己系着安全带而感到挺高兴，他多希望其他人都被颠到车外去，不过很快就失望了。别人也都系着安全带。

"如果你愿意，你就能送我回去。"埃文说。

"事实上并非如此，"米奇纠正说，"我肯定这很难让你理解，但是即使是我也无法做到这一点。"

"即使是我也无法做到这一点。"埃文嘲弄地模仿他的口气说，"成为一个囚犯真的是很糟糕，不是吗？咱们俩分享一个牢房吧。"

米奇似乎觉得挺有趣。他抱起胳膊又跷起腿，倚到了车门旁的角落里。"有人把你关在牢房里吗？"他问道。

这人态度的突然转变让孩子觉得不舒服。他无法确定究竟是怎么回事，只是感觉米奇突然变得咄咄逼人了。

"这是一个严肃的问题，埃文，你看到过这里的牢房是什么样子吗？"

"反正该看的我都看到了。"埃文嘟囔道。

"我是说，自从你成了我们的客人，你见到过牢房吗？"

"当然了。我醒过来时发现是待在一间破屋子里。"

米奇举起一根食指慢慢摇动，他的脑袋也摇了摇。"那只是一间小屋，"他说，"和营地里其他的小屋是一样的。只不过，和那个营地的其他人不一样，为你安排的是个单独的住处。你不是被当作囚犯，而是被当作客人对待的。"

"全他妈是扯淡。"

"你这么小就说粗话。"

"我不像你想得那么小。"埃文说。

微笑又回到了这人的脸上。"说真的，你被捆绑过或是堵上嘴了吗？我是指在这次旅行当中。"

"比那更糟，我被下药了。"

米奇点点头，表示承认这一点。"但是自从你醒来后，没见到绳子，也没见到手铐吧？"

"那也不意味着我不是个囚犯。"埃文说。他真的太不喜欢这个人了。

米奇盯着他看了几秒钟，然后转向前排的两个人。"蒂托。"他唤道。司机的目光落到了后视镜上。米奇用西班牙语说了些什么。

司机看上去很惊讶。米奇又重复了一遍。

司机和副驾驶座位上的家伙说了点什么，然后就把车停在了小路的中间。

米奇又下了一道命令。埃文一侧的电动门锁突然打开了。"好了，你走吧，"米奇说。

埃文看看车门，又看了看米奇，不知道该怎么办。

"你走吧，"米奇说着，用手指了一下车门，"你说你是个囚犯，可是我说你随时可以离开。所以，你走吧。"

这是一个骗局，埃文想，他一打开车门，他们就会开枪；或者是把他拖回来，为他没有通过这种愚蠢的忠诚度测试而进行惩罚。

"走吧，"米奇又说了一遍，表情更坚决了。"出去吧，你自由了。"

埃文的眼睛不停地转动着。他该怎么办？如果他走出去，又会怎么样？天啊，他这是在该死的丛林里，已经不再是处于食物链的顶端了。他没有动。

"你已经没权利选择了。"米奇的声音十分严厉，"从我的车上滚下去。"

埃文害怕了。如果他现在下车，如果他们把车开走，用不了几天他就要死掉，如果这里有毒蛇、美洲狮或是其他类似的东西，他死得只会更快。

米奇解开自己的安全带，从埃文胸前探过身去拉动把手，推开了车门。"如果你非要让我把你扔出去，可能会伤到你，那就不好了。"他突然弹开埃文的安全带卡扣，把孩子推到了敞开的车门旁。

埃文张开双臂，用一只手使劲按住车门框撑着身体，另一只手试图在真皮座椅上抓住什么，只是他的指甲太短了。"不！"他大声喊叫。

米奇更加用力地推他。"我说了，从我车上滚下去。"

米奇坐回原来的位置，用脚掌往外蹬他。埃文全力挺住，却感觉到自己的屁股在往外滑，一个屁股蛋已经离开了座椅。他的两脚用力支撑，一只脚的趾头勾住了前排座椅后面装地图的袋子。

只是这远远不够。埃文的身体又被迫向外移动了几公分，剩下的就全交给重力了。他感到自己正在滑落。他的右肘和臀部落在脏兮兮的镀铬踏板上，接着整个身体都摔在了杂草丛中。绿颜色的海洋淹没了他，一时间他分不出上下左右，只觉得到处都是叶子。

他听到车门"砰"的一声关上了，随后是发动机的轰鸣声。他们踩下了油门。埃文看不清轮胎在哪里，急忙向一旁滚去，蜷缩起

162

身体，以防被越野车撞到。他的脑海里出现了自己的双腿被车轮碾压的情景。这是他从那间小屋里醒来后第一次感到了彻头彻尾的、令人瘫软的恐惧。

"别扔下我！"他喊道，身子仍然蜷缩得像个皮球。他的脚找到了地面，站了起来。浓密的枝叶遮挡着，他勉强看得见越野车的棚顶。"请别扔下我。"这一次是竭尽全力的尖叫，听上去像是个女孩在哭喊，声音大得连他自己的耳朵都震得嗡嗡响。

他必须找到路。他明白，如果找不到路，他就彻底完蛋了。一旦他找到了，他就要追上汽车，说服他们不要丢下他。

所谓的路不过就是一条窄窄的小道，好像就在几步之外。但是埃文刚向他认为是路的方向迈出一步，脚踝就被藤蔓或是其他什么该死的东西绊住了。他一个跟头栽倒在地上。周围的一切都是湿漉漉的，散发着霉烂腐臭的气息。

死亡的气味。

死去的孩子也会是这个气味。

"别扔下我！"他尖叫道。

他再次跑动，结果再次跌倒，于是他决定爬行。树枝刮伤了他的后背和腹部裸露的皮肤，而只有上帝知道他的双手和膝盖被什么东西刺破了。

他在树丛中像个盲人似的艰难地爬行。他们把车开跑了，上帝啊，他必须坚持。如果他停下来，哪怕是放慢速度，他们都会跑得太远，他将永远也赶不上了。

他的脑袋先从一片空地里钻了出来。事实上，这不算是真正的空地，只是树木没那么茂密而已。该死的枝叶不再剐蹭他的脸庞和肩膀，可供呼吸的空气似乎也突然充裕了起来。

这就是那条路。肯定是。地上有车辙，它还能是什么？

但是，没有那辆越野车。

"嘿！"他喊道。没有回应，除了上百万只昆虫和其他生物的声音。他不想和它们打任何交道。他可不打算成为某种动物今天的晚餐。

他转向右边，开始向那辆车开走的方向行进。他的脚步缓慢踉跄，满脑子都是自己被丢弃在这里死去的景象。就像是白日的一场噩梦，他仿佛看见他的肉体正在被秃鹰无情地撕开，肌肉变成了一束束的肉条，肠子也从腹腔里被扯了出来——如同他在家里见过的美洲鹭和乌鸦啄食撞死路上的动物尸体。埃文加快了脚步。

也许他还有机会赶上那辆越野车。也许他们被路上的一道深沟拦住了，或者是他们必须慢慢地穿过一条小溪。这会给他时间，让他赶上他们。

但是他必须抓紧。他开始慢跑，然后就真的飞奔了起来。石子和枝杈硌到他赤裸的脚掌上，但是他没有什么疼痛的感觉。今天他顾不得疼痛。

他进一步加快了速度，照着复活者家园的体育老师杰克逊教他的方式摆动着手臂。埃文一直都擅长跑步，总而言之他是一个不错的运动员，杰克逊先生对他特别感兴趣。他说也许有一天埃文会由于优秀的运动成绩而得到奖学金，但是要达到参加竞赛的水准，就必须重视所有的细节。比如，只有学会正确地摆臂，才能提高每一个跨步的幅度和效率。

天哪，太热了！埃文在路上转过了第一道弯。被汗水浸得湿漉漉、油腻腻的卷发在他的脖子后面摆动着，同时他又要不停地把它们从眼睛前面撩开。前方出现了一座小山丘，不是很陡，但是很长。

不能停步，他告诉自己。停下来很容易，但是意味着离死亡也就不远了。如果他要死，那也应该是由于精疲力竭或是严重脱水，而不是由于他可以为其他动物提供营养价值。他低下头强迫自己继续跑下去。他盯着自己的脚面而不是地貌，因为地貌太让人绝望了。

人类怎么能在如此酷热的地方生活呢？

跑出八十五步以后，脚步变得轻快了。他甚至没有意识到自己一直在记着步数。他抬起头，发现已经登上了小山的顶部。

越野车在那里，离他一百步远的地方。透过各种昆虫发出的噪音，他听得到发动机的空转声。

米奇站在后保险杠前面。卡其布的长裤，同样是卡其布的开领短袖衬衫。他摆出一副等待的姿势，倚着备用轮胎，双臂抱在胸前，双脚交叉着伸在前面。

埃文一看到这人就停住了脚，僵立在那里，胸部不停起伏，眼睛被汗水刺得火辣辣的。他用手掌揉擦着眼睛，结果却让眼睛更加刺痛。他呼哧呼哧地喘着粗气，心脏怦怦直跳。他的身体只想一头栽倒在地，但是他的大脑却不允许自己这么做。不能让米奇太满意了。

看到这个人脸上得意的笑容，埃文明白他被人耍了。就像大多数的成年人一样，米奇做的这一切只是为了显示自己的权力。你需要我。小孩子就得教训。离开了我，你什么都不是。

"好吧，你也需要我，"埃文对自己咕哝道。他又跑起来了。在跑向越野车的这段路程里，他尽力在颤抖的双腿允许的限度内表现出步伐的轻快。

"花了不少时间呀。"米奇嘲弄地笑道。

埃文什么也没说，径直奔向车门。在经过米奇身旁时，米奇伸出手要抓住他，但是埃文一转身闪开了。"别碰我。"他说。

他模糊地意识到那个司机和坐在副驾驶座上的人也都下了车，正在饶有兴趣地观看这一幕。

165

米奇似乎对埃文的敏捷感到吃惊。他重新把双臂抱在了胸前。"你还没学乖呀，是吧，小子？"

埃文没说话。

"现在，你得恳求我才能回到我的车上。"

埃文不完全理解这个家伙的眼神。他不知为何总是转头去看其他两个人，几乎还有点尴尬的样子。

埃文再次朝车门走去，米奇再次想抓住他的胳膊。

"别他妈碰我！"埃文尖叫道。激愤的语气把那两个喽罗吓了一跳。

"别他妈告诉我应该怎么做！"米奇也对着喊道，"现在，要么你表现出一点对我的尊重，恳求我让你回到车上，要么我向上帝发誓，我就把你丢在这里等死。"

埃文的心脏从来没像现在跳得这么厉害。在以往的一些场合，当他与人家毫不退让地对峙时，最坏的可能就是打上一架，把鼻子打出血或是把牙齿打松了。然而此刻如果出错，付出的代价将是不可估量的。

但是，原则就是原则，不能由于对手霸蛮的程度而改变。你永远不能示弱。多姆神父总是怎么说来着？胜利从来都是你靠战斗争得的成果，而投降则是你向敌人拱手相送的贡品。对于埃文而言，他喜爱的这句话意味着，拼死也要一搏。

"是你们绑架的我，记得吗？"埃文喊道，"你们不敢让我就这么死去。"

这一次埃文走向车门时，注意到那两个喽罗好像被逗乐了，就连米奇一时也无话可说了。

埃文坐回座位，关上车门，系上了安全带。

在杀手和间谍的圈子里，似乎是不允许在一个地方见两次面的，至少在短期内绝对不行。所以，五角大楼城的美食广场这次被排除了，地点安排在了亚历山大老城的发现者公园内。

按照杰瑞·肖格伦的想法，他们应该仿效电影《总统班底》里的方式，在一家地下停车场碰面。但是伯兰蒂·吉丁斯不容置疑地否决了这个建议。如果伯兰蒂不得不死在某个疯子手里，那么她希望在谋杀现场有尽可能多的目击者。

她遵循肖格伦的指示前往目的地。从五角大楼站坐地铁到布洛克路站，以防万一又换乘了两辆出租车。第一辆坐到里根机场，然后换乘一辆到鱼雷厂——坐落在波托马克河畔的一处新潮艺术家的聚居地，二战期间它曾是一家生产鱼雷的工厂。从那里就可以徒步轻松地走到会面的公园了。

伯兰蒂告诉自己，这次一定让肖格伦在那里等待自己。但是，尽管她晚到了十分钟，却还是没看到这个人。伯兰蒂想是不是她的迟到惹他生气离开了，可是她很快记起这次会面是肖格伦提出来的，而不是她自己。

她随意选了一张空着的长椅，坐在那里等待着。

她一点没察觉到他从后面走过来。

"我们这是在玩权力的游戏吗，丫头？"肖格伦低沉有力的声音在她身后一米远的地方响了起来。

"噢，上帝啊！"

肖格伦走到长椅前，坐到了她的旁边。"故意迟到并不会让你占上风。"他斥责道，"你要知道，我到这里已经有四十五分钟了。我可以告诉你我们周边所有人的一切，我也看见了你刚才到达的情景。你现在看着我。"

伯兰蒂不知他这是什么意思。

"人们管这个叫接头技巧，如果你想玩这些鬼把戏，你还得好好学学。"

伯兰蒂移开了目光。肖格伦的训斥让她觉得难堪，有点像是遭到祖父痛责的感觉。一个粗鲁无礼、煞气夺人的祖父。

"要记住，让别人等待是很不礼貌的。"肖格伦说。

"我会牢记在心的，"伯兰蒂说道，尽量使面部表情恢复正常，"我记得你应该是忙着在找一个无家可归的家伙。"

"适当的时候我会找到他的。但是，首先我觉得你应该知道，自从我们上次见面后，事情变得更糟糕了。"

伯兰蒂的心口仿佛又被熟悉的拳头猛击了一下。她想象不出事情还会比现在更糟。

"有个私家侦探今天去见了弗兰克·舒勒，"肖格伦继续说，"他们已经把这件事和萨米·贝尔的团伙联系到一起了，而且他们知道布鲁斯·纳瓦罗和这事有关系。"肖格伦通过弗吉尼亚州监狱管理局的内线搞到了盖尔他们的谈话录音资料，他对伯兰蒂讲述了其中的细节。

的确，事情远比想象得要糟糕。"真是难以置信，"伯兰蒂说道，"我们费尽力气做了这么多事情，难道最后要栽倒在一个私家侦探手里吗？"

肖格伦答道："我可没用过'栽倒'这么个词，我只是报告一下我了解到的事实而已。"

他把手伸进衬衫口袋，拿出了一张折叠的纸片。"我给你一个调查对象，"他说着把纸片递给了伯兰蒂，"挖出你能挖出的这个家伙的任何事情，然后告诉我。"

伯兰蒂念出了纸片上的名字。"乔纳森·格雷夫。他是谁？就是去见弗兰克·舒勒的那个私家侦探吗？"

肖格伦摇摇头。"不是，那是一位叫盖尔·博纳维莉的女士，她本来是印第安纳州民主党的一个后起之秀，后来的一次枪战导致她辞去了桑松县的警长职务。她辞掉那份工作后，就跑到格雷夫那里去了。"

伯兰蒂想把纸片还回去。"你自己去查吧，"她说，"看上去你自己干得蛮不错的。"

肖格伦没有伸手去接。"我对这个家伙没有办法，"他说，"我可以告诉你，他是在渔人湾长大的，名字叫乔纳森·格雷夫。我还可以告诉你，他开了一家斯鲁森私人调查事务所，就是这家事务所雇用了盖尔·博纳维莉。"

他停住了。当伯兰蒂还想重复她的建议时，肖格伦举起手制止了她。

"我知道他当过兵，"他继续说道，"在当兵之前他改掉了自己的姓，把格雷夫诺改成格雷夫了。他的父亲是西蒙·格雷夫诺，目前正在联邦监狱里度过余生，是个黑帮分子。"

又是一阵沉默。"听上去你查得不错，"伯兰蒂说，"我不想和这件事有任何关系。我们那个部门无论如何也不能和……"

"只有你们那个部门才能查明这件事，"肖格伦打断她说，"他自从参军后就销声匿迹了。我只查到他在新兵训练结束后就进入了游骑兵部队的培训机构，然后他就消失了，什么记载都没了，我发现数据库里连他的一套指纹都没有。我这么说也许难以置信，但是这完全像是一个家伙在军队里学到足够的专门技能后，美国政府就让他隐形了。"

伯兰蒂选择了沉默。

"小姐，这就意味着只有你的部门才能开展我需要的调查。"

伯兰蒂明白他的意思——这个叫格雷夫的家伙是个威胁——然

而她没弄懂这件事的紧迫性。"我不能亲自出面去调查这些情报,"她说,"我只能交给别人来做。在我看来,让不相干的外人参与这种事的风险要远远大于获得一些零散信息的好处。"

肖格伦显出了一副屈尊俯就的笑容。"请告诉我你现在说的是假话。你还不至于这么愚钝吧?"

伯兰蒂感到脸上一阵发热。

"我们此刻谈论的是一个对黑道上的事情非常熟悉的人物,他还受过特种部队的训练。我最能干的两个手下已经不知去向了,而这个美国大兵的助手恰好又去了所有这些事情的核心部位——弗吉尼亚的州立监狱。考虑到这一切的一切,你认为对于这个人的调查不过是搜集一点零散的信息?我还是那句话,请告诉我你刚才说的只是一句笑话。"

我倒是希望我只是在说笑话。伯兰蒂暗想。

20

哈维·罗德里格兹总感觉自己多少有点像个囚犯。他把胡须刮掉了，头发也剪了——是个叫作维妮丝的火辣黑妞为他剪的，事实证明她的手艺很不错——然后洗了个热水澡，换了一身衣服，就连哈维都觉得自己看上去像个型男了。按说，只要他愿意他就可以自由来去，但是当外面有陌生人想干掉你的时候，你就很难去公开的场所闲逛了。

不过，他还是需要出去透透气。这得怪那个叫迪格的家伙塞给他的一百块钱。他没有要付的账单，脑袋上面还有一方屋顶——住进了一幢大厦——而口袋里有现金就意味着他肚子里有啤酒。在他看来，即便是死，肚里有几杯猫尿也比没有要强多了。

杰米酒馆坐落在河畔，从大楼下坡过三个街口就是了。现在是晚上八点钟，停车场上四分之三的车位都被占满了，它标志着这是个适合于哈维麻醉脑细胞的地方。

走近门口时，哈维注意到圆圆的门把手上装饰着两条鱼，一阴一阳，像是相互闻着对方的屁股在按逆时针方向游动。他对于这家酒馆的期待变得有点暗淡了。

他抓住右侧的把手拉开了门，希望迎接他的是烈酒和陈年雪茄的芳香，然而扑面而来的却是炸鸡翅和炸薯条的难闻气味。他想念那类真正的酒吧，这种经营家常套餐的地方是给那些不男不女的家伙开的。

如果不去关注左侧那些等人就餐的空桌子，你就会注意到右边有片不太大的区域是用松木板隔断的吧厅，那里放着一些当年的海船用来运酒的那种旧木桶。哈维知道桶里装的是烈酒，因为每个桶上面都烙上了格罗格烈酒的字样。酒桶上还刻着同门把手一样的阴阳鱼图案，还有杰米酒馆的名称。

你不能仅仅通过装潢来判断一间酒吧，你必须根据吧台后面那块镜子下摆放的酒瓶种类和数量，还有啤酒龙头的密集程度来判断它。按照这样的标准来衡量，这个地方还是说得过去的。

吧台后面的那个小伙子看上去还不到卖酒的年龄。"欢迎光临杰米酒馆。"小伙子说着推给他一块纸板杯垫。妈的，上面又画着该死的阴阳鱼。"您来点什么？"

啤酒罐的龙头太多可真是让富有的人苦恼。有不劳而获的一百块美金在口袋里，他放弃了通常喝的廉价的国产啤酒，而是点了健力士的竖琴淡啤酒。来上三四杯这种东西，他会觉得自己像个爱尔兰传说中的小精灵。

小伙子把一品脱沁人心脾的啤酒放在杯垫上，还伸过手来。"我叫克里斯。"他说。

"我是哈维。"他们握了握手。

"真的吗？"克里斯笑道，"这么说你刚刚和一个朋友失之交臂，大概就是在十分钟前。"

哈维心里一紧，马上对这么轻易就说出了自己的名字而懊悔。

"是个大块头，"克里斯描述道，"灰白头发，留着胡子，波士顿口音。"他嘲弄地模仿那个人的口音，故意把波士顿说成巴赫斯顿，"他没提自己的名字，但是让我留意打听一下你的情况。你对这么个人有印象吗？"

当然没有印象。他从来没听说过这么个大块头，听上去像是个来为两个朋友报仇的家伙，不过他那两个朋友可不是哈维杀的。"我完全想不出来他是谁。"哈维说。他喝了一口啤酒，可现在啤酒尝着真和猫尿一样了，"他说没说为什么要找我？"

"他说是你当年的一个老战友。"

隔着两个凳子坐着的一个穿一身牛仔装、留着短短的山羊胡的家伙插话道："他说你是个战斗英雄。"所有小酒馆都有个不成文的规矩：与酒保的聊天是任何人都可以随时参与的。

"没错儿，"克里斯面露喜色证实说，"他说他找到了你的勋章，是在地下室还是什么地方发现的。他想把这些勋章交给你。"

啤酒变得更酸了，接下来的一口差点没让哈维吐出来。他原封不动地保存着自己的海军十字勋章和杰出服务奖章，把它们埋在了帐篷下面的一个坑里。他强忍住了立即从吧凳上跳下来夺门而逃的冲动。

"不过，我现在看你的样子，觉得他可能是胡扯。"穿牛仔装的家伙在一旁说道，"他肯定能比你大上二十岁，我可看不出你俩会同时在一个部队服役。你也许应该小心了。"

哈维谨慎地看了一眼"牛仔装"，然后耸了耸肩。他希望结束这场谈话。

"我觉得我们都得小心点。"克里斯心不在焉地擦着吧台，尽管没有擦拭的必要，嘴上说道，"前几天复活者家园出事了，我可不喜欢这一带发生这样的事情。如果连小孩的安全都无法保证，那就没有什么人是安全的了。明白我的意思吗？"他难过地摇了摇头，随后似乎意识到自己把气氛弄得压抑了，所以他立刻又做出了一副过于开心的样子。"那么，你们都是从哪儿来的呢？"

哈维的心又是一沉。他原以为"牛仔装"是这里的常客。

"我可以说是来自任何一个地方，""牛仔装"说，"在什么地方能找到工作，我就待在什么地方。"

"哦，是吗？"克里斯显然有点好奇，"你是做什么工作的？"

"牛仔装"耸了耸肩。"现在什么也没做，我正在四处找活儿呢。"

不知是出于哈维的想象，还是这个家伙真的在说这话时扫了他一眼。恐惧症的诊断有一个难题，就是医生永远搞不清你的恐惧在什么时候是有道理的。

"你想干点什么？"克里斯追问道，"你擅长什么呢？"

"我干武器交易这一行已经很久了，""牛仔装"说，"可是突如其来的和平至上这一套快要把我饿死了。"

克里斯笑起来了，但哈维的手却在发抖。武器交易。这里的新面孔。恰巧在此时此地。是巧合还是预谋？

"你呢，哈维？"克里斯问道，"你从哪儿来呀？你是干什么的？"

哈维知道这个小伙子只是想表现自己的友好，可他还是想把一叠餐巾纸塞进这孩子的嘴里。他应该事先准备个答案才是。"我以前在一家渔业公司工作，"他撒了谎，"不过我被解雇了。"

克里斯显得很关切。"哪一家？我不知道渔业公司也在裁员。"

"在乔治亚。"哈维解释道。他也不知道为什么要这么说。他从没去过乔治亚。"萨凡纳城外。"上帝呀，千万让萨凡纳坐落在海边上吧。

"噢，如果你擅长捕鱼的话，在这那可是个不错的行当啊。"克里斯说，"你现在住在哪儿？"

天哪，他就不能闭嘴吗？"住在朋友那儿。"

小伙子的笑容更灿烂了。"我认识吗？"

哈维张张嘴想说点什么，却什么都没说出来。他的谎话编到头了。他发现自己瞠目结舌地愣在了这里。

"让这个伙计歇会儿吧，""牛仔装"说道，"他刚发现有个陌生人在寻找他，而你却一直向他打听消息。如果你是他，你愿意回答

174

你问的这些问题吗？"

仿佛是有个灯泡照到了他的脑袋，克里斯的脸上发烧了，连忙说："噢，哎呀，对不起，我不是故意的，我只是……"

哈维挥挥手说："没关系。"

"不过你看起来确实有点吓着了。""牛仔装"说着向哈维举了举杯子，里边的液体像是可乐。

哈维勉强挤出一丝笑容，试图想出一个退路。"牛仔装"在为他担心。假如他是个坏人，哈维离开公共场所就是愚蠢的。这家伙会一直跟着哈维，一旦有了合适的时机就会下手做他想做的事情。但是从另一方面说，要是哈维一直待在这里，肯定就会和那个波士顿大块头遭遇。

即使哈维真的离开了这里，他还能去哪儿呢？他不是这个世界上最无私的人，但是他也绝不想把杀手领到他住的那幢大楼去。

当你没有什么好的选择时，你能希望的就是选择结果不是最差的。就目前而言，这意味着喝完他的啤酒以后再离开这里。他喝光了那杯啤酒后又等了几分钟才要账单。在克里斯算账时，"牛仔装"跟没事人似的溜下吧凳，径直走向了男厕所。

"我希望我们的朋友不是去跑单了。"哈维一边打趣，一边在上面也印着阴阳鱼图案的塑料夹子里塞进了二十块钱。

克里斯笑着摇摇头。"不会的，我看他挺实在。"在找零钱的时候，他又补充了一句，"你确定你不想留下来等你那个朋友吗？"

哈维从吧凳上转了一圈后下来了。"克里斯，我得告诉你，我不认识任何一个符合你描述的人，我也从来没得过什么奖章。如果他回来了，忘了你见过我这件事吧。"他看了一眼克里斯手里的钱说道，"不用找了。"

小伙子的眼睛盯着百分之三百的小费。"我从来没有见过你。"

21

乔纳森坐进了会议桌端头的椅子。今天的主讲人是维妮丝。在她身后的房间尽头，埃文·吉恩的脸庞仍然在投影屏幕上望着他们。当维妮丝开始说话时，埃文的图像消失了，取而代之的是一个四十多岁中年男人的照片，画面显然是用长焦镜头拍摄的。

"这就是米奇·庞德。"维妮丝开始了介绍，"在我们进入的各种数据库里只有几张他的照片，这张是最新的，也是识别度最高的。"

识别度是相对的，乔纳森暗想。当然了，这个家伙有他自己的一张脸。他有一个鼻子、一张嘴和一双眼睛，就和其他人一样。但是没有什么与众不同的地方，这意味着最好的面部识别软件在这家伙身上能派上的用场也是有限的。

维妮丝按了一下手中的遥控器。还是那张没什么特色的面孔，只是换成了一个更年轻的版本，不过这次配有一套完整的指纹。"这是二十年前他在部队的照片，"她解释道，"他的服役记录平淡无奇。从入伍到退役一共六年，退役前的军衔是 E-5。"

乔纳森知道 E-5 是指中士。用六年时光在臂章上佩了三道杠虽说还可以，但也确实没什么特别的。

"最重要的突破，"维妮丝继续说道，"就是搞到了这套指纹。有了它，我就能够发现他的踪迹了。"她又按了一下，画面上出现了一张新的照片。它可能是世界上任何一个机场的入境柜台的照片。很明显这是安保摄像头拍摄的画面，图像上依旧是这个人。"哥伦比亚人对于西方国家一百多年来的干预依然愤恨不已，所以他们要求任何一个美国人、英国人或法国人在出入境时都要留下指纹。"图像下方标注的时间表明，这个人是在十八个小时多一点之前刚刚进入哥伦比亚境内的。"他是用罗布特·桑布拉诺的名字入境的，我不知道这个化名有没有什么特殊的意义。"维妮丝说。

"还有谁在同一个航班上？"乔纳森问道。

"太多了。"维妮丝说，"他乘的是商用飞机，和他一道的大约有一百个亲密朋友呢。"

"我希望你通过面部识别手段核查这些人。"乔纳森说。

维妮丝傲娇冲他打了一个响指打断了他。显然，她已经这么做了。

"有谁长得像我们那个孩子？"鲍克瑟问道。

维妮丝摇摇头。"我已经进行了初步的人脸识别，没有任何发现，甚至连多少有点相似的都没有。"

"那他能在哪里呢？"鲍克瑟又问了一句。

"假如他是在飞机上，我只能想到一个地方。"维妮丝说，"在行李里。"

盖尔向前探过身去。"那他不被闷死了吗？"

"我也是怎么想的，"维妮丝说，"但是研究结果表明不会出现这种情况。我以前从没有真正琢磨过这个问题，可事实上他们到了高空在给客舱增压的同时也必须给货舱增压，因为有人要运送宠物什么的。增压后货舱里就有了足够的氧气，再加上温度调节就会让人免于冻死，我在网上证实了这一点。然而，关键在于……"为了更具效果，她停顿了下来，希望乔纳森能猜出她完整的观点。

"得了，维妮丝，你知道我讨厌这种把戏。"

"关键在于，你需要让那个装进行李的乘客处于昏睡状态。"

现在乔纳森明白了。"杰里米·舒勒也被人麻醉过。"

维妮丝舔了舔手指，在空中比画了一个金星奖章的形状。"答对了。"她按了一下遥控器，画面切换成了穿着航空公司制服的人们正在搬运的一大堆行李。"可以看出，在波哥大埃尔多拉多机场对于行李的安检非常严格。"

"但是他们的防火墙显然是管理得不怎么样，"乔纳森打趣道，"你总是能淘到这种东西让我感到惊奇。"

她羞怯地咧嘴一笑。"哦，这才刚刚开始呢。就是说，行李作为乘客的携带品，每一件都是可以在机场找到的。既然我们有了他的指纹，我们也就有了他的机票号。有了他的机票，我们就可以确切地知道这个家伙在华盛顿起飞的直达航班上都携带了什么。"

她又点击了一下，屏幕上出现了一个不起眼的黑色手提箱和一个用两道行李带捆绑得非常结实的特大号硬壳行李箱。"看看那个大箱子，"维妮丝说，"我相信埃文·吉恩就在那里面。请注意那个表示超重的橙色警告标签。"

"我可不大相信，"鲍克瑟说，"这太冒险了。运输安全管理局会抽查飞机上一半以上的行李。"

维妮丝再次按下遥控器。屏幕的特写镜头是运输安全管理局的一个托运许可标签。"我也想到了这个问题，于是我对图像进行了增强处理，很幸运，效果还不错。我把这个行李号和运输安全管理局的数据库进行了比对。你们知道吗？没有记录显示这件特殊的行李得到了机场运输安全部门的特别托运许可。这是杜勒斯机场发的标签，但是它明显是通过非正常渠道获得的。"

虽然乔纳森还在为她搞到这些信息而惊奇，可是仍有点困惑。"维妮丝，这到底什么意思？你想告诉我们什么？"

"政府一些部门托运不想在途中被人打开检查的物品时，就给它们贴上这样的标签。"她解释道，"在我看来，这些家伙能搞到这种许可标签，一定是上边有人。"

乔纳森觉得她是对的。"我希望你能告诉我们，这件大行李最终运到哪儿了？"

维妮丝得意地笑了。这么多年来乔纳森已经明白，这样的表演对她来说是和她挖掘到的信息同样重要的。她又按下了遥控器。

现在他们看到的是一张静止的照片。米奇·庞德正在从机场的转盘传送带上把沉重的行李箱搬下来。"准备好留下深刻印象哟，"维妮丝边说边点击出后面的一系列照片。每一张都是静止的画面，然而在她不断刷屏时，这些照片在乔纳森看来像是在播放一部电影。

他们一起看着米奇·庞德离开航站楼，推着行李箱走向一处停车场。"注意，你看他下人行道时有多小心。"维妮丝说。她是对的。不过乔纳森无法想象路边的小磕小碰怎么会让那个孩子醒过来，就连服务生在飞机上搬上搬下的粗暴举动也没弄醒他呀。

庞德进入了停车场。照片的角度变得更宽更高了。这是监控摄像头拍的照片，不过他们很清楚地辨认出他把行李推到了一辆深色越野车旁。距离太远，无法看清细节，然而从庞德蹲在驾驶员这一侧车后轮旁边的样子看，乔纳森认为他是在手提箱里寻找车钥匙。如果真是这样，那么他的确找到了，因为他又站了起来，打开后备厢，把大小两个箱子都放了进去。随后他坐进了司机的位置，驾车驶离了画面。

"有那么一会儿，我以为我们再也找不到他了，"维妮丝说的也正是乔纳森此刻想的，"但是我们很幸运。"图像又开始切换了，这次是分屏显示。在左边，他们看到的是迎面拍摄的司机驾车的画面，可惜的是风挡玻璃反光，图像很不清晰。不过，右边的画面却是极有价值的。

"好家伙！"鲍克瑟喊道，"这是他的车牌吗？"

维妮丝粲然一笑。"是个金矿。除非他换掉车牌，可是他有什么必要换它呢？根据这个车牌号码，我们可以通过各种数据库追踪他的去向。如果运气好的话，他还会由于超速什么的被人拦下来。"

"如果他没被拦下来呢？"乔纳森问。

"噢，这儿还有一些。"她又换了几张照片，上面显示的都是越野车在通过有交通监控摄像头的路口。"他们的监控系统的覆盖程度让我很吃惊。"维妮丝说。

"哥伦比亚政府曾经声称要遏制和摧毁制毒贩毒的产业，"乔纳森说，"为此他们花了数十亿美元，还丧失了数千条的生命。新安装的电子眼一闪一闪的好吓人，可是毒品生意仍然是日益兴旺。我敢和你赌一千美元，那些交通要道上的监控系统都是美国政府资助安装的。"

维妮丝点头表示认同他的观点，但是她的脑袋显然还在按照自己的思路向前运转着。"最后这几张照片表明他开车进入了城北的丛林。"她说，"照片再多点就好了。"

"已经不少了。"乔纳森说，"我们知道埃文还活着，至少是米奇·庞德觉得他还活着。而且我们还有了可靠的手段来识别他的车辆。和以往我们掌握的那些零星情报相比，我们现在的情况相当不错。"他转头对鲍克瑟说，"我们得把这个消息告诉乔西，这样他就可以开始在那边买通合适的人了。"

鲍克瑟的表情显示出他对此存有很大的怀疑。"我不认为你还能信任那个狗娘养的。"

乔纳森皱起了眉头。"为什么不能？他做什么了？"

"不是由于他做了什么，"鲍克瑟说，"而是由于他没做该做的事情。"

乔纳森做了个鬼脸说："别再翻旧账了。他当时选择了自我保护的模式。他只是做了他认为是最好的选择而已。"

"从什么时候开始把你丢在危难中不顾倒成了最好的选择了？"

维妮丝抬起了头。"你们说的是什么事？"

"没什么。"乔纳森说。

"好吧，你就按你的想法办吧。我可是对自己发过誓，下次再见到那个狗娘养的，我就把他的肝脏从他鼻子里掏出来。"

"哦，那太过瘾了。"盖尔叫道。

"我已经给了乔西一份我们需要的东西的清单。"乔纳森没理他们，继续说道，"他要在一个山沟里和我们会面。他说那里可以成为一个理想的营地。"

"你的清单里包括一架说得过去的飞机吗？"鲍克瑟问道。

"我们在撤离时乘坐私人喷气机，但是在那之前却有个长距离徒步和乘车的过程。"

"怎么，没有直升机吗？"

"没有隐形的，"乔纳森说，"我们不能弄出动静来。"

"我们怎么入境？"

"乘坐商用飞机，就像米奇·庞德一样。这些日子哥伦比亚政府见到除了民航以外的任何飞行物都会把它击落的。"

"签证怎么办？"

"已经有了，我叫戴维·格罗兹曼，你是理查德·勒纳。"这两个名字都来自一份长长的化名清单，上面全是乔纳森多年来为他们自己收集的化名，每个名字都经过了深入筛查并有身份证明。如果事情进展顺利，就可以继续利用这些身份，如果不顺利，今后抛弃不用就是了。

"我希望我们能有第三个人，"鲍克瑟思索着说，"就我们俩也行，但是如果再有一个你认识和信任的人总是件好事。"他的目光投向了盖尔。

"不行。"乔纳森没等他征求盖尔的意见就说，"盖尔有她的事情。"

"布鲁斯·纳瓦罗有个姐姐，"盖尔解释道，"显然有些人认为我有足够的魅力能从她那里弄点情报出来。我们必须找到布鲁斯。如果我们不知道这事是因什么而起的，我们就永远不会知道它什么时候能够结束。"

鲍克瑟的目光又转回乔纳森身上。"我们在那儿怎么找人手？"

乔纳森清了清嗓子。这是难度最大的问题。"乔西答应给我们拉一支人马。"

"我谈的可不是那些瘾君子和穿绿军装的农民，迪格。我是指专业的行动人员，是那种能干掉坏蛋而不会打伤自己人的枪手。"

乔纳森尽量压着升起的怒火说道："时间太紧了，鲍克瑟，我们不得不走点捷径。乔西说了，他会尽可能用一些熟悉的人。"

鲍克瑟哼道："哦，现在我感觉好多了。"

乔纳森一掌拍在桌子上。"行了！"每个人瞬间都直起了身子。"鲍克瑟、盖尔和维妮丝，我们得搞清楚我们在这儿做什么呢，看看屏幕，"他指了指投影屏幕，但是大家仍然吃惊地盯着他。"看看他。"

他们的头一起转向投影上埃文·吉恩的那张照片。在浓密的金发衬托下，他的脸庞显得很小，蓝眼睛在闪闪发亮。"保护好埃文·吉恩是我的责任，"乔纳森说，"今后仍然是我的责任。如果维妮丝说得对的话——维妮丝总是对的——这个小家伙刚刚被打成了一件行李。一件行李，伙计们，就像是穿脏了的一件内衣。我们绝不能任由这样的事情发生。"他怀疑自己的手是否在颤抖。

房间里一片死寂。鲍克瑟第一个说话了："冷静点，迪格，我们是一个团队。我们会完成这项任务的。这不是我们第一次去救孩子。"

乔纳森的怒火继续在燃烧。"那些都不是我自己的孩子。"他说。

22

哈维·罗德里格兹走到了杰米酒馆后的那个码头旁。他刚才出了酒馆没有直接回大楼，而是转向右边，打算沿着河畔徘徊一会儿。和街上相比，他觉得在这里遇到神秘的波士顿人的概率要小得多。他准备朝下游方向沿着众多的游艇再走一两个街区，然后再向右转回到他住的地方。

也就是按照自己的计划走了二十多米，刚才那个"牛仔装"突然在拐角处拦住了哈维。"嗨，又见面了，"那家伙说，"我们得谈谈。"他的右手拿着手枪。

哈维的反应完全是下意识的。他脚后跟一转，飞快地向相反方向拼命跑去。当一个人的大脑被赤裸裸的恐怖所刺激时，它能够令人惊奇地在瞬间处理成千上万以比特为量度单位的信息。牛仔需要口供，这意味着他需要哈维活着，这也就意味着他的那支枪只是个摆设。他无论如何也不会开枪。这是在河边，枪响的回声会绵延几公里。

尽管如此，哈维还是觉得他后背的肩胛骨有点发痒。如果对手开枪，子弹大概就要命中那里吧。

他的双脚把码头上的木板踏得砰砰作响，同时他也能听到追赶者的鼓点般的脚步声，但是听起来那人的速度比哈维慢，这可能是他们两人在体重上的三十磅差异造成的。

哈维的步幅变得更大，节奏也加快了。在高中时代参加径赛时他就是这么跑的，后来在海军陆战队，这也是他能以第一名的成绩完成新兵训练的一个重要原因，不过那都是在他的身体还很结实匀称的时候。

如果他想赢得这场赛跑，机会只是在接下来的几秒钟以内，在现实的体能战胜恐惧的亢奋之前，在他失去信心自暴自弃之前。

左前方开始看得见返回堤岸的台阶了。但是攀爬这些台阶要比目前这种跑法更吃力，它只会缩短他和追捕者之间此刻说不上有多么远的距离。不能上台阶。可是这么跑也不是长久之计。

剩下的，只有游泳了。

仅凭着月光和路边建筑投射出的微弱灯光的照明，哈维在下一个船台向右转弯跑向河面。转弯时他用眼角的余光瞥见了"牛仔装"，他的心一阵狂跳。哈维依然领先，可以这么说，不过距离只差三米远了。

"站住。他妈的！""牛仔装"吼道。

哈维跑得更用力了。当船台的木板突然消失，他的脚已经悬空的时候，他仍然全力向前扑去，就他而言是最为利落的姿势扎入了河里。先入水的部位是双掌，接着他意识到身体扎进泥里，脖子差点折断。他拼命摆动双腿向下潜去，只怕上面那个家伙跳下来抱住他或是用子弹击中他。虽然是七月，但他还觉得河水出奇的冰冷。

渔人湾显然是块福地，因为它有深水码头，哈维压根儿就没探到河底。他倒是发现了一道道的木桩和蜘蛛网般密布的绳索，在幽暗的水下它们似乎要撞击他、缠绕他、压迫他，直到他淹死在这里。

他不知自己在水下待了多久，也不知游出了多远——应该有三个船台那么远吧，谁知道呢！想换口气的欲望变得越来越强烈了。哈维重新开始蹬腿，双臂用力划了起来。他的双肺为了获得解救而在发出尖叫，这让他在慌乱中意识到，让自己升到水面并不难，而让自己彻底沉到水底也同样很容易。

184

再度袭来的恐惧加倍强化了他对氧气的需求。马上。

他再次蹬水，用双臂划水。可是看到迎他而来的水面时，他突然改变了主意，手臂狂乱地逆向划动以延缓上升的速度。如果他的脑袋露出水面被人发现，那么他跳进水里获得的这点优势就荡然无存了。

他让自己先达到自然漂浮的状态，然后再轻轻划动双臂缓缓地升上去。就在离水面还有三十公分的地方，他穿过黑暗看到了一艘白色的玻璃钢船体。他漂起来用双手触碰它，并用手支着它让自己渐渐露出了水面。离水面还剩最后几公分的时候是最难受的，哈维胸腔的压力和心中的恐慌在对他大喊大叫，让他放弃忍耐立刻出水，但是他拒绝了。

他挺直了身体，先是头顶，然后是眼睛，最后是鼻子和嘴巴露出了河水的表面。他大口大口地吸入新鲜的空气，又咬住了嘴唇以免呼气时弄出响动，然后他才开始观察周围的情况。

原来他已经潜过了两个船台共四排停泊的船只，在水下移动的距离足有三十多米，这比他在基本训练时游过的距离还远。一时间，他都有点为自己而骄傲了。

但是"牛仔装"仍然在这里的什么地方，手里拿着枪，脑袋里装着哈维永远不敢苟同的某种念头。哈维看不到也听不到他，但是他肯定还在这里。

下一步该怎么办？一个富有诱惑力的想法是，就待在目前这个地方。但是，那完全是自寻死路。在白色玻璃钢船体的映衬下，他的隐蔽程度远远达不到需要的标准。"牛仔装"早晚会发现他，到时候哈维别无选择，只能束手就擒。

哈维需要回到大街上。他需要有目击者——有人群的地方"牛仔装"就不敢伤害他。河边没人，优势在袭击者一方，而到街上情

185

况就不同了。

他又想起了通往上面街路的那段长长的台阶。他极其小心翼翼，不让自己在水里弄出一点声响，双手扶住船身慢慢向船尾游去——这是一艘快艇，他估计大概有二十八英尺长。他相信船尾会有用来戏水的甲板和设施，因为它们是这种尺寸快艇的标配。嘿，如果你不在后面拴上滑水橇或是漂流筏去踏波逐浪，有这么一艘艇还有什么意义呢？

他没有失望。实际上，除了甲板，船尾还有个踏台，仿木条材料的，高出水面不过二十公分。哈维面朝船尾，用手抓住最边上的木板，运了好一会儿的力气开始做引体向上的动作。

当他用力支起身子靠脚钩住了踏台时，他第一次意识到和煦的夜风竟然是如此让人滋润。接着来个半转身，他完全脱离了水面，仰面躺在了舱板上。

他没动弹，他也无力动弹。脉搏的狂跳是他唯一听得到的声音，他此刻脆弱无比，做不了任何事情。他默数到六十，然后重新数六十。两分钟后，他觉得能够驾驭自己了，至少是在一定程度上。

为了对自己的运动机能作出评估，哈维先是轻轻地活动一下背部，然后是腹部，最后是臀部。停了一会儿，他又来回活动了一番。除了波浪拍打停泊的小船的响声以及从街面上杰米酒馆一带偶尔传出的笑声，周围似乎是一片沉静，一切看着都是正常的。

即将遭遇伏击的猎物眼里的夜晚就是这个样子的。

"牛仔装"在哪呢？哈维原以为这家伙会站在两个船台的边上盯着水面，等着他从水里冒出头来，但现在他意识到这么做对"牛仔装"已失去了意义，因为自从哈维扎入水中已经过去整整一分钟了。对"牛仔装"而言，明智之举是躲到一个最有利于观察和设伏的地方。哈维最担心的就是这个，不过这家伙会选择怎样一个地方呢？

　　哈维小心地仅仅移动头部，扫视着这片码头，寻找可能暴露敌人动向的任何异常状况。他没发现什么。

　　突然，他看见了。

　　像是读懂了哈维的心思，"牛仔装"正守在哈维打算作为逃生通道的那段台阶的中央。

　　哈维低声发出了咒骂。猎人当然是要挑选猎物迟早会出现的地方来等待。他被困住了。

　　"别怕。"他对自己出声说道。充其量只是悄声的耳语，然而他在黑暗中被自己的声音吓了一跳。"做个有种的男人，别像个娘们儿。"想到这句话时哈维不禁微笑了，这是他在中东沙漠作战时的好友麦克·布朗常说的话，他几乎听到了麦克说这话的声音。

　　没错。做个有种的男人。

　　他压低身子，蹲到一侧船舷的下边隐藏自己。好吧，我们都知道是怎么回事了，问题是，应该怎么办呢？

　　一、"牛仔装"显然还没发现他。只要哈维不现身就还有机会——虽然他也说不清究竟是什么机会。

　　二、"牛仔装"采取的是守势，他把赌注压在哈维最终会沉不住气暴露自己。如果哈维和这个家伙靠下去，也许天亮了这一切会过去的。

　　三、噢，他还没想出这个三是什么。

　　哈维起身偷看了一眼，想确认双方是否仍处在这种胶着状态。果然，他的敌人没动地方，还在守株待兔……

　　一盏始终亮着的 LED（发光二极管）红灯引起了哈维的注意。他是透过驾驶舱的玻璃看到里面有这么一盏灯的。驾驶舱的门紧锁着。

187

"噢，这太棒了！"哈维低声说道。快艇装有防盗警报器。为什么不呢？船停靠这里无人看管，在淡季也许几个星期都用不上一次，你总得装点什么设备防止孩子们闯进驾驶舱，是不是？

也许是孩子，也许是一个叫哈维的流浪汉。"嗯，这才像个有种的男人。"他自言自语，脸上露出了笑容。

他直起身抓住了船舷上边的栏杆，肚子顶在栏杆上翻过去，滑落到了一张软垫长凳上，随后就站到了甲板上。这些动作发出的声响比他想象得要大，他担心这会惹来"牛仔装"的注意。不过他没敢回头去看"牛仔装"是不是做出了反应。

相反，哈维开始用力去踹驾驶舱的门。第一脚没反应，门很牢固。第二脚，他听见什么东西碎裂了。第三脚，门被踹开了。

紧接着，警报响了。

噢，好啊，警报响了。

23

乔纳森迈着悠闲轻松的步子向坡上的渔人湾镇警局走去。他从警长道格·克莱默的电话里粗略得知，有个十分危险的杀手正在他们这个小城里游荡，乔纳森本人很可能就列在这家伙的猎杀名单上。乔纳森很早就懂得了一个简单的道理，你的行动越是缓慢，你就越容易让你的敌人得手。

像往常一样，他的点45手枪插在了后腰的枪套里。乔纳森为了遮掩它特意穿了一件夹克衫，尽管天气很热。

警局的外表不大起眼。一座砖砌建筑，独立占据了一小片街区。地面上的两层是办公区。地下室里设了五间拘禁室，它们看上去像是中世纪的宗教裁判所实施酷刑的地方。这些年里乔纳森有几次来看过这些牢房，他常想知道的是，那些在街头惹事的普通罪犯被关进这种地方待过一两个晚上后，是不是从此就该变得规规矩矩了呢。

他走进临街的大门，向正在值班的内勤蕾切尔露出了微笑。蕾切尔在警局至少干了二十年。她隔着防弹玻璃窗也向他笑了笑，打开了里边那道安全门。

"嗨，迪格，"乔纳森跨过门槛时，蕾切尔亲切地招招手说，"好久没见了。"她又指了指左边最里侧的角落。"克莱默警长正在他的办公室等着你呢。"

如果是在其他的日子，这时候的警局里几乎就没什么人了。但是自从发生了绑架案，这地方就热闹了起来。除了本地的警察，这

189

里多了一些生硬刻板、颐指气使的陌生人。乔纳森相信他们肯定是联邦调查局的探员。他进入办公区时有几个人抬头看了看，判断他不构成威胁后他们又回头去干自己的活儿了。

乔纳森穿过一些杂乱的办公桌椅，来到克莱默的办公室门前敲了敲，没等有人应答就推门进去了。道格用下巴夹着电话，示意乔纳森往里来。关上门后乔纳森才发现哈维·罗德里格兹也在这里。他坐在一个供外人用的金属折叠椅上，双手戴着手铐，全部湿透了的衣服紧贴在身上。不过除此以外，哈维的模样看着还是蛮自在的。

"真让人印象深刻，"乔纳森说，"这才多久呀，你就惹上麻烦了。"

"惹麻烦总比死掉了强。"哈维说。

道格挂了电话，起身和乔纳森握握手，问道："这么说你确实认识他？"

"他住在复活者家园的大楼里。"乔纳森解释说，"他不会造成什么威胁，不用给他戴手铐。"

"他的法庭判决记录可不是这么说的，"道格说，"他不应该靠近儿童聚集的地方，要保持两千英尺以上的距离。"

"他是我的客人。"乔纳森说。

"那也改变不了什么。"

"这就是你拘留他的原因吗？"

道格略做迟疑，答道："不是。"

乔纳森伸出手，做了个要手铐钥匙的姿势。"那就一码归一码，别再翻老账了，好吧？"

道格做了个鬼脸，抬头问道："你是什么时候开始同情起这些性侵儿童的家伙来了？"

哈维深吸了一口气，但是什么也没说。他料到会有这一出。

"我从来没同情过性侵儿童的家伙，"乔纳森说，"这就是我希望你相信我的理由。把钥匙给我。"

道格看看乔纳森的眼神，不情愿地从兜里掏出小钥匙放到了桌子上。

乔纳森打开哈维的手铐，把手铐还给了警长。"谢谢，道格。现在说说，你为什么拘留他呢？"

"嗯，根据哈维的说法是有人在追杀他，他被困在码头上了。哈维说他是故意闯到船上弄响了警报，为的是引起人们的注意。他达到目的了，我们的一个巡警碰巧就在离那儿不远的一个街区。"

乔纳森赞赏地看了一眼哈维。"是这样吗？"

哈维耸了耸肩，继续揉着手腕。

"你的主意不错。"乔纳森说，"那个坏蛋呢？"

"噗的一下，"道格说，"他就没影了。"

"把剩下的事情也告诉他吧。"哈维说，"你的手下看到那个家伙在警报响起后逃跑了。"

道格点点头，又耸了耸肩，对此表示认同。"这倒是没错。"他指着另一把金属椅子说，"坐，迪格。这么多年来，这个小城从没发生过这种事情。是不是你惹了什么麻烦，迪格？对警察叔叔说说到底是怎么回事吧。"

乔纳森坐下来跷起二郎腿，竭力让自己表现得很放松，实际上他正在挖空心思想着如何回避即将到来的局面。"道格，你知道，我们很早就是老朋友了——"

警长笑了。"哦，天哪，"他说，"你一跟我套近乎，就准没什么好事。"

乔纳森依然很严肃。"我们之间对我的生意一向都持相互理解的态度。你不多问，我也不多说。"

道格也变得严肃起来了。"那是在有人来这里开枪和绑架儿童之前的事，那是在记者每天二十四小时跟在我屁股后面，还有联邦调查局在我的大厅里安营扎寨之前的事。妈的，鬼才知道接着还会发生什么。"

"你有理由心烦，"乔纳森说，"如果我是你……"

道格举起了手。"省省吧，我不需要安慰或同情。我需要信息，我相信你是有些信息的。我把你当作兄弟、朋友，但是别以为我就不会由于你妨碍执法把你扔进监狱。如果发生那种情况，我不知道我怎么才能向新闻媒体瞒得住你搞那些小副业的秘密。虽然我不知道其中的具体细节，但是我知道的也足够让你麻烦缠身了。有些事情我也许弄不明白，可我相信媒体会很快查出个大概。告诉我，迪格，你是不是希望这种局面很快就出现？"

乔纳森感到震惊。"你在威胁我？"

道格沮丧地摊开双手。"我还能怎么样？我明白你的慈善机构负责运营的那所学校是你的心肝宝贝，可是问题在于，这座小城是我的地界。还有那个躺在医院里的看门人斯图尔特，他是我的街坊，是我的辖区的居民。我知道你不太在乎这片地儿上的某些法律，但是你也必须像其他人一样不能违背这些法律。至少，你有义务与我们这些执法者分享相关的信息。"

哈维·罗德里格兹看着他们俩，就像在看一场网球比赛。他的头一会儿转向这头，一会儿又转向那头。

"你不会愿意了解那些细节的，道格。"

警长的手猛拍了一下桌子。"别跟我说什么我愿不愿了解。我是个大孩子了，迪格，我有能力分辨我应该了解什么。"

乔纳森从没见过道格现在这个样子。这么多年了，在他认识的所有人当中道格·克莱默是最稳重的。他的情绪如此失控，实在是令人不安的一件事情。不过他发火也不是没有道理的。警长自有他的职责，其中当然也包括保护复活者家园的孩子们，乔纳森理应与他密切合作。在乔纳森下这个决心的时候，他似乎听见了鲍克瑟的大声抗议。大块头总担心乔纳森不慎泄露行动的机密，即使对方是个警长，是从小长大的朋友，他也会认为这是超越了合理的底线。

乔纳森叹了口气。"我将告诉你一些我已经知道的东西，但是我不会说出我目前只是在怀疑的那些事情。"他说，"前提是，你不能要求我透露消息的来源。你要么相信我的话，要么不相信，但是我是不会和你谈论我如何了解到这些细节的。这么做你看公平吗？"

道格面无表情。"我想我们可以试试看。"

乔纳森在心里估量了各种因素，决定先扔一颗最大的炸弹。"杰里米·舒勒还活得好好的，他就藏在街那头的大楼里。"

道格看上去像是被抽了一记耳光。"天哪，迪格，你知道——"

乔纳森打断了他。"我不想听你给我上课，道格。你可以听我说，你也可以不听，但是不要发表任何议论，好吗？"

乔纳森盯着警长，直到他点头为止。

"我们已经知道，埃文·吉恩所以遭到绑架，是因为有人不想让他的父亲在法庭即将进行的审理中提供不利于老斯莱特犯罪集团的证词。那么，问题来了：他们为什么同时要绑架杰里米·舒勒呢？而且我们发现有人想干脆杀掉这个孩子。是我们的这位朋友哈维救了杰里米，挽回了他的小命。"

道格一脸茫然地转过身，有点好奇地重新审视这位前囚犯。哈维笑着挥了挥手。

乔纳森继续说道："内幕很深。我们有很充分的理由相信，杀害杰里米的事情是政府机构当中的什么人布置的。"

"哪级政府？"

"华盛顿的。"

"哦，看在上帝分上，迪格，为什么……"看到乔纳森的目光，他把话又咽了回去。

"就像我说的，我只能告诉你我们已经知道的东西。我们意识到有重要人物在追杀这个孩子后，我们想最好的办法是把他藏起来。我们之所以不公开这个孩子活着的消息，是不想让那些坏家伙知道他们失手了，而且我们也不希望媒体告诉他们这里有一个需要继续下手的目标。"

道格重重地跌坐到椅子上，揉了揉前额说："天哪，迪格，你知道外面有多少人在寻找那个男孩吗？"

"越多越好。有更多的人忙着寻找孩子和绑匪，就没人能在街那头的楼里找到他。"

道格思索了几秒钟，然后笑了起来。"该死的，你真行。那么，追杀你的那个家伙又是怎么回事，罗德里格兹先生？"

哈维的神情像是罩在汽车前灯下的一头小鹿。他向乔纳森扬起了手掌。"他说得挺清楚的，还是请他解释吧。"

乔纳森在椅子上扭动了一下，还清了清嗓子。"都快要暴露我的消息渠道了，"他说，"那帮坏蛋当中大概是有两个人失踪了。"

"失踪？"

"别管那个，道格，我不想谈论这件事。"

警长没有提出异议。他还有什么选择呢？"我估计你现在想做的事，就是找到另外一个失踪的孩子，并且把他带回家。"道格开始只是当玩笑说说，可是看到乔纳森的表情后他显得很震惊，"噢，你知道他在哪儿，是吗？"

乔纳森耸耸肩说："多少知道一点。"

"在哪儿？"

"我不能告诉你。"

"该死，迪格——"

"根据 FBI 的命令，我不能告诉你。"

警长像是个泄了气的皮球。"我们的联邦调查局？我们大厅里的那些人？"

"是我们的联邦调查局，是的，但肯定不是你们大厅里的这些探员。我说的这些对他们都要严格保密，道格，一个字都不能说。这关系到人们的性命，也包括我的性命。"

"你的话一点不靠谱，"道格反驳道，"你是想让我相信，联邦调查局有事要瞒着他们自己的人吗？"

乔纳森什么也没说。道格愿意怎么想就怎么想吧，但是乔纳森无法再与他分享从 FBI 的局长艾琳·瑞夫斯那里得到的更多信息了。

"那么我该怎么办？"道格问道。愤怒让他的嗓音提高了一个八度。

"他已经告诉过你，有些事你是不一定真想知道的，当作不知道就是了。"哈维说。

"你闭嘴。"道格用食指点着哈维的鼻子厉声说道。

"我不知道你应该怎么做。"乔纳森说，"欢迎你来看看杰里米，如果你觉得亲眼见证他的安全是很重要的一件事的话。不过你得记住，那些当初想杀死他的人也许现在依然还想杀了他。"

"所以你想让我在自己的辖区里妨碍司法公正，眼看着联邦调查局的这帮探员没头没脑地四处寻找，而我明知那是徒劳的却不作声，是吗？"

"让你一说，这问题好像还挺严重的。"乔纳森说。

"这件事终归是要大白于天下的，到时候人家会怎么看我？"

乔纳森感到一阵失望。"你什么时候开始关心起别人怎么看你了？那个和我一起长大的道格·克莱默所关心的，从来只是如何做出正确的事情。"

警长脸红了。"你明白我的意思。"

"不，我不认为我真的明白。我谈的是如何保护一个孩子的生命，你反对我的理由是担心你在事业上的名声受到损害，好像这是水火不容的两件事似的。"

道格嘲弄地笑道："呵呵，独行侠迪格·格雷夫具有独具特色的道德标准，永远站在他个人建立的道德制高点上。有一天你必须告诉我，从你那个制高点观察的这个世界到底是什么样子的。"

乔纳森不相信道格会这么说话。就是同一个人，不久前还用公平和正义的名义主动鼓励乔纳森去杀人呢。"我这是在和谁说话呢？"他问道。

道格紧闭住嘴唇，眼睛盯着乔纳森身后。

"你先到外面去，哈维。"乔纳森说。

"什么？"

"到大厅去等我几分钟。"

"和 FBI 那些人待在一起？"听哈维的口气，这还不如让他去自焚呢。

"别和任何人说话，也别到处转悠，就在那里等我。"

哈维看看道格警长，等着他发出许可，道格却只是仔细研究着桌子上的记事本。

"要不了多大一会儿。"乔纳森承诺道。在请求和命令两者间，他的语气体现了一种完美的平衡。

哈维离开了。

"对我说说，道格。"乔纳森问道，"这究竟是怎么回事？"

警长依旧盯着记事本，明显是不想再说什么。但是当沉默显得越发难以承受的时候，他终于抬起了眼睛。不知为什么，在这两分钟里他好像突然老了十岁。"难道你不明白在我们这种小城里发生这样的案件意味着什么吗？"他说，"难道你不明白生活在这里的人们再也找不回那种清白、淳朴、和谐的感觉了吗？这儿不是一个战区，迪格，嗨，它甚至算不上是一个城市，不是一个真正的城市。在纽约和华盛顿那种地方，如果发生了枪击案，媒体热闹一阵也就过去了，市民们不久也就忘掉它了。

"可是这里不一样。这种暴力犯罪行为玷污了这座小城的灵魂。人们不会忘记这种事，这个地方已经很难再回到以往的生活轨道上去了。"

乔纳森皱起了眉头。"不过这和——"

"嘘，你就听着，就算这是你生命中的头一遭，你就好好听着。这几天你跑来跑去的，我估计你没时间看报纸，不过也许你应该找来看看。那里边有好多刺耳难听的话，主要是针对我的。什么不胜任啊、无能啊等等都是针对我的。

"我把自己的一切都献给这个小城了。当你走出国门，扛起枪为捍卫自由而战斗时，我一天也没有离开过这里，我做的事情就是维护渔人湾的秩序和安定。你说得对，我没想过什么个人的名声，我也用不着人家称赞我如何如何，我非常乐意默默地做点自己该做的事情。但是我绝不想让人家戳着脊梁说我不称职，骂我是个无能之辈。"

他停顿了下来。乔纳森以为朋友的话说完了，但是道格还没说完。

"不论是在什么时候，不论是在什么事情上，我一直都是和你站在一起来着，迪格。我知道你小时候的生活被家里搞得乱七八糟，我也知道对这个镇上的每个人来说，你是多么好的一个朋友。但是保密这种事终归得有个限度。你的街坊们都在家里流泪，他们正在为一个已经安然无恙的孩子进行祈祷。应该尽快让大家知道，他们的祈祷奏效了，这比他妈的什么都重要。"

"大家不久就会知道的。"乔纳森向前俯过身，小臂支在桌边上，继续说道，"但是那要等到这个孩子的安全有了足够的保障才行。道格，等到事情水落石出的时候，我相信我们会发现，它绝不仅仅是一起简单的绑架案件。我想不管是以什么样的方式，还是会有新的暴力事件发生的。在把所有事情调查清楚之前，我们还不能公开说出已经找到了孩子的消息。"

道格长叹一口气，又抻了抻脖子。"其实我明白你是对的，"他的语气重新变得理智和柔和了，"我不喜欢你的做法，但我明白这么做是对的。只不过，渔人湾的情形本不应该是这样的。"

乔纳森笑了，高兴地看到道格又变回了他熟悉的那个人。"其中的每一件事情都不应该是这个样子，"他说，"但是，我会扭转这种局面的。"

"你真的知道吉恩在哪儿吗？"

"我想是的，我们对此相当确定。"

"你要去把孩子带回来？"

乔纳森点了点头。通常他是不会回答这种问题的，然而他欠道格的太多了。

接下来的交谈有点不自然了，似乎该说的已经都说完了。

"我得提醒你小心点儿，"道格说，"虽然我知道你不愿意听这话。"

乔纳森确实不愿听。干他这行的，早死概率最高的是愚蠢的人，紧随其后的就是小心谨慎的人了，而赢家总是那些既聪明又大胆的家伙。"没事了吧？"乔纳森笑着站起来。

"准确点说，我们还有件事。"道格坐在那里没动，表情依然严肃。

乔纳森坐回座位上等他说下去。

"是关于你的朋友哈维。就这么放了他，不是件很容易的事情。我愿意原谅他这次砸快艇的行为，原因是你给他做了担保。但是我拿他该怎么办呢？我不能让他在这一带晃来晃去，你的担保并不能撤销对他的指控。既然你要走了，虽然听着不太实际，不过我看让他和你一道去吧。"

乔纳森事先没想过这一点。"即使有人想杀了他？"

警长耸了耸肩。"要不然我就对他实行保护性监禁。"

"他肯定不干。"

"我只是提供一个选择。看来能列出的选项并不多。"

乔纳森仔细琢磨着。道格的话是有道理的。乔纳森相信了哈维是其本人所说的那种人，然而他不得不承认，这种信任更多是源于乔纳森的直觉而不是事实。即便是像道格这样亲密的朋友，他也不能提出太过分的要求了。

他耸了耸肩。"那我就说服他和我一起走。"

哈维猛然停住了脚。"你一定是疯了。"

"你好像没有太多的选择。"乔纳森指出。由于担心那个穿"牛仔装"的家伙埋伏在暗处打黑枪，他刚才让道格开车送他们回到了大楼。

"你对活着这项选择怎么看？我可一直都喜欢选择活着。"

乔纳森笑了。"目前你活得怎样呢？为了躲避一个杀手，你跳进了水里，到现在衣服还没干呢。下一次你想去哪儿跳水？"

"反正不是哥伦比亚，这我可以明确告诉你。我讨厌沙漠，也讨厌酷热。噢，我们现在谈论的是该死的丛林。"

乔纳森又笑了。"问题仍然在于，你没有太多的选择。"

哈维张着嘴，试图想出个主意来，任何主意，只要能让自己免去再次面临枪林弹雨就行。"我没和你说过我有创伤后应激障碍症吗？我是个疯子啊！"

"疯子的症状是具有一定持续性的，"乔纳森反驳道，"你今天在码头的应急处理做得不错，说明你的脑子转得挺快。而且你救下小杰里米也是个很好的证据，证明你的医疗水平仍然很好。再加上如果我多个帮手的话，我认为这对你来说是个不错的机会。"

"机会，"哈维品咂着这个词儿。他不喜欢。"你就是这么来定义的？一个什么机会？死翘翘的机会吧？"

"再次赢得尊严的机会。"乔纳森指出。

哈维的脸红了。

"我不想随意下什么结论。"乔纳森继续说道，"但是我一直在观察你。不论你想怎样去装，你实际上不是个疯子。你受到过沉重的打击，我们这个制度过去待你也很不公正。但是我觉得，即便是你本人，也一定注意到了自己在这几天里发生的变化。"

哈维的脸更红了。"除了你那些特殊技能，难道你现在又成了一名心理医生了吗？你还能飞檐走壁吧？"他说。

"如果你愿意，你就嘲笑好了。"乔纳森继续说道，"我只是想告诉你，从现在开始，你的生活没必要和以前一样了。你打算怎么办？回你的帐篷去？晚上你怎么防范别人的偷袭？你当真能睡得着吗？"

"不就是因为你杀了那两个家伙吗？真是太谢谢了。"

"不、不、不，别都推到我身上。我是碰巧赶到了现场。不过还记得吧？现在的局面都是你主动选择的结果。是你选择了帮助杰里米·舒勒，是你选择了挽救他的生命。"

"那我还能怎么样？他当时都快死了。"

乔纳森抬起头。"告诉我，你当时是不是也想过撒手不管、溜

200

之大吉呢？"

哈维只是盯着脚下。

"这表明你是做过一番选择的。"乔纳森加重了语气，"你本来可以躲得远远的，可是你没有。你本来可以在酒吧出卖那个男孩，可是你没有。为了保守这个秘密，你差点被人杀了。不管你是否愿意承认，你做的这些都是英雄行为。不管你是否还在部队，你做的这些都是一个军人的荣耀。"

从他的神情可以看出，哈维仍然想进行争辩。他张嘴要说话，不过没说出什么来。

"得了，哈维。"乔纳森打算拍板了，"你上一次有机会做高尚的事情是在什么时候？"

哈维靠上前来，靠得很近。"为什么是我？肯定会有上百个摩拳擦掌的战士希望去那里大干一场。"

"因为我没时间去招聘他们，还因为一旦你惹了这件事，你就再也脱不了干系。你的母语是西班牙语，对吧？"

哈维耸了耸肩。

乔纳森的手指朝上一点。"看来我猜对了。而且，在你内心深处，你正在为能够参与这项行动而兴奋不已。"

哈维笑了。"我？内心深处？这么深你还能看出来？"

"其实没多深，一眼就看得出来。"

两个人的手握在了一起。

24

泽西市远不像盖尔想象得那么糟糕。它依偎在哈德逊河畔，在一些视野最好的位置也许还能看到远处的自由女神像。修缮良好的联排住宅和优雅整洁的独栋小房鳞次栉比，让盖尔想起了她小时候在芝加哥居住的劳工阶层的那些社区。

车上的导航仪径直把她带到了威尔金森大道——确切地说，是她要找的那幢房子门前。

盖尔从租来的丰田塞利卡车里钻出来，关上车门，警惕地环视周围的一切。有些习惯是根深蒂固的，永远不会被摒弃。她作为掩体的这部车的四周，并不让人觉得氛围有多的温馨。也许白天来这儿才是个更好的主意。她把手包夹在胳膊下面，踏上人行道，踩着破损的台阶走向爱丽丝·纳瓦罗家的房门。

在作为警察和联邦调查局特工的日子里，这样的事情她干过不下上千次。但是只有到斯鲁森事务所以后，她才是单独一个人进行这种造访。执法部门的徽章意味着搭档和后援。而在私营机构就别想消受这般的奢侈了，如今她能指望的就是自己的武器和使用它的技巧。盖尔带着两把手枪：手包里放了一把格洛克，还有一支备用的点 38 左轮绑在了脚踝上。在以控枪闻名的新泽西州，她只要公开亮出其中的一把，就可能很快被警察带走。

宁可面对十二个陪审员，也不能把自己交给六个抬棺人。人们常常说起这句话。既然是常常说起，那就自有它的道理。

纳瓦罗家的房子大概有七十多年了，砖砌的外墙立面，支撑门廊的柱子也是砖砌的。最外面那道纱门锁着，她用中指敲了敲门旁的窗玻璃。

大约过了十五秒钟，一只模糊的手分开了低垂的窗帘，露出了一个上了年纪的略显不安的面孔。"你是谁？"他的声音比隔着门说话需要的音量大多了。

"我是盖尔·博纳维莉。"她尽量让自己的声音响亮得让对方听到，但又不想惊动了旁边的邻居。"我来是为了和爱丽丝·纳瓦罗谈一谈。"

"为什么？你想干什么？"

问题都提得很合理，她暗忖。"先生，能打开门吗？是很重要的事。"

"天黑后我是不开门的。"那人说。

"我理解，先生。我再说一遍，这是很……"

"这是你第二次称我先生了。你是警察吗？"

盖尔笑了笑。"不，先生，不再是了。但我曾经是警察，现在我是私家侦探。"

"你要干什么？"

"是关于爱丽丝的弟弟布鲁斯的事情。"她说。

先后转动了两道门锁，门"砰"的一声打开了，速度快得差点撞到盖尔握枪的手。那人不高兴地瞪着她说："进来吧。"他的身子像旁边的门扇一样晃荡着，把盖尔让进了门厅。

室内的装饰乏善可陈。大厅里的深色木地板已经磨黄了，楼梯的边缘镶嵌了深色的木线，壁纸上的大花朵是 20 世纪 80 年代流行的图案。

客厅就在过道的左侧，里边沐浴着电视屏幕发出的蓝色光芒。在不停跳动的光线下，盖尔估计是爱丽丝·纳瓦罗的那个女人的面色显得十分苍白。

"你有徽章或是证件什么的能让我看看吗？"那个给她开门的男人重新锁着门问道。他实际上比刚才隔着窗户看着要年轻，盖尔估计也就是五十五岁左右。他穿着无袖 T 恤——蓝领人士标准的休闲服，肌肉发达的双臂把这件 T 恤衬得挺好看。

盖尔从口袋里掏出一个镀银名片盒。盒盖上刻着印第安纳州桑松县警长办公室的字样，这是她离开警局时留下的唯一的纪念品。她从出卡槽滑出一张名片递过去时，发现主人的眼睛盯着盒上的那些字。

她伸出右手作为问候。"我是盖尔·博纳维莉。"

他一边皱起眉毛读着名片，一边和她握了握手。"我是肯·哈珀。这里说你是'首席调查员'，这到底是什么意思？"

"就是说我在公司里的职位还算挺高的。"

客厅里的女人出现在了通往过道的门口。在明亮的光照下，她也显得年轻多了。虽然刚进入夜晚，看到她一头乱蓬蓬的棕发，盖尔估计她白天一直在睡觉。"你是说你有布鲁斯的消息？"女人问道。

"你是纳瓦罗女士？"盖尔问着，也递给了她一张名片。

"现在是哈珀夫人了，"她说，"就叫我爱丽丝吧。不用了，一张名片就够了，没必要砍那么多树。"

盖尔把名片盒放回了口袋。"我们能坐下来聊会儿吗？"

"你能进屋就够幸运的了，"肯说，"别浪费你的运气，如果你有布鲁斯的消息就说吧。"

盖尔蹙起眉头琢磨怎么说才好。"我没说过我有他的消息，先生。我不能那么说，因为我确实不知道他的情况。我来这里，是想知道你们能不能帮我找到他。"

肯的面孔涨红了。"原来如此，"他说着转动了门锁，"出去。"

"但是我……"

"马上。"

他显然很生气，不过看不出有什么暴力倾向。如果盖尔对他表情的判断是正确的话，他是为自己的误判而觉得尴尬。盖尔向爱丽丝投去了恳求的目光。"这是为了挽救一条生命，"她快速说道，"一个孩子的生命。"

他们犹豫了。两个人还没被盖尔说服，不过如果她抓紧做出努力，就还有机会。"我是代表复活者家园来的，"她说，"那是弗吉尼亚州的一所学校，在那里——"

"绑架案，"爱丽丝说道，"我听说了。那是个孤儿院，对吧？"

盖尔马上跟进。"嗯，实际上不是孤儿院，不过你那么想也行。在那个学校被绑架的孩子和你的弟弟有关联。"

最后一道门锁也打开了。"别再说了。"肯喝道。

"不，"爱丽丝打断了他，"不。我想听听她说什么。"

"爱丽丝，不要，"肯反驳道，"她不会给你带来什么好事。"

"如果一个孩子的性命能够得救，那还不是好事吗？"盖尔大声道，"尊敬的哈珀先生……"

"叫他肯吧，"爱丽丝说，"在这里大家都喜欢直呼其名。"

"没有冒犯的意思，肯，我走了很长一段路才到了这里，而且事情确实很重要。为我花上几分钟的时间吧，难道这会杀了你不成？"

肯似乎对她的这番爆发感到有些吃惊，甚至觉得挺有趣。"真有意思，还说什么杀不杀的。"他咕哝道。

盖尔警觉地捕捉到了什么。"你什么意思？"

"他没有别的意思。"爱丽丝离开自己靠着的门框，指着昏暗的客厅说，"进来坐。这里有点乱，我们没想到会有客人来。"她把手伸到落地灯的灯罩下打开了开关，淡黄色的灯光亮了起来。

"有点乱"并不是一个很恰当的描述。肯和爱丽丝显然都是收藏家。几乎每一件家具的平面上都铺满了小摆设。小人儿、小房子、小玻璃鱼和小瓷马。每样东西都很小，大概有几百个，也许是几千个。如果你想找个地方放一只茶杯，那你怕是没有这样的好运气了。接着看这里的脚下，小客厅的地板上规整地堆放着一摞摞亮光纸印刷的杂志，每一摞都用光亮的白色绳子仔细地捆扎着。最靠近爱丽丝那把椅子的一摞杂志上面摆着一个茶杯，哦，看来放杯子的地方还是有的。不过，在所有的这些混乱之中，似乎又潜藏着某种内在的秩序。

盖尔不用问就知道，屋里的另一把椅子是肯的，它与爱丽丝的椅子隔着一张专门摆放瓷猫的小桌子，她有意没有朝那个方向走去。她相信自己是很长时间以来到此造访的第一位客人，这里没有她能坐下的地方。

"客人坐椅子吧。"肯慷慨地指着蓝色的休闲椅说道。他的语气有点无奈。

"不，那儿我不能坐。"盖尔说。

"你当然可以坐。"爱丽丝说着回到了她的位置，从坐垫上拿起一个遥控器放在了桌子上。

"肯怎么办呢？"

"我坐在《纽约客》杂志上也很舒服。"肯一边说一边把一大摞三英尺高的杂志拖到椅子旁边。看到盖尔还站着，他又用下巴指了指椅子，"说真的，你坐吧。你就说完你想说的，我们接着过我们该过的日子。"

"肯！"

听到妻子责怪的吼声，他只是翻了翻白眼。

爱丽丝问道："我们怎样能帮到你呢，小姐？"

"盖尔。我也喜欢别人对我直呼其名。"

爱丽丝笑了。

"弗兰克·舒勒或者是杰里米·舒勒。你对这两个名字有印象吗？"盖尔问道。

"他们就是被绑架的孩子？处在危险中的那两个？"

"其中一个是的，就是杰里米。弗兰克·舒勒是他的父亲。弗兰克目前在牢里，因为他杀了自己的妻子。他的妻子叫玛丽莲，她在你弟弟手下工作过。"

"谁在他手下工作过，谁和一个姑娘约会，或者是谁擦了演员凯文·贝肯的挡风玻璃，"肯嘲弄地说，"这些都和我们一点关系都没有。"

他的这种态度让盖尔感到恼怒。每当她准备谈点有用的东西，肯就出来打岔。"肯，如果你能……"

肯举起手打断了她。"你别想教训我。"他说，"如果你已完成了你的调查，那么你就该知道这些年来这家伙给我们带来了多少麻烦。黑帮威胁我们，联邦调查局的特工也威胁我们。听着，我们知道他卷走了很多钱，我们知道他可能在某个地方过得很好，但这不关我们的事，也不是我们的罪过。所以不管你说什么都没用，我明明白白地告诉你，我他妈的根本不在乎。"

盖尔若有所思地盯着他看了一会儿。她从肯的这番话里得知了新的信息，只是还不知道如何应对才更好。她决定直截了当地发问："什么钱？"

肯皱起眉头看了看爱丽丝，又把目光转向盖尔。"装模作样。"他说。

"什么？"

"我说你在装模作样，你想对我说你不知道那笔钱吗？"

盖尔耸了耸肩。"我想是的，因为我确实不知道。"

肯又看了爱丽丝一眼。盖尔紧跟着对爱丽丝说："我对钱的事什么都不知道，爱丽丝。我知道的就是玛丽莲·舒勒曾为你弟弟工作。"

爱丽丝不想买账。"那有什么关系？我敢肯定她和很多人一起工作过，她也许还有好朋友和兄弟姐妹。为什么来找我们？为什么我弟弟就比其他人重要？"

"因为你弟弟是一个为骗子和杀人犯服务的律师。"盖尔指出。她仿佛又变回了一个警官。她已经厌倦了如此小心翼翼地对话。"遇到绑架这类的事情，很自然地会让人想到他与黑帮有牵连。"

"我跟那些事没关系，"爱丽丝说，随后又补充道，"我们俩都没关系。"

"我不是说和你们有关系，"盖尔解释说，"但是我希望你能帮助我找到你的弟弟。"

"你和其他人一样，总能说出这样那样的理由。"肯愠怒道。

盖尔深吸一口气，努力稳住自己的情绪。"我很抱歉，如果我的语气太重了的话。但是，一个小孩子现在命悬一线，"她把手伸进口袋，掏出了准备好的照片，她预料到在这种时刻会用到它的。杰里米·舒勒的笑容里展现了美国人所有的优良特质，足以融化任何人的心房。"我认为你弟弟掌握着重要的信息，那些信息能帮助我们找到绑架孩子的人。"

"保护这个世界不是我们的责任。"肯说。

"他只有十三岁。"盖尔说着，在椅子上转身面向了爱丽丝。她敢打赌母爱是每个女人的本能。"如果你有任何线索能够找到——"

"什么也别说，爱丽丝。"肯警告道，"这很可能是个圈套。他们试过多少次了？试过了多少种手段？如果有人当真认为我们知道布鲁斯的任何事情——我不是说我们知道——我们早就没有这种清静日子了。如果联邦调查局没把我们关进监狱，那些黑帮也会把我们送进坟墓的。"

这次是盖尔举起手打断了他。"他们为什么要那么做？"她问道，"我在这里漏掉了什么吗？那是因为你们谈论的那些钱吗？"

"你真不知道？"爱丽丝问。

"爱丽丝，用不着问她。"肯说道。

"我真不知道。"盖尔说，"事情发生得太突然，我没时间开展充分的调查。八个小时前，我去弗吉尼亚的死囚牢房会见了弗兰克·舒勒。他提到了和你弟弟的关系，一个同事帮我查到了你的地址，我坐上一架飞机就到这儿了。请把你们知道的都告诉我吧。"

肯的身子靠了过来。"爱丽丝，什么也别说。我还是那句话，这就是个圈套。"

盖尔厉声道："当然这可能是个圈套。我也可能是个杀手，奉命来杀死你们俩。我还可能是惦记你们的家产。有许多事情我都有可能干，肯。但事实是，我曾经是一个警官和一个联邦调查局特工，现在我正在尽我所能去拯救一个孩子的性命。你爱怎么想都可以，但是你为什么不试一试——仅仅是试一试——尝试一下去相信真相，帮助我做好我的事情呢？"

"你不是第一个这么说的，你要知道。"爱丽丝的语气很柔和，她还挥挥手让盖尔把杰里米的照片收起来，"人们曾经都断定我们知道布鲁斯在什么地方，或者断定即使我们不知道他在哪里，也知道钱放在哪里。经过了这么长时间，他们已经相信我们不是在撒谎了。"

盖尔恼火地叹了口气。"什么钱？干什么用的？"

"那些黑道人物的钱。"爱丽丝解释道，"布鲁斯是他们的中间人，他就是干那个的。有一笔应当汇到的款项，却从来也没送到。

209

那是不少钱，有好几十万美元吧。布鲁斯说他从来没有得到这笔钱，但是他不得不跑到什么地方躲起来，因为黑道的人认为他私吞了这些钱，他们要找他算账。"

肯插话道："就这样，不管怎么着这家伙是跑掉了，这让那些黑帮更加确信他私吞了这笔钱，联邦调查局的人也是这么想的。"

"那笔钱是干什么用的？"盖尔问。

"我不知道，我也不想知道。"爱丽丝说，"他干出了这种事，对我来说实在是一种耻辱。"

"但是你知道他在哪里。"盖尔推测道。

"我不知道。"

"那你怎么知道他真的没私吞那笔钱？你怎么知道他只是个中间人？"

爱丽丝有点语塞。

盖尔收拢了套索。"你是这么说的：'布鲁斯说他从来没有得到这笔钱'，你用的时态表明，在他失踪后你和他谈过话。"

肯咆哮道："该死，爱丽丝，我说过我们根本就不该开门。"

爱丽丝显得很害怕。她的嘴唇动了动，却什么也没说出来。

盖尔试图扩大战果。她俯过身去，把手放在了爱丽丝的膝盖上。爱丽丝几乎要跳起来，可是盖尔仍然把手放在那里。"我向你发誓，我前面说的话都是真的。无论你现在告诉我什么，我都会绝对保密的。"

盖尔觉察出坚硬的墙壁出现了裂缝。"或迟或早，你总得相信什么人，每个人都是这样的。这次的事件关系重大——它关乎一个孩子的生命——为了帮助孩子而对我说出真相，难道你不觉得这也许是个最好的开端吗？"她再一次利用杰里米·舒勒来打动爱丽丝的时候，眼前出现了杰里米的父亲那副痛苦的表情。事实上孩子目

210

前的下落比人们的想象要好得多，盖尔感到良心上有点不安。扭曲真相以获取更多更重要的真相，这就是她的工作的一个部分，而她对此大概是永远也不会完全适应。

肯站起来说："你该走了。"

盖尔继续看着爱丽丝。"你知道怎么做才是对的，下决心去做吧。"

"别逼我把你扔出去。"肯说道。

他的话引起了盖尔的注意。她用略带嘲弄的表情打量着这个男人说："肯，恕我直言，如果你敢动我一下，我就会让你的脑袋穿到石膏墙板那边去。请你坐下好吗？"作为联邦调查局人质救援队的女性成员，你就必须学会一件事：永远不要被貌似强悍的人镇住。她发出的威胁中唯一的夸张之处，就是说要让他的头部穿过墙板。真要试试的话，很有可能是肯的脑袋卡在中途的什么地方。

肯的模样像是挨了一记耳光。他望着爱丽丝寻求援助，见到对方没有反应后，他转过身怒气冲冲地向外走去。

"请留下来和我们待在一起。"盖尔说。她的语气清楚地表明，所谓"请"只是命令的一种委婉说法。"你现在的情绪不稳定。我可不想为你会不会找件武器向我扑过来而操心。"

他迟疑了。

"我快问完了。"她承诺道，示意肯坐到那一摞杂志上。

肯又迟疑了一下，随后坐了下来。

盖尔转向了右侧的女人。"你怎么想，爱丽丝？你愿意对我说说你知道的情况吗？"

爱丽丝的表情看上去很矛盾。盖尔对这种表情并不陌生。这个世界上所有警察局的所有讯问室里所有即将坦白的人，露出的都是这样一种惶惑不安和欲言又止的表情。

她开口了。原来她知道的竟是如此之多。

25

伯兰蒂·吉丁斯需要休息，部分是由于睡眠不足，不过她需要的那种休息绝不仅是放平身体闭上眼睛。她渴望连续放松几个星期——哪怕是连续放松几分钟也算是不错的兆头——只要能摆脱过去几天里始终缠绞着她的脑袋的那些可怕的事情。她发现了自己是软弱的、不胜任的，她辜负了国防部长的信任。

她在为这个指导总统如何打仗的人工作，崇武本应是她的一种天性。她记得住每一个军事部门的首脑的名字，她应该表现得更加坚强。

然而办公桌上的电话铃声响起时，伯兰蒂还是吓了一跳。来电显示是国防部长的行政助手帕特·巴彻勒，她的心头开始发紧。伯兰蒂提出过把尽快听取自己的汇报安排在莱杰部长的日程表上，那已经是三个小时以前的事情了。

"莱杰部长现在可以见你。"帕特说，"不过我得提醒你，今晚他有肯尼迪艺术中心的票，所以你最好是快一点。"华盛顿是个十分讲求官场层级和办事程序的地方，但是五角大楼的人们都知道，除了部长，帕特·巴彻勒的地位可谓是高于任何人了。虽然这个女人没有命令过任何一支部队投入战斗，然而伯兰蒂从不怀疑，只要她想试试就一定能做到。

帕特的权力来源不是她在华盛顿的人脉。确切地说，她的忠心仅仅是献给雅克·莱杰一个人的。自打人类发明了车轮的年代，帕特就开始做莱杰的助手了。

帕特不喜欢伯兰蒂。如果说以往对此还不大确定的话，那么今天伯兰蒂走过帕特的办公桌时，帕特向她投来的白眼则充分证实了这一点。伯兰蒂并不在意，认为这反映了一个肥胖的老太婆对自己这种年轻靓丽的女性的排斥心理，但是她永远也不会大声说出这种观点。

　　伯兰蒂走到近前时，那扇厚重的红木大门的电子锁发出了开锁的嗡嗡声。她步入了莱杰部长考究庄重的办公室外间。这里是偶尔用来颁发勋章和接受采访的场所，部长真正的办公地点是最里侧的一间密室。伯兰蒂走过去敲了敲门，听到部长用低沉的声音唤她进来，她便开门走进了这个被认为是华盛顿所有政府机构中最漂亮的办公室之一的地方。

　　在莱杰部长办公室的前窗可以毫无障碍地俯瞰奔流的波托马克河以及首都的一些名胜古迹。三米六高的天花板上镶嵌着复杂的装饰造型，墙上挂着国家艺术馆提供的科普利和萨金特的画作。

　　伯兰蒂觉得，莱杰的个人办公室里明显缺少象征对武装部队的崇高敬意的陈设。他自己从来没服过役。他的解释是，如果依照自己的喜好来选择个别的纪念物，给人的感觉并不好，而要是把所有军种的象征都在这里展现出来，按他的话说这地方就会"像是一座要塞"。把自己置身于优美的窗外风景和宁静的室内环境中，会让他获得一种平和安详的感觉。

　　"我能为你做点什么吗，伯兰蒂小姐？"莱杰没有起身相迎，只是抬头问道。

　　她走了过去，双脚踩在地毯上就像是踩着云彩。"晚上好，部长先生，嗯，是关于我们一直在讨论的那个问题。"

　　尽管国防部长已经低下头重新在看桌上的文件，可是伯兰蒂还是看出他的肩膀明显变得有点僵硬了。"我相信它已经得到解决了吧？"

他的目光移向了别处。伯兰蒂在离他的桌子不远的地方停住脚，像个犯了错的的女学生似的把双手交叉握在身前，摇了摇头。"不，先生，"她说，"实际上还有一些新的消息。"她停顿了一下，希望部长出于兴趣再次抬起头来。见他没有，伯兰蒂便补充道，"我们找到布鲁斯·纳瓦罗了。"

到底还是引起了他的注意。"布鲁斯·纳瓦罗？那个失踪了九年的家伙？"

她向前来到部长桌前那把给客人坐的椅子旁边，但是她知道自己不该擅自坐下。"是的，先生，就是他。"

莱杰皱着眉头，显然是在判断要不要相信她的话，终于他伸手指了指椅子。"我洗耳恭听。"他说。

坐在这张写字台的对面，你很难抑制住潮水般袭来的那股敬畏之情。伯兰蒂正在一对一地面对的，是这个世界上最有权势的男人当中的一个，是这个世界上最广为人知的面孔当中的一个。她深吸一口气让自己平稳下来。

"几个小时前，一家简称为'三S'的专业监控公司向我报告说，他们的一部长期休眠的监听装置突然听到了一组关键词，于是重新开启了监听和录音功能。那是在新泽西州泽西市的一个地方，他们听到的是一段很长的谈话。"伯兰蒂打开皮包，递给部长一份十二页的谈话记录，"页面右上方是那里的地址。"

莱杰用力挥挥手示意她给自己时间来阅读这份文件。

伯兰蒂最近才知道，窃听一处住宅或一家公司，是一项十分精细、需要耐心的事情。她从没想到一部监听装置能使用这么多年。当然了，让一个大活人每周七天每天二十四小时始终在另一端监听每一个单词是不现实的，但是智能设备却可以编程为被动地"听到"某些关键词的组合后，立即把自己唤醒，切换到主动监控模式。在这次监控中"布鲁斯·纳瓦罗"可能就是关键词,但是她无法确定。

"真令人吃惊。"部长放下记录抬起头问道,"谈话的另一方是谁?"

"我们还不确定。在设备切换到主动监控模式前,双方的相互介绍显然是已经结束了。不过我猜是盖尔·博纳维莉,就是去监狱探访弗兰克·舒勒的那个私人侦探。看起来他们之间不像是朋友。"

莱杰笑了。"肯定不是,那个做丈夫的差点就要把她踢出去了。"他用一种颇有兴味的神情又翻了翻那个谈话记录。"这么多年一直守口如瓶,一个陌生人上门提出要拯救一个孩子的生命,结果就撬开了他们的嘴。真让人想不到。"

"来访者对事情已经了解到了这种程度,这是令人担忧的。"伯兰蒂指出。

莱杰仍然保持着颇有兴味的表情。"令人担忧,"他重复道,"说是令人无法容忍好不好? 了解内情的人正在像兔子繁殖一样快速增长。"故作轻松的这张脸上似乎多了一点别的神色,也许是恐惧? 他轻轻挥动着手里的那叠纸,眼睛盯着伯兰蒂。"还有谁知道这件事?"

"从我这儿? 没有人。只有您。"

他若有所思地继续盯了她一会儿,随后又低头浏览那份资料。

"还有别的情况,先生。"伯兰蒂说。

"从你的脸上我猜到了。"他继续读着资料。

"是关于这个私人调查员的,先生。"

"一个正在给一家不知为何总是比我们干得更好的公司服务的女人。"

"是的,先生。"

莱杰终于抬眼看着她说:"尽管应该是我们才配拥有那些世界

上最优秀的人才。"

伯兰蒂的心头抽搐了一下。"我也是这么认为的，先生。"也许她频繁地多喊几声先生，莱杰就不会在椅子上气炸了自己。

莱杰等着她说下去。

"部长先生，起初我们以为她是个无名小卒，您知道吗？一个来自印第安纳州偏僻地区的退役警长。后来我们了解得更深入了，发现了一些令人不安的事实。比如说，她曾经做过联邦调查局的特工。她还与去年在宾夕法尼亚州发生的一次大规模恐怖袭击事件发生过一定的关联。您记得吧，就是涉及生化武器的那一次？"

部长的双肩有点陷下去了，虽然很快恢复了原状，但是没逃过伯兰蒂的眼睛。"'一定的关联'是什么意思？而且我们都知道，那起事件和恐怖主义无关。"

伯兰蒂觉得脸上有点发热。"是，先生。"她说。那起事件发生在上届和本届政府交接权力的初期阶段，当时它让国防部陷入了非常难堪的境地。"我说的'一定的关联'，意思是她本人当时出现在了宾夕法尼亚州发生枪战的那家农场。而引发那次恐怖袭击的——对不起，我不该这么说——导火索事件就发生在她的辖区。"

莱杰的脸上画出了一个大大的问号。"这还叫'一定的关联'？你认为直接的、充分的关联又是什么样子的？"

伯兰蒂假装没听见他的责问。"嗯，她目前加入的渔人湾那家事务所，是由一个叫乔纳森·格雷夫的人独自拥有的。这个人以前在特种部队干过。恕我直言，我查不到有关他的任何档案记录，这让我相信，不论他做的是什么，那一定是非常、非常见不得光的事情。"

莱杰显得很震惊。"我是国防部长。上帝知道，什么样的档案会对我保密？"

216

"很显然，乔纳森·格雷夫的档案就是如此。"她听得出自己语气中有点幸灾乐祸的味道。如果是在别的日子里，她会为自己的唐突而感到不安。然而在雅克·莱杰证明了他本人是一个浑蛋的今天，她也就不大在乎了。她继续说道，"盖尔·博纳维莉在FBI的时候，是人质救援队的成员。她遇到了事业上的一些挫折，后来跳了槽。但是她最后落脚的地方是一家私人调查事务所，而这个调查所恰好是由一个在三角洲特种部队干过的人经营的——我认为他是出身于这支部队的，也许背景比这更深，尽管我还不知道究竟是怎么回事——我总感觉这一事实是意味深长的。"

莱杰似乎没生她的气。"它可能意味着什么呢？"

伯兰蒂不敢相信部长还没跟上她的思路。"FBI的人质救援队和三角洲特种部队有什么共同之处呢？"她等待着对方的回答，很快又意识到国防部长也许不喜欢被人家提问，于是给出了自己的答案，"它们都是解救人质的行家里手。"

她等着莱杰部长自己悟出其中的联系，发现他还没有，就进一步说道："庞德的人绑架孩子的那所学校是属于一所教堂的，而那所教堂确切点说就在乔纳森·格雷夫家的隔壁。乔纳森的主业就是拯救人质，盖尔·博纳维莉目前是他的雇员。这不是很明显吗，他们打算营救那个叫吉恩的孩子。"

伯兰蒂发现莱杰部长终于弄明白了是怎么回事。她感觉部长明显是有了负担。他把文件推到一边，清了清嗓子说："哇，你确实带来了很多新闻啊，不是吗？"

莱杰又想了一会儿。"嗯，显然我们是需要做些事情了，"他再次清清嗓子说，"那个叫吉恩的孩子用不着我们再去关心了，把我们掌握的情况转达给合适的人，我们在这件事上的参与就算是结束了。我想把精力集中到那个纳瓦罗身上。"他躲避着伯兰蒂的目光说，"找你那位朋友谈谈。告诉他，为了除掉布鲁斯·纳瓦罗和那个正在进行调查的女人，他现在可以做他想做的任何事情。"

伯兰蒂感到全身发冷。"您是说'除掉'吗，先生？"

莱杰坐直了身体，双臂交叉在胸前。"对你来说这不算是个多难懂的词汇，是吧，伯兰蒂？"

她目瞪口待地看着他。不，这个词不难懂，说起来也很容易，但是它意味的是谋杀，这就有点难以理解了。她在座位上不安地扭动了一下。"先生，如果您是指杀人……"她没有把话说完。

莱杰笑了。"哦，看在上帝的分上，伯兰蒂，快点长大吧。这事从一开始就和杀人联系在一起。欢迎加入我们的大联盟。在我们这个层次上，并不认为那是杀人，我们认为那是在解决问题。"

她觉得有点恶心。"我，嗯，我不认为我能做这种事情。"

"你当然不能，这就是为什么我永远不会要求你去做这种事的原因。我从来没要求过你去做，我们有为我们做这种事的人。告诉那位波士顿朋友我们需要什么，剩下的事情他会打理的。如果你不愿意，你甚至连'杀'这个字都不用提。"

伯兰蒂坐在那里，心里沉甸甸的。难道这件事就永远不会完结了吗？在她还没把这一切想明白之前，她发现自己已经点头同意了。

"很好，"他说，"另外我还想让你当一次我的信使。回家吧，为了去一个温暖的地方准备一下行李。"

"先生？"

"两小时后会有人和你联系的。"

这感觉就像是在观看表现她自己一生的电影中有一段睡过去了似的。"我不明白。"

莱杰冲她轻轻挥了挥手。她当然不明白。"我们要把你送到哥伦比亚去。"他说道。

车辆沿着丛林的小路行进着。伴随着似乎是永无止境的颠簸，埃文·吉恩在越野车的后座上睡过去了。当颠簸停止的时候，他突然醒来，一时搞不清是怎么回事。短暂的睡眠让他忘记了自己的境遇，然而现实却重新回到了他的面前。

　　原来他们到达了一小片空地，大约有足球场的四分之一那么大。不知为何这里没有了树木，只剩下一片低矮蕨类植物和灌木的绿色海洋。少数的植物开着花，大部分没有。要是换了别的时候，这里会是很美的。但是现在的埃文却淹没在一种可怕的感觉中：他将死在这儿，而且没人能发现他的尸体。

　　他的喉咙哽咽了，却强忍着没让自己哭出来。他已经像只小猫似的跟在车后面跑过一次了，他又得到了什么？如果这里就是他们要甩掉他的地方，那他也没办法。

　　"待在这儿。"米奇命令道。没等埃文回答，米奇就拉开车门出去了。他从车前穿过，大步走到空地的中央，停在那里伸了个大大的懒腰，身体像是个巨大的 X 型。他张开双臂，双腿叉开到肩膀的宽度，慢慢地转了一圈后停了下来。

　　"他干什么呢？"埃文问司机。他渴望有人跟他说说话，但是司机没有理他。埃文对此并不惊讶，因为那个司机可能根本听不懂他说的是什么。

　　也许过了有三十秒钟，丛林里冒出了四个皮肤黝黑的人。他们手里拿着长枪，根据在历史频道上看过的节目，埃文认为他们拿的是 M16 突击步枪。那些人的打扮像是士兵，都穿着很长时间没洗过的迷彩服，埃文觉得这和他们的脸庞倒是挺配的。有那么一刻，他以为这些人会当场射杀米奇，然而他们却向他走了过去。

　　他们走近时，四个人中有三个举起步枪对准了米奇，第四个人则像一个老朋友一样靠近了他。

米奇和那人聊了几分钟。他们一起笑了起来，再次握握手，随后一起向越野车走来。埃文的心砰砰乱跳，全身发紧。他们是为他而来的。他爬到后座的远端，试图拉开他和正在走来的绑匪之间的距离。

这是他脱身的最后一次机会。他打开门锁，推开了左边的后车门，却看到这一侧也站着一个士兵。埃文吓得不禁大叫了一声，他搞不清楚这个士兵是从哪儿过来的。

米奇和另一个人也走了过来。两侧的后车门都被打开了，埃文的左边是个冷着脸的士兵，右边则是正在发出冷笑的米奇。

"想都别想，小子。"米奇说，"你的前面还有很长的路要走呢。如果把你的手绑起来，你会更难受。如果你想让我们那么做，我们一点都不会客气。你自己看着办吧。"

埃文没有任何选择。如果当初遭到绑架时因为反抗而死去也比现在这样子更好。那一刻过去之后，所有的选项都糟透了。

"请允许我自我介绍一下，"刚才与米奇说话的那个士兵说道，"我叫奥斯卡。"他把一只手伸进车里，埃文往后退缩，几乎从另一侧的车门掉出去。

站在那侧门旁的士兵伸手去接他，但是并不需要。

"为什么你们要这么干？"埃文问道。他自己也听出了声音中含着呜咽，然而他无法控制。

奥斯卡的神情变得柔和了。他没露出笑容，不过挺亲切。"我知道你一定是吓坏了。"他说道，"怎么可能不害怕呢？晚上你躺在床上睡觉，一转眼的工夫，你到了一个如此陌生的地方。我很抱歉发生了这样的事情。"

"究竟发生了什么事情？"

"你加入了一场新的冒险。"奥斯卡说。他的目光不像米奇那样吓人。

"我不需要一场新的冒险。我根本就不想加入什么新的冒险。"

奥斯卡温和地笑了。"我明白。然而不幸的是，我们并不能总是对生活中发生的各种事情做出自己的选择。你不得不和我们一起去，埃文。没人会伤害你，事实上，我们的枪都是为保护你而准备的。"

埃文看了一眼车门那侧的士兵。那个士兵立刻朝他笑了笑，是大人遇到孩子时总要对他们露出的那种微笑，表明他们不具有威胁性的那种微笑。当然了，每一个性侵儿童的家伙脸上挂着的也是这种微笑。孩子，你能帮我一道找找丢失的小狗吗？

"天黑前我们还要走很长一段路，埃文，"奥斯卡说，"我们得走了。"

埃文在心里盘算着如何拖延下去。"我们去哪儿？"

奥斯卡抬起了头。"这有关系吗？不管怎样，我必须把你送到地方。就像刚才我朋友米奇说的，如果你很乖，事情就好办了。"他留出一点时间让埃文好好琢磨自己的话，然后冲埃文打了个响指说，"我们走吧，好吗？"他挺直了身体，站到车门的一旁，闪出一条通道让埃文走出车外。

埃文终究是没有选择。他从座位上挪开屁股，下车走进了野草丛中。杂草刺螫着他的脚掌，刮挠着他的两腿——而这种令人发痒的效果不是惹得你想笑，而是让你忍不住想洗个澡。

"这就对了，你做得很好。"奥斯卡说着再次伸出了手，"让我们正式认识一下吧，我是奥斯卡，很高兴认识你。"

埃文盯着他的手看了几秒钟，随后握住了它。"我是埃文·吉恩。"他说。奥斯卡的手掌像花岗岩一样粗糙和坚硬，埃文没说很高兴认识他。

放开埃文的手，奥斯卡转向米奇。"我们会好好照顾小家伙的，"他说，"放心吧。"

很显然，米奇一点也不在乎他们如何照顾埃文。他爬回了车里。在车门关上之前，埃文听到他说的最后一句话是："快离开这个该死的地方。"

当发动机开始加速时，奥斯卡轻轻地把埃文拉到了一旁。越野车围着空地兜了一圈，掉回头开走了。

现在留下埃文一人来面对这些新的俘获者了。埃文意识到奥斯卡粗糙的大手按在了他的裸露的肩膀上。

"别害怕。"那人说道。

埃文尽量控制自己的呼吸，但是在他强忍泪水时，还是发出了火车般呼哧呼哧的声音。

"我向你保证没人想伤害你。我知道过去你受过一些伤害，但是你会发现，在我们这里是绝不会发生那种事的。"

埃文皱起眉头看着这个人，对自己的过去他都知道些什么？

"我们知道很多关于你的事，埃文，就像我们知道很多关于你父亲的事一样。我不能向你解释这些事情，不过对我们来说，保证你的安全非常重要，而在这个国家这也不是很容易能做到的，这就是我让这些持枪的绅士陪伴的真正原因。"

埃文的视线变得模糊了，他用手擦去了泪水。不怀恶意的人不会绑架孩子的。

"刚刚离开的那个人，"奥斯卡继续说道，"他叫米奇·庞德。他是一个非常非常危险的人。现在他已经走了，我向你保证你已经安全了。"

"但是我为什么会在这里？"如果他搞清楚了这一点，其他一些事情也许就能慢慢看出端倪了。哪怕只有一点点这方面的答案，他也会觉得心安。一点点就行。

奥斯卡叹口气,抬起了头。埃文感觉他似乎带着一种真诚的同情。"怎么说才好呢?"他说,"我们现在走吧,这样就不会继续浪费白天的时间了。我承诺过要为这事保密,我会想出个办法,在不违背我的承诺的基础上尽量告诉你一些事情。我知道你期望的不只是这些,不过在一段时间内也只能这么将就了。"

又一次,埃文没别的选择。他点了点头。

他们一个跟随一个排成一列向前走去。两个拿枪的士兵走在最前面,然后是奥斯卡和埃文,另外三个士兵走在后面。

丛林渐渐吞没了他们。

26

乔纳森一行选择不同的时段和不同的航线，分别飞向了哥伦比亚不同的地点。鲍克瑟是最先离开的。他途经迈阿密，先到了巴拿马城，然后进入了哥伦比亚的卡塔赫纳市。十二个小时后，乔纳森和哈维各自沿着不同航线迂回飞往圣玛尔塔市，在相隔不到九十分钟的时间里先后到达了目的地。预定航程时乔纳森有意安排了他自己首先着陆，因为他担心哈维在落地后心生怯意。

他们在行李领取处汇合后走出机场大楼，一脚跨进了圣玛尔塔这间闷热潮湿的天然桑拿房。"我已经开始憎恨这个地方了，"哈维说，"你别不信。"他把手指伸进T恤领子里扇动衣服。

乔纳森想了想，决定还是先不告诉他：这座海岸城市尽管炎热，但是和要去的丛林比起来还差得远呢。至少，这里还有轻风。

"我们飞到这儿了，下面是什么计划？"哈维问道。

"我们先去拜访一个朋友。"乔纳森说。

他们叫了一辆出租车，乔纳森让司机送他们到市中心的一家旅馆。这个地方很有名，因为它在美国来的大学生心目中是寻找和享受麻醉品的一个圣地。即便按照这一带社区脏兮兮的卫生标准，这家旅馆也像是一处垃圾场。

"哦，哈，"哈维咕哝道，"真是越来越可爱了。"

乔纳森瞪他一眼，让他安静下来。他给司机付了车钱，又加了一笔慷慨的小费。这笔小费应该足够换来司机的眼睛失明和耳朵失聪了，万一有人要问什么问题呢。

走到旅馆的门口时，乔纳森用手掌抵住了哈维的胸部，为的是引起他的充分注意。"到了这里，我需要你变成我的一个沉默寡言的同伴。虽然菲利佩是个老朋友，但是他非常多疑，远远超出了必要的限度。"

"你们是怎么认识的？"

乔纳森挑了一下眉毛作为回答。

"噢。"

"用不着报出你的名字。如果他问你，你就说你叫史密斯。"

哈维耸拉下肩膀说："史密斯？这就是你能想出的最好的名字吗？干吗不叫我琼斯？"

乔纳森笑了。"因为已经有人叫这名了。"

旅馆的内部倒是没有它的外表那么肮脏，只是太多的年轻人在这里举办过太多的派对，所以把这个地方弄得很破旧。不过，这会儿旅馆里一个人也看不见。

乔纳森叫道："嗨？"

有个面容皱得像葡萄干的老人从一个门口走了出来，乔纳森知道那是厨房。他们立刻就认出了彼此。

"你好，菲利佩。"乔纳森用英语说道。

"琼斯！"老人喊着，咧开缺了门牙的大嘴笑了起来。他拖着脚步缓慢地走过来，伸出双臂熊抱了乔纳森。鉴于他只有一米六的身高，这实际上也就是个幼熊的拥抱，但是意思毕竟是到了。"好久不见啊！"

乔纳森对拉美人这种男人间的拥抱从来都不适应，不过他还是抱住对方拍了拍后背，应声说："确实太久了。"

"你看着不错。"结束了拥抱后，菲利佩又拍了拍乔纳森的胸脯说，"你瘦了，能看出脖子了。"老人笑了起来。

乔纳森也笑了。上一次他们两人的相见，是乔纳森还在部队的时候。在那次行动中，他和战友们需要混迹于当地人中间来收集有关贩毒集团的情报，菲利佩是行动链条当中的重要一环。他当时总是取笑说，乔纳森的体型太好，很难装扮成一个当地人。

"我老了，肌肉也松了。"乔纳森承认道。

菲利佩捏了捏他的脸颊。"不，你看上去挺不错的，很健康。"他转向哈维伸出手去，"这是你的朋友？"

"他是史密斯先生，"乔纳森说，"我的生意伙伴。他话不多。"

菲利佩用双手友善地握住了哈维的手。"太巧了，"他说，"因为他还有一位生意伙伴也叫史密斯。"

哈维咧嘴笑道："叫这个名的似乎满街都是。"

菲利佩转身走去并招呼他的客人跟上他。"来吧，都过来。"经过那张小小的前台时，他找出一块立牌摆到了台面，上边写着"停业"，是英文。

菲利佩捕捉到了乔纳森会心的一瞥。"没错，我仍然喜欢招揽能挣来美元的生意。"他说。他再次招招手，领着他们走出后门来到了一个小院子。乔纳森上次到此之后的十几年来，这里真的没发生任何变化。同样的破砖烂瓦的缝隙里长着同样的杂草，甚至那把铝制的草坪椅看着也和过去一样，仍处在快要散架的状态。

菲利佩拎过两把椅子放在铺砖的地面上，椅子发出了吱吱嘎嘎的声响。"坐吧，我去弄点咖啡来。"

乔纳森吃惊地说："咖啡？天哪，菲利佩，这会儿有一百一十度啊。"

"按摄氏论，只是三十八度，"菲利佩笑道，"这么想是不是凉快多了？"

"不管怎么说，不用了。"乔纳森说着摆了个拒绝的手势。

"那就来点啤酒吧，"菲利佩说，"要不就喝龙舌兰，或是威士忌？"

哈维想说来杯啤酒，可在乔纳森的目光下还是忍住了。

"什么也不用，真的，"乔纳森坚持道，"不过我们非常感谢你。"乔纳森在对方提供的座位上坐下来，指着另一把椅子说，"坐，菲利佩，一起坐下来，我们聊聊。"

老人的微笑让位给了一种警觉的神情。"我不喜欢你的口气，老朋友，以前我就听过你这么说话。我担心很快你就会告诉我，这并不是一次仅仅来看望一下老朋友、重温旧日美好时光的愉快之旅。"

他们相视一笑。他们两个人都清楚，乔纳森有多么鄙视世界上的这块地方。这里的燥热、腐败、暴力和贫穷交织在一起，构成了一个让乔纳森无法忍受的悲惨世界。

"我这次的事情不像以前那么重大或是艰巨，"乔纳森说，"如果这么说能让你好受一点的话。"

菲利佩坐到椅子上跷起了二郎腿。以他这样的外观年龄而言，他的举止言行还是相当得体的。"我听说你又要和你的老朋友乔西合作了。"菲利佩说道，看到乔纳森吃惊的表情，他又加了一句，"怎么，你以为我不再有耳目了？"很明显，菲利佩想让乔纳森明白他还是圈里人。

"麻烦制造者乔西现在怎么样了？"

"他很饥饿，就像我们所有人一样。"

"他还让人信得过吗？"

"他是个让人信得过的人吗？"

乔纳森摆了摆手。"他倒是没给我带来过什么麻烦，至少他从来没有出卖过我。"

"那是因为他怕你，"菲利佩做了个鬼脸说，"你和别人有所不同。如果他仍然怕你，那我想他还是值得信赖的。你的那位大块头

227

朋友，他叫什么名字来着？"

"史密斯。"乔纳森答道，好像菲利佩真的不知道似的。

"对了，史密斯先生。他这次也来了吗？"他看着哈维问道，"我希望他还好。"

"哦，他挺好的，"乔纳森说，"我们还在一起工作。事实上，我们打算今晚和他会合。"

"乔西知道吗？"

"还不知道。"

菲利佩笑了，是一种发自胸腔的低沉却又洪亮的笑声，笑得连眼泪都出来了。"嗯，一旦乔西知道另外那位史密斯先生仍然在帮助你，那么他就会变得非常、非常值得信赖。"

乔纳森也和他一起笑了起来。从北美的克利夫兰到太平洋南部的萨摩亚岛，鲍克瑟作为大块头是声名远播的。在南美这种地方，游记里误漂到小人国的格列佛与鲍克瑟相比都显得太矮。用'害怕'这种词完全不足以形容乔西对鲍克瑟的恐惧。鲍克瑟对此颇为受用，而乔纳森也不反对利用它来强化自己的优势。

笑声过后，乔纳森变得严肃了。"乔西是否忠诚还是次要的，我需要知道的是他是否已经变成了一个坏人。我们一个孩子的性命目前正悬于一线。"

在南美文化中，家庭就意味着一切，所以乔纳森知道菲利佩会理解这件事的紧迫性。

菲利佩的表情有些困惑。"你来这里不是为了毒品的事？"

"我的朋友，在哥伦比亚我估计什么事情到最后都会和毒品扯上关系。然而对我来说，第一位的、当务之急的事情是解救被绑架的孩子。"

"是为了赎金吗？"菲利佩在道上混了多年，明白并非所有的绑架都是出于同样的目的。

"这次不是。是为了封锁信息。"

菲利佩摊开手掌,指头向下。"一个孩子能知道些什么?"

"我不能告诉你细节了。同时,我也担不起别人的背叛。"

菲利佩举起手像是宣誓。"以我死去的母亲的名义发誓,乔西对我说你要来这里了,他只是为了在我面前抬高一下自己的身价。据我所知,他还没起什么歹意。"他停了一下又说,"他这人就是话太多了。有什么事情是我能帮上的吗?"

"米奇·庞德这个名字你听说过吗?"

菲利佩的目光投向了庭院的角落,他试图掩饰由于恐惧而在面部出现的抽搐,但是已经晚了。

乔纳森微笑了。"菲利佩,你面对的是我。你明白,我就是死也会给你保密的。"他说得并不夸张,菲利佩知道这一点。

"琼斯先生,作为多年的老友,我希望你知道我不是一个轻易就被吓到的人。"说这话的人曾经勇敢地出庭指控了麦德林贩毒集团的头目、血债累累的杀人凶手巴勃罗·埃斯科瓦尔。这个贩毒集团是在 20 世纪 90 年代被捣毁的,乔纳森参加了当时的行动。

"你是我认识的最勇敢的人之一。"乔纳森肯定地说。

菲利佩说:"但是这个庞德却吓着我了。既然你提起他,我估计是你现在要做的事情涉及他了。"

"确实涉及他。"

"那就要小心了,要格外小心。这里的人们都称他是斗牛士。他是个杀人狂。"

乔纳森做了个鬼脸。"这称呼还挺响亮。我没有一点嘲弄的意思,不过你们这个国家可到处都有这种斗牛士呀。"

菲利佩坚决地摇了摇头。"不一样,别人都不像这个庞德。他让我想起了当年我指控过的巴勃罗。他非常残忍。"

乔纳森说："原版的巴勃罗我们都拿下了，我想拿下这个巴勃罗的追随者应该容易些吧。"

"那个时候我们有两届政府和几千个人为摧毁巴勃罗团伙做出了努力。现在的情况不一样了，不是吗？"

这届的哥伦比亚政府与其说是在提供这方面的帮助，不如说是在设置各种各样的障碍，不过乔纳森没想指出这一点。

"庞德是个外国佬，"菲利佩继续说道，"你了解我们拉丁美洲人，外国佬总是当头儿，我们都是跟班的。庞德把那些政客喂饱了，他们就允许他在丛林里制造可卡因。警察和政客都说他们正在把毒品从我们国家扫荡出去，其实他们打击的只是那些没给够钱的制毒者。至于庞德，他给的钱够多，足够、足够多。"

乔纳森感到困惑。"既然靠毒品就能挣很多钱，干吗他还要杀人？"

"那些敢于反抗的农场工人和村民都会被他用最残忍的方式杀死。他把人们聚拢来看着他砍掉那些人的手和脚，然后是胳膊和腿。在割断喉咙之前，他让那些人受尽各种折磨。他把村民的孩子们赶到丛林里种植大麻，很多父母从此再也看不到他们的孩子了。"

乔纳森怀疑他有点夸大其词。"得了，菲利佩，你说的庞德听着就像是大人用来吓唬孩子的那些故事中的魔鬼。"

"那些故事都不是没有出处的。我告诉你，将来的孩子们从爷爷奶奶嘴里听到的魔鬼，肯定就是这个庞德。"

"道理上还是有点说不通。他那么残暴地对待别人，是会招致大家的反抗的啊！"

菲利佩长吐了口气，向上举起双手。"你可能觉得想不通，但是事实就是如此。"他眨了眨眼又说，"如果你琼斯先生没有站在他

230

们那一边，这些人所拥有的就只剩下恐惧了。"

乔纳森听出他话中有话，但是不知道该如何去破译。难道菲利佩是希望他在解救吉恩的同时也解放这里的所有村庄吗？应该不会吧。

菲利佩说："我弄不明白的是，斗牛士这样一个家伙为什么要跑到美国去绑架一个孩子。"

"你算是问到点子上了，我们也在问同样的问题，"乔纳森承认道，"不过确实有好多线索都指向了他。现在对我说说他种植大麻的地点吧，它在哪儿？"

"我记得你以前好像去过那里，是在圣玛尔塔山脉。整个哥伦比亚都找不到比那儿更好的田地了。"

乔纳森以前还真去过那里。在他眼里，如果历数世界上那些最令人难以征服的地形地貌，圣玛尔塔山脉肯定会在其中占据一个重要的位置。它的丛林密得无法想象，以至于直到 20 世纪 70 年代人们才发现了生活在丛林中的印第安人部落。这道山脉就在圣玛尔塔市的东部，呈南北走向，五千七百米高的哥伦布峰是山脉的主峰，它也是世界上最高的一座沿海山峰。很久以来，这里的丛林就是地球上一个最为无法无天的地方。

20 世纪 90 年代，哥伦比亚政府在数亿美金的资助下，下大力气驱散了盘踞在那里的非法准军事力量。但是，没人愿意承认却又广为人知的一个秘密是，仅仅打击供应方一侧的反毒品战争，注定是不能成功的。只要美国的参议员及其助手们依然在私人办公室里偷偷享用他们信誓旦旦要予以根绝的各类毒品，把种植可卡因作为唯一收入来源的哥伦比亚当地居民就总会找到办法确保自己的生产链条永不中断。

而凡是在那些通过违法手段获取收益的环节里，又总有那么一些足够聪明的人会运用贿赂来控制执法的程序和结果。政治腐败在我们这个世界是一种常态。

菲利佩用手指朝着乔纳森的方向戳戳点点地说："你得非常小心才行，我的朋友。没人欢迎你去那个地方，我说的不仅是斗牛士，鬼才知道如今的国家安全局是在为谁效力——不论是谁，用不了两天又换了——而在那里土生土长的印第安人则不喜欢任何人。"

他描述的这种荒谬局面不禁让乔纳森笑了出来。的确，哥伦比亚的国家安全部自20世纪60年代起变得多少有点朝秦暮楚、用情不专。每次当他们似乎找出了一点办法维持一段国家的稳定时，往往就有某人跑出来刺杀了某人，于是他们又要转而向新的主子宣誓效忠。

至于山区的土著部落，早就厌倦了在过去的四百年里任人欺负摆布的命运，因此他们以对于所有人的极度缺乏信任而闻名遐迩。确切地说，他们不信任的，是其部落直系成员之外的所有人。

"只要我睁着眼睛睡觉，而且让我的眼睛具备对于三百六十度范围内的情形一目了然的能力，我就该没事了吧？"

"别当儿戏，琼斯先生。"

"我还有什么选择呢？当然了，除非你愿意加入我们，一路上对我多多指点。"

这次轮到菲利佩笑了。"我会给你一张地图的。我不再是个勇士了，我见过太多的死亡，我也造成了太多的死亡。我不能再干下去了。"他眯起眼睛，用父亲般的目光打量着乔纳森说，"我很惊讶你还能继续干下去。"

乔纳森不喜欢让多愁善感的情绪夹杂进来。"我的出发点不是杀人，"他说，"我是在救人。"

"我没有别的意思，琼斯先生。"菲利佩又看着哈维说，"你确实话不多。"

哈维耸了耸肩。"可是我一旦说起来，嘴上就没把门的了。"

菲利佩显然是不大有幽默感，然而他还是微微笑了一下。他又对乔纳森说："和你们一道置身险境我是做不到了，不过还有什么我能帮你的吗？"

"我需要补给。"乔纳森说。

老人抬起了头。"是以前那种补给吗？"

"差不多吧。"

"要证件还是要武器？"

"实际上两样都要，不过数量比上次少多了。"

菲利佩眯起了眼睛。"乔西说他会准备好这些东西的。"

乔纳森靠回椅背上，架起了腿。"多留一手对我来说没什么坏处，"他说，"何况在哥伦比亚我有我的对头，而且还得过好几个小时我才能和乔西碰头呢。"

"明白了，"菲利佩说，"那我就为你和这位史密斯先生准备武器，再给另外一位史密斯先生也准备一件，行吗？"

乔纳森点点头。"没错。我的时间不多，你都有什么存货？"

笑容再次浮现在老人的脸上。"来吧，给你看看，你自己挑。"

菲利佩带着他们走进房里，绕过左边的厨房，来到了后面的一间卧室，它收拾得比他们刚经过的其他房间要好得多。

"这是你的屋子？"哈维大声猜道。

"不算好，但对我蛮合适的。"老人说，"我相信你的家要好得多。"

哈维想说说自己的帐篷，不过还是忍住了。这家旅馆的实际体量比从外面看着要大，是由两幢建筑连在一起构成的，菲利佩的房间在楼体的最后面。

老人招呼他们进了屋，关好门又从里边锁上了它。

"你会喜欢上这里的。"乔纳森对哈维说，他显然是来过这个地方。

窗户下面靠墙摆着一个大大的木箱，透过窗户看得到他们刚才在院子里坐过的椅子。窗户两侧约一人高的地方挂着地中海风格式样的壁式烛台。菲利佩拉上窗帘后打开箱子，从里边抱出几捆衣服还有毛毯什么的放在床上，接着从右侧的烛台上拿起蜡烛递给了乔纳森。

"你不介意吧？"

"没问题。"乔纳森说。

老人又摘下整个烛台，把圆形的托烛盘从铁艺饰架上拧了下来，然后把烛台重新挂回到墙上。他把烛盘拿到木箱旁边，揭开箱底角落的一块木板，露出了一根挺直朝上的螺栓。菲利佩把烛盘拧在螺栓上，一拧好就听下面传出了"咔嗒"一声。他居然从箱子里抬出了整块的箱底，原来箱下有个黝黯的地道，边上还固定着一架梯子。

乔纳森冲着哈维咧嘴笑道："我不是说过你会喜欢这里吗！"

菲利佩从梳妆台最上边的抽屉里找出了三个手电筒，递给了每人一个。哈维伸手去接的时候，菲利佩迟疑了一下。"我信任你是因为琼斯先生信任你，"他说，"别让我失望，我这是为你好。"

乔纳森的表情依然很轻松，不过他从没听见菲利佩对人发出过这种程度的威胁。"我保证他不会有任何问题。"他说。

菲利佩一马当先，打开手电领着两人钻进了地道。

乔纳森第一次进入菲利佩的地下仓库时，曾佩服得几乎说不出话来。由于他留下的印象太深了，所以他后来在自己家里也建了一个类似的设施。当然了，他的地库面积更大，而且配备了最先进的温度和湿度控制装置。

菲利佩就其自己的条件而言已经是做得最好了。这间地下仓库大概有三米五见方，里面装着各种各样的武器，大部分是原封未动的。在他们和巴勃罗开战的那天，为了给反抗那个大毒枭的市民们提供武器，乔纳森在这间地下室里花了美国政府好几万美元。

问都没问，老人径直走过去打开了一个不大的板条箱。他掏出了一支柯尔特 M1911 点 45 口径的手枪——这些年来它一直是乔纳森的首选。菲利佩从握柄里退出弹夹，拉动滑套露出枪膛，将它递给乔纳森检查。他满面笑容地说道："我没有忘记，琼斯先生。"

乔纳森也不由得咯咯笑了起来。"你确实没忘，朋友。"他来回拉动了几次滑套，看来手枪润滑不错，状况良好。当然，过后他还要做点校正，不过眼下这样子就可以了。他重新装上弹夹，将一颗子弹顶进弹膛，枪口朝下把它插在了背部的腰带上。重新武装起来的感觉棒极了。

"你都子弹上膛了，小心走火打着自己的屁股。"哈维说。

乔纳森宽容地笑了笑，接着告诉菲利佩："我这位朋友是海军陆战队出身。他需要一把精致小巧的玩意儿，带三重保险加上扳机保险的那种小枪。"

哈维火了。"嗨，你个该死的傻步兵，我只是不想让你的肠子里钻进一颗子弹。"

乔纳森笑了，其实他对海军陆战队一直是很钦佩的，只是在调侃对方而已。"你喜欢用贝雷塔吧？"这是一款新的标配军用手枪——正在逐渐取代乔纳森心爱的点 45。9 毫米贝雷塔由于射程和精度比点 45 更好而受到了广泛欢迎，而且它用着也更合手。问题在于，乔纳森认为，它让对手倒地的速度还不够快。

"我是来当军医的，"哈维说，"你有创可贴和碘酒什么的吗？"

菲利佩看上去有点没明白。

"他在开玩笑，"乔纳森瞪了哈维一眼说，"乔西会给我们准备那些东西的。给我这个朋友来一支贝雷塔，你再给另外那位史密斯也准备一支。长枪有什么？"

"我有一些 MP5，还有一两支 M4，我还有很多 AK-47。"

一听到 AK-47，乔纳森做了个鬼脸。有几千万支这种该死的武器流散在世界的各个角落。作为一种突击步枪，它是令人完全可以接受的，只是它的象征性含义太鲜明了。如果他想让自己看着像是个恐怖分子的话，那他就应该挥舞这个玩意儿。

"我要买下你全部的 M4，再要两支 MP5。每支突击步枪配五百发子弹，手枪一百发。"在乔纳森说的过程中，菲利佩左一件右一件地掏出武器，很快就落实了这些要求。

"有什么夜视器材没有？"

老人立刻停住了，显得有点尴尬。"恐怕是没有。"

"没关系。"乔纳森说，尽管他对此很在意。具备夜间有效行动的能力会成倍地增强你的战斗力，在丛林条件下尤其是这样。他不喜欢如此重要的东西只能依赖'麻烦制造者'乔西这个唯一的供应商。

"除了这些，"乔纳森接着说道，"我还得买辆车，你对此有什么建议吗？"

笑容又回到了菲利佩的脸上。"我建议你从我手里买一辆。"

27

在抵达哥伦比亚前，伯兰蒂·吉丁斯对与这个国家的全部印象都来源于迈克尔·道格拉斯和凯瑟琳·特纳主演的电影《绿宝石》。她以为这里泥泞的道路上闲逛着成群的小鸡和山羊，还以为在每个街角都能看到令人提心吊胆的街头混混和三十年前的老式汽车。

但是映入伯兰蒂眼帘的圣玛尔塔却是一座相当摩登的海滨城市，尽管显得有一点破旧。她下榻的圣托里尼酒店坐落在海边，配备有令人满意的空调设备，酒保也懂得怎样调制一杯上好的凯匹林纳鸡尾酒。这自然是不奇怪的，她目前是在哥伦比亚，距离这种鸡尾酒的发源地巴西可比华盛顿近多了，她第一次喝这种酒还是在华盛顿呢。

伯兰蒂坐在酒吧的窗边。透过窗户，加勒比海的壮阔景色尽收她的眼底。她看见小贩们正在向游客兜售手里的东西，而那些游客的口袋又成了街头流浪儿瞄准的目标。看到在酒店前门站立的两个健壮的卫兵，伯兰蒂不禁略感欣慰。也许他们不是士兵而是警察，在这个地方他们的制服看着都差不多。不管他们是什么人，他们用强健的体魄和枪里的子弹把她和各种罪犯隔绝了开来，这就够了。

这两天，为了确信她真的到了这么个地方，伯兰蒂已经掐过自己不下一千次了。她与莱杰部长那次见面后，一回到家门铃就响了。她打开门，看见一个穿着洁白的海军制服的年轻人，制服上没有通常那种黑白色的名签，同样洁白的军帽端端正正地扣在了他的额头上。

"是伯兰蒂·吉丁斯女士吗？"他问道。他看上去既阳光又坚毅，是个典型的军校生形象。

"是的。"

他递给她一个牛皮纸的大信封。"我奉命亲手把它交给您。"

她不假思索地接了过来。"谁的命令？"

"请仔细阅读。不能告诉任何人。"

她咯咯地笑了，听起来就像在演电影。"这是……"她没说完，担心暴露了国防部长，又转而问道，"谁送来的？"

年轻军官用拇指和食指抓住帽檐正了正军帽。上帝呀，他太英俊。"祝您度过愉快的一天，女士。"他说。

大信封里装着一个小一点的信封，还有一份带有她照片的美国护照，只是给她换了个新的名字。里边还有一张没有签名的手令，要求她在三小时之内到达安德鲁斯空军基地，并携带可在温热的气候中待上几天的衣物。关于这次旅行她不得向任何人透露，在出发前也不得有任何异乎寻常的举动。

她先是从安德鲁斯飞到了佛罗里达州的赫尔伯特空军基地，随后使用她的新护照乘上一架商用飞机，平安地抵达了圣玛尔塔。在规定得非常严格的时间段内，她必须要待在这家酒店的酒吧里，任务只有一个：把那个小信封交给前来和她联系的人。

真像是一个该死的间谍。为了不让自己的手继续颤抖，她已做出了一切努力。还有比这更酷的吗？

到现在为止，伯兰蒂已经在人群中第五次认定了她的联系人。她每次都相信自己认定的那个人会走上来与她接触，结果却只有失望，这些人从她身边溜了过去，或者是见其他人，或者只是要杯喝的，全然没有来证明她的判断正确的意思。

她需要稳当一点了。如果她再这么盯着男人看，就会被人当作是妓女了。

伯兰蒂完全是下意识地反复抚摸派自己来传递的那个信封，她的手指在信封后面的封口线上来回移动着。在飞机上她无法控制自己的好奇心，曾溜进厕所偷偷拆开了信封。对看到的内容她一点也没感到惊讶。令伯兰蒂惊讶的是，意识到很快就会有一些人由于自己传递的这封信而死去时，她的情绪竟然没有出现多大的波动。

左侧出现的骚动把她的注意力吸引到了门口，在那儿有个士兵或是警察正在和别人争吵。她伸长脖子换个更好的角度定睛一看，差点就要笑出声来，因为她发现争吵的另一方最多不超过十二岁。如果没弄错的话，他就是伯兰蒂几分钟前看到的那些想在游客身上捞点油水的男孩当中的一个。可怜的孩子掏错了口袋，被人逮着了。

在哥伦比亚，小偷的手是要被砍掉的吧？也许她记错了，是另外的什么地方？

伯兰蒂看腻了热闹，可是当她把注意力转回面前的饮料时，奇怪的事情发生了。那个站得笔挺的警察直视着她，又用手指了指她的方向。

她本能地转身去看是否有什么人站在了她的身后。没有。她的心跳加快了。

她回过身，发现穿绿色迷彩服的那个士兵或是警察果然是径直向她走来。他揪着男孩的耳朵，那孩子歪着身子踉踉跄跄迈着超大的步子跟着他。

一时间伯兰蒂很想把那个信封藏起来。她当然不能这么做，这只会引起别人对她想藏起来的那件东西的注意。到底是怎么了？

警官拽着那个孩子走到了足够近的地方，为的是可以轻声说话。"对不起，小姐，"他的口音很重，所以伯兰蒂几乎完全听不懂，

"你是……"他松开男孩的耳朵，用手势示意孩子完成这句问话。

那男孩清了清嗓子。"您好，查莫斯女士。"他的英语比揪他耳朵的人好多了。

伯兰蒂几乎在座位上僵住了，皮肤都起了鸡皮疙瘩。这正是她一直在等待的那句暗号。她连忙回忆回答的暗语。天啊，千万别把它忘掉。"你好，彼得。"她答道，"康苏艾拉阿姨好吗？"开始记这些接头暗号时，她对选了这么几句话十分不解，现在她意识到，派遣这个孩子出场是从一开始就计划好了的。

"她病了，"孩子说，"她想见您。"

这就对了，终于接上了头。出现意外——完全偶然的一次交谈，内容却与规定的暗语一模一样——的可能性是零。不过她现在该怎么办呢？就这么把东西交给孩子？

孩子好像看穿了她的心思，因为他瞥了一眼信封又非常隐蔽地摇了摇头。他的头部没有转动，眼睛依然盯着警察。

"您认识这个孩子？"警官问道，"他是坏孩子，很坏很坏，是个小偷。"

哦，太棒了，现在她必须为这个孩子缴付罚款或其他什么了。"不能这么说，"她尽量让自己的微笑看着很真诚，"他是我的朋友。"

警察显得非常困惑。"他是您的朋友？一个朋友？"显然，他觉得如果听到的是西班牙语，意义才会变得更明确。

伯兰蒂点点头，笑得更灿烂了。"是，没错，他是我朋友。"

肯定是警察，伯兰蒂暗忖，不是士兵，他在盘查她。"但是你不是哥伦比亚人啊。"警察说道。

哦，该死！她倒吸了一口气，心跳猛地加倍了。是啊，她确实不适合干这个。她该怎么回答呢？

那孩子出来解围了。他迅速上前两步把他们分开，然后坐到了伯兰蒂的膝盖上，用双臂搂住了她的脖子。"别让他伤害我，"孩子的声音挺大，引起了大厅里其他人的注意，"他打我，还踢我。别让他这样！"

这一举动使伯兰蒂吃了一惊，但是远远赶不上警察吃惊的程度。他似乎敏锐地意识到人们都在盯着他。

"没事了，"伯兰蒂对警官说，又向大厅里的人们挥挥手，"真的，我们没事。"

警察犹豫了一下，但是没想出别的办法，只好走开了。

只剩下他们两人时，男孩放开了她的手，眼睛却盯着伯兰蒂的胸部。"好漂亮。"他说。

她忍不住笑了出来。"什么？"

他指了指说："你的奶子，真美。"他竖起大拇指，棕色的眼睛里满是笑意。

她再次笑了。"那就多谢夸奖了。"

"我能看看吗？"

"不能！"伯兰蒂觉得自己的脸红了。她环顾四周，看是否有人注意到了他们。"你多大了？"她问道。

"我十八了。"他说。

呵呵。"这么说我就是七十三了，对你来说太老了。"

孩子顺从地耸了耸肩。"那好吧。你得跟我走。"

伯兰蒂皱起眉头。"去哪儿？"

他冲着信封摆摆头说："去它该去的地方。"

男孩站起来，头也不回地向门口走去。

伯兰蒂手忙脚乱地从椅子上站起来，一不小心撞在桌子上，晃洒了杯子里的饮料。"等等！"她低声喊道。这孩子到底是什么人？他们来到门口，一起朝外面走去。男孩似乎很高兴，还拉住了伯兰蒂的手。

她在空调房里待了好久，都忘了外面有多热。她穿的是棉质紧身裤和薄衬衫，原以为它们和指令里提到的"温热的气候"很相配，然而只走了一个街区她就意识到，她目前再没有能够对付这种像花生酱一样黏糊糊的湿度的其他衣物了，只有这么忍受着。她大汗淋漓，天哪，要是在健身房这倒无所谓，可在大街上就太丢人了。上身的衣服已经完全湿透了，然而当你身处国外的大街时，你又能拿这件汗津津的衬衫怎么办呢？

过了两个街区后他们转向右面，距离海岸和岸边的微风更远了。"我们这是去哪儿？"她再次问道。

男孩扭过头笑了一下。"不远，马上就到了。"

"你叫什么名字？"

"马上了。"他指着前面的某处说道。

离水边越远温度变得越高，而地势同样也越来越高，特别是这些坡路都很陡峭。她过去竟然还抱怨过游览罗马太累人了呢！可是和眼前的这些山丘相比，罗马古城的那些台阶平坦得像是个篮球场。

伯兰蒂尽力想赶上给她带路的这个孩子，但他总是能拉开距离，有一次甚至领先了半个街区，然后转回身来等着她。她忍不住冒出了想对这孩子表示歉意的奇怪念头。

走得更远，爬得更高了。狭窄的街道，紧邻的建筑，周围的风格越来越像古老的欧洲了。走了十五分钟后，伯兰蒂开始担心了。这一带的街区绝不是那种让她感觉安全的地方，而这个宣称自己是男子汉的十二岁小孩到目前也没干出任何一件能让她感觉安全的事情。

想想看吧，什么样的傻瓜才能随着一个连名字都不知道的孩子四处瞎转？她只觉得也许要遭遇抢劫或是绑架了。不过如果是那样的话，这孩子又怎么知道联络暗号呢？

不，这是一次真正的接头。杰瑞·肖格伦说过什么来着？接头技巧。这就是一种接头技巧，一种秘密特工的生活。老实讲，再没什么比这更刺激的了。

男孩又停了下来，但是这一次他们之间只隔着几个房门。他再次露出微笑，用手指了指说："我们到了。"

他指的是一幢粉色的联排别墅，它曾经一定是很气派的，然而时间已经让它破败了。她突然想到，如果在二十年里无人粉刷或修理，旧金山的街区也会变成这个样子。这幢别墅厚重的木门是紫色的，上面有个铜制的老式球形把手。伯兰蒂想，如果她使劲用手蹭一蹭，把手会不会变得更亮点呢？

她站在门前，瞥了一眼男孩。

他仍然微笑着。

"我得敲门吗？"

他用手指了下门说："进去就行。"

伯兰蒂犹豫了，感觉有点不对头。他为什么让她先进去？有什么圈套吗？

"不要紧的，"男孩说，"他们不许我进去。"

嗯，这就对了，不是吗？当你策划谋杀什么人的时候，你不需要让一个爱管闲事的流浪儿在一旁充当目击者。

"那人在里面等着你呢。"男孩用灿烂的笑容打消了她的疑虑。

真是岂有此理，她有什么好紧张的？她是来见国防部长在此地的一个代理人，这就像是她和莱杰部长本人一道去出席某个会议。对她来讲这个世界再安全不过了。这一切都体现着一种谍报人员接头联络的技巧。

没必要磨蹭了。就像撕开创可贴一样迅速利索才好。她走上门廊，转动把手，推开了房门。

从刺眼的阳光下走进黑黢黢的内部，她感觉像是失明了。

她喊道："你好——噢！"

这是怎么回事？你好的第二个音节还没完全吐出口，她感觉右乳的上方一阵刺痛。半秒后刺痛开始扩张，接下来的第二个半秒里，她意识到疼痛变得剧烈了。她用左手去触摸痛处，胸口却又挨了一击。这次的疼痛比上次要强烈十倍。她想大声喊叫，可是已发不出声音了。

完全无法描述的极度痛苦。她疼得深深地弯下腰去，却第一次瞥见了地板上的鲜血。怎么回事？她的手上也有血，衬衫上也是。她感到世界在旋转。挣扎着靠到墙上时，她握着信封的手失去了力量。她看着信封慢慢从自己的手指上滑落。她想伸手去抓住它，然而身体已经不听使唤了。她别无选择，只能看着它飘落在地板上。

当她终于也和信封一样沿着墙壁滑落到地板上的时候，伯兰蒂看到从中央楼梯后面的暗处走出了一个身影。他身上还带着什么东西，在他的手里。走到近前时，那人抬起手中的东西指向了她的脑袋。

伯兰蒂喘息道："请别……"

杀一个人用了三颗子弹，这可有点尴尬，但是没有办法。中午时分一定要做到真正的悄无声息，这就意味着必须使用以亚音速穿过消音器的慢速子弹。只有这样，子弹才不会在飞行过程中产生音爆。米奇·庞德这次用的是点22小口径手枪和铜壳子弹。毕竟他不是生活在19世纪，使用的已不是那种只能击发一颗子弹的武器了。

处在逆光的位置，米奇只能看到她的身体轮廓，直接爆头是不行了，所以他选择了身体的中心部位。即便如此，扭曲的光线还是让他两枪都没能正中对方的心脏。不过还好，他觉得，如果是击中了胸骨，这种缓慢而质轻的子弹可能根本就没法穿透胸腔。

"请别……"她说。

米奇讨厌别人发出哀求。不论口径多么小、火力多么弱，在近距离穿过眼睛的一颗子弹是必然会钻进脑袋的。终于，她躺在那里一动不动了。

米奇弯腰捡起了从她手中掉落的信封，迅速瞥了一眼，查看是否有鲜血溅到了上面。他对杀人这种事从没觉得有什么感伤，但是不希望属于自己的东西沾上晦气。他满意地笑了，小口径子弹倒是有这方面的好处。

地板上映出了一个人影。他认出这是詹姆，就是为这事替他跑腿的那个小男孩。

"我干得不错吧？"孩子的语气里充满了骄傲。

米奇仍然弯着身，只是转了转脑袋说："你干得好极了。"

"那就给我钱吧？"詹姆伸出了手，手心朝上。

米奇笑了。"当然了。"

他又一次证明了穿过眼睛的一颗子弹必然会钻进脑袋。还没等膝盖弯下去，孩子就已经没气了。

28

维妮丝在缜密调查的基础上汇集的情报表明，布鲁斯·纳瓦罗当年处在职业生涯的巅峰时，享受的一直是上流阶层的生活。他那时有豪华的房子和昂贵的汽车，在东西海岸都有漂亮的情妇。有进一步的传闻说，还有两个情妇被他分别安置在了欧洲和亚洲。他在税务报表上申报的年收入超过了二百万美元，这些大额的收入似乎都是源于遵纪守法的客户，是这些客户对他所提供的各种出色高效的法律服务的回报。文件中完全没有可以证明萨米·贝尔或者说老斯莱特犯罪集团与纳瓦罗的事务所存在任何联系的证据，不过维妮丝随即又指出，如果她再马虎一点，很可能就会让其中的一个"合法"客户滑过去了，实际上这个客户是某个犯罪集团的白手套。

纳瓦罗的姐姐爱丽丝·哈珀提供的信息被证明是非常宝贵的。曾经被称为布鲁斯·纳瓦罗的这个人，现在的名字是托尼·布兰切特。他的住址在阿拉斯加州的斯坦达德镇，是费尔班克斯市以西二十英里左右的地方。多年来，尽管执法和犯法的黑白两道都从未中断对他们的监视，纳瓦罗却一直与姐姐保持着相当稳定的联系。泽西城全城住户的信箱里，除了报刊信件外还都充斥着各种印刷精美的垃圾广告，纳瓦罗可以把随便一种虚假产品制成广告订货单彩页，使它成为用密码传递信息的最好载体。尽管这种行为属于邮政诈骗，然而从技术角度上盖尔认为，它是一种尽管昂贵却非常有创意的秘密通信手段。纳瓦罗寄出了数千张彩页，只为了能够和他唯一的姐姐进行交流。

当爱丽丝把积累了这么多年的广告订货单拿出来与她分享时，盖尔明白了，她家里积攒的那些报纸和杂志都是这些彩页的陪衬，不过是作为幌子迷惑那些可能来搜查的人。布鲁斯使用的是随机旋转密码，密钥嵌在了那排毫无实际意义的条形码下方的阿拉伯数字中。广告的文本则多是令人莫名其妙的胡言乱语，虽然这些废话也许会让某些收件人大为光火，但是六周或八周一次的频率显然还不至于让人气得去报警。

特别是，这是美国啊！如果你愿意支付费用把这些废纸废话投递到社区，这也是你的天赋人权。

纳瓦罗传递的信息都是聊天式的，其中包括了他作为隐身人的各种生活细节。盖尔懂得这对他姐姐来说是一种莫大的安慰，因为弟弟还活着，因为这都是来自弟弟的活生生的消息。

而且，如果爱丽丝说的是真话，纳瓦罗没有任何办法得到姐姐反馈的信息。为了弟弟的安全，爱丽丝不得不假定她的所有通讯都受到了严密的监控，如果那些人觉察出一点苗头，这种监控还会强化到无以复加的程度。所以爱丽丝只能用这种方式知道弟弟还活着，其余的就做不了什么了。

这是盖尔第一次到阿拉斯加。她开着租来的吉普车离开了费尔班克斯机场的停车场，惊讶于这里竟然是一个如此缺乏特色的地方。没有起伏的山峦，只有大量的树木和经受了岁月侵蚀的一些低矮的建筑，与她去过的许多地方没有什么两样。不是说这地方的面貌很难看，只是它不像盖尔所期望的那样充满了特殊的情调。

在由华盛顿杜勒斯机场飞往这里的航班上，盖尔花两个小时仔细研究了维妮丝给她下载的所有卫星图片。这些画面显示了布鲁斯·纳瓦罗的住处位置、外观及周围的地理环境。搞到这些照片是费了不少功夫的。由于公共卫星的测绘站点对地球上的这片地带没有储存太多的信息，维妮丝不得不向一家被称作天眼的私人卫星测绘公司求助。这家公司是乔纳森的老朋友伯恩斯·李创办和运营的。只要缴付了高得离谱的全年使用费和更为离谱的专项勘查费用，伯恩斯·李的轨道间谍网络就可以为你做出许多惊人的事情。

纳瓦罗的生活方式已经发生了巨大的变化。他抛弃了自己在弗吉尼亚州大瀑布城的豪宅以及拥有养马场和游泳池的宽阔庭院，跑到了这么个偏远的、除了一些最基本的设施外几乎什么都没有的小地方。

斯坦达德与其说是个小镇，还不如说它是黄金溪北部阿拉斯加铁路沿线的一处小车站。如果你想从地球的表面消失掉，这里的确是个好去处。

纳瓦罗手里应该有武器，她想。当然了，他有权拥有自己的武器。躲在这种地方，不为别的，只为防备偶尔来袭的灰熊他也得准备武器。另外，孤身一人的他还要随时防备其他人的追杀。如果一个人遇到这种情况还不快速地扣动扳机，盖尔实在不明白他还能做什么了。

盖尔打开车门，迈入了清新宜人的空气当中。她感觉这里的温度有摄氏 23 度左右。完美的天气，特别是还刮着既令人舒适又有助于掩盖脚步声的清风。

走到近前，盖尔发现这幢房子比在卫星照片上看着要坚固得多。占地和一辆双层拖车差不多大，但是显然它已经在地里扎下了牢固的根基。风化的外墙板曾经好像是深绿色的，那种森林绿的颜色，但是冷热和雨雪的无情交替剥蚀了它的光泽。

盖尔迈上三个台阶站到门廊，神经绷紧了。敲门时她强忍住了拔枪的冲动。

透过门左侧敞着的那扇窗户，她听见屋里有动静，声音还挺大。事实上像是是有人从高处跳到了地板上，还发出了一句轻声的咒骂。接着，是一阵沉默。

"布兰切特先生，"盖尔喊道，"你还好吧？"

没有回答，但是有了更多的动静。

"请不要害怕。"她说着离开门口，退到了门廊的边缘，在这里她可以有更开阔的视野。"我不是警察，也不是政府雇员，更不是萨米·贝尔黑帮的人。我来找你是因为我需要帮助，这很重要，所以你姐姐爱丽丝告诉了我在哪里可以找到你。"她希望一口气抛给他的这些信息能够在两人间达成某种缓和。不过她决定不喊出纳瓦罗这个名字，担心这会吓到他。

"你带武器了吗？"窗户后面的黑暗里传来了一个声音。

"是的，这里不是人人都带吗？"

"你不是这里的人。"

她笑了。"我的确不是，先生，不过你是这里的人呀。"盖尔这是坦率地表明她也不得不防着对方。随之而来的是长时间的静默，盖尔没有冒险打破它。这种局面对纳瓦罗而言也是很难处理的。

"爱丽丝好吗？"他终于问道。

"是的，先生，她很好。她让我问候你。无法主动和你沟通一直是让她非常难受的事情。不过我不得不说，你那个广告订货单的主意实在是太棒了。"继续爆料，盖尔想，这样他迟早会放松下来。

"下台阶回到院子里，把你的枪扔在地上。"那个声音命令道。

"我不认为我会那么做。"盖尔说。她很久以前就学到了，在紧张的谈判中必须尽可能实事求是地说明真相——哪怕是拒绝对方的要求——这样反而会让对方的感觉更好。"如果我是你担心遇到的那种人，我们现在就不是在聊天，而是早已互相射击了。你能理解，尽管我现在已经成了你的一个靶子，可我也不想进一步暴露在你的枪口下面。"

屋里更多的响声让她更加紧张。不过，门开了。门里的这个男人与盖尔仔细端详过的照片有着相同的外貌特征，然而作为大企业律师的那种优雅干练的风度却已经消逝了，剩下的是一个消瘦了很多、憔悴了很多，却也平添了更多野性的新版本。他穿的是蓝色的牛仔裤和一件灰色的衬衫。如果有人想打听的话，盖尔会说现在这个男人比过去那个柔弱的家伙更有魅力了。他盯着盖尔，怀里抱着双筒短猎枪，手指搭在扳机护圈外，枪口没有指向她。

"说吧，你要干什么？"纳瓦罗说。

"我想进去谈谈。"

"我还想回到二十岁呢，"纳瓦罗答道，"你认为哪件事会先发生？"

盖尔笑了。不论是好人还是坏人，或是介于两者之间的人，只要他具备幽默感，就是一件让人钦佩的事情。"我要把手伸到我后面的口袋里，"盖尔说，"我有爱丽丝写的信，我希望它能让你放下心来。"

纳瓦罗点了点头。

盖尔小心翼翼地把左手伸进口袋里，摸到了请柬大小的那个信封。她把信封抽出来递给了纳瓦罗。

他接过信封，迟疑地从她身上移开了目光。

"我在院子里等着。"盖尔说着，走下台阶来到了草坪上。拉开一定距离也许会让纳瓦罗感到更加安全。

信是封口的。不过，盖尔理所当然地已经读过了其中的内容。如果不去证实爱丽丝是否给她弟弟下达了杀死盖尔的命令，那就太愚蠢了。爱丽丝写得简短而动人，然而奇怪的是，尽管分别了这么多年，她却没有谈到任何个人的信息。也许保持一种平和的状态，有利于减轻分离造成的痛苦吧。纳瓦罗读这封信的时间超过了一分钟，这说明他一定是读了好几遍。

他终于读完了，转过身走进了屋子，身后的门依旧敞开着。盖尔把这理解为是对自己的邀请。

室内布置得和院子里一样整洁。纳瓦罗把它装饰得像是一套纽约的公寓，家具的色彩鲜明、样式简洁。这肯定花了他不少钱，装修需要一笔，家具也需要一笔。乍一看房子里非常暗，然而纳瓦罗按下了墙上的开关后，每个房间都沐浴在了光照下。光线似乎是从墙后面发出来的，也许是透过墙壁射出来的，总之是效果惊人。

"你的家好可爱。"盖尔说道。说点儿什么总比什么不说要好。

纳瓦罗在靠近前窗的两把椅子和一张双人沙发前停了下来。"我觉得最好长话短说，"他指着一把椅子说，"请坐。"他自己坐到了长沙发上。它显然是这间屋子里最破旧的一件家具，上面的凹痕证明了盖尔敲门时他正躺在上面睡觉。纳瓦罗一直没放下散弹猎枪，不过他也从没有用它进行威胁，他只是那么抱着它以备不时之需。他的身后有一个摆放着各种枪械的枪架。纳瓦罗喜欢散弹猎枪胜过其他枪支，这一点似乎说明了他的个性中的某个侧面，她不能确定那究竟是什么，然而肯定是存在着有待结论的什么东西。也许只是由于他不是一个准头很好的射手吧。

盖尔坐下时，椅子有点吱嘎作响。

"不常有人坐那儿，"纳瓦罗说，似乎看穿了她想什么，"在我这种情况下，我不喜欢有客人来。"

盖尔表示理解地笑了笑。

"你一定很自豪吧，竟然找到了那么多人围猎了那么久都没发现的一个人。"纳瓦罗说。

"我比他们有优势，"她说，"得道多助。"

纳瓦罗点了点头。"我姐姐在信里提到了有关绑架的事。"

盖尔讲述了复活者家园受到袭击的细节和他们在此事发生后了解到的一些情况。随着她的叙述，纳瓦罗的脸色逐渐阴沉了下来。

"纳瓦罗先生，"她总结说，"在这起事件中，你是与各方面因素都关联的一个焦点。亚瑟·吉恩的孩子遭到绑架是为了威胁他保持沉默，不要提供对萨米·贝尔和老斯莱特犯罪集团不利的证词。玛丽莲·舒勒当时是为你工作，而你又为萨米·贝尔服务。不论谁只要有正常的思维，都会认为你就是能解开这个结的关键人物。"

他只是坐在那里，琢磨着刚刚听到的事情。盖尔给了他这个时间。大约过了一分钟，纳瓦罗突然从臂弯里抓起了那支猎枪，她顿时进入高度戒备的状态，不过瞬间又放松了。枪在空中画了个弧线，被放在了沙发前面的咖啡桌上，枪口从没对着她。

纳瓦罗站起来了，双手插在裤兜里，转身向窗外望去。

"生活从没停止过给我带来惊奇，"他说道，但是没有转身去看盖尔，"你没有陷入过我的那种困境，不过我也没想到自己能活下来这么长时间。我的逃亡生涯还是很成功的，都快十年了。我总有种感觉，当我最终暴露的时候，伴随而来的一定是可怕的暴力事件。"

他转过身直视盖尔。盖尔的脸上尽力保持着轻松快乐的笑容。

"如果我告诉你这一切，你打算用这些信息去做什么？"

"我们要用它去拯救一个孩子。"

纳瓦罗想了一会儿，然后便听从了命运的安排。

29

　　他们行进了很长时间。埃文估计有三个小时了，然而也可能是两个或五个小时。千篇一律的丛林，一成不变的炎热，还有到处弥漫的那股难闻的气味，仿佛周围的一切都在高温下腐烂了。埃文起初希望能像奥斯卡和那些士兵一样穿上一双靴子，可是一次次地蹚过没过膝盖的溪流后，他敢打赌他们希望的是像他一样赤着脚。埃文曾经在历史频道看过一个有关战壕足病的节目，他心想这些士兵不得不经常蹚水是件幸事，因为这样一来他们在扒下袜子时就不至于把脚面的皮肤也一起扒下去。

　　行进的路上无人说话——当然也没谁和他说话——埃文觉得这样挺好，因为他下过决心，除非有人给出这件事的答案，否则就不对任何人说一句话。所以他只是跟着走，一步接着一步。明知很不现实，他心里还是希望自己的脚印也许给什么人留下了线索，使他们能来营救他。

　　没有人能在这种地方找到他，当然了，除了上帝。他在艰难的跋涉中不停地祈祷。也许上帝至少会向多姆神父打个招呼，说他还活着。多姆神父一定在为他担心不已。

　　在没什么可说也没什么可看的时候，一个人的心会变得麻木。埃文突然意识到，尽管已经这样走了好几个小时，他却竟然对周围的一切没留下任何真正的记忆。他知道自己看到了一些好看的植物，但是没有任何树木或是花朵给他留下了突出的印象。重复的行走，重复的景物，最终一切都似乎幻化为了虚无。

处在麻木中的埃文突然嗅到了一种新的气味。他不知是从哪里飘来的，反正是某种令人愉悦的味道在驱赶着丛林里无休无止的腐臭。难道是食物的香味吗？

他告诉自己，这不过是饥饿带给他的幻觉。可是又走出十几步后，他的看法变了。他肯定是闻到了食物的味道。他的肚子咕噜作响了。

显然别人也都闻到了，因为大家都加快了脚步。根据埃文的估算，他们原来是每秒钟走一步，而现在变成了两步。这些人会允许他也一起吃吗？

突然冒出的一个大胆的想法使他的心一阵狂跳：也许这里做饭的某个人能帮他脱身吧。这个愿望很过分吗？他不敢奢望人家帮太大的忙，助上一臂之力就不错了。就像多姆神父常说的那样，船遇风暴，不择港口。

地形变得很陡，一行人进一步加快了步伐。确切地说，埃文不得不开始了小跑，不然身后的士兵就可能踩到他。

地面又干又硬，让他的脚掌感觉很舒服，而食物的味道闻着越来越香。

在毫无征兆的情形下，丛林忽然让位给了一片空地，上边排列着许多与他昨天醒来时没什么两样的小房子。那是昨天，是不是？也许是两天前，或是一个星期？上帝呀，他究竟是怎么了？

走进村子时埃文还不知道自己会经历什么，然而肯定不是他即将目睹的这种可怕的场景。士兵们在空中挥舞着他们的步枪，高喊着他听不懂的语言。

村民们是分散的，无法精确地统计出他们的人数，不过埃文相信至少有四十到五十个人。他还注意到，这些村民要么很小，要么很老，介于中间的很少，而见不到年轻人是毫无疑问的。事实上，如果不算与他同行的这些士兵，埃文就是眼下所有人当中最大的一个男孩了。即便好多事情都没搞懂，埃文心里也明白这算不得是什么好兆头。

最前面的两个士兵开始了跑动，去追逐四下逃散的那些村民。埃文的目光落在了其中一个士兵身上，因为他离埃文的距离很近。这个士兵看来一心想抓住人群中的一个女孩，而这个女孩则拼命要逃离他的追捕。士兵飞快地追赶着，在他马上就要追上时，女孩向右一闪，躲开了扑向她的手掌。

士兵在女孩身后大叫着，断断续续、愤愤不平的音节告诉埃文，这肯定是歇斯底里的咒骂。女孩跑得更快了。士兵突然停下来，弯腰从地上捡起一块棒球大小的石头向她扔去。从十多米开外，那块石头没画出什么弧线，径直打中了女孩的后脑勺，使她一个嘴啃泥扑倒在了地上。

倒地时她发出了尖叫，用双手捂住了脑袋。

透过她的手指，埃文看到了正在漫延的红色。在他的周围，其他的村民都停止了奔跑，站在那里眼睁睁地看着女孩的遭遇。埃文无法相信竟然没有人出来做出任何干预。

士兵不再跑了，而是一边喊叫着一边大步向蜷缩在地上的女孩走去。他弯下腰，一把抓起女孩的头发用力猛拉。女孩的尖叫声更加刺耳，士兵把她拽了起来。她试图挣脱，士兵猛地给了她一记耳光。耳光看来把女孩打蒙了，只是待待地立在那里。士兵撕开她的上衣，从肩膀上扯下来，女孩的乳房露出来了。她有气无力地用手去遮挡，可是当士兵把她的手打到一边后，便放弃了挣扎。

那个士兵弯下腰吻了一只乳房，然后转身面对其他的士兵，把这个女孩像个奖杯一样展示给他们看。他用一只手搂住女孩的肩膀，另一只手隔着裤子揉搓自己的私处，然后竖起了大拇指。接着他把女孩推到旁边的一个小房子，丢进了门里。三秒钟后，一个老妇人和一个小男孩从同一扇门里惊慌地跑了出来。

"年轻人嘛，总是有无法抑制的需求。"就在近旁响起了奥斯卡的声音。

埃文转过来看见奥斯卡就站在自己身边。男孩只是直勾勾地瞪着他。

"如果你愿意，可以让他们也给你找个姑娘。"奥斯卡说着还眨了眨眼。

埃文向后退去。

"别走太远，"奥斯卡得意地笑道，"走进丛林里就很难找回来了。"在他身后的小屋传来了那个女孩的尖叫，接着叫声中断了，周围陷入一片死寂。

埃文仍处在惊恐和懵懂之中。他到底是在什么地方？这里究竟发生了什么？为什么一个女孩遭到强奸时所有人只是站在那里围观？没错，他懂得眼前发生的事情。他年纪虽小却经历过悲惨的生活，他明白强奸意味着什么。

村民的人数比这些士兵多十倍，他们为什么不能……

有只手搭在了他的肩上。像是触了电，埃文急忙跳到一旁。他回身发现是个老妇人伸手碰了他。他向一旁移动，决心尽量同别人拉开距离。

老妇人微笑着，露出了慈祥的眼神和半颗残缺的牙齿。"孩子，"她用又老又粗的手向埃文示意道，"小白孩，过来。"

埃文发现老妇人没有恶意，从她的眼神中看出一种友善，她也许是想保护他。不过你不愿意凑近这么一个……怎么说呢？嗯，很难看的人。

"你，小白孩。吃？"她做了个向嘴里放进食物的动作，又笑

256

了笑。

吃？食物的气味和饥肠辘辘的感觉又回来了。天哪，对，他太想吃点东西了。埃文点了点头。

老妇人更用力地招了招手。"过来。"她向一个开着门的小房走去，走了几步又回头看看，想知道埃文跟上来没有。

我跟着呢。埃文在心里喊道。他有点担心自己太轻率了，可是对于食物的渴望眼下压倒了一切。瞬间，他想起了格林童话的《糖果屋》，故事里的韩塞尔和格雷特两个孩子在森林里迷了路，误入了女巫的糖果屋，险些丢了性命。埃文立刻把这个故事从脑海里驱走了。不过，他肯定会小心防备任何的女巫。

老妇人走到门前时热情地招招手说："来，过来，过来。"

老妇人的话很难听懂，不过她一直试图说英语，这种努力让埃文心里涌起了暖流。

"谢谢。"他用西班牙语答道，心里希望他没说错。他跟着老妇人穿过敞开的门，进入了一块狭小的生活空间。与任何的现代家庭不同，这里更像是他以前在老照片中看到的西部那种圆形帐篷。没有真正意义上的家具，只有一些粗糙的木制凳子，地面是用外面的泥土抹的，但是埃文踩在上面觉得比外边干净和清爽多了。

屋里有八个人——六个是老人，剩下两个是不到五岁的孩子——挤得满满登登的。见他们进来，所有人都站了起来。老妇人说得非常快，房间里其他的人似乎对她的话感到很惊讶。他们从房中央散开，给埃文在桌旁让出了位置。要不是他们散开，没人能看得见这里还有一张桌子。桌子旁摆了一盆炖肉，闻起来简直像是到了天堂。有个老人从一个孩子手里拿过碗，放在了埃文的面前。她的话埃文听不懂，不过她脸上的微笑让他感到放心。他理解自己正在享受着一个特殊嘉宾的礼遇。

埃文坐在长凳的中间，坐在桌子中间的另一个老妇人俯身帮他舀出了一大份炖菜和肉。埃文不知道那是什么肉，不过既然汤是棕色的，蔬菜是绿色的，埃文便告诉自己它是炖牛肉。应该先尝上一小口，但他可顾不上这些，管它什么味道，现在最重要的是把食物送进肚子里。

吃了两三勺后，埃文突然发现他是唯一在吃东西的人。他抬起头望着带他进来的老妇人，用额头朝锅的方向指了指。"请，"他说，"吃。"

显然，人们一直在等着这句话。大家纷纷开始向自己的碗里捞炖菜，一个挨一个挤坐在凳子上，边吃边用埃文听不懂的语言聊了起来，看样子还挺快乐。埃文实在不明白，当部落里——如果可以这么称呼的话——有一个成员正在附近遭受摧残的时候，他们怎么能如此开心。据他所知，外面的士兵们正在轮奸一个女孩，然而人们却在笑着享受美好的时光。这实在是太不对头了。

不过炖菜倒是很不错。他此刻只是个饿急了的孩子，一勺接一勺狼吞虎咽地吞下去，几乎顾不上仔细咀嚼一下蔬菜还有偶尔捞上来的与以往吃过的味道截然不同的肉块。直到他吃光了碗里的东西，他才意识到其他人全都落后于他，而且他们都在看着他。埃文脸上的表情让大家都笑了。他觉得自己的耳朵一下子红了，他们笑得也更厉害了。

这是友好的笑，他也和人们一起笑了，甚至想如果他知道什么事情这么有意思，他可能早就笑了。

把他领进屋的那位老妇人靠过来说了一些他听不懂的话。他耸耸肩告诉她听不懂，她又重复了一遍，他还是不明白。

她伸出手，掌心向上。他也伸出手，掌心朝下。她轻柔地抬起他的手，用手指上下抚摸他伸出的胳膊，又捋了捋他的头发。

"小白孩，"她摸了摸埃文的脸颊和耳朵，寻找着一个适当的词汇，

"红？"

这时他明白了，她想说的是这个白人孩子的脸红了。埃文笑了，用另一只手揉揉自己的脸蛋说："嗯，脸红了。"

她重复了一遍"脸红了"，发音很糟糕，埃文却没有纠正她。其他的人都试着说了一遍"脸红了"，他们都笑了，接着是更多的闲谈和笑声。突然间，埃文发现他对面那些人的脸色变得恐慌起来。

在听到声音之前埃文就觉察到了奥斯卡的到来。"小子，"奥斯卡用低沉有力的声音问道，"准备好了吗？"

男孩觉得自己的肩膀塌了下去，就在那一刻，他意识到自己刚刚表现出了不应有的软弱。"没有，"他说，"我喜欢待在这里。"

奥斯卡笑了。"两分钟，"他说，"就两分钟。别逼我把你从这儿拖出去，拖着一条断腿走路可不好受。"他离开了。

小屋里的气氛变得阴郁了。女主人站了起来，其他人也跟着站了起来。她把手臂放在埃文的腋下，轻轻把他扶了起来。他起身后，老妇人用手掌托着他的下巴，说了些他听不懂的话，但是她的语气表明这些话很重要。

埃文摇了摇头。"我不知道你在说什么。"他的声音里含着疑惑和恐惧。

老妇人望着屋里的其他人寻求帮助，却没有结果。她突然想到了一个主意，眼睛亮了起来，还举起了一根食指。她用胳膊搂着埃文的肩膀，快速穿过房间，来到了一个摆满了各种破烂的木架子前面。她一边飞快地说着什么，一边从一张纸上撕下一小块，又把它剪成了一个大致的椭圆形。她拿起纸片给他看，姿势很像是多姆神父在圣餐期间向主献礼的模样。

不论老妇人想告诉他什么，都和这一小片纸有关。很显然，这是一张很重要的纸片。

"我不明白。"埃文用力耸耸肩道。

老妇人使劲摇摇头，用手指在他嘴唇上轻轻拍了拍。她希望他安静下来，好好听她说。

要是他明白听到的是什么该多好。

"埃文！"奥斯卡在外面喊道。

老妇人在这声喊叫下加快了说话的速度。她唠叨完了，朝椭圆形的小纸片做了个手势，把它放进嘴里，然后用力地把纸片吐了出来。

埃文本能地想往外面跑，可是老妇人抓住了他的手，要求他继续保持他的注意力。她又连着吐了三次，以增强对埃文产生的效果。

"让我也吐口水？"埃文问道。

她起劲地点点头。"是，是。吐。"

于是埃文开始吐口水。其实没什么可吐的，只是，嗯，用力做出吐口水的样子。

"不，不，不，不，"她又说了一大串西班牙语，也可能是火星语。这两种语言埃文都不懂。

"埃文！"奥斯卡又出现在门口，"现在走，就现在。"

老妇人一下子泄了气。她做了个深呼吸，然后迅速地拥抱了一下埃文。"愿上帝与你同在。"她用西班牙语说。

不知怎的，埃文听懂了这句话的意思。愿上帝与你同在。他笑了，尽管他莫名其妙地想哭。"谢谢你，"他说，"谢谢。"

老妇人笑了，用手转过埃文的身体，拍了一下他的屁股。"再见，脸红了，小白孩。"

埃文向屋里的其他人发出微笑，然而他们似乎不想和他进行眼神的交流。

"走吧，小子，"奥斯卡喊道，"这些年轻人的体力都恢复了，我们还有很长一段路要走。"

一行人已经在外面集合好了，埃文加入了队伍。当他们经过那个女孩被拖进去的小屋时，埃文把头扭到了一旁。也许只是他的想象，但是他敢发誓，他听见了里面发出的哭泣声。

30

纳瓦罗似乎有点坐不住了。他走到了位于房子里侧的厨房，邀请盖尔也一道过来。"想喝点茶吗？"他问道。

"好的，那就麻烦了。"她微笑着回答。她讨厌茶。它会唤起她童年患病时的记忆，她母亲总是用超甜的茶水来稀释亲手调制的各种难以下咽的偏方药。不过，对于纳瓦罗的款待做出一个积极的回应，似乎会有助于让他接着说下去。

他打开龙头灌满铜水壶，把它放在炉灶上，又拧开煤气开关，弯腰看看蓝色火苗的大小，然后才转过身来面对盖尔。

"我是他们的律师，"他说道，"我主要是和一个叫亚瑟·吉恩的人打交道，但是也确实见过贝尔先生一两次。他们看上去出人意料的和蔼亲切，总是很端庄，很有尊严，完全不是人们想象的那种黑帮人物的样子。如果你不知道他们是黑道的，你可能还以为他们是常青藤大学联盟俱乐部的成员呢。"

"你从一开始为这些人工作的时候，就知道他们是黑道上的吗？"盖尔从厨房桌子旁拉出一把椅子坐下了。

纳瓦罗打开水池上的龙头，把开关手柄推到最热的一侧。"我当然知道，全世界都知道。不过在开始的时候，我只是为他们表面上那部分合法的公司业务提供法律服务。"他用水龙头里流出的热水灌满了一只茶壶，然后把它放到了一旁。"烫壶很重要。"他说。

"什么？"

"许多人在泡茶的时候都是直接把热水倒进凉壶里，这不对，这样就会毁了这壶茶。"

"我总是把茶叶袋放进一杯热水里。"盖尔说。

纳瓦罗几乎是哆嗦了一下，说道："那还不如直接喝泥潭里的水呢。"他从橱柜里拿出两只茶杯和托盘，也开始对它们进行预热。"品茶和抽烟斗这两件事讲究是很多的，都要十分精心才行，到后来你会体验到它们带给你的愉悦的。"

盖尔对这些根本不在意，但是她也没做反驳。

纳瓦罗靠在柜子上，叉着腿，抱起了膀子。"我记得在上法学院时，一位教授曾告诉过我们，一个人的道德操守有多么脆弱。他是个非黑即白的绝对论者。他最喜欢说的一句话是，'世上不存在浅尝即止的堕落'。这话在课堂上听着只是觉得有点道理，在实践中跌了跟头你才会真正懂得其中的含义。千里之堤毁于蚁穴，也就是这个道理吧。然而有趣的是，人们常常会找出各种理由来宽恕自己，证明他的行为的合理性，求得自我内心的安宁。我就是这样的一个人。我知道我是在为罪犯工作，但是我对自己说，即使是罪犯也有权利获得法律服务，我们的司法制度就是这么规定的。我还宽慰自己，我只是在为他们合法的那一方面的事情提供帮助。这样子为他们干了十多年，洁身自好和自甘堕落之间的界限就越来越模糊了。有时候明知道界限在哪里，可是我故意视而不见。到最后我陷得太深，也就无所谓界限不界限的了。"

水壶的哨声响了，他转过身去。

"你为他们做的是什么样的事情？"盖尔问道。

他关掉火，水壶依旧留在炉灶上，倒掉预热用的热水后用餐巾擦拭茶壶和茶杯，又从一只小罐里舀出两勺茶叶放入了已经擦干的茶壶里。

盖尔从未见过如此郑重的泡茶场面，觉得自己都有点着迷了。

纳瓦罗把水壶里的开水倒进茶壶，盖好了盖子。"需要三分钟，"他说，"不能多也不能少。在美国，我们泡茶的时间太长了。刚才说到哪儿了？"

"你正打算对我说你为萨米·贝尔和他的公司提供了什么样的服务。"

"啊，干到后来，我就成了公司现金往来的管理者，成了一个被他们所信赖的中间人。"

"他们动用现金干什么？"

"我从来不问。"

"但是你知道。"

"开始我只是有点怀疑，但是，没错，后来我就知道了，这是或早或晚总归要知道的事情。有人为公司提供了某种服务，就由我出面向他们支付报酬。由于在这些资金的流转环节中留下的是我的指纹——肯定有真实的指纹，但它更是一种形象性的修辞——而我作为律师具有为委托人保密的特权，所以资金的去向也就很难追查了。"

"那些钱到底都用来干什么了？"

纳瓦罗迟疑了一下说："用在了你能想到的任何事情上。"接着他便忙着在抽屉里寻找什么。

盖尔重重地叹了口气。"把话说明白并不是一件多么难的事情。"

听到这话，他猛然抬起了头。"很难，博纳维莉女士，这非常难。我到现在还没闭上嘴撵你走人，你知道这有多不容易吗？"

盖尔把目光移向别处，感到有点莫名的尴尬。

他还没有说完。"你曾经做过让你自己感到羞耻的事情吗？"

盖尔觉得她的耳朵红了。当然啊，肯定是做过，她暗想。不过她永远也不会与别人分享那些细节。

"如果你也做过让自己觉得羞愧的事，那你就会明白，一个人要抛弃自己的尊严是多么的容易。"他关上一只抽屉，又打开了另一只。"我逃亡到这里，为自己营造了这么个舒适的小窝，可是我至今望着镜子里的自己还是觉得有些恶心。"他砰地关上了抽屉，又开始拉第三只，"所以，如果你由于我暴露自己灵魂的速度不够快而感到沮丧，恐怕我只能请你原谅了。"

这一次他几乎要把抽屉给摔坏了。"见鬼，滤网跑哪儿去了？"

盖尔起身帮忙，一眼就看到了。"是这个吗？台上的？"她指着水池旁的一处一目了然的地方。

他顺着盖尔的手指看过去，肩膀放松了下来。"是它，谢谢你。"他一边把滤网放进水池里冲洗，一边说道，"我准备向你证明茶叶的神奇，可是如果不对它进行过滤，我就无法让你真正品出个中滋味，是不是？"

盖尔回到座位上，静静地看着他完成自己的茶道表演。纳瓦罗轻轻地拿起每一只茶杯，把它们稳稳地放在杯托上，旁边还放上了小勺。"糖在桌子上，"他说，"还要不要加点柠檬或是奶油？"

我甚至连这该死的茶都不想要。当然，她没说出来。"不了，谢谢。"她打开糖碗，有点惊讶地发现里边是中规中矩的方糖。她取出两块搅进了茶里，纳瓦罗则取了三块。她呷了一口，感觉太奇妙了，那种滋味就好像她从来没喝过茶似的。"太好喝了。"她的声音流露出真诚的惊叹。

"就当作是一次茶道课吧，"他说，"生命太短暂了，如果拒绝领略最好的东西，是会让你的人生充满遗憾的。"他啜了一口慢慢地品味着，又补充道，"袋泡茶是一种罪过。"

盖尔笑了。她觉得自己仿佛是穿越到了一个茶会之类的地方。眼前这个人品尝自己冲泡的这杯茶的样子，很像乔纳森在品尝上好的苏格兰威士忌。她允许这样的时刻多持续了一会儿，随后又回到了正题。

"有个孩子正在等待着人们的营救，有人企图要伤害他。"她说，"我们不得不回到手头的问题上来了。"

纳瓦罗轻轻欠了欠身。"你请。"他说。

"对我说说玛丽莲·舒勒吧，"盖尔说，"她在这些事情当中是个什么样的角色？"

纳瓦罗在椅子上挺直了身子，目光投向了盖尔肩后的某个地方。盖尔随着他的目光看过去，却什么都没有。

"玛丽莲是个可爱的女人，按任何一种标准来说她都很可爱。"他转头看看盖尔，挑了一下眉毛说，"为了她自己的利益，也许她有时可爱得过分了。"

盖尔等着他继续说下去。

"你要知道，她和我手下的一个年轻人有染。"

她佯作不知。

"是个叫艾伦·黑斯廷斯的家伙。我从来都不喜欢他，也从来没信任过他，真的，但是这个人是我的最大客户推荐我雇用的。"

盖尔的耳朵竖起来了。"是萨米·贝尔吗？"

"就是他。你知道，拒绝自己的最大客户是不可能的。"

"特别是这位。"盖尔说。

"的确，"他又啜了一口茶，"要是贝尔先生知道他这位朋友的真实面目就好了。"

"什么真实面目？"

纳瓦罗关注地问道："爱丽丝没告诉你？"

"爱丽丝和我说得很少，几乎没告诉我什么。你也许会为此而惊讶，或者是为此而高兴。"盖尔告诉自己，她需要重新审视自己对于茶的全部态度了。

266

纳瓦罗推开椅子让它离桌子远一点，然后架起了腿。"我没有任何真正的证据，这你明白。通常的看法是，玛丽莲的丈夫因为妻子和艾伦的恋情而杀了她，但是我总觉得，可怜的舒勒先生是被那个年轻人算计了，那个年轻人才是杀死玛丽莲的真正凶手。"

　　"他为什么要那么干？"

　　纳瓦罗的脸抽搐了一下，分不清是微笑还是蹙额。"我希望你有足够的时间，因为这件事说来话长。"他说。

　　随着纳瓦罗的叙述，盖尔明显感觉出，在这么多年的流亡生活中他始终没有停止思考这些事情。

　　"那些往来穿梭的金钱只是在我这里转手，"他解释道，"我对这些钱的用途从来都不是完全清楚的，不过时间长了，有时不用问也能猜出个眉目来。金额总是很大，动辄几万美元。当然了，这些钱十有八九都是流向贝尔先生自己从事的那些活动中去，很少用来做别的事情。"

　　盖尔察觉到了他的潜台词。"除了在偶尔的情况下？"

　　他用一根手指点向她的鼻子。"没错，除了在偶尔的情况下。比如，在我被迫逃亡的前三天的事情就是如此。当时我正在经手一笔二十五万美元的支出。"

　　"数目不小啊。"

　　纳瓦罗笑了。"我记得很准确。我们分两个阶段来支付这笔款项，中间大约要隔一个星期。第一周先付一半，第二周再付另一半。"他眯起眼睛问道，"那么，私家侦探女士，你能猜出为什么要这么做吗？"

　　"订货时付一半，交完货再付另一半。"

　　纳瓦罗歉意地做鞠躬状。"我漏掉了一个细节，与订货交货什么的没有关系。单纯只是付款，付了一笔后，接着再付一笔。"

盖尔转过弯来了。"是雇凶暗杀？"

他的手指又朝空中一点。"这就是我得出的结论，这也是唯一说得通的结论。出那么一大笔钱，刺杀的对象一定是个很重要的人物，大功告成后犒劳一下也是理所当然的事。另外，还有这笔钱的秘密交接点，我刚才也忘了告诉你。按照约定，我不能直接给这个人付款，而是把钱放到新泽西收费高速公路上一个服务区的特定地方。一大笔钱，一个不露面的收款人。"

盖尔发现自己在点头。"肯定是一次雇凶暗杀行动了。"

"正确。暗杀，冷血杀手，肯定是这样的。老实跟你说，我做他们的签约律师可不是为了干这种事，我吓得不行。我如果卷进去，就可能被吊销律师资格，还要坐一年或者三年的牢，这可不是闹着玩的。"

"你没对他们说 No？"

他看了她一眼，那种表情好像在说别犯傻了。"那艘'可以说不'的小船很久以前就不知漂往何处了，"他说，"我在这场游戏里陷得已经太深，所以我只能硬着头皮干下去。我去付了头一半的款，把钱放到了指定的地方。可是在回来的路上，离开那个秘密交接点只有三英里的时候，我因为超速行车被警察追上了。限速六十五英里，我开到了七十八。有些细节你总是能记得非常清楚，有意思吧？"

盖尔接过他的话茬说道："这样你就有了一个前科记录。"

"确实如此。我知道，那只是例行的交通处罚，没人会想到别处去。但是如果有人遭到了暗杀，警方就要回头审查这些记录了。"

警方确实是会这么做的，盖尔想。发生谋杀案后，调查的首要任务之一就是调取和审查该地区的违法违规记录。"你有过犯罪的案底吗？"

"没有，但是我有很高的知名度。如果你是一个为黑帮卖力的律师，人们就会关注你的。事实上你会惊讶地发现，那些关注你的人当中很多竟然是出于嫉妒。到了下一个星期，我就有些不知所措了。我搜遍了报纸和互联网，寻找有关谋杀案的消息，可是什么也没找到。后来我就接到了再去支付后一半款项的指令。"

"没有人遭到暗杀吗？"

"据我了解是没有，不过我还是害怕了。我可不想让自己的手沾上更多的血，所以我就让玛丽莲·舒勒去付款。我如果不告诉她装在包里的东西是什么，她是不会答应的。我告诉了她，结果她也很害怕。当然，她不知道这钱是干什么用的，但是那毕竟是一大笔的现金。她坚持说，我必须让她的男朋友一道去保护她，只有这样她才肯去。"

"就是那个艾伦·黑斯廷斯？"

"对，"纳瓦罗俯过身来说，"只是这笔钱压根儿就没送到指定的交接点。玛丽莲和艾伦消失了。开始我还不知道，直到一天后亚瑟·吉恩打电话告诉我，有个轻易惹不起的坏家伙由于没拿到属于他的钱而变得气急败坏了，我这才知道这笔钱没送到地方。"纳瓦罗闭上眼睛仰起了脑袋，这段回忆使他陷入了痛苦。

"你没对亚瑟·吉恩说明是玛丽莲去送的钱吗？"盖尔问。

他摇了摇头。"回过头来想，很难相信我当时为什么那么蠢，竟然没对他说出真相。但是，如果告诉他，就意味着我承认我竟敢把这么重要的事情交给助手去做，那就只有上帝知道会发生什么了。"他重新坐直了身子，展开双臂说，"而且，我也不认为玛丽莲会愚蠢到敢去碰斯莱特家族的钱。后来发现她死了，那些钱和艾伦都失踪了，只是没有人知道艾伦也参与了送钱的事。就这样——"他打了个响指，"我们黑帮的人和那个'轻易惹不起的坏家伙'都在找我，可是我没有东西可以给他们，所以我就消失了。"

盖尔皱起了眉头。"你是个有钱人。你为什么不自己掏腰包把差的钱补上呢？"

"因为我确信那个惹不起的家伙是个职业杀手，到现在我仍然相信我们当时是与一个职业杀手打交道。我想象各种解决问题的途径和可能出现的后果，发现每一种场景都是以我的死作为结尾的。特别是，我在第一次接到亚瑟的电话时没把事情的真相和盘托出，这大概也是不可饶恕的。"

"所以你惊慌失措了。"盖尔总结道。

纳瓦罗耸了耸肩。"我倒是倾向于认为，我只能做出这样的反应。在当时，逃亡是我唯一可行的途径。"

盖尔花了点时间做记录，又往前翻了翻记事簿。

"还有一些情况。"纳瓦罗打断了她的思路。

盖尔把注意力重新转向了他。

"我用了很多时间来思考这一切。"他说，"感谢上帝让我们有了互联网。那次付钱的数额像是溃疡一样折磨着我。这比黑帮之间雇人打架和行刺的价格要高很多。这是一笔特别的经费，是用来购买专业杀手的服务的。不论哪一行，专业知识和技能都很贵，对吧？"

盖尔点点头。"就是说，老斯莱特家族为干掉某人而找了一个行家里手。"

纳瓦罗夸张地露出惊恐的表情说："老斯莱特家族？哦，天啊，这种谋杀不是老斯莱特家族能决定的，他们只是中间人。有人想要某个人死，他就找当地的犯罪集团，让这些黑帮来牵线搭桥，找人做成这笔交易。贝尔先生干的就是这种牵线搭桥的事。钱从我这里支出去，就等于是洗了一次。我估计这笔钱在到我账上之前就已经洗过一次。合同另一端的人收到钱以后大概还要洗上两次。这样一

270

来，这些钱的用途几乎是完全无法追查清楚的。"

盖尔显得有点困惑。"为什么老斯莱特家族不找出你的下落就不罢休呢？"

"嗯，他们不得不挽回损失，不是吗？不仅仅是金钱的问题，这事关他们的信誉。这种交易必须做得非常漂亮才行，不然就交代不过去，那个惹不得的坏家伙该就和他们结下梁子了，谁都不愿意看到这样的结果。为了撇清自己，他们需要让那次交易的每一方都确信，事情全都坏在了我的身上，我必须为此而付出代价。"

盖尔还没能把这些图板拼成一个完整的画面。

"这件事和政府有关系，"纳瓦罗的口气好像说这是世界上再明显不过的事情了，见她还没明白过来，他有点沮丧地吼道，"政府就是那个出钱下单的客户。"

有点见亮了。

"喔，不一定就是政府本身，"纳瓦罗纠正着自己的说法，做了个少安毋躁的手势，"更像是在政府机构里有很大权势的某个人。"

盖尔发现自己的身体不由自主地向前倾了过去。

"记不记得我说过，当他们要我付后一半款项时，我并没有发现什么谋杀案？嗯，我意识到我原先查找的范围还不够广。我一直以为暗杀事件发生的地点应该离我放钱的地方不会太远。后来我才意识到，收这种钱的家伙有本事跑到任何地方去履行自己的合同。于是，我发现这一切变得越来越可怕了。"

盖尔等着他说下去。他这种戏剧化的表述方式是容易让人不耐烦的，不过这个人已经多年没和人打过交道了，所以她依然保持着自己的耐心。

"你很关心华盛顿的政治吗，博纳维莉女士？"

"正相反，我尽量躲它远远的。"

271

"那样的话，也许你就不记得那一年南达科他州竞选参议员的过程了，就是林肯·海因斯与……"

"他不是自杀了吗？"

"喔，看来你还记得。是的，通常的说法是他自杀了，但是也有人说他绝不会做出这种事。比如，他的家人就这么认为。"

盖尔的眼珠翻了一下。"噢，阴谋论又该大行其道了。有人总以为所有事情的背后都有黑幕和阴谋，你不得不承认他们这种想法还是挺可爱的。"

"亨利·基辛格对理查德·尼克松怎么说来着？说你有疑神疑鬼的偏执狂症状，并不等于说你背后没有人在对你搞阴谋。你应该看看当时对那起事件的分析资料，除了许多人说他缺乏自杀的动机以外，死者的体位还有在他衣服上发现的纤维等等，也都存在着疑点。"

"有不少案子都存在某些说不清楚的地方。"盖尔说。世上有许多读了几本推理小说就以福尔摩斯自诩的家伙，每一个真正的调查办案人员都把这些伪侦探视为最大的灾星。"相信我，如果这些纤维或别的什么与犯罪有关，他们肯定会立案侦查的。"

"如果检察官和死者的对手属于同一个政党呢，那该怎么办？还有，如果负责调查的警长也是这种情况呢？"

盖尔觉得这实在太荒谬了。她笑着说："你的意思是，那个对手杀死自己的竞争者，然后对大家说，既然都是一个政党的，请各位帮助掩盖一下罪行好吗？请原谅，纳瓦罗先生，这肯定是行不通的。"

纳瓦罗依旧泰然自若。"我不是说这起自杀事件背后必定隐藏着什么阴谋，事实上，对于是否存在这种可能性我也是持怀疑态度的。但是，直觉会引发假设，而假设会推动调查，不是吗？"

"当然，不过——"

"听我说完。人们总觉得，官方说死于自己击发的枪弹的那位参议院候选人实际是被人谋杀的。那么，最合乎逻辑的嫌疑人就是，不这样做损失就会最大的那个人。而这位候选人的撒手西去，客观上就使竞争参议员的政治天平朝着有利于另一个政党候选人的方向倾斜了。于是，另一位声名显赫、衣冠楚楚和潇洒帅气的候选人也就成了人们心目中的最大嫌疑人。但是，这个人站出来说这种怀疑是非常荒谬的，他还说他本来就可以轻松地赢得选举，虽然民调表明当时的选情似乎并非像他说的那样。另外，这个人有当时不在现场的确凿证据。在这种情况下，你作为私人调查员的直觉会告诉你一些什么呢？”

盖尔深深地吸了一口气，又如同叹气般地吐出气去。每一次办案中，都有必要对一些过于离谱的推论打打折扣甚至是忽略不计，不然就没有哪一件案子能够结案了。也有些时候，恰恰是那些曾被摈弃的意见最终被证明是揭示了案件的本质，然而这种彻底翻过来的案子还是不多见的。目前，仍然有不在少数的无辜者被关在美国的监狱里接受着不应有的惩罚，弗兰克·舒勒看来就是其中的一个了。

纳瓦罗露出微笑，指着她说：“我看得出，你现在笑不出来了。想想有多可怕吧：一个参议员候选人利用老斯莱特犯罪团伙作为中介，雇凶杀死了他的竞争对手。本来一切都进展得很顺利，只是那个送钱的人——”他举起手表示就是他本人，“搞砸了，并且留下了一些本不该存在的隐患。”

“那个除掉了对手的候选人一定是当上了参议员。我们说的是哪一位呢？”盖尔问道，“我不记得当时的那个候选人是谁了。”

“哦，他不再是参议员了，”纳瓦罗说，“新总统当选后，这家伙被提名为国防部长了。”

“雅克·莱杰？”盖尔问道。

“就是他。瞧，你还是关注华盛顿的政治嘛。”

盖尔一时语塞了。她不愿相信纳瓦罗说的这些，不过他的这些听着离谱的见解也确实能说明一些问题。"请帮助我理顺一下思路，"她说，"亚瑟·吉恩处在当时的位置上，能了解到这些事情的内幕吗？"

　　"绝对了解，包括所有的细枝末节。如果他还想活着见到第二天，他就什么也不会说，但是他肯定知道内幕。"

　　盖尔没有说出他已成为了当局的保护证人这个事实。"那么，为了让他闭嘴，就不妨再加一道额外的保险，绑架他的孩子就会起到这样的作用了。"

　　"没错。要不就绑架孩子，要不就干脆杀了他本人。"

　　盖尔点了点头。"弗兰克·舒勒也会被当作是个隐患，仅仅是为了以防万一，因为他的妻子玛丽莲或许对他说过了一点什么，他们甚至会认为可能是他从妻子手里夺下了那笔钱。至少目前他还是个隐患，毕竟他还要在弗吉尼亚州监狱里再活上一个星期左右。"

　　"于是也就殃及了他的孩子。孩子知道这种事的可能性非常小，但是万一呢，对吧？"忧虑的阴影罩住了纳瓦罗的脸庞，"知道吗，弗兰克的那个孩子可能已经死了。如果我们猜得没错，他们是不会让他活下去的。"

　　确实不会，盖尔想，他们所以把孩子抛到荒野上等待死神的降临，原因就在这里。

　　"那么，你认为我的想法对吗？"纳瓦罗追问道。

　　真是该死，她会认为一位现任的国防部长曾派人谋杀了与他一道竞选参议员的对手吗？她会认为这位部长为了掩盖罪行又指使绑架和谋杀了更多的人吗？她会认为野心能让一个公务人员的心灵变得如此黑暗吗？这样的想法让她觉得一阵阵的恶心。

　　"是的，"她答道，"我想这才是事情的真相。"

纳瓦罗用双手猛然拍一下桌子，表达了一种胜利的喜悦。"太棒了！"他喊道，"那你打算怎么办？"

有意思的问题，然而只有一个正确的答案。"我们要把颠倒的黑白重新颠倒过来。"

他脸上的喜悦之情不见了。

"我们？"

盖尔耸了耸肩。"对。事实上，主要是你。"

纳瓦罗笑了。"胡扯，我还想活下去呢。"

"国防部长是个杀人犯。你不能装作对此一无所知。"

"你说什么呢？我不是一直在装作一无所知吗？他昨天是杀人犯，今天还是杀人犯，其余的就不是我的问题了。"

"我可以对你安排专门的保护。"盖尔说。

纳瓦罗笑得更厉害了。"哦，你能保护我，你能吗？你一定是说你那个私人调查事务所能保护我喽？"

盖尔不想闪烁其词。"的确是我所在的那个私人调查事务所。它和你想象的不一样。我们有自己的关系。"

"噢，恭喜你们。我没有任何关系，我所拥有的只是我自己。这些年来，我都是自己关照自己。我越是关照自己，就越不在乎别人了。我把你想要的都给你了，剩下的你就自己看着办好了。"他站了起来，"会见结束，一路平安。"

盖尔坐在那里没动。"你就那么渴望着再玩一次消失吗？"

他皱起眉头。"你什么意思？"通过他的脸色，盖尔想他可能是明白了。

"纳瓦罗先生，有些秘密我是无法隐藏的，不然代价就太高了。"

"你是说你已经向别人公开了我的下落？"

"我也不想这么做，"她尽力保持着一种非常恳切的语气，"但是我有什么选择呢？"

"你应该选择尊重我的坦率和慷慨，并理解我目前处在一个非常困难的境地。"

盖尔扬起了头。他需要想到的不应该只是这些。

"我可以杀了你，"他说，"没人能找到你的尸体。"

她笑了。"没有冒犯的意思，不过在你的手指碰到扳机之前，我能让你死过去三次。"

"那我就杀了我自己。"

盖尔摇了摇头。"你已经等于杀了自己好多年了。现在你该做点正事了。"

纳瓦罗笑了。"当然了，"他说，"在我人生的这个阶段，我要开始洗心……"他的注意力变得有点分散，抬起头问道，"听到什么动静了吗？"

盖尔也抬起了脑袋。起初，答案是否定的，她没听到任何动静。然而很快她就听到了，远处传来一种非常微弱的震动声。如果是在一座城市里，它可能是听不到的，但是在这里声音不仅很清楚，而且越来越大了。"直升机？"她猜道。

纳瓦罗碰倒了椅子，从茶几上飞速抓起了猎枪，速度之快让盖尔猝不及防。她大喊道："别！"

"你干了什么？"纳瓦罗吼道，"你都告诉谁了？"

但是他目前对答案不感兴趣。纳瓦罗快速跨出厨房，穿过起居室，走到了敞开的窗户前面。

"是什么？"盖尔问道。她一直紧跟在他的身后。

"是该死的直升机！"纳瓦罗喊道。

"也许……"

"没什么也许！"纳瓦罗厉声喝道，"你究竟干了什么？"

276

31

乔纳森不知道菲利佩是如何弄到这么一辆新型的路虎揽胜的。随着路况越来越差，他对这辆车宽宽的轮距和四轮驱动的性能产生了由衷的谢意。根据菲利佩在讨价还价时表现出的慷慨，乔纳森判断这辆车要么是他自己偷的，要么是他从偷车人那里买的。不过，车的皮革内饰与车上装载的货物不是很配套，尽管他们尽最大努力做了结实的捆绑，但是在只有第三世界的人们才有胆量称之为道路的地面上颠簸行进的时候，武器装备之间相互碰撞的声响还是不绝于耳。

他们已经接近了汇合地点——不是一个城镇，甚至也不是一个村庄，只是一个经度和纬度在某度某分某秒相交的一个方位——乔纳森告诉哈维把越野车停下来。

"太棒了，"哈维说，"你什么时候想掉头的话，只要一句话，我们立马就离开这里。"

乔纳森没理他。在车上的三个小时里，哈维一直在说牢骚话，乔纳森早就听腻了。上帝知道，他是在给这家伙提供一个开辟新生活的机会，而哈维做出的回应却只是无休止的抱怨。

乔纳森从中控台拿起无线话机，按下了送话键。"大块头，我是猛蝎。听得到吧？"

乔纳森以为无线话机另一端的人由于忙着摸索按键，应答时会有一点拖延，所以听到鲍克瑟当即做出回复的声音，他感到有点惊讶。"挺准时啊。"鲍克瑟说。

"我们还有不到一公里，"乔纳森说，"我不想惊扰任何人。"

"我希望那是你们的车，"鲍克瑟说，"它弄出的动静太大了。过来吧。"

"上路了。"乔纳森又对哈维说，"你都听到了，出发。"

哈维踩下了油门，路虎又开始行进了。没过一分钟，乔纳森的手指向了右前方，他发现了第一个哨兵。"看到前面林子里的那个家伙了吗？"

哈维点点头。"看到了。你想怎么做？"

乔纳森挪动了膝上那支 M4 卡宾枪的位置，以便在需要的时候用左手开火。"继续往前开。如果他想开枪，我就干掉他。"

"我记得这帮人是我们的友军啊。"

"一小时后，他们也许会成为我们的友军。而现在，他们只是带枪的陌生人。"

"左边还有一个。"哈维说道。他指的时候手放得很低，这样就不会有人把他的手势误认为是攻击性的。

乔纳森很欣赏他的这种机敏。"我看到了。"

"你同时可以朝几个方向射击？"

"紧急的时候吗？"乔纳森仿佛开玩笑似的说，"你会感到惊讶的。继续开。不要加速，也别慢下来。没人用枪对着我们，所以我估计他们是得到命令了。"

"你可不知道这话对我有多大的安慰。"

乔纳森意识到关着窗户是个错误。隔着玻璃开枪，命中率是要大大降低的。射击缺乏精度就需要用数量来弥补，他已经为此做好了准备。为了把握起见，他还是用左手食指摸了摸，确认了 M4 确实处在三连发模式。只要他还活着，只要他的手指还能扣动扳机，那么在这个星球上就没有任何一个目标是他用六发子弹还打不中的。

十秒钟后，他们驶过哨兵，来到了将要成为他们的宿营点的一片空地上。乔纳森数了数，包括从路虎后视镜中看到的，一共有七名士兵。他们都穿着丛林迷彩服，手里端着突击步枪。在空地中央靠左一点的地方站着鲍克瑟，他高出了旁人一大头。在他身边站着的，是看着一点没变的乔西·卡尔德隆。

"这个家伙要不是站在别人身边，你还真不知道他的块头有多大，你说呢？"哈维说的是鲍克瑟，"他看起来像弗兰肯斯坦①。"

乔纳森顺手指一下车头前面。"就在这儿停下。"他说，"还有，史密斯先生？"在实施行动计划时乔纳森不喜欢使用真实姓名，即使外人听不到也是一样。

"嗯？"

"我现在就要给你实实在在地上一节有关人生的课程，这一课事关能否让你的生命延长得更久一点。大块头不喜欢别人对他使用弗兰肯斯坦这样的称呼。他也不喜欢被人称为勒兹②，不喜欢人家把他比喻成传说中的伐木巨人。坦率地说，他也不大喜欢大块头这个叫法，但是他忍了，因为这是他的行动代号。总之，他不是一个谁都可以随便拿他开玩笑的人。"

"他有点反社会的情绪吧，是不是？"

乔纳森的脸色沉了下来。"你作为一个不止一次被人家救过的

---

① 弗兰肯斯坦(Franken stein)：英国作家玛丽·雪莱于1818年创作了长篇小说《弗兰肯斯坦——现代普罗米修斯的故事》。小说的主人公弗兰肯斯坦是个研究生命起源的医学专家。他用不同尸体的各部分拼凑成了8英尺高的巨大人体，并使其获得了生命，从此他与这个怪物之间产生了一系列的冲突和斗争。这部小说影响巨大，并为英语贡献了一个新的单词：Frank stein。它的含义一是指弗兰肯斯坦这种被自己的创造物所毁灭者，二是指身材高大、面目可怕的怪物。

② 勒兹（Lurch）：美国电视剧《亚当斯一家》中身材高大的管家。俚语中用Lurch来形容令人印象深刻的高大男人。

家伙，开始让我不高兴了。"

哈维张嘴想说点什么，但是乔纳森不感兴趣。他拉开车门，融进了丛林又热又闷的桑拿天当中。他刚关上车门，人称"麻烦制造者"的乔西已经张开双臂走过来了，还是要来一个拉美人的拥抱。

"琼斯先生，多年不见了。"

乔纳森用手臂挡住了他。当乔西放下张开的胳膊时，拒绝拥抱的那只手伸过去与对方握了一下。"还好吗，乔西？"

乔西开始一愣，后来就咧嘴大笑了。"我忘了，你不喜欢那种触碰。"他说。

"我倒是不在意拥抱，"乔纳森说，"我只是不喜欢还要提防我的钱包。"

乔西把一只手放在胸前，装出很受伤的样子。"这就是你和老朋友打招呼的方式吗？"

"事实上，现在的确不是在和老朋友打招呼。都有多少人知道我来这里了？"

伤害似乎更深了。"我对谁也没说，琼斯先生。"

鲍克瑟觉察出遇到了一点麻烦。他非常乐于有个机会来解决它，于是朝这边靠了过来。在他的身后，哈维也走出了路虎。乔西的士兵也很警觉，有几个人从肩上取下了步枪。

"别装傻了，乔西。"乔纳森说，"你不想想我从哪儿弄到这辆路虎的？"

乔西的笑容暗淡了，很快又恢复了灿烂。"噢，是啊。菲利佩是知道这件事的，当然了。"

"当然了。"乔纳森嘲弄地重复道。他扫视着尽管缓慢却继续向前逼近的那些士兵，本能地在脑子里计算着开火的次序。不过，他们还有时间。"叫你的人站在那里别动，"他命令。

乔西用西班牙语说了一遍。那些人有些犹豫，他更严厉地重复了一遍。他的队伍松弛下来了，但是杀气没有完全消除。

鲍克瑟说："你这下看到了吧，头儿？"

乔纳森向后退了退，与乔西拉开了一点距离。这样他可以在继续交谈的同时，更好地观察周围的人群。"史密斯先生？"他头也不回地喊道。

哈维答道："是，先生。"

"准备好家伙。"

乔西的神情变得紧张了。"你要干什么，朋友？"

乔纳森迅速瞥了一眼，满意地看到哈维从路虎车座上拿起了武器。

乔西说："你以为我会动粗吗？我是你的朋友。"

"告诉我，菲利佩怎么会知道那么多？"乔纳森说。

乔西来回倒着脚，脸上硬挤出了一个微笑。"菲利佩什么都知道，不是吗？"

鲍克瑟挺直了身子，乔西相应地显得更矮了。

"还有谁知道？"乔纳森追问道。

矮个子男人的双手攥在一起，像是在发誓。"我以我母亲的名义保证，我没告诉任何人。"

鲍克瑟怒冲冲地吼道："记住点，猛蝎，毒蛇不是在它母亲肚子里生下来的，它们是从蛋里孵化的。"

乔西转向鲍克瑟，伸长脖子盯住他的眼睛。"我不喜欢你，"他说，"这一整天我都对你不错，可是你却在对我恩将仇报。"他又转回来面对乔纳森说，"接着你就来了，像对待叛徒一样对待我。我从来没有背叛过你，琼斯先生，一次都没有，即使在和巴勃罗的战斗中也没有。如果我背叛了你，我早就成为一个有钱人了，可是我

281

从来没那么做。"

"如果你背叛了我们，你早就是个死人了。"鲍克瑟说。

"那时候我们都认为自己死定了。"乔西反驳道，"如果向别人告发你，我本来可能会更安全，但我从来没有。"

乔纳森感觉紧绷的肩膀有点放松了。乔西说的是对的。在当年与毒枭的生死决战中，曾经有那么一段时间，执法者不可靠，内部人不可靠，真正可靠的只有站在法律对立面的一些人。那时乔西如果出卖了乔纳森，可能早就拿着人家的一大笔赏金退隐了。

"你一直是我的好朋友，"乔纳森说，"但是毕竟过了这么长的时间，而且如今局面也不同了。乔西，现在是你对我说实话的唯一机会。告诉我你对朋友是不是变心了，告诉我你具体和别人都说了些什么。你说实话，我就保证让你们全部离开这里，以后我也绝不会再找你的麻烦。"

乔西的神情有点变了，他的眼睛在瞬间闪过了一丝异样的光亮。是恐惧吗？一旁的鲍克瑟也捕捉到了这种变化。他握紧了手中的 M4，戴着手套的指头滑进了扳机护圈。

"噢，他妈的。"他说。

哈维感觉出乔纳森和他的老朋友之间的氛围有点紧张，但是他们之间的交流似乎还没到会突然翻脸的地步。乔纳森命令拿起武器，这让他有点吃惊，不过仍然没觉得情势有多么紧迫。他遵照命令抓起了 MP5 冲锋枪，但是以为这更多的是一种准备战斗的象征姿态，因此甚至没有拉开伸缩式的枪托。他站在那里观看，竖起耳朵听着，一只手拎着武器，好像那是一支尺寸过大的手枪。

当他左边的一个雇佣兵从肩上摘下 M16 步枪对准他时，哈维的姿势还没来得及做出变化。

鲍克瑟骂了句"噢，他妈的"，紧接着丛林里就响起了自动武器的开火声。

哈维急忙卧倒在地，然而当他滚到一个可以俯卧射击的地势并端起枪时，一切都结束了。没有一个士兵还站立着，其中大多数似乎已经死了。不过离哈维最近的一个还活着。他中了好几枪，来回在地上翻滚，其中一处伤口是致命的，血流不止。

哈维迅速转头看向刚才乔纳森和鲍克瑟站立的地方。两人都单膝跪在地上，冒着烟的枪口依然对着他们的目标。在不到五秒钟的时间里，他们放倒了七个人，哈维从没见过这种阵仗。

"史密斯先生，你没事吧？"

哈维吃惊地张着大嘴，耳朵里好像塞着大团的棉花。"喔，"他说，"真想不到。"

乔纳森仍然用枪对着躺倒的敌人。鲍克瑟站起身，端枪保持着随时准备射击的姿势，靠近了那些尸体。"如果你没什么事做，帮帮我怎么样？"大块头对哈维喊道。

"我……我？"哈维有点结巴。

"对……对，你……你。"鲍克瑟笑着模仿说，"缴下他们的枪。"

哈维爬起身来。"但是他们都死了呀，上帝啊。"他一站稳就看清了这些人是怎么死的——个个头部都中了枪。

"缴枪会让他们死得更舒服点。"

"不行，大块头，他需要留在我这里。"乔纳森说。他跪在乔西旁边，用沾满了血的双手按着乔西的肚子。"快找急救包，拿到这来。"

急救包在一个士兵尸体旁堆着的那些装备当中。

哈维一看到乔西苍白的脸色就知道不好。枪伤的位置在腹部左上方，再把出血量考虑进去，可以判定他的脾脏被子弹击中了。

"他需要一个外科医生。"哈维说。

乔纳森会意地看了一眼哈维。乔西活不长了。"你尽力吧。"

新的恐慌袭上了哈维的心头。他已经多年没见过枪伤了，而上一次救治伤员时，只要用无线电呼叫就有救护直升机飞过来。他没有魔法。这个人快要死了，哈维明知他要死还得照料他。

"这都是怎么了？"哈维问道，"到底发生了什么？"

"你就管好这些伤口吧，大夫。"乔纳森说，"其他的我们会一起搞明白的。"

乔纳森帮助哈维脱掉了乔西的衬衫，伤口表明他是被手下人的武器射中的——是误伤，乔纳森想，不过这些雇佣兵你永远也说不准。这个背叛了乔纳森的家伙的胸部和腹部却看着和乔纳森一个样——不是指肌肉的饱满度，这方面也许乔西有差距，但是它上面同样布满了以往受伤留下的疤痕。这次的新创口从前面看是一个圆得非常完美的弹洞，直径和 2 号铅笔差不多，而背部的子弹出口却是炸裂伤，伤口大约有前面的三倍大。

当哈维忙着取出和撕开止血包时，乔纳森对伤者说："告诉我你都做了什么，乔西。"

"伤得很重吗？"乔西问道。

"是的，"乔纳森说，"很重。"不管怎么说，两人的渊源值得对他说出真相。

"致命吗？"

"也许吧。"

"天哪，"哈维厉声喝道，"你是在哪儿学的这种慰问伤员的礼仪？"

乔纳森没理哈维。"我要知道具体的，乔西。你不想担负着背叛的内疚而死去吧？"

哈维说："你要忍着点了，很疼的。"他戴着橡胶手套，准备把 HemCon 止血战伤敷料塞入伤口。外观上 HemCon 很像普通的纱布敷料，但是它上面浸有一种凝血剂，能够有效地阻止血液的流出，帮助伤者挺过送进医院前的时间。

"你等一下。"乔纳森说。

哈维摇摇头。"不行。"

将敷料塞进人体的弹道里不是一件容易的事。哈维先是从前面，然后从后面把敷料塞进了贯通的伤口，乔西嚎叫得就像遭到残暴虐待的一个小动物，乔纳森的胃里也禁不住跟着一阵翻腾。

塞住了伤口的乔西满身大汗，大口大口地喘着粗气。刚才他几乎把自己的下嘴唇都咬下来了。"上帝呀。"他呻吟道。

乔纳森抚摸着他的头发。"一切都结束了，会止血的。"

"这么说，也许我还能活下来了？"

哈维瞥了乔纳森一眼。

"也许吧，"乔纳森说，"但是，乔西，你必须告诉我你做了什么。你说出来后，我们可以给你打一针，让你少遭点罪。"

乔西盯住乔纳森，眼神里流露着恐惧和耻辱。"有个人来找我，"他说，"他知道过去我们两人合作过。他有你们的照片，你们三个人的他都有。"

乔纳森的心跳加快了。没有人知道他们来这里。"这个人是谁？"

"我不认识他。"

"你知道他叫什么名字，"乔纳森说，"我也知道。但是我要你说出来。请不要对我撒谎，特别是在这个时候。"

乔西的眼角里滑下了泪水。"我不知道他是怎么找到我的，"他说，"他在街上来到我身边，先是给我看我的家人的照片，然后对我说，如果我看到你们中的任何一个——他又给我看你们的照片——就打电话告诉他。"

"告诉他什么？"

"告诉他我看到你们了，我想是的。"

鲍克瑟重新加入了他们。他站得笔直，用身影挡住了直刺乔西眼睛的阳光。

"他用我的家人来威胁我。"乔西说。

乔纳森问道："他究竟想干什么？"

乔西放弃了最后的抵挡。乔纳森从他的脸上看到了悔恨，真心的悔恨。"他听说我正在武装一支人马，就猜出来这是为你准备的。"他尽力露出一副朋友间的微笑，"我不想再说谎了。他让我杀了你。"

乔纳森苦笑了一下。"用我雇的人马来杀死我？"

又一阵剧痛袭来，乔西闭上了双眼。"对你下手我心里是很难受的，"疼痛过后他又说，"但是他有我家人的照片。他会杀了他们。"

"你凭什么认为我们就不会这么干？"鲍克瑟问道。

乔纳森不喜欢他这么问，不喜欢他的语气，也不喜欢其中的含义，但是他没有表现出来。

乔西笑了。"你们来这里是为了救一个孩子，"他说，"救孩子的人是不会乱杀无辜的。"

他答对了，乔纳森想。事实上，在布拉格堡的部队总部墙上挂的一张银星奖状，专门表彰了鲍克瑟在战争中保护儿童的功绩。

乔纳森抬起头对鲍克瑟说："和鸡妈妈联系，让她扫描一下屏幕，看看有没有人跟着我们。"

鲍克瑟后退了几步，打开了话机的麦克风。乔纳森不再管他，回过身说："我需要知道所有的一切，乔西，每一个细节。从他的名字开始。"

乔西对着阳光眯起了眼睛。"我一看到他就知道他是谁。他们叫他斗牛士。这边山里的人都非常怕他。他想干什么就干什么，警察不管。他杀人如麻，琼斯先生。他姓庞德。我想名字是米切尔。不，不一样，只是听着像是米切尔，我记不准了。"

乔纳森不知道该说什么。行动还没正式开始，原来的作战方案就已经泡汤了。

"我这么做是为了救我的家人，"乔西重复道。又一阵剧痛袭来，他咬牙挺着。"我没想背叛你，琼斯先生，你必须明白。"

鲍克瑟的影子又回来了。"没人跟在我们后面。"他报告道。

"这还算是个好消息。"乔纳森又对乔西说，"你寻找过我们想救的那个孩子吗？"

乔西的眼睛一亮。"是的，我找到他了。"

乔纳森迅速看了一眼鲍克瑟。大块头朝一辆古老的雪佛兰开拓者走去，那是乔西的交通工具。他带回了一张塑料地图，上面到处是铅笔做的记号。乔纳森打开地图举了起来，这样乔西才看得到。"指给我看。"他说。

乔西花了点时间研究它，先是确认了他自己的方位。"我们在这儿，"他指着地图，在上面留下了一个血点。他又指向另一个点说，"孩子就在这里。你们不能开车去，也不能坐飞机，只能徒步走过去。"

"你怎么知道是这儿？"

"你们要找的孩子有一头金发，对吧？"

"对。"

乔茜又指着地图上的另外一个点说："人们都知道庞德在这里有一个永久性的营地。它是一个集散地。"

"集散地？干什么用的？"

287

"为他的工厂提供给养和物资。他们在那里把各种东西备齐，再把它们运到山里的工厂。"

"那儿有多少个工厂？"

何塞耸了一下肩。"我不知道。没人知道。有很多。不过有个在那儿工作的人挺容易被收买。他告诉我，两天前有个一头金发的男孩被带到这个集散地了。这个孩子处在睡眠状态，但不是那种正常的睡觉。"

"被麻醉了。"乔纳森说。

"对了，是这样。当孩子醒过来后，他们用一辆车把他带进了丛林。"

"带到其中一家工厂去了。"

"正确。就是这家工厂。"他又指了指刚才说过埃文在那里的地方。

"你怎么知道是这里？"

"因为他的金发。在印第安人的部落里，这种消息传得很快。这个村子——"这次他指着地图上一个没有标记的地方说，"被庞德的人糟蹋得尤其严重，强奸杀人，无恶不作。部落里根本没有了男人，甚至也没有八岁以上的男孩。他们要么被杀了，要么被抓到工厂去当奴工。所以，一个你要找的这个模样的男孩路过那里，是会引起注意的。他昨天在那个村子，附近只有一家工厂。它就是你们将找到那个金发男孩的地方。"乔西有气无力地笑了笑，显然为自己感到骄傲。

笑容随即消失了。"庞德如果发现我没杀掉你们，他就会杀了我妻子和孩子。"

乔纳森叹了口气。"我很抱歉。"

哈维提议道："对他说谎。给他打个电话，就说你已经杀了我

288

们，这样能争取点时间。"

"我也希望这样，"乔西闭上了眼睛，又说，"我本该是把你们的脑袋交给他的。"

十分钟后，他们做好了出发的准备。在乔纳森和鲍克瑟忙着往两辆车上装载东西的时候，哈维为乔西提供了最后的照料。他尽量小心地把乔西拖到了一处阴凉的地方，把他靠在已经失去了主人的两只背包上。

"你觉得舒服点吗？"哈维问道。

乔西显得很害怕。如同承诺的那样，哈维给他打了止痛针，但是那并不能驱走乔西对死亡的恐惧。"带我一起走吧，"他说，"别让我死在这里。"

哈维避开了他的眼神。"头儿说了，不行。"

"跟他求个情吧，你看着是个善良的年轻人。"

"嗯，对呀，我看着很好骗。"

"求你了。"

哈维的心里不大好受。"我不能。"他说着站起身来。

"那就杀了我，"乔西说，"再给我一针，噢，给我五针，让我彻底睡过去……"

乔纳森来到了哈维身边。"我们不是杀手，乔西，"他说，"他不会用针管毒死你的。你也不用求我，我也不会给你补上一枪，那不是我们该做的事。"他把手放在了哈维的肩膀说，"走，上车去。我们两个还坐路虎。"

乔西挣扎着要坐起来，但是身体已不听使唤了。"琼斯先生，我们都这么多年了。"

"一切都过去了。我很抱歉。我真希望你没做那些事。"

"但是我不得不考虑我的家人。"

"他们还是会被他杀掉的，我估计。"

"你可以帮助他们。"

乔纳森迟疑了一下。他无法做出这样的承诺。天哪，这个人快死了，他还渴望着抓住最后的一丝希望。在乔纳森身后，两辆雪佛兰开拓者中的一辆被鲍克瑟打着了火。

"再见了，乔西。"

乔西深吸了一口气，用尽全身力气喊道："我不想死在这儿！"

乔纳森转过身去，背朝这位曾经的伙伴，离开了。

32

在越来越响的直升机轰鸣声中，纳瓦罗从枪架上摘下一支AR–10步枪抛给了盖尔。"会开枪吗？"他问道。

盖尔抑制住了自己的不悦。纳瓦罗无从了解她的过去。"实际上我的枪法相当不错。"她说。

"希望如此。"他说，"你就用它吧。"

盖尔了解这种枪。它的威力很大，7.62毫米口径的子弹能够击穿任何东西。"这会不会有点滥用火力之嫌？"

"朝一架新闻采访直升机射击才是滥用火力，"纳瓦罗答得挺俏皮，"对付空中武装突袭可完全是另一回事。"他回到枪架旁抓了一支20世纪50年代制造的M–14步枪，那是盖尔这支枪的老前辈，可以称作是古董了，不过在许多人眼里它仍然是美军装备过的一种最好的枪械。

"我需要子弹。"盖尔说。

纳瓦罗已经找出弹药了。他递给盖尔两只装满子弹的弹匣。算上已经装在枪上的，她现在有六十发子弹。对了，她的格洛克手枪里还有十五发。加上纳瓦罗为自己准备的六十发子弹，他们正经可以打一场战争了。

"这一带没有空中航线，"纳瓦罗解释道，"我们这里一般也没有来访者。两者在同一天出现，这意味着有人要丧命了。我可不希望死去的人是我。"他向房子的后门走去。

"我们去哪儿？"

"出去。"

"哪儿？"

纳瓦罗没有回答。盖尔意识到她问了个愚蠢的问题，跟着出去就明白了。

纳瓦罗的动做出乎意料地敏捷。他径直奔到后门，快速打开了三道门锁。出了后门，旋翼的呼啸听得异常清楚，声音仿佛在重重地撞击着盖尔的心房。

"肯定是朝这里飞来的。"纳瓦罗似乎是自言自语，但是音量大得足以让盖尔听到。他似乎已经计划好了，明白自己要去哪里。为什么不是呢？他孤独一人躲藏了这么多年，有足够的时间为可能发生的任何事情做出准备。

他从房后直奔树林的边缘，那里距离后墙大约有二十多米。事实上，如果纳瓦罗是有意把这幢房子设计成了一个军事要塞的话，很明显他注重的是防御而不是出击。房外开阔的地形对抵御进攻是非常有利的，然而如果想在不被人发现的情况下向外突围，那么当初的设计问题就大了。询问任何一位监狱外部场地环境的规划师，他都会同意这个看法。

他们距离树林的边缘还有一半的路程，旋翼的声音越来越大。纳瓦罗拼命地奔跑，希望在被直升机发现之前跑进林子。盖尔右手紧握 AR-10 的枪柄，左手抓着备用弹匣，一步不落地紧跟在后面。

还有三米远的时候，她敢打赌直升机已经飞到了他们的头顶。似乎为了证明她最害怕的局面是真的，从上面传来了犹如是上帝发出的声音："我们是联邦特工。待在原地别动。"

有那么一瞬间——肯定不会超过一次心跳的工夫——盖尔想过应当服从命令，甚至连纳瓦罗也迟疑了半步。但是，事情不大对头。虽然她说不清楚为什么，但是任何一个联邦执法机构的行动方式似乎都不该是这样的。"继续跑！"她喊道，"跑，跑，跑！"

这也正是纳瓦罗想的。他重新开始提速。

在紧急时刻，没办法准确地计算时间，就在那么几秒钟内，盖尔觉得脖梗阵阵发凉。纯粹是出于本能，她先向右急转，随后又向左跑，防止被哪个枪手瞄个正着。

直到他们跑进树林，第一颗子弹才射了过来。偏了半米远，击中了他们俩之间的一棵松树。

纳瓦罗连忙卧倒，盖尔又跑出三步后才发现他在干什么。"纳瓦罗！"她大喊。他们还没跑到树林深处，缺乏足够的掩护。又有两发子弹呼啸而来，弹着点离他太近了。枪手正在进入状态，射得越来越准了。

"趴着别动！"盖尔喊道。她躲在一棵大树后面单膝跪下，端起突击步枪，一边尽力隐蔽自己，一边仰起头搜寻目标。旋翼的轰鸣仍没有减弱，却像是从正上方传来的。她不知道那些枪手想干什么，但是知道如果她目前看不见他们，那他们也就看不见她。"布鲁斯，现在爬起来，赶紧寻找掩护。"

纳瓦罗的反应很快。他的灵活敏捷再次让盖尔感到吃惊。他站起身来，说跑还不如说是跳，一步跨到了另外一棵树的后面。"他们在干什么？"

旋翼的噪声保持在了一个相对固定的水平，听起来直升机好像是悬停在他们的头顶上了。

果然就在头顶。

"妈的，快跑，布鲁斯！"盖尔喘了口粗气，大叫道，"我们必须转移。跟着我。"

她全速奔跑，同时注意始终留在树林的里面，与外边的开阔地保持平行。她要向着他们难以预见的方向去冲刺。

不过十秒钟，手榴弹穿过浓密的树冠砸了下来。爆炸声没有她预料得那么大——确实不比她在人质救援队时使用的闪光弹的响声更大——但是它的碎片杀伤力确实惊人，一些灌木丛和小树被炸翻了，大树的树皮和枝叶崩得四下飞散。她确信总共听到了三次爆炸，硝烟过后，他们刚才的藏身之地已经变成了一个毫无生命迹象的陨石坑。盖尔的右腿后部有两个部位像被大黄蜂蜇过似的产生了强烈的灼痛，她知道那是手榴弹的弹片造成的伤口，但是顾不上理睬它们。

她在一棵树下面停住了，这是她在附近能找到的最大的树，纳瓦罗也跟了过来。"是炸弹吧？"他近乎歇斯底里地喊道。刚才的镇静不见了，他目前的这副神情一点都不可爱。

"是手榴弹。"盖尔说，"我们进了树林，枪手就看不清我们了，我担心的就是他们往下扔东西。飞机悬停在我们头顶上的时候，我就更确定了。你没事吗？"

"他们竟敢向我扔手榴弹！"

"受伤了吗？"

纳瓦罗摇摇头。他的目光打量到盖尔的身后时，立刻变得焦急了。"你在流血。"他说。

"我受伤了，"盖尔说，"看来问题不大。"由于停止了奔跑，现在她感觉到了右腿下面正在淌血。

"真的没事吗？"

"他们竟敢向我扔手榴弹！"盖尔模仿他气急败坏的口吻，成功地逗笑了他，"我想我没事。"

盖尔决定，只要疼痛还可以忍受就坚决不去查看伤口。血不是在喷涌，而是渐渐地淌下来，说明不是太大的伤口。现在处理它们只是浪费时间，一点用也没有。骨头完好无损，而且她还活着。眼下这种情形，只能去做最重要的事情。

直升机重新移动了，在房子和树林之间的空地上方盘旋。这是一架老式的贝尔喷气式巡逻机，在 20 世纪 90 年代曾得到警方的广泛青睐。这架直升机没有任何标记，表明它是属于私人的。直升机开始转弯，把左舷移到与树林平行的方向，它的头部此刻正对着盖尔和纳瓦罗。

透过挡风玻璃，她能清楚地看到飞行员——看得如此清楚，以致她搞不懂为什么对方看不见他们。她明白了：这些家伙忙着在查看和评估战绩。

纳瓦罗举起了枪。"我们把它打下来。"

"不！"盖尔喝道。她考量着各种选择。目前是对他们最有利的时刻。这架飞机非常脆弱，如果他们现在开火击落它，就能一劳永逸地解除危险。只不过他们这么做的理由还不够充分。每个专业的执法人员都知道，他们不能任意使用致命的武力，动用武力必须是在别无选择的条件下所采用的最后一种手段。一个文明有序的现代社会就是这样运转的。不论是官方还是民间，人们都认为，总还会有另外的方式，总还会有比杀人更好的选择，虽然事实证明其他那些选择往往不具有可行性。

直升机敞开的舱门边上出现了一个手持步枪的男子。他把枪抵在肩膀上开火了。一连串的子弹射向还在不断冒烟的一小块废墟，那就是他们刚才藏身的地方。

妈的，还不放过他们。

盖尔举起了 AR-10。"你负责干掉飞行员，"她说，"我负责枪手。"没等纳瓦罗回答，她就把枪架在树干上开始瞄准。只要飞机进入四五十米的距离内，干掉它应该是不成问题。她打开保险，选择了单发模式并再次予以确认，根据旋翼制造的下降气流调整瞄准点，接下来便扣动了扳机——

纳瓦罗的枪在全自动模式下开火了。不到两秒，一只满满的弹匣打空了，二十发子弹填充到空气里，什么也没命中。什么也没有！天哪，这怎么可能？

盖尔的子弹有点偏向右上方，没击中那人，只是将滑动舱门的窗户击碎了。

飞行员立即做出了反应，加大油门拉起直升机。机头先是猛然朝下一沉，旋翼的叶片急速地拍打气流，以令人吃惊的速度和敏捷向上拉动飞机并朝远处腾挪。盖尔顶着强力袭来的气流，调转枪口去瞄驾驶舱，然而已经晚了。她向飞离的直升机开了三枪，却不见什么效果。她相信自己击中了直升机的某个部位，然而是否能给它造成伤害就纯粹看运气了。当直升机拉起并向侧方移动时，飞行员的身体也滑向了一侧。直升机的这种战术动作使得它尽管移动相对较慢，却也难以被地面火力所击中。盖尔考虑是否再次开火，最后还是放弃了。一枪毙命的机会已经完全没有了，即使冲出树林去打光所有的子弹，结果也是徒劳的。

在她的右侧，纳瓦罗已经换好弹匣，再次把枪抵在肩上了。

盖尔按下了他的枪口。"怎么搞的？"她喊道，"飞的那么近，目标那么大，可你竟然打不中？"

纳瓦罗的脸红了。他也大声喊道："我有点紧张，行了吧？我以前从来没试过击落这种东西。而你呢，狙击手小姐？你也没比我好到哪儿去。要我说，我们现在得快跑了。"

"跑哪儿去？"

"哪儿都行。你有你的车，我也有我的。我们上车跑吧。"

"他们还在天上的时候不行。"盖尔拒绝了这个提议，"我们的所有优势都在于我们的机动性。汽车依赖道路，道路是不可变更的。只有实在没办法了，我们才能那么做。"

"那该怎么办？"

"我们等着，看看他们要做什么，然后再采取行动。"

她领路走进树林深处，返回了他们最早藏身的地方。在人质救援队接受狙击手训练时她就知道，逃离危险的人往往倾向于沿着一个既定的方向移动，很少会折返原来的地点。

"为什么要回这儿来？"纳瓦罗问道。

"因为我们回来了。"她说。有时候最简单的回答才是最好的回答。

两个人在这片被手榴弹炸得面目全非的树林里停下来，大口地喘着粗气。地面被掀翻了一大块，黑色的土壤里露出了龙蟠虬结的树根。周围的树干上足有数百处露白的茬口，显示了这种手榴弹的巨大杀伤力。看到眼前的一片狼藉，盖尔感到自己的腿更疼了，灼热的刺痛感已经变成了一种持续强烈的跳疼。她下意识地摸了摸自己的牛仔裤，看到指尖的一片湿红后她后悔了。

"我们还没到地方呢。"她说着，用手轻轻推了推纳瓦罗的肩膀。

"我们要去哪里？"

"当我们看到那个地方的时候，我就知道了。"她说。其实她的意思是除了这里，去哪儿都行。

盖尔感到移动的距离差不多了，于是转向左侧，再次回到了树林边上。她费了很大力气才蹲了下来，重心放到左膝上，躲在一棵橡树后面向外张望。那架直升机似乎是一动不动，悬停在了远处的树林上空，距离他们很远。它是在等待某人的无线电指令吗？或者是等待援军？

他们还有后援的想法让盖尔的心跳更快了，但是她随即否定了这种可能。如果有更多的人马，当初他们一定是汇齐了才会发动进攻。不，不论他们决定做什么，他们或者是由自己接着做，或者会改个日子重新组织行动。

"好吧，我跟你走，"纳瓦罗说，"我去作证指控他们。"

盖尔几乎忘了他还在身边。"喔？怎么改主意了？"

他做个鬼脸苦笑道："因为我的身份已经暴露了，你说呢？"

盖尔没有说话。他的这个答案分量太轻了。他一定还有更多的想法，也许他会说出来，也许不会说。

"没有人应该拥有这种为所欲为的权利，"他说，"制造那么多的暴力事件，仅仅是为了掩盖当年的一起谋杀。"

盖尔喜欢他这个说法。她点点头表示同意。

"你认为他们是通过跟踪你而找到了我这个地方吗？"他问道。

"肯定是的，"盖尔说，"我不知道他们是怎么做到的，不过搞清这一点现在也没什么意义了。"

他指着前方说道："我想他们是要回来了。"

她一时没找到空中的目标，但很快就发现了。直升机的轮廓变得越来越大。它从远处飞来，绕一个大弯向这里靠近，却注意保持在他们的射程之外，看样子是要飞到房子的正前方。"他们在干什么？"盖尔很好奇。

"他们是在找我们。你瞧，在那里转来转去的，想知道我们是不是回到房子那边了。"

盖尔却不认同。"不，他们肯定知道我们仍然在树林里。如果我们回去了，穿过那片空地时他们会看到我们的。"

"从刚才那么远的距离？"

"像今天这么晴的天气，只要你注意搜寻，你就能看清楚非常微小的东西。"他们飞到房子前面去干什么呢？当枪手再次出现在舱门时，她明白了他们的意图了。

"噢，妈的，"她说，"他们想把我那辆吉普干掉，把我们困在

298

这里。"

"我还有一辆车。"纳瓦罗说。

"但愿他们不知道那辆车。"

盖尔心中有了一个计划。"布鲁斯,你听我说。"她的语速快得像是放连珠炮,"一会儿我一喊'射击',我希望你就像刚才一样,把步枪直接对准直升机,用全自动模式把子弹全部射出去。然后你就躲在树后缩成一团,在枪声结束之前,甚至连偷看都不要。"

"什么——"

舱门的枪手开始向房前射击了。

"听到我的命令后再开枪。"盖尔提醒道。她向右侧快跑了十多步。当左膝点地端起 AR-10 步枪时,她的腿钻心地疼了起来。在房子附近有股浓烟滚滚地升上天空,她的吉普完蛋了。

"射击!"她吼道。

话音没落,纳瓦罗就狂射起来,一气打光了另外的二十发子弹。

这次,那个飞行员已经想好了应对之策。直升机再次以惊人的速度从空中掠过,飞到了离他们五十米开外的地方,用它的侧身准了目标。枪手向纳瓦罗刚才射击的位置开火了。

盖尔也向枪手开火了。这次她选择的是三发点射模式。她扣动了两次扳机,两个三连发。第一次仍然只是击中了舱门,但是把枪手吓得够呛。他扭转膝盖,瞄准盖尔的枪口发出火光的地方。可就在他转身时,盖尔的第二轮点射命中了他。她看到舱门处飘起了一道粉红色的薄雾,隐约意识到那人正从飞机上摔向地面,但是这时候她已经在全神贯注地瞄准下一个目标了。

从这个角度,她无法看到机头的挡风玻璃,但是通过敞开的舱门,可以清楚地看见隔开驾驶舱和后舱的那道舱壁。她明白飞行员的座位就在舱壁的后面。直升机又将机头猛然一沉,企图迅速拉升逃走。盖尔把步枪的前护木紧紧地靠在树干上，选择全自动模式果断地扣动扳机，把弹匣里剩余的子弹一气儿射了出去。

这一次，一粒子弹都没浪费。十三粒还是十四粒，管它是多少，弹匣里所有的子弹都钻进了直升机的那道舱壁。直升机在空中踯躅着，飞行员看来在竭力保持这只受伤小鸟的稳定，然而它开始偏离自己的中心线来回摇晃起来。

盖尔扔掉打空的弹匣，推上第二只弹匣后让子弹上了膛。她紧靠在树上，本能地屏住呼吸，再次扣动扳机向舱壁倾泻更多的子弹。在刚刚射出五六发子弹的瞬间，一切就结束了。飞机开始大幅地摇晃，接着朝右舷的方向栽了下去。

盖尔连忙卧倒，把自己紧压在泥土上，用胳膊捂住了脑袋，好像多一道肌肉和骨头组成的屏障，就真能挡住飞溅的直升机碎片似的。就在她趴到地面的那一刻，低沉的爆炸声响起了，一股热浪喷涌而来，然后又是接二连三闷雷似的爆炸声。

有什么东西在她头顶上呼啸而过，接着划破了树梢。被斩断的枝叶暴雨般狂落下来，盖尔更用力地把身体挤向了地面。

在接下来的三秒或四秒里，烤人的热浪掠过她的全身后又迅速地离去。盖尔在心中想象着滚滚的火球翻卷着升上空中。当她终于敢抬起头来的时候，映入眼帘的正是这样的一幅场景。

这是一个火光冲天的世界。先是她的越野车，然后是直升机，而直升机从空中坠落时又砸到了纳瓦罗家的屋顶。此刻，火苗正在吞噬着房顶，火势由房子的后部向前面蔓延。

在她左边挺远的地方，纳瓦罗挣扎着站了起来，手中的步枪来回晃动着。"呃，真该死，"他转过头对盖尔说，"幸好，我的车钥匙没放在家里，呵呵。"

300

33

　　埃文·吉恩和他的一小队押送者刚刚抵达丛林的大本营，天就开始下雨了。不是那种先降些许的雨点，然后是淅淅沥沥的雨丝，逐渐再变得越来越大的阵雨，而是一场说来就来的特大暴雨。多姆神父给孩子们读的故事书里有这样一句：大雨猛烈地冲刷着山坡，转瞬间灌满了沟壑。然而，即使是这种形象化的描述也无法恰当地形容这场铺天盖地的暴雨。似乎不会有哪一座山坡禁得住这种摧枯拉朽的洗礼，没有哪一道沟壑能够容纳这股汪洋恣肆的洪流。密集狂泻的雨柱让人根本看不清五米以外的地方，脚下的大地顷刻间变成了没膝深的泥泞不堪的河流。埃文再次为自己打着赤脚而庆幸。

　　这个营地和他第一次醒来的那个地方很像，但是有它的三倍大，而这里的人有那边的十倍还多。许多人背着枪，有不少还穿着军装。他在这里看到了更多的他醒来时的那种小房子，不过这里的房子好多都只有屋顶而没有四壁，屋顶是用茅草铺成的，下边都敞开着。在倾盆大雨中很难看清有多少个这种房子，埃文数出了八个，不过他觉得他还看见了另外一些小屋子的轮廓。

　　当他走过第一个小屋时，押送他的士兵们离开了他，很快消失在了大雨中。埃文也跟着他们走，但是奥斯卡用手掐住他的脖梗把他抓了回来。如果是在不同的情形下，埃文会把它看作是一种开玩笑的举动。

　　"我们差不多到了。"奥斯卡说。

　　越往营地深处走，空地显得越开阔，到后来，他们好像是来到了营地的中央。这里的烂泥刚刚没过脚踝。前面有一幢体量很大的棚屋，他们走到了它的五层台阶下面。长途跋涉的旅行结束了。

棚屋里人声嘈杂，散发着像是汽油和臭鸡蛋混合的味道。有十几个半裸的人——有的并不比埃文大多少——狂乱地在屋里走来走去，显然是在急于完成某件事情，不过埃文不知道那是什么。

奥斯卡推了推他的肩膀，这次一点不像是开玩笑了。"上去，"他说，"你走前面。"

"我们这是到哪儿了？"

奥斯卡咧嘴笑了，听任雨水从自己的鼻子和下巴上淌下来。"这里是你的新家。"

埃文没有流露出什么特别的表情。他在雨中手搭凉棚遮住眼睛，歪着头看看台阶的顶部，然后就爬了上去。他不知道是不是这么回事，只是感觉离地面越高，汽油味就越少。他对此感到高兴，因为那种味道让他有点恶心。

一来到台阶上面立刻淋不到雨了，他意识到自己已经处在了房檐下。过一会儿，奥斯卡回到了他的身边。他伸长脖子张望着，显然是在寻找什么东西或什么人。他和远处围栏边上的一个男人对视了一下，然后把手举过头顶，高高地挥了挥。

埃文顺着他的视线看到了那个人。他朝这边点头应了一下，随后转身去结束自己的谈话。那人看来很生气，而和他谈话的男孩似乎是很害怕。那人结束谈话时给了孩子一记耳光，孩子捂着脸吓得直发抖。那人离开后，孩子回头继续做他刚才做的事情，好像是在打理挂在一只大圆桶上方的一些布料。

那个愤怒的男人大步流星地向他们走来，奥斯卡也快步迎了上去。埃文紧紧跟在后面，他可不想让陌生人也给自己一记耳光。走到近前时，那人的一张麻脸上堆出了一个大大的笑容，其中流露的更多是威吓而不是友善。

"原来这就是著名的埃文·吉恩啊！"那人说，"你的模样看上去糟透了。"他转向奥斯卡，"你都对他做什么了？"

奥斯卡用西班牙语回答着。埃文听不懂，但是看手势，他似乎是在谈论穿越丛林的漫长过程。那个愤怒的人似乎更愤怒了。他转身冲着那些聚在一起的人们大声吼着什么。几秒钟后，有人匆忙地走过来，手里拿着一块白色的东西。那个人一把夺过了它。

他把它递给了埃文。"拿着，"他说，"这是香皂，去洗洗。"

埃文只是望着他。这些话他听懂了，却弄不清葫芦里卖的是什么药。

那人靠近了一步，又把香皂推给他。"拿着它去洗干净你脸上的所有脏东西，还有头发也洗洗，省得我用剪刀把它统统剪掉。"

"您叫什么名字？"埃文问道。

这次轮到那人有点发蒙了，随后他笑道："我的名字？天哪，我忘了介绍我自己吗？"他深深地鞠了一个躬。埃文知道，这种夸张的动作是为了在众人面前让他难堪。"我叫安东尼奥，但你可以叫我头儿。"

说到"头儿"这个词，他显得挺自豪。

"而现在，尊敬的埃文·吉恩先生，我能否请您把脸蛋和头发洗一洗呢？"

安东尼奥阴森森的眼神令人害怕。埃文决定不再争辩。"去哪儿洗？"他问。

安东尼奥又笑了，指了指外面的大雨。"欢迎来到丛林，"他说，"在这里你根本不必找什么浴缸，因为老天每天都让你享受淋浴。"

他在开玩笑？就这么在众目睽睽之下站到雨里洗澡？

安东尼奥俯下身盯住了埃文的眼睛。"我有工作要做，埃文·吉恩先生，这需要你保持干净。如果是我来给你洗的话，我就要用钢丝刷了，你不会喜欢的。"他的呼吸中有一股埃文从来没闻到过的气味，很难闻，有点像药物，然而肯定不是。

见到没什么选择，埃文走下台阶，手里拿着香皂，再次回到了大雨中。又能怎样，他想，水就是水，对吧？他可以像是在复活者家园的宿舍淋浴房一样，当着别人的面穿着裤子冲洗（不过那是游泳裤，嗨，管它呢）。这块香皂是宝洁出品的象牙牌，恰好是埃文最喜爱的。他开始用它擦洗胸部和脸庞，感觉非常舒服。接下来他洗了胳膊，决定不洗腿和脚，因为当一个人站在烂泥里的时候，那样做毫无意义。等到头发上揉出了许多泡沫后，他把香皂放到台阶上，任凭大雨尽情地冲刷自己。

洗完了，脚下的地面一片白花花的皂沫，埃文感觉好多了。直到他重新登上台阶，他才意识到有好多人在注视着他，而且他们身上都是那么脏。

安东尼奥也注意到了那些人。他发出吼叫后，他们都散开继续干活去了。

回到了屋檐下的埃文把香皂递了回去，身上的水珠滴滴答答地掉落在地上。"我看着好些了吗？"他问道。

显然还不行，这可以从安东尼奥的表情判断出来。他又下了个命令，紧接着就出现了一块毛巾，可笑的紫色毛巾，上面印着一个米老鼠的图案。"把自己擦干了，"他命令道，"跟我来。"

他领着埃文来到了棚顶遮盖下的一个大平台的中央，这里已经被人清理干净了。有个机会尝试一下擦干身体的感觉真是不错，埃文一边用毛巾擦拭，一边看着安东尼奥打开了一个约一米长的黑色圆筒，从里面取出了一些端头上堵着黑色塑料帽的铝材套管。在安东尼奥把这些套管一节节地拉伸，组合支起一个两米高铝架的过程中，说实话，埃文看得都有点着迷了。金属架立起来后，安东尼奥再次把手伸进圆筒，取出一幅大大的图片，把它展开固定在了架子上。这一切完成后，他们面前展现出了海滨度假胜地的一方美景，陡峭的山坡上有许多建筑，前方是蓝得不可思议的海水。

"这是阿马尔菲海岸，"安东尼奥说，"非常漂亮。"

挂好照片后，安东尼奥打开一个大纸袋，从中取出了一件彪马牌皇家蓝颜色的 T 恤衫，衣领下方的中央绣着绿色、白色和红色组成的盾牌。盾牌中间画着一只写意的足球，球上有 FIGC 四个字母。

"穿上。"安东尼奥说。

"为什么？"话音刚出口，埃文就不再多嘴，把脑袋套进了 T 恤。

"你认识吗？"安东尼奥说，"这是意大利国家足球队的队服。"

埃文才不在乎呢，他甚至不知道意大利人踢足球。

安东尼奥指着金属架子前面的地方说道："站在那里。"

埃文照做了。安东尼奥从大纸袋里又取出了一只小相机和一张报纸。报头是 Il Golfo，大概是意大利文，版面上印着埃文从没见过的一个男人的照片。

"把报纸举到脸的旁边，微笑。"安东尼奥命令道。

埃文依旧板着脸。

安东尼奥的面色沉了下来。"埃文·吉恩先生，我们彼此还不是很熟悉，但是在未来几年里，我们会很好地互相了解的。到时候你就会发现，我不是一个好人，我是个卑鄙小人，我从不介意伤害别人，我也不会介意伤害你。"

埃文的心凉透了。他说的是未来几年吗？这会是真的吗？

"埃文·吉恩，不管怎样，你都应该为了这张照片而微笑。我敢向你保证，当你陷入痛苦的时候，再想微笑可就难了。"

埃文站直了身体，把报纸举到脑袋旁边，开始了微笑。

安东尼奥连续拍了五张照片。

等到拍完了，他把相机放回袋子，从男孩手中夺过报纸。"把T恤还我。"他说。

埃文差一点又问为什么，但是忍住了。他从脑袋上褪下T恤，还了回去。

"很好。"安东尼奥说。他小心翼翼地叠好T恤放回袋子里，又把袋子放到了旁边的桌子上。

"都做完了，很好。"安东尼奥接着说道，"现在，我们得让你去干活了。"

34

　　米奇·庞德在喝下四杯苏打柠檬水后，点了一杯莫德洛啤酒。他的客人迟到了，而餐厅里的顾客很多，所以庞德觉得，再不点个标注了价格的东西，他就可能要被这家餐厅请出去了。

　　迄今为止，他还没有收到乔西的任何消息，这个事实意味着乔西改主意了，或者说是叛变了。不管怎样，明天早上他的家人必须死去。承诺毕竟是承诺，行动必然有后果。米奇自己不会去处理这些小事，当然了，在这个遭到上帝遗弃的国家里，找几个愿意杀人的街头混混算不上什么大不了的事情，而这些混混最后也是要被处理掉的。米奇不让自己的注意力集中在这些琐事上。请他亲自出马杀人的那些雇主们支付的报酬，从来都要大大突破所谓"合理价格"的范畴。

　　然而，要持续获得丰厚的酬劳，就要持续提供称职的服务。当年暗杀参议员候选人林肯·海因斯那次行动，无论用什么标准来衡量，确实是存在着不应有的纰漏。谁曾想，在过了这么多年之后，当时没有平息的一朵浪花竟然有可能掀起惊天的巨澜呢？

　　那次行动甚至连"复杂"这个词都谈不上。没错，它是引人注目的，死者毕竟有希望当上参议员，而为暗杀买单的另一个候选人理所当然地又是第一嫌疑人。但是，伪造一个人的自杀是世界上最容易做到的事情了。你为这家伙炮制几封表达抑郁痛苦之情的邮件放进他的电子邮箱，你再给他编造一段虽然并不存在，却是活灵活现而又丑陋不堪的他的双重生活史，接下来再把那些伪造的、足以驱使他自我了断人生的勒索信放到警察能够找到的地方。随着这些准备工作的逐步到位，你自然要接近他、了解他，知道什么时候他会一人独处。再后来，你就砰的一声突然撂倒他就是了。人们发现了尸体，并且找到了假证据。二加二等于四，你的活儿干完了。

事实上，这一事件的出资人——具体说就是雅克·莱杰——由于成了一个明显的嫌疑人，反而成功地提高了自己的知名度，最终成了大赢家。大家都认为，没有谁能愚蠢到去干这种显然会让自己招致嫌疑的事情。

米奇干这行已经好多年了，而且他干得确实是漂亮。即使在出现了差错的个别情况下，他也能把局面收拾得干干净净。如果在行动过程中产生了需要清除的第三方——就像乔西的家人——从来就不会缺少愿意抓住这种机会为斗牛士米奇效力的流氓打手。由于极度害怕他们自己被米奇列入予以制裁的黑名单，不要说是挑战法律，哪怕是去挑战物理和化学定律，这些混混也不会对米奇说个不字。

米奇为了给自己树立一个暴君的形象，付出了长期而艰巨的努力。他建造的生意帝国，必须依靠恐惧来维系。这个秘诀在黑帮世界里是普遍适用的，它可以解释为什么米奇一直能够与萨米·贝尔及老斯莱特家族愉快地合作下去。人们至少也像害怕米奇一样害怕萨米·贝尔。行动的上下所有环节都由恐惧来维系，事情的进展就会像钟表一样的精密。

那次伪造自杀事件的实际操作部分运行得十分顺利，谁曾想在付款阶段会出现这样的意外呢？一个什么样特殊种类的白痴才敢卷走犯罪家族付给雇佣杀手的钱呢？而且谁又能想到这个特殊种类的白痴居然还真的逃脱了惩治呢？

当然，老斯莱特家族把这笔钱给米奇补上了。但是就卷钱出逃的那个律师而言，这绝对是个愚蠢至极的职业决策。律师的名字是布鲁斯·纳瓦罗。

除非纳瓦罗不是那个贼。

真正做贼的是纳瓦罗的秘书和她的男朋友。那个女人叫玛丽莲·舒勒。米奇在听说她的死讯后不到一个小时就推断出了事情的前因后果。男朋友杀死女秘书后带着现金逃走了。按照米奇的消费水准，区区二十五万美元远远不足以过上令人瞩目的生活，但是他不得不佩服那个男朋友的独创性。他很巧妙地把谋杀罪钉到了死者的丈夫身上。干得真他妈不赖，一切都考虑到了。那个丈夫被判了死刑，看在上帝的分上，你还能期望比这更好的结局吗？谋杀案结束了，这个男朋友剩下的事情就是如何照顾好自己了。

用庞德的眼光来看，与这一事件相关的所有人的生活都已进入了一个令人发笑的稳定状态。纳瓦罗因为说不清那笔钱的下落而不敢露头，那个男朋友在逃亡生涯中过着不错的日子，玛丽莲·舒勒的丈夫将要被国家执行死刑，雅克·莱杰策划此事的秘密被国防部的装甲盾牌保护着。每个人都算是各得其所。

可是到后来，亚瑟·吉恩被捕了。

一切都取决于运气。在 20 世纪 90 年代末，当老斯莱特去世后，萨米·贝尔就登上了家族首领的宝座。亚瑟·吉恩坐上萨米原来的交椅，成为这个集团的二号人物，处在了权力继承人的位置。亚瑟的被捕让萨米恐慌不已。在他刚刚遭到拘留的两个小时里，萨米就派杀手去处死亚瑟，但是已经来不及下手了。联邦调查局知道亚瑟·吉恩掌握许多秘密，也知道有许多人为了灭口想要杀死他，所以他们就把亚瑟藏起来了。他从一处监狱转移到另一处监狱时，FBI 采取的安保措施就像是保护美国总统，天哪，他们甚至还实施了空中管制。

米奇和老斯莱特家族做了很多年的生意——同时他也和他们的

竞争对手做生意，有两次甚至还为联邦政府出过力——但是他过去从没见过萨米·贝尔在亚瑟被捕的头几个月里那种惊恐不安的样子。虽然个中缘由与米奇并不相干，但是这显然是由于亚瑟·吉恩知道太多的事情。

要论提心吊胆者的排名，银牌得主当属参议员莱杰了。一个有权有势的人雇佣犯罪集团为自己做过脏活后，他最大的期望就是绝对保密。米奇确信，莱杰一定是为了守住这个秘密而付出了高昂的和经常性的代价，这就难怪他得知亚瑟·吉恩被捕后是那样的气急败坏了。

但是，接下来绝对没发生任何事情。

最初的那种恐慌渐渐地淡化了，在后来的十二个月里没有其他人遭到逮捕，然后是二十四个月，三十六个月。萨米重新放松了下来，他说服自己相信，也许亚瑟会珍视他们的友谊并且始终保持对家族的忠诚。米奇也愿意相信这一点，虽然他从以往的经验中明白，监狱里的艰难时光会让一个男人发生难以预料的变化。米奇始终有个感觉，亚瑟·吉恩的背叛不过是一个时间的问题。

后来，新当选的总统掌握了权力，莱杰成了国防部长。他的飞黄腾达反倒让大家重新感觉紧张了。

很显然，萨米·贝尔在联邦调查局或者是监狱管理部门有很可靠的消息来源——也许两边都有。大约在一周前，这些线人告诉萨米，亚瑟·吉恩打算和政府进行交易，条件是把他列为当局的保护证人。他正在反复地讨价还价——如果他的各种要求得到满足，他就和盘托出所有的事情。如果不是这样，他就什么也不会说。米奇听到的传言是，这件事最后将由白宫做出决定。在总检察长或是美国联邦调查局局长向总统汇报这件事的时候，米奇希望莱杰部长恰好也待在了同一个房间里。想想吧，他陷入的会是怎样一种难言的焦虑和恐慌。

　　果然，萨米·贝尔接到了莱杰的一个紧急电话，他随即把这个急迫的消息传递给了米奇。从这一天起，所有的人都等待着米奇·庞德来收拾这个本应在多年前就该收拾好的乱摊子了。

　　那么，怎样才能让一个人没有胆量把消息透漏给愿意满足他的要求的那些人呢？很简单，威胁他的家人。这一招不论是用来对付大人物，还是对付乔西这种出苦力的，都是同样有效的。一般说来，家人尤其是孩子，是每个人的阿喀琉斯之踵，是从英雄到人渣概莫能外的致命软肋。问题在于，如何把这种威胁化为活生生的现实，并让这种威胁永远挥之不去。

　　他们知道亚瑟·吉恩在什么地方有个孩子。调查把他们的注意力引向了一所学校，它位于弗吉尼亚州一个从未听说的小镇。最合乎逻辑的办法，就是抓住这个孩子，把他扣为人质。然而这种做法也潜藏着很大的风险——联邦调查局肯定要介入，营救人质是他们分内的职责。除了绑架本身，他们还需要利用这个孩子不断向亚瑟·吉恩提示其中的利害关系，这就使得这项行动更是充满了危险。绑架孩子并让他从此失去踪影虽然是困难的，但毕竟还具有可行性。让孩子消失，同时又让父亲经常地获悉有关孩子的消息，其中的风险可就一下子增长了多少倍。每向父亲传递一次孩子的信息，都会给联邦调查局提供一次新的破解案情的机会，而无论你多么小心谨慎，难免要留下一些蛛丝马迹的。

　　解决这个难题的主意出自特洛伊·弗林，就是那个在亚瑟·吉恩被捕后顺势坐上了家族第二把交椅的家伙（天哪，人们太在意这种名分了，听上去就像是谈论王室的继承谱系）。弗林建议进行跨国绑架。他说，他从执法机构内部非常可靠的朋友那里得知，如果认真选择了一个合适的国度，联邦调查局就无法去那里进行侦查，即使发现了线索，他们也无法去那里展开营救人质的行动。

这还用说吗？首选的国家就是米奇·庞德目前在那里有许多商业利益，并且一直在寻求增加劳动力资源而加快获利的地方。

米奇认为，绑架孩子后迅速把他转移到这个国家，以后的安全就有了切实的保障。但是，他们首先必须抓到那个孩子，为此米奇需要一个团队。他讨厌和团队一道行动。参与的人越多，行动出岔的可能性就越大，而且人多嘴杂，一些口无遮拦的家伙有可能给庞德的这艘蒸汽大船带来危害。

尽管如此，在这次行动中吸收第三方参与还是必要的，而且有利于米奇解决另外一个方面的问题。由于他们要做的事情很复杂，而莱杰的地位和门路能给他提供有力的支持，所以他需要一个和部长进行沟通的渠道。萨米·贝尔一伙人肯定不想在五角大楼现身，而莱杰也肯定不想在那里看到他们。出于同样的原因，米奇认为自己也应该离国防部长远远的才好。

于是，杰瑞·肖格伦这个粗笨的波士顿人的介入，就变得顺理成章了。米奇以前从未和他合作过，但是他知道这个名字。肖格伦的言谈举止看着像个酒吧的保镖。是他上门来找米奇接洽的，虽然嘴上没说，但是肖格伦的做派明确无误地表明，他把自己看成是莱杰部长最得力的心腹。

肖格伦是第一个发现玛丽莲·舒勒的孩子和亚瑟·吉恩的孩子在同一所学校的人，而且他捎话来说，他的老板想把那个姓舒勒的男孩也一同绑走。米奇开始时反对这个计划，因为同时劫持两个孩子并把他们运出国门所需要的保障工作实在令人生畏。如果你的行动规模扩大了一倍，相应的后勤保障问题就会呈几何级数增长。如果为了舒勒这样一个低产出的小家伙——老实说，这孩子能了解什么可能危害莱杰的东西？——而降低绑架埃文·吉恩这种高附加值孩子的成功率，这绝对是一种无法理喻的愚蠢。

但是肖格伦的态度很坚定。此外他还说，米奇不用为第二个孩子操心，因为他们抓到杰里米以后就会杀掉他，米奇绑架埃文的那部分行动不会受到任何影响。

对，没错。自从有了墨菲定律以来，从来就没有过像这次行动一样的情景：在错误的时刻做出了那么多错误的事情。凡是肖格伦插手的事，都让他本人给搞砸了，竟然连掩埋个孩子也做不好。咳，那是个已经麻醉得人事不省的孩子啊。

一连串本不该有的败笔清晰地闪回在米奇的脑海，使他几乎错过了自己的客人。那人将身影罩到米奇从未碰过的啤酒杯上，从而宣告了自己的光临。

"晚上好。"新来的人有很重的英国口音。

米奇抬起头来，高兴地看到客人终于来了，同时为自己刚刚过于走神而自责。走神可是丢掉小命的一条捷径。

米奇站起身和那个人打招呼，彼此握了握手。"鲁伊斯将军，您好！您能来我感到十分荣幸。"他指着对面的座位说，"请坐。"

伊格纳西奥·鲁伊斯将军是哥伦比亚国家警察部队的头子。除 20 世纪 90 年代末期到 21 世纪初的短暂一段时间，鲁伊斯将军的前任们都是踏着被暗杀和被羞辱的前领导人的尸体而升任这个职位的，鲁伊斯本人也不例外。由于这个位置上大多数人的任期都很短，所以在上天分派给他们的这段时光里，他们往往过着穷奢极欲、醉生梦死的生活。今晚将军换下了制服，穿的是米色亚麻长裤和白色瓜亚贝拉衬衣。

鲁伊斯不快地看看周围。"我觉得这个地方选错了。"他说。

米奇坐回自己的座位。"尊敬的先生，我认为这个地方正合适。您没穿制服，我们又可以用英语来交谈。从我这方面讲，与一个由于他的能力而如此……著名的人会面时，我一定会选择一个公共场所。"

鲁伊斯还是犹豫了一下，随后挤出一丝笑容坐到了椅子上。

"说说你的想法吧。"将军说。

侍者走了过来。他很快就认出了将军。将军清楚地用西班牙语告诉这个年轻人他们不需要打扰。两秒钟后，侍者就不见了。

"刚才你正要说来着。"鲁伊斯说。

米奇笑道："我想是的。我来这里是为了提醒您，有人正在入侵贵国。"

鲁伊斯的表情凝重了起来。"什么样的入侵？"

"规模很小，但是不容忽视，这关系到我在圣玛尔塔的经营活动。"

鲁伊斯一脸厌恶的表情。"我对你的经营活动不感兴趣，"他说，"它们很丑陋，又很暴力。"

"还很有利可图，"米奇提醒道，"有利可图到足以让您的老板感兴趣。"他直截了当地让对方明了其中的利害关系。他和将军以前也就此有过争论。虽然他们的人生哲学不同，但是彼此都明白哲学换不来钞票。"如果从生意的角度您不在乎，那么我就从爱国的角度呼吁一下。您真的想让这些入侵者把我们带回到该死的 20 世纪 90 年代去吗？"

"你所谓的入侵者是美国人？"

米奇点了点头。

鲁伊斯不以为意地挥了挥手。"我不相信。美国政府向我们保证过——"

"美国政府仍然对我们的那些工厂采取不予干涉的态度，先生，官方的干预和入侵已经终止了。与您过去见过的相比，这次的入侵规模很小，但是如果我没弄错的话，其中的部分玩家还是过去那些人。"

鲁伊斯气恼地瞪了一眼，然后把前臂靠在桌子上。"你在打哑谜，庞德先生，我既没有兴趣也没有时间去猜。"

米奇点头表示理解。"当然了，先生。我的一个机构正在开展一个相当专业的项目。相信我，你肯定不想知道太多细节，它超出了我们通常的产品生产范围。正是因为这项拓展的业务，这些人才来入侵这个国家的。他们是用假护照乘商用飞机从美国过来的，然而不幸的是，我不知道他们用的是什么名字。"

鲁伊斯摊开双手，夸张地耸了耸肩。"如果你知道他们长什么样子，他们要去什么地方，你当然就有足够的人手和武器来自己处理这些事情。你从我这里能得到什么呢？"

米奇再次深邃地点了点头。"哦，先生，我们有理由相信他们已经为自己募集了一支人马。"

"肯定没有你的人马多。"

"没有，可能没有我的人多，但他们完全有可能比我的人更专业。"

鲁伊斯探过身来，压低了声音说："如果你想让我把我的士兵部署到山里为你的行动保驾护航，那么答案是否定的。上帝知道，我们已经允许你自己纠集——"

米奇抬起手打断了他的话。"不，先生，我永远不会要求您那么干。"

将军向后靠在椅子上，抱起了双臂。"那么，你需要我干什么？"

米奇在不到五分钟的时间内讲述了他的全部计划。他们接下来又用十分钟探讨了一些问题。于是，一切都水到渠成了。

35

在这片茂密的丛林里，卫星信号充其量可以形容为是时断时续——乔纳森无法依赖它从电脑上甚至是 GPS 上弄清自己的准确方位。好在罗盘从来不骗人，而且当年接受的那种老式地面导航训练早已融入了他的血液，所以乔纳森甚至很高兴有机会再次运用这一技能。发现他们确实是行驶在一条已经有很多宽胎的重载车压过的道路上，他觉得很欣慰。

上帝保佑维妮丝。她通过天眼网络扫描了乔西指点的那个区域，肯定了那里存在着村落，山顶上还建有工厂。然而在目前的天气下，她只能使用热感应成像方法，无法对单体人物进行直观确认。

维妮丝还告诉他们，埃文·吉恩的新照片出现在了绑匪建立的匿名网站上。他们显然试图让人以为这个孩子目前在意大利——他们甚至搞到了一份昨天的当地报纸，还有大幅的阿马尔菲海岸风景图片。

"不过，图片毕竟只是图片，"维妮丝说，"而且是很俗气的那种图片。埃文实际上可以在任何一个地方。我试着在追踪他们使用的服务器位置。如果我押注它设在哥伦比亚的某个地方，押对了的话，应该就更容易一些。到目前为止我的运气还没那么好，他们用来干这活的人技术相当不错。"

"你更不错。"乔纳森鼓励道，"盖尔在阿拉斯加那边有什么消息吗？"

她的迟疑很说明问题。"我不认为那是个好消息，迪格，卫星图像显示那里燃起了一片大火，充满了烟雾。"

"你不认为那是好消息？天哪，维妮丝。"

"我明白，我明白。但是我还没有从任何途径得到她的消息。肯定是出了什么问题，但是我不知道她是否有危险。"

"多长时间了？"

"十二分钟以前屏幕上一切正常。而后来的八分钟里，我能看见的只有大火和烟雾。"

乔纳森的脑海里飞快地闪过了各种可能性。盖尔很聪明，足智多谋。如果她活下来了，她就能掌控局面。"究竟是什么东西在燃烧？"他问道。

"从这个角度很难分辨清楚，"维妮丝说。天眼网络卫星在靠近赤道的轨道上运行，所以最北端和最南端的图像总是失真的。"不过房子肯定是起火了，看样子她租的那辆车也起火了，但是房子北面还有一团大火。"从她的语气中可以听出她在一边说话，一边仔细地审视这些图像。

"我得告诉你，迪格，我觉得好像是汽油在燃烧。你知道，是那种油乎乎的黑烟。"她说。

乔纳森心头一紧。他完全明白维妮丝的意思。那是一种不会由于自然原因而发生的火灾，也就是说，它是人为因素引起的，而燃起这场大火的人是要制造某种伤害。"这样吧，我要你现在做的是，"他告诉维妮丝，"给金刚狼打电话，让她插手这件事。"

"怎么说？"

"告诉她那里发生的事，不管是什么。我们这项行动至少有一半是给她干的。让她叫救援直升机、当地的警车什么的。如果盖尔受伤了，我希望她现在能得到治疗。"

乔纳森还没遇到过这种情况。直到为了这次行动而进入这片该死的丛林之前，他从来没有和自己的团队分开过——至少在离开军队后没有过。长期以来外出执行这种秘密任务的只有他和鲍克瑟两个人，当然偶尔也会得到当事人提供的帮助。这些年的成功，始终取决于他的高效的指挥能力。对此，他有着充分的自信。然而现在随着盖尔的加入，他的秘密团队扩大了。这是他第一次无法通盘兼顾，不得不兵分两路。很显然有什么问题出现了，他现在却束手无策。一种恐惧感悄然从他心头生起并且蔓延开来。

这番通话已经是四个多小时以前的事了。在这之后维妮丝还应该再打电话过来，但是他再没听到她的消息。

也是在通话那个时候，他们的路虎揽胜和雪佛兰开拓者都开到了路的尽头，于是他们开始了在崎岖小路上的徒步跋涉，其中大部分时间都在爬坡。出发前他们花了点时间分配了装备。乔纳森曾让乔西给他们准备了海军陆战队的帆布背包。他对陆军的忠诚是不用怀疑的，不过他真的认为它们胜过了陆军的背包。标准的丛林迷彩伪装，多重化模组化结构，除主包外可根据任务需要加挂各种子包和设备，包括携带弹药的战术背心和防止出汗虚脱的驼峰水囊。

由于得不到关押埃文·吉恩那个地方的准确信息，他们不得不为可能发生的各种情况做好准备。鲍克瑟和乔纳森都把 M4 卡宾枪挎在了胸前，十二号口径莫斯伯格霰弹枪斜背在腋下。乔纳森大腿上的战术枪套里插着柯尔特 1911 点 45 手枪，而鲍克瑟的相同位置上是伯莱塔 9 毫米手枪。他们俩又各自携带了十个 M4 备用弹匣，共三百发子弹；每支莫斯伯格霰弹枪配有四个备用弹夹，共二十发子弹，其中十五发双筒猎枪弹再加五发冲击爆破用福斯特独头弹。另外有三枚碎片手榴弹和两枚 CS 手榴弹，一些 C-4 炸药和雷管。每个人的装备有他们体重的一半重。

好吧，好吧，对鲍克瑟来说，只有他体重的四分之一重，不过那也仍然很重。乔纳森和大块头抽签决定由谁来携带长柄断线钳，它是为不得不剪断挂锁的情况准备的，结果大块头输了。乔纳森几乎为他感到了难过——几乎。虽然鲍克瑟比乔纳森强壮两倍，但是他也是他们中间唯一的在本该是股骨的地方换了金属代用品的人。乔纳森试图说服自己，由于在过去的生涯中他曾经被子弹击中过多次，因此内脏功能较弱，大钳子不拿也罢。其实，他也不知道为什么要找出这么个理由，反正这时候听起来感觉还不错。

哈维也带着自己的那一份，一支 MP5 冲锋枪和二百发备用子弹，加上一支随身佩带的小手枪和一大堆医疗用品。乔纳森想说服他少拿一点，可是哈维没理他。事实上，自从他们离开挨枪的乔西之后，哈维就没说过几句话。

最后乔纳森坚持说，为了这次任务，他们必须"一直像个士兵一样"。这句话的意思是必须穿戴防弹衣和头盔。这次任务几乎不可避免会发生近距离枪战，他希望对此有所准备。正如他说的，"这不是舒服不舒服的问题，而是职业精神问题。埃文·吉恩重获自由的唯一出路就是我们活着。如果我们还要扛上你，那么在需要的时候，我们就不能扛着他了"。

乔纳森带头走进了丛林，中间是哈维，后面是鲍克瑟。一个小时后，乔纳森退回来到了哈维旁边。在真实的战争和真实的战场上，这是一种无法原谅的行为，但是在目前，他觉得聚一起聊两句还是应该的。

哈维的沉默困扰着他。他似乎对他们和乔西的交火有抵触情绪。乔纳森以前就发现，卫生兵和其他士兵有所不同，虽然他们同样愿意在战场上豁出性命——也许甚至是更愿意，可奇怪的是他们却和真正的战争行为即人与人之间的杀戮，保持着心理上的距离。在医护人员眼里，敌对的双方士兵都有一颗跳动的心脏，这么一想，好人和坏人之间的界限就会变得模糊。

哈维只是默默地走着。他紧咬牙关，嘴唇抿成了一条细线，仿佛要把愤懑紧紧地锁在自己的心房里。

乔纳森终于无法忍受了。"嗨，哈维，有话就倒出来吧，有什么不能说的？"

哈维瞥了一眼乔纳森，又把目光转回到路面。"没有，我没什么可说的。"

好啊，看来他还在钻牛角尖。"我需要你告诉我你具备执行任务的能力。"

哈维侧脸瞥了他一眼，嘲讽地笑道："你说的'具备执行任务的能力'，是指条令里讲的'不得情绪失控和不得蓄意杀害指挥官'吗？"

"那算是最基本的吧。"乔纳森说。

哈维思索了一会儿。"别担心我分不清是非，"他终于说道，"只不过杀人从来都不是我的事，好吗？如果我让你产生了别的错觉，那我向你道歉。我更喜欢躲在后面给人疗伤，所以如果你希望我打打杀杀的，你可能会失望的，我自己可能也会失望。谁知道呢？至于说不要情绪失控，我只能说尽力而为，不知道能不能行。我希望不会，但是如果我失控了，我也不欠你或其他任何人一个道歉。是你邀我参与这事的，记得吗？"

"我记得。"乔纳森说道。他欣赏哈维的坦率。

"至于你把那家伙留下等死这件事，好了，已经过去了。你没征求我的同意，当然也就不需要我原谅。我在海军陆战队从来没得到过提拔，不是没有原因的。"

"这话可是一个获得了海军十字勋章的人说的。"乔纳森说。

哈维笑了。"我向你保证，那只是我瞬间的疯狂行为。"

"我读过为你颁奖的表彰词。"

"那你就肯定知道，不过是出于一时的疯狂。"

"我知道你多次暴露在敌人的猛烈炮火下，把三个重伤的海军陆战队员救到了安全的地方。"

哈维避开了他的眼神。"我觉得我现在又开始重复当年的我了。又疯了。"

乔纳森不想让他总是这么评价自己。"你现在不是在参议院的听证会上，哈维，你现在是和一个同你一样上过战场的人在一起，明白吗？我知道你做过什么，我也知道你那么做付出了怎样的代价。"

"嗯，这样一来，你有幸成了世界上仅有的知道这件事的几个人之一，恭喜你。"他沉默了很久，乔纳森没有打扰他。他不想直接盯着哈维，但是通过眼角的余光，乔纳森发现哈维的眼睛湿润了。谁都不想触动尘封心底的记忆。

过了一分钟或是更长时间，哈维说："你知道吗？我自己明白我是从何时起变得什么都不在乎了，想听听吗？"

如果是换了别的任何人，乔纳森发自内心的回答肯定是不想听。各种与吐露衷肠和煽之以情之类有关的东西总是让他感觉身上发冷。但是他尊重勇敢精神和在战场上展现过勇敢精神的人。"当然想听。"他说。

"我在新兵训练营有个搭档，他叫约翰·埃弗里。我们的关系很好。基础训练结束后，我们一起参加了步兵训练。在结束前的最后一周，他在一次该死的体能训练中摔裂了膝盖，所以我们没能一起去前线，他比我晚了六个月。我服完役回国后听说，约翰在安巴尔省被狙击手杀死了。"

"真让人难过。"乔纳森说。

"我也很难过。那时我还处在创伤后应急障碍症的高峰期，你知道吗？不管怎样，我想去参加他的葬礼。负责为我做心理治疗

321

的医生不确定该不该让我去，可是我很坚决，他们就同意我去了。"

他清了清嗓子，又说："他是个年轻人，也许是二十三岁吧？他有那种能用来拍电影的服役记录，很了不起，是个天生的领导者，遇到危险从不畏惧。他在路边的一家餐厅里喝酒的时候，被一个狙击手干掉了。葬礼既让你感到宽慰又让你有点害怕。很多的家人，很多的眼泪，还有很多的街坊邻居，那是在田纳西州纳什维尔城的一个地方。

"他安葬在了浸礼会教堂外面的院子里。从他的曾祖父开始，他们家族的所有成员接受洗礼和结婚什么的，都是在这座教堂。海军陆战队专门派出了一支仪仗队，他们尽一切努力让人铭记他是一位军人。葬礼非常的庄严和肃穆。"

"这时候，那些该死的反战者出来捣乱了。这是在葬礼上，伙计，这是葬礼。那些家伙都是第三代嬉皮士，他们从来没有为任何事情奋斗过。当家人和朋友们正在埋葬一个死者的时候，何况他也不是作为一个战争英雄死去的，他们却跑来搅事，想把葬礼变成他们反战的舞台。你想想，这就是我们上战场去为之奋斗的，是不是？我们捍卫了人们的自由权利，所以每个人都可以说出他们想说的任何事情，是吗？无论他们胡说什么？在约翰的葬礼上，原本是来护送灵柩的那些警察，最后却变成了防止那些混蛋挨打的保镖，而他们干的这一切就是为了亵渎一个母亲对于儿子的最后的记忆。你能告诉我上哪儿去讲这个理吗？"

乔纳森摇摇头。"我不能。"

"嗯，你要知道，这倒是有助于我没有真的变成一个精神病患者，因为从那以后我什么都看淡了，觉得为任何东西做出努力都没什么意义。去他妈的这一切吧。随后我又被那个懂得媒体炒作的青春期小女人暗算了。世上再没有什么值得我去为之献身的事情了，明白我的意思吗？"

乔纳森当然明白，他看明白这些事情都有二三十年了。但是美国军人有一个鲜明的特色，就是他们一方面要坚决摈弃政客和芸芸众生在危急关头的软弱动摇，一方面又要在这些政客和芸芸众生所制定的制度框架和方针原则下去完成自己的使命。从军的多年岁月塑造了乔纳森对上帝和国家的看法。他真诚地赞成国家的管理者应当是平民而不是军人，然而他同样真诚地祈祷，这些平民管理者会从某一天开始，再不把像他这样的人当作政客手里的一枚棋子。

乔纳森一行抵达这个村庄时，雨变小了，却还是令人讨厌地继续下着。小村子出奇的宁静，虽然明显是有些人在这里生活起居，但是他们似乎都躲在了屋子里。三个人来到了村子中央的空地上，如果这里是俄亥俄，这片空地就可以称为是市政广场了。旁边有个小屋的窗户出现了一张面孔，随后就消失了。

"有谁能告诉我这是怎么回事吗？"乔纳森问道。

"也许他们都待在屋里躲雨呢。"鲍克瑟分析。

"也许他们非常害怕，因为我们有足够多的枪支弹药来接管他们这个小王国。"哈维冒出了一句。

乔纳森更倾向于后者而不是前者。他用西班牙语喊道："嗨，这里有人吗？"

窗户上出现了更多的面孔，但没人出来和他们打招呼。乔纳森又试了一下："我们想和你们的头头谈谈，我们是朋友。"接着进一步说明，"我们来这儿是为了和你们的敌人战斗。"

鲍克瑟笑道："我喜欢你这句话。"

村民们也同样喜欢。他们三三两两地从屋里走出来张望。他们没有靠近，但也没有跑掉，只是聚在一起彼此交流着，目光盯住这些新来的人。

"没有男人。"哈维说。

"连男孩子都没有。"鲍克瑟表示同意。

乔纳森再次喊道："我想和你们的头儿谈谈。"

一个女人走了出来。她可能有五十岁，也可能是八十岁。"我们的头儿死了，"她用西班牙语说，"斗牛士杀了他们。"

乔纳森摘下头盔伸出手去。"你好！"他也用西班牙语说，"我叫琼斯。你们有人去世了我很难过。"

"是很多人死了。"她纠正道，"我是伊萨贝拉。那个人是医生吗？"她指着哈维装备袋上的红十字问道。

"是的，女士。"乔纳森说。

哈维摘下头盔用胳膊夹着。"你好！"

"他们今天侵犯了我女儿，"伊萨贝拉说，"我觉得她需要一个医生。"

"告诉我她在哪里，"哈维说，"我很愿意帮助她。"

伊萨贝拉领着哈维回到她刚走出的小屋。乔纳森跟着哈维，鲍克瑟则依然站在院子中央，显得很有震慑力。呵呵，各尽所长。伊萨贝拉站在门口示意哈维先进门。他们走到门前时，乔纳森听到了呻吟声，接着瞥见里面有人在动，给人的感觉像是围在床前向濒死的人告别。哈维肯定也捕捉到了同样的感觉，因为他在跨进门槛之前用担心的目光瞅了一眼自己的老板。乔纳森刚要跟着，伊萨贝拉举起一只手拦住了他。

"不是你。"她说。然后她用非常快的方言向聚集在外边的村民喊了些什么，乔纳森几乎什么都没听懂。不过他听到了欢迎和食物等几个词，觉得她的话是善意的。

村民们纷纷聚拢过来，友好地围住乔纳森和鲍克瑟，让他们坐下来休息，好像是一家人似的。院子中央摆上了长凳，还有几张桌子，没过几分钟食物就端上来了。乔纳森不知道那是什么，但是村民的热情表明，他们正在接受特殊的招待。

在乔纳森的引领下，鲍克瑟也放下了装备，摘下了头盔，但是始终把它们放在身边。他们两人都没有摘下武器。这是一次聚会，他们是这里的贵宾。村民们似乎被鲍克瑟魁伟的身材迷住了。大块头让人家品论足时表现出了明显的不适，乔纳森不禁觉得好笑。

乔纳森让自己坐在能看到哈维刚走进的那间小屋的位置上。聚会开始十三分钟后，哈维重新出现了。除了手枪外，他的所有装备都不知了去向。他的神情显得很震惊，迷彩服前面沾有血迹。

"抱歉。"乔纳森说着从桌旁站了起来。

鲍克瑟也无言地跟着站起来，问道："怎么了？"他一转身也看到了哈维。"噢，肯定不是什么好事。"他嘟囔道。

乔纳森向前迎了几步，等着哈维走过来。"你没事吧？"乔纳森问道，"你看上去糟透了。"

"我们追杀的是畜生，头儿，"哈维说，"一群该死的畜生。你该去看看他们对那个小女孩做了什么。她才十四岁，天哪。"

乔纳森感到血往上涌。他不想去看。对哈维描述的那些人渣他已经了解得够多了，也干掉得够多了。菲利佩告诉他的一切看来都是真的。

"她不要紧吧？"乔纳森问。

"我想她能活下去。"哈维答道，"不过我很难用'不要紧'这类的词语来描绘她的未来。"

"你的枪和装备呢？"鲍克瑟问道。

哈维指了指小屋。"我一会儿就取回来。"

"什么，你疯了？"鲍克瑟说，"你不能光是——"

"嘘，小声点，鲍克瑟。"乔纳森说。

"怎么突然用真名了？"

"让你小声点你不明白吗？"乔纳森火了。他转向哈维，"你没事吧？"

哈维刚好也把目光转了过来。他望着乔纳森重复道："她才十四岁。"接着又说，"嗯，我挺好，他妈的我挺好的时间太长了。"他转身走回去，又停下来回头说道，"我越来越觉得我开始具备执行任务的能力了。"

纳瓦罗驾驶的是一辆二十年前款式的福特野马，大大的轮胎上凸现着圆球状的花纹，车身上的锈斑看着比烤漆还多。"买一辆车在隐姓埋名的生活中是最困难的问题之一。"他一边小心翼翼地把车从坑坑洼洼的小路开上主干道，一边向盖尔这样解释。袭击者都死了，他拥有的所有东西也都烧光了。他们花了大约十五分钟四下查看了一遍，明白应该马上出发了。他们必须在各种应急车辆对大火做出反应之前撤离现场。

开车离去时，布鲁斯并没有特别在意自己熊熊燃烧的家园。"你只能花几千块现金去弄辆破车。像普通人一样正常买车你就要留下文档记录，很可能被人注意到。对我来说，过那种不显山不露水的日子是挺不容易的。"

他们静静地开了一会儿。"你觉得我会蹲监狱吗？"他问道。

盖尔望着他，思忖如何回答。答案可能和一年前她还是个警察的时候要说的话差不多。"如果你出牌得当，就不会。"

她的话引起了纳瓦罗的注意。

"想想看，你掌握着检察官办案需要的信息，你可以让他们成为英雄。但是，这种信息的提供应该是有代价的。"盖尔顿了一会儿，让他仔细领会自己的意思，"如果我是你，我会坚持要求免于起诉并得到一个新的身份。"

"你认为他们会给我吗？"

盖尔耸了耸肩。"就像是玩牌，执法者先叫牌，然后你再开出你的条件。我倒是认为，他们会妥协的。"

纳瓦罗先是微笑，然后笑出了声来。"嗨，不会玩砸了吧？"

盖尔注意到他开始盯着看后视镜，便在座位上转过了身，只见有辆闪着顶灯的轿车在追赶他们。"认识那辆车吗？"

纳瓦罗闪了闪他的车灯，把车驶上了右侧路肩。"我认识那家伙。老鹰杰瑞，是这儿的警长。"

盖尔的脑子飞快地转动，结果还是一片空白。除了靠边停车，还能干什么呢？"你喜欢这个人吗？"

他看了她一眼。"他是警长。他的工作是了解每个人，而我的工作是不让任何人了解。我们不是朋友，但我觉得他是个正派的人。"哈维摇下车窗，等待警长过来。"我的钱包扔家里了。"他嘟囔道。

盖尔在座位上转过身看着警长走过来。她注意到他的枪插在枪套里，步态很放松。从她的角度看不到警长的脸，直到他在司机这侧窗口弯腰向里张望时才看到。

"布莱切特先生，您好！"警长问候道。盖尔几乎忘了纳瓦罗的化名。

"我很好，警长。"纳瓦罗说。

警长的目光越过司机盯着盖尔。他的脸棱角分明，很容易看出他的印第安血统。"是吗？我想如果是我的所有东西都烧着了，我会说点，怎么说呢，除了'很好'以外的东西。"

纳瓦罗脸色苍白，瞥了盖尔一眼。

她还没来得及说话，警长就问道："你是盖尔·博纳维莉？"

她不禁瞠目结舌。"我，呃，是的。"

他目不转睛地看着她，说道："噢，那么，我能劳驾两位下车吗？"

盖尔心里一阵翻腾，脑子抓紧琢磨对策，却不见有什么别的出路。这家伙确实是个警察，但是他怎么知道她是谁呢？盖尔拉开车门时，警长也为纳瓦罗打开了车门。"警长，我得告诉你，我身上有枪。"盖尔说。

"我猜到了，"警察答道，"你别碰你的枪，我也不碰我的，怎么样？"

喔，不对头。至少他应该要求看一下持枪证。她让纳瓦罗先离开车，然后她才下去，以免让警察的目光忙不过来。她的车门下边是条浅沟，因此她下车后的第一步就矮了一截。她绕过前挡泥板，直接站在了破旧的福特车标前面。先下车的纳瓦罗看起来吓坏了。

警长一边摇头一边轮流看着他们两个。"你知道，"他说，"我刚接到一个最令人难以置信的电话，是关于你们俩的。"

纳瓦罗惊慌地看了盖尔一眼。"是吗？"盖尔问道，尽量让自己看上去未动声色。

"确实如此。"警长说，"我干这一行已经很久了，我见到或听到过很多奇怪的事情，可是由于我们这种工作的性质，过不了多久，就很少会大惊小怪了。不过，这个电话却远远超出了其他所有奇怪的事情。"

他深吸了一口气，眉头皱得更深了。"我们不是每天都能接到联邦调查局局长本人亲自打来的电话的。"

伊萨贝拉和哈维一起走出小屋，来到其他人都在的院子中间。哈维的头盔歪戴在头上，手里拿着MP-5冲锋枪，背包挂在了肩上。他看着需要补上一个很长的午觉。

伊萨贝拉用双手做了个散开的动作，和乔纳森小时候见到的亚历山大老妈驱赶鸽子的手势一模一样。村民们散开了，为乔纳森一行和伊萨贝拉让出了桌子。

"我为你的女儿感到难过。"乔纳森用西班牙语说道。

"她只是很多人当中的一个。"她说，"士兵都是一些很坏的人。"她忽然有点不自在了，"我不是说你们，是指他们。你们救了我女儿，我非常感谢。你们是来找那个金发男孩的吗？"

她的直截了当让乔纳森吓了一跳——尤其是因为这个国家的文化特点是谈什么都很含糊，不论是天气的好坏还是天空的颜色。没有来由地突然提出毫不相关的问题，是古老而有效的质询技巧，乔纳森为自己刚才吃惊的反应而感到气恼。转弯抹角现在已经用不着了。他说："是的，为什么你会这么问呢？"

伊萨贝拉沮丧地笑了笑，露出了磨损严重的牙齿，有几个已经掉没了。"我对什么事都是很留心的，"她说，"有些事情你注意不到，而有些事情你又很容易注意到。一个长着金发的白人男孩就很容易被我们注意到。过了不久就拿着枪来到这里的白人士兵也很容易让人注意到。我想这两件事之间可能会有联系吧。"

"他叫埃文，"乔纳森说，"他被人从家里绑走了，我们想把他带回去。"

伊萨贝拉皱起眉头。"就你们三个人？"

乔纳森耸了耸肩。

"他们有很多人，"伊萨贝拉说，"三十，也可能是四十人。"

"妈的。"鲍克瑟嘟囔了一句。

乔纳森没理他。"一共三十或四十人，对吗？他们都是士兵吗？"

伊萨贝拉点点头。"二十个士兵，但是其他很多人也有枪。有枪的男人和男孩看管那些没有枪的男人和男孩，防止他们逃走，同时还用枪抵挡他们的敌人。"

乔纳森和鲍克瑟以前在世界各地都见过类似的情况。一些年轻人往往把拥有枪支与具有男子汉气概混为一谈。虽然美国的街头也有年轻人炫耀武器，但是第三世界国家里那些年轻人扛枪，是要用它来糊口赚钱的，而且他们得到的报酬还不低。根据他的经验，那些充当保镖、恐怖分子和海盗的孩子平均年龄只是在十几岁左右。就像其他地方十几岁的孩子一样，他们正在无知无畏的阶段，再加上有人用视生命如草芥、杀人如儿戏的观念给他们洗脑，这些年轻人就一个个变成了冷血的战争机器。

感觉到气氛有点凝重，乔纳森回到了原先的话题。"你说埃文今天到了这里？那是什么时候的事情？"

伊萨贝拉点了点头。"五六个小时以前吧。他和伤害我女儿的那些人在一起，和对她做坏事的那些男孩在一起。"显然她看出乔纳森他们由于即将要和那些孩子们作战而有些不安。"那些男孩侵犯了村里的很多女人。虽然他们也就十五六岁，但是他们已经成为魔鬼了。不要可怜他们。"

"埃文怎么样？"乔纳森追问道，"他身体还好吗？"

伊萨贝拉突然间产生了某种戒心，热情好客的表情全都消失了，似乎变得很生气。"你们现在就离开。"她说道，但是她自己没有站起来。

乔纳森愣了。他看了一眼鲍克瑟，心里却已经猜到了对方的反应。果然，鲍克瑟只是耸了耸肩。"我做错什么了吗？"乔纳森问道。

"走，"她又说了一遍，"我不想掺和你们这事。"

乔纳森当然不会按她说的去做。相反，他向她靠得更近了，压低声音说道："伊萨贝拉，如果我冒犯了你，我道歉。"

330

她用眼睛瞪着乔纳森说："你是冒犯了我。你看到了我的女儿，我告诉了你山上那帮魔鬼的事情，可是你关心的只是那个白人男孩，那个美国人，小外国佬。我儿子已经死了，许多人的儿子都由于那帮魔鬼而死了，但是没有人关心他们。那个白人男孩，你的埃文，也是另一个母亲的儿子。我如果帮你去救他，那我就会给整个村子带来危险。你不在乎我的人，我也不在乎你的人。你必须现在就离开。"

　　哈维清了清嗓子，把大家的注意力集中到了自己身上。"村里的男人呢？"

　　"死了。"她答道。

　　"所有的？"

　　"所有年龄大到能去打仗的都死了，剩下的都在那边干活呢。"伊萨贝拉指着空中某个只有她能看到的地方说。

　　"他们干什么活？"乔纳森问道。他知道答案，但是希望听她说出来。

　　"制造可卡因。"她说，"他们在那里有家工厂。年轻人和男孩子在工厂干活，我们留在这里，给他们提供食物。"她说完最后一句话时，把目光移开了。乔纳森听出了她的话外音，这意味着这里还要提供有人期望从一个奴隶村得到的其他服务。

　　"你们为什么不离开这里？"哈维问道。

　　"他们是我们的孩子。"她说，仿佛这是世界上再明显不过的事情了。"他们要么干活要么就死。我们如果不留下来，他们也得死。如果他们试图逃跑，那么我们就得死。这就是为什么说我们都落在魔鬼的手里了。"

　　"天哪。"哈维喘着粗气说道。

　　乔纳森在第三世界的各个角落里都见过这样的情形。普通的美国人习惯于在一天二十四小时里随时看看电视或是开启空调，却无法理解世界上其他一些地方的众多人口正在遭受的苦难。在美国，仅仅是发布煽动仇恨的言论就会遇到指控，而在别的一些国家，一些人依然在奴役着另外的一些人。

乔纳森大声叹了口气。"如果你愿意帮助我们，我们就帮助你把这一切改变过来。"他说，"如果你能帮忙，我们会让他们再也不能伤害你们。"

鲍克瑟在椅子上扭动了一下。"喂，猛蝎，"他用英语说道，"你想干什么？"

伊萨贝拉看上去有了兴致。"我不认为我听懂了你的话。"她说。

"我们要杀掉一些家伙，这会让其他人觉得害怕，不敢再伤害你们。"乔纳森说。

"咱们需要谈一谈。"鲍克瑟还是用英语说。

"你们只有三个人。"伊萨贝拉指出。

"但是我们很擅长干这个。"乔纳森答道。

"猛蝎，打住！"

乔纳森猛地拍了一下桌子。"安静！"

"你听见你自己说什么了吗？"鲍克瑟责备道，"你不觉得大家应该合计合计吗？"

乔纳森的眼里喷射着火苗。他改说英语了。"还有什么选择吗？你想让我怎么做？就那么偷偷溜进去，带上我们那个孩子一走了之，把剩下的孩子都留给那些坏蛋随意宰割吗？"

"这正是我希望你做的，"鲍克瑟回击道，"这才是我们的任务。我们要做的是外科手术，记得吗？不需要什么复杂战术。一旦条件合适，我们就偷偷溜进去，再偷偷溜出来，根本不用开枪。可是你现在说的是什么？那是去发动战争。"

乔纳森扬起头问道："你从什么时候开始打算远离战争了？"

"从我学会数数的时候，从我明白以三对多没有胜算的时候。他们在这儿怎么样不关我们的事，他们应该自己起来战斗。"

"但是我们的战斗会给那些坏蛋造成打击，削弱他们的力量。"

"那又怎么了？我们的战斗总是会让某些人遭到打击，削弱他们的力量。我们就是干这个的。"

"不一定每一次都像这一次这样。"乔纳森站了起来。他来回踱步，想法变得更加明确了。"而就是这一次，你难道不愿意彻底完成我们已经开始的行动吗？就在这一次，你难道不愿意解决问题的背后隐藏着的问题，给那里的所有人都带来公正吗？"

鲍克瑟看上去有点疑惑。"我们这是在讨论有关埃文的问题吗？"

"想想吧，"乔纳森继续滔滔不绝地说道，"越南、格林纳达、摩加迪沙、两次海湾战争，喔，还有阿富汗。我们去战斗了，我们做了我们应该做的，然后我们留下了一堆乱摊子。我们告诉自己成功了，因为我们实现了最初的目标。但是，我们离开时把苦难留在那里了。"

"你说的'我们'是谁？我们当兵的尽到了我们的责任。只要需要，我们还会一直待在那里。但是我们不过是华盛顿那些白痴的枪杆子而已，别把他们拉的屎扣在我头上。"

乔纳森摊开手掌，好像在托着一个看不见的盘子。"但是你不明白吗？你说的正是我的意思。华盛顿没参与这件事，它完全是我们自己的行动。所以，行动的内容和范围就可以由我们来设计，我们做什么或不做什么都取决于我们自己。我们可以把这件事做得更好。"

鲍克瑟也站起来了。同时，伊萨贝拉和哈维也被搅动得不安起来。如果这两个人动起手来，那会非常不堪的，而且任何一个头脑

333

清醒的人都不会把赌注押到乔纳森身上，哪怕只是一美金。"天啊，猛蝎，你为什么总说这些屁话？为什么总把该死的道德上的两难处境强加在我身上？这些人的命不好，不是吗？在我们出生之前转动命运轮盘的不知是谁，反正是没照顾到这里的那些可怜的家伙。但是这不是我们能解决的问题。即使我们有足够的弹药，我们也没法都运进这里来，而且我们并非刀枪不入，或早或晚肯定有哪个幸运的家伙还会在我身上再钻出一个洞来。"

哈维伸出一个手指插话道："你是说——"

"你闭嘴。"鲍克瑟厉声喝道，还伸出手指警告他。如果伸出来的是枪，哈维就该一命呜呼了。

乔纳森点了点头。这时候最好只是静静地坐着，听听鲍克瑟还说什么。他是很在乎大块头如何看待他偶尔提出的那些不切实际的方案的。

"那么吉恩怎么办？"鲍克瑟又说道，"你打算为了拯救整个第三世界而甘愿去冒救不出他来的风险吗？"

"他的生命已经处于危险当中了。"乔纳森说。

"所以我们才来到了这里。你认为怎样做才能更好地把他带回家？是趁夜色偷偷溜出去，还是一顿枪战打出去？"

一语中的。乔纳森想争辩一下。他希望鲍克瑟是错的，他真的很想为这里的人们而战。然而大块头说得对，埃文·吉恩才是这次行动的目的，行动因他而起也将因他而结束，无论什么资源都必须用于这个唯一的目的。如果换个别的日子，处在不同的条件下，甚至是只要有更多的人手，他们就能负担得起这样一场战斗。

但是，不是今天。

"我们可以把多余的武器送给他们。"哈维壮着胆子说道。

剩下的人一起看着他。

"我们留在山脚下的武器，乔西那伙人丢弃的那些东西。我们可以把它们留给村民，让他们去反抗。那样他们就不用非得依靠我们了。"

鲍克瑟挺直了身子，两只拳头顶在了自己的腰上。"发武器，哈？把它们交给当地人就离开？不培训一下吗？你在海军陆战队就是这么学的吗？"他冷笑了一声，"难怪我见过的海军陆战队的射手枪法都那么差。"

"他们和其他军人一样训练有素。"哈维说过后便不再理睬他对不同军种的不当成见。

"最后的结果不过是为那些坏蛋提供了更多的武器，"乔纳森说，"不管是这里的老百姓故意送给他们还是其他什么原因。"他摇了摇头说，"我错了，我提出的是个愚蠢的想法。"

哈维站起来。"不，不是。你的想法是对的。"

"医生之见。"鲍克瑟嗤之以鼻。

哈维向大块头走近了两步，伸长脖子盯住了他。"说对了，这正是医生之见。事实上，就是这同一个医生刚刚尽最大的努力救治了可能无法挽回的严重创伤。那个姑娘还剩下了一半生儿育女的可能性。还有她脸上的伤口，你想去看看吗？"

鲍克瑟冲着乔纳森做出"你能相信这家伙在说什么吗"的表情，可是乔纳森没理他。

"过来，"哈维抓起鲍克瑟的袖子催道，"过来看看，看看值不值得我们和他们干一场。"

鲍克瑟甩开他的手。"我不用看，早看过了，"他说，"以前看得多了，再看不看的无所谓了。"

"但是这种事发生得再多你也会不以为然，对吧？"

"那不是我们的事，我们的任务是营救一个遭到绑架的小男孩。"

"一个白人男孩，"哈维嘲讽道，"就像伊萨贝拉说的。如果是白人，那我们就爱他，如果在他们身上涂点颜色，我们就不那么在乎了。"

"不用你他妈的教训我，"鲍克瑟咆哮道，"你不知道我心里想什么。你不知道我想做什么，我不想做什么。我想告诉你的是，干这种事的行家里手都不是用他们的心去思考，而是用头脑去思考。我不知道海军陆战队是干什么吃的，但是我知道我是干什么吃的。营救人质是个专业性很强的工作，必须排除各种干扰，全神贯注地把注意力集中在行动的目标上。如果我死在了这种鬼地方的哪个山洞里，那也一定是为了完成我的行动目标。"

"那么这些人呢？"哈维用双臂做了个一网打尽的手势，"他们怎么办？"

"你听好了，"鲍克瑟说，"他们不归我负责，至少这次不是。"

哈维放弃了争辩，转向乔纳森。"头儿，别退缩，一开始你就是对的。我们在山上必须做我们应该做的事，这是肯定的。但是我们这么做了之后，村民会遇到什么呢？他们会为我们的成功而付出代价的。"

"你认为村民们都是无辜的，"鲍克瑟又开始了争论，"其实不然。现在我坐在了这个地方，这些村民可能和那帮恶棍不一样，但是他们也有责任。他们知道那里发生了什么，但他们却让那些事情每一天都在发生着。"

"他们没能力阻止！"哈维喊道。

乔纳森举起了手，该他说话了。"不完全是这样，"他说，"大块头说得也有道理。在第二次世界大战中，艾森豪威尔认为城镇的居民对集中营也负有责任。他们的商店做集中营看守的生意，他们保证了把人们送往集中营的道路的畅通。是不是哲学家埃德蒙·伯克说过，'好人的无所作为是邪恶战胜一切的必要条件'？"

"精辟，"鲍克瑟说，"谢谢你同意我的观点。"

乔纳森用力地盯了鲍克瑟一眼。"我们是好人，大块头，"他眨了一下眼说，"我们不能无所作为。"

36

给埃文拍完照片后，安东尼奥指派了一个新的看守把他送往丛林深处。他们路过了一片密集的小屋，埃文觉得这里就是发生这一系列可怕事件的指挥部。

在埃文的一生中，从来没有体验过这般的筋疲力尽。他身上的每一块肌肉都酸疼难耐，每一寸皮肤都由于蚊虫的叮咬而奇痒无比，只有上帝才知道这儿到底有多少种虫子。他在历史频道和发现节目中看过，丛林里仍然处于史前时代，到处都是吃人的植物和昆虫。在全身四分之三的卡路里全部消耗在拍打蚊虫或是搔痒的情况下，住在这里的人们还能干别的什么吗？

徒步向上攀行了几分钟后，他们就站在了山顶。放眼望去，周围都是起伏的山峦，风景看着还是很美的。这里的大树很少，所以视野开阔，埃文只见郁郁葱葱的灌木林从他的脚下一直伸展到下面的山谷，接着又向对面的山坡上蔓延了过去。埃文不擅长判断距离，但是他估计从这里到对面的山顶大概有一公里的距离。

灌木林并不平静，而是呈现出一种错落起伏的律动，仿佛它是一条鲜活的生命。一开始埃文以为这是轻风吹拂的缘故，然而韵律不对，它不是大自然作用的结果。看清真相后他不禁大吃一惊，原来是二米多高的灌木林里融汇了那么多的孩子。他们正在忙碌地从树枝上撸下叶子，把它们塞进挂在肩头的袋子里。

他发现这些工人都是男孩子，只有在监工的士兵中才能见到成年男子，不过也有一些士兵只是十几岁的少年。孩子们都穿得破破烂烂的，有些人根本什么也没穿。埃文认为他们的年龄大概在八到十四岁之间。

埃文的到来让一个看上去是在睡觉的士兵吓了一跳。埃文的押送者喊他的名字，他连忙跳起来笨拙地摸自己的枪——是一支AK-47，埃文这么想——可是认出了来者以后，便停了下来。呼唤看守的这个押送者是随着奥斯卡和埃文一路走到这里的那些士兵当中的一个。他用愤怒的语气急促地斥责这个一直在睡觉的家伙。随着他吐出的每句话，犯了错的士兵显得越来越恐惧了。

埃文的押送者用力推了一把这个年轻士兵的胸部，使他踉踉跄跄地倒在了灌木林中。责骂这才停了下来。

埃文一句也没听懂，不过他觉得能明白其中一点意思。西班牙语中"蠢货"的发音，听起来和英语差不多。

埃文没有忽略的是，这些劫持他的家伙对待其他人的态度要比对他更苛刻。这并不是说他们对他很好——那可是谬之千里了——而是说他们仿佛是没注意到他这个人似的。更确切地说，埃文对他们而言就像是一条狗或一件家具，不过显然是尚有价值的狗或是家具。

结束了训斥的押送者显然对自己很满意。他领着埃文走进了无边无际的灌木林，冲着自己的对讲机说了些什么，然后他们就停下了。几分钟后，一个男人从灌木林中冒了出来。他个子很高，皮肤很黑，身上穿着同那些工人一样破烂的短制服。不过，他的皮带上吊着一根卷起的皮鞭，手里还有一只用旧了的路易斯维尔棒球棍。

埃文的心又是一阵抽搐。这个皮肤黝黑、肌肉强健的男人很可怕。动画片里的那支魔术笔仿佛是给他的全身都涂上了两个字："邪恶。"

见到新来的家伙，埃文的押送者立刻由盛气凌人的施虐者变成了一个胆小如鼠的懦夫。很明显，埃文是他们谈话的主题。黝黑的人脸上露出的怒冲冲的表情说明，埃文在这里并不受欢迎。

简短的谈话结束后，押送者把一只手放在埃文的肩膀上，把他推到了那个黑家伙前边。埃文从他们断断续续的交谈中听见他们提到了自己的名字。

"啊哈，你就是那个王子呀，"黑家伙的语气里充满了讽刺，"欢迎来到你的新家。"他伸出手来。

埃文握了他的手。他本想说"见到你很荣幸"，但是没等说出口，那人的手就像个鹰爪一样把他抓住了。

"我叫维克托，"他说，"你现在归我了。你要按我说的去做。如果你动作太慢，或者我心情不好，我就会用鞭子抽你。如果你想逃跑，我就会用棒球棍打断你的腿。有什么问题吗？"

埃文发现自己被那个人摆弄棒球棍的姿势吸引住了。当说到打断埃文的腿时，他自如地把玩着球棍，那种得心应手的程度完美地展示了这件武器潜藏的威力。埃文摇头表示没有问题——一个沉默的谎言。他满脑子都是问题，而且早就被这些问题弄晕了——但是在此刻，正确回答维克托的问题比什么都重要，而正确的答案肯定是"没有"，他没什么可问的。

"很好。"维克托说。他又语速很快地和押送者说了什么，那个士兵笑了起来，接着便走开了。离开前他还瞪了埃文一眼，尽管埃文觉得自己没欠他什么。

维克托用棒球棍戳向埃文的肚子，但是埃文一缩腰向后跳开了。维克托笑了。"反应挺快，"他说，"这对你混在其他工人当中有好处。来吧。"

他领头朝下山的方向走去，迈进了灌木林的深处。这里的热度和湿度似乎增强了一倍。大多数的灌木都比埃文的个子高，树叶和枝干挡住了仅有的一点微风。不到一分钟，埃文的皮肤就变得又滑又湿，结果招来了更多的昆虫。

"这是什么地方？"埃文问道。

"你的家。"

维克托的目的是吓唬他，而且成功了。但是埃文不打算表现出自己的感受从而让劫持者满意。"我是说灌木林，"他说，"它们是什么？"

维克托皱起了眉头。"你的头发留得像是丫头。"

"这不是答案。"

"小心我把你的头发剪了。"

埃文直盯着他的眼睛。"如果你愿意，你会把它剪掉。我长得还不够大，没法阻止你。"在这么炎热的天气里，埃文真有点希望这人那么做。把头发剃了他会挺高兴的。但是他知道，即便他苦苦哀求，这些人也不会给他剪头的。不管这一切是怎么回事，给他拍照是其中很重要的内容。他们在过去几天里已经给他拍了两次照了，如果他们想再拍一次，也是讲得通的。那样的话，他们肯定想让埃文看起来更像他自己。

维克托问道："你听没听过钱不是树上长出来的这句俗话？"

埃文点了点头。

"这些灌木林，"维克托用球棍的端头指点着说道，"证明那种说法是错误的。这些树叶子就是美元，那些是欧元，还有卢布、卢比和比索。我们在这儿干的事情会让人变得非常富有。"他从树上摘了几片叶子递给埃文，"瞧瞧。"

埃文接过树叶用拳头擦了擦。它们看起来和其他树叶没什么两样，绿颜色，椭圆形。他抬头望了望维克托。

这个家伙摘下几片叶子，把它们放进嘴里塞在了下牙床和腮帮

341

之间。"你咀嚼这些叶子，吸它们的汁，你会感到快乐，感觉自己很强壮。"

埃文想起了村里那位和善的老妇人。她曾经把看起来很像这些树叶的纸片吐了出来。他把树叶还了回去。"不了，谢谢。"

维克托看上去很生气。"这是古柯叶，对你有好处，就像是可口可乐。"

原来是这么回事儿，他们在这里制造可卡因。埃文看过一部关于软饮料发展历史的纪录片，他记得早期的可口可乐里含有古柯碱，不过很多年前他们就把它剔除了。尽管过去了一百年，维克托显然是还没得到这个消息。

埃文把树叶扔在地上，搓了搓双手。"不了，谢谢——"突然一阵剧痛打断了他的话，维克托用棒球棍猛击了他的后脑勺。埃文一声惨叫，双手捂住脑袋弯下了腰。又是一棒，更用力地砸在他的右臂上，埃文不禁双膝跪在了地上。他立即把身子缩成了一个球状，不知下一次的击打会落在什么地方。

"站起来。"维克托命令道。

感觉随时又会挨上一下，埃文盲目地举着手遮挡，虽然他根本不敢去看棒球棍会从哪里袭来。

"现在你就给我站起来，小子，要不然我就真的揍你。刚才那不过是小意思。"他用棒球棍的端头怼了怼男孩子，结果又引发了一声尖叫。"站起来，要不你还得挨揍。"

埃文被突然的击打镇住了。挨打的部位已经肿起来了，而疼痛还在加剧。不过埃文还是手忙脚乱地站了起来，两手仍然抱着头。

"我说让你干什么，你就干什么。"维克托缓缓地说着，语气听起来很理智，"现在把我给你的叶子捡起来。"

幸运的是，那些树叶落在了他们经过的泥泞小路边一个小土堆上。要是不走运的话，它们会掉到泥里的。埃文捡起它们时才注意到了自己的手有多脏，就像他从来没洗过手似的，也许这就是为什么在这里没人洗手的原因吧。

他向维克托展示了三片叶子，把它们平展在自己的指头上，像给人家看你手里的牌一样。

"把它们放到你嘴里，"维克托下了命令，并盯着孩子的动作，"稍微嚼一嚼，让它们变软，然后把它们含在这儿。"他指着自己嘴里的一个地方说。

尽管有可怕的苦味，埃文还是照着他的指示咀嚼着。几秒钟后，他感觉出舌头麻木了，虽然不像在牙科诊所打了奴佛卡因那样起效，大体的感觉是差不多的。

"记住别咽下去，"维克托说，"现在可以在嘴里含着了。"

埃文再次照做了。维克托期待地看着他问道："感觉怎么样？"

"我的嘴麻了，"埃文说，"我不喜欢这种感觉。"

"那么你再说说你的脑袋感觉怎么样，还有你的屁股。"

天哪，痛感神奇地消失了。他没说话，可是他的表情替他说明了。

"看到了吧？"维克托笑着说道，"我说过古柯对你有好处的。走吧。"

他们继续往前走，大约一分钟后开始穿过正在干活的人群。果然如他在远处就发现的那样，干活的都是男孩子，埃文在他们中间是年龄最大的。大多数人根本就没有注意他们在一旁经过，那些看到他们的人也只是好奇地瞥一眼，马上又掉头去摘树上的叶子。埃文看见左边有个孩子蹲在地上，当着所有人大便。奇怪的是，在充溢着腐烂气息的这种环境中你竟然就闻不到了粪便的气味。

维克托喊道："查理！你在哪儿，小子？"埃文过了一会儿才意识到他说的是英语。没有马上听到回答后，维克托用球棒戳了戳另一个男孩子，那孩子急忙跳了起来。维克托用西班牙语问他，男孩指了指他们的身后。

"你待在这儿。"他对埃文说，随即又往回走了十几步。"查理！"他大声喊着，显然是看到了他要找的那个人，"到这儿来。"

一个十二岁左右的男孩从灌木林中走了出来。埃文的心沉了下去，这就是刚才大便的那个孩子。他的皮肤几乎和其他人一样黑，但是他的头发是棕色而不是黑色，这让埃文怀疑也许人的肤色与基因没有多大关系，反而是和日照的关系更大。这孩子比别人更瘦，一条绳子系着破烂的短裤，身上肮脏不堪，眼神明显呆滞，埃文顿时对他心生厌恶。

"瞧瞧我给你带来了什么，查理？"维克托一边说着一边把这孩子拉向埃文。"另一个说英语的人。"两个孩子现在挨得很近了，"查理，和埃文握握手。"

那个男孩顺从地伸出手，埃文犹豫了一下。孩子的手很脏，这儿还没有卫生纸。想想吧。

埃文伸出的是拳头，查理马上改成攥拳，两人撞了一下。

维克托说："查理，我希望由你来照顾埃文。"

查理一点也不喜欢这个主意。他用西班牙语对维克托说了些什么，维克托用严厉的声调答复了他。停顿了一会儿，维克托又说了几句，查理不吭声了。

维克托解释道："开始这几天，你们俩先共同装一个袋子。今天你就要学，埃文。从明天起，你就得和查理干同等分量的活儿。你不会想完不成任务的。给他看看，查理。"维克托用食指做了一个转身的动作。查理转过身去，露出了后背上斑驳的伤疤。他让他们看了几秒钟，然后转回来了。

"告诉你的新朋友，你这是怎么回事。"维克托说道。

344

查理清了清喉咙，低头看着埃文的脚。"鞭子抽的，"他说，"我干活不够快。"

"正确，"维克托笑道，"这里的人们都有很多伤疤，我喜欢给人留下伤疤，"仿佛读懂了埃文的心思，他弯下腰，正对着孩子的脸庞说道，"不管我怎么让你的后背流血，照片看上去总是错不了的。"

乔纳森一行聚集在电脑屏幕前，仔细查看维妮丝通过加密卫星链路获得的图像。"鸡妈妈，这些照片不错。"乔纳森通过无线电说道，"我想你在屏幕上看不到金发的孩子吧？"在渔人湾的办公室里，维妮丝正在 96 英寸的高清屏幕上显示着这些图像。

"我正在找，"她说，"我进入网络的时间不比你们更长。"

他们现在所看到的图像是几分钟前的实况，上面显示的可卡因工厂的规模是乔纳森以前从未见过的。在崎岖不平的山顶上，这个工厂的占地足有几十英亩，即便是对当年的毒枭巴勃罗而言，这种经营规模也只能是个梦想。如今这里的毒品制造者不再需要在政府面前躲躲藏藏了，他们甚至也可以实现通常只有合法制造企业才能达到的效率了。画面上似乎有一个中央总部区域，由于树冠十分茂密，其中的细节很难辨别，但是通过穿透成像技术还是可以清晰地看出十四幢不同大小带有顶棚的建筑物，其中十三幢长方形的粗糙建筑围绕在一幢中心建筑物的周围，中心建筑的体量是体量第二大的那幢房屋的四倍。

这座小城——为什么不这么称呼呢？它看起来挺像是个小城市——的东南方向有大片的古柯树林，还有密集的劳动力，大概总共有二十多人。由高度机密的军用科技成果转化为商业应用的天眼卫星监控系统只能从上方鸟瞰景物，然而运用最先进版本的软件实现数码增强，就可以将这些图像转换为地面视图，从而使得利用距离地球三百公里轨道高度的卫星进行人脸识别成为了可能。

"放大到三十英尺，"乔纳森眯起眼睛盯着屏幕，指示道，"让我看看其中的一个工人。"

"哪一个？"

"你选吧。"

虽然在笔记本电脑上也可以操作，但是对维妮丝来说，用控制键做这种事要简单得多。图像移到了屏幕的一个区域，高度三十英尺的视角让他们在每一帧画面上看到了四个工人。

"我看到那些孩子了，"哈维说，"你们看到了吗？"

"你一见到孩子就兴奋，不是吗？"鲍克瑟呛白道。

"去你妈的。"

"住口。"乔纳森厉声道。他打开了话机的麦克风，"我们看到了一群做小工的孩子，鸡妈妈。你是从大屏幕上截下来的吗？"

"噢，天哪，太可怕了。"维妮丝说。

乔纳森认为这表示她承认了是从大屏幕截的图。

"好，再回到一百英尺高度。"孩子们似乎从屏幕上消失了，他们看到了工厂的西南角。乔纳森用一支缩回了笔尖的圆珠笔触碰了屏幕上的一个点，"让我看看这座楼，"他对维妮丝说，"放大到十英尺。"

图像开始移动时，鲍克瑟问道："你是想看看茅草屋顶？"

"完全正确。"他要看的是在大院里唯一高出了丛林树冠的那幢建筑。由于只有它没有遮挡，所以容易看到结构的细节。

当图像停止移动，软件完成了解析过程后，一个没有墙立面只有棚顶的小房子图像清楚地显示了出来，就像是某个参观者近距离拍摄的那样清晰。正如所料，屋顶是用棕榈叶苫的。当然了，这里除了棕榈叶以外还能用什么呢？

"茅草屋顶有什么重要的？"哈维问道。

"因为它们很容易燃烧。"鲍克瑟说。

哈维张大了嘴巴。"我们到底想干什么？"

"想以少胜多。"乔纳森答道。他又对维妮丝说，"继续，再拉出来，让我看看大院。把高度调到能让我看到所有建筑就行。"

"我们在找什么特定的东西吗？"维妮丝问道。

"我想找油库。"他说。虽然是对着话机说，但是同时也是说给哈维听的。"制造可卡因的过程很奇怪。如果人们知道它是怎么制成的，大概就不会有人把那玩意放进鼻子去吸。人们先是踩踏古柯叶子，接着把它放进硫酸里浸泡一阵子，再经过别的一两个步骤，就开始用汽油来浸泡它很长时间。所以，我想他们在这里储藏着充足的汽油。"

"汽油，呃？"维妮丝在耳机里说道，"你早说呀，看这个。"当屏幕刷新时，上面的画面闪烁了一会儿，就变成了一个类似黑白底片一样的图像。图像跳动了几次，然后反转过来了。

哈维问道："她到底在干什么？"

"这说明维妮丝就是维妮丝。"鲍克瑟回答。

乔纳森补充道："时间长了你就会明白，这种时候就不要问那么多了。最好坐这里别动，直到她干完为止。她对付计算机很在行，所有玩电子产品的都怕她。"猜到一会儿在展示需要的图像时，维妮丝肯定还要附带介绍她在数字领域取得的新成果，乔纳森从无线电插口中拔下耳机，对笔记本电脑的扬声器进行了音频连接。"别随便议论维妮丝，"他说，"她随时都能听到我们说什么。"

"哈哈，真有趣。"维妮丝说道。

在屏幕上的图像和颜色不断变换的同时，他们听到了维妮丝敲击电脑键盘的声音。这仅仅是让人头晕目眩的开篇部分，她围绕着主建筑物不停地放大和缩小着象限。当其中一个象限呈现出了橙黄色的光环时，她说，"就在那里。"

"什么在那里？"乔纳森问道。

"等一下。"她说。

画面离开主建筑物，切换到了院子的其他地方。透过树冠，那些房屋看着更像是粗略的轮廓，而不是真实的影像，但是每幢房子的基础平面是清晰可见的。屏幕从一个建筑移向另一个建筑，停顿了一两秒后，再移到下一个。她似乎在以随机的间隔快速地进行着放大、缩小。最后，画面停在了一幢小房子上，也许它是这里最小的一个。她拉近了距离，就像刚才一样，屏幕上又出现了一个类似的橙黄色光环。

"这就是你的油库。"维妮丝说。

鲍克瑟忍不住大笑起来。

"告诉我们你是怎么知道的？"乔纳森问道。他对这个判断的准确性没有疑问，因为维妮丝总是正确的，他只是想知道她是如何得出结论的。

"你忘了天眼是用来干什么的吗？"她问道。

他很快就缓过味来了。他确实忘了。"石油勘探。"乔纳森说。

"对了。这个程序是用来寻找石油化合物的。不要问我它是怎么做的，这和蒸汽的光学识别标志什么的相关，你只要去那儿找到它就是了。"

"太棒了。"哈维惊叹道。

"我跟你说了她很棒。"乔纳森说。

维妮丝继续说道："我们看到的第一个橙黄色信号是正在车间里使用的汽油。我起初就想，生产中正在使用的汽油应该更容易被发现，而且我猜测那座大房子实际上就是加工车间。我需要看看车间里的汽油在屏幕上显示出什么样的特征。果然，它的蒸汽浓度很高。按照这个标准，我就进一步找到了汽油的储藏库，因为我发现那里的蒸汽浓度更高。"

"你怎么知道你找到的不是硫酸呢？"鲍克瑟问。

"因为这个卫星系统不是找酸用的，"她毫不迟疑地答道，"这个系统找不到酸蒸汽。"

"我还是得说，太棒了！"哈维说，"我们现在知道它的位置了。接下来的问题是，我们知道它是为了什么？"

乔纳森和鲍克瑟交换了一下眼光，同时说道："烧了它。"

乔纳森进一步解释道："我们需要声东击西，转移他们的注意力，以便把我们解救的人质安全带走。如果我们逼着那些看守做出选择：是从我们手里夺回一个孩子还是去抢救燃烧的整个院子，也许我们就有机会突破他们的围堵了。"

"说到突破，"维妮丝的语气突然变得轻快了，"这才是突破呢。"屏幕上又开始刷新画面，然后他们看到了一幅古柯田的清晰图像。

看上去和刚才没多大变化，工人们仍然在树下辛勤地劳作。维妮丝开始放大那些工人的图像，乔纳森不由得屏住了呼吸。会在人群里找到埃文吗？

他终于看到了白皮肤金头发在屏幕上一闪而过。乔纳森立即指向屏幕说："天哪，那就是他，不是吗？"

那个男孩与一个高个子黑人男子以及另外一个孩子站在一起。虽然只是一幅静止的画面，但是看得出他们似乎是正在交谈。"尽可能拉近点。"

在他说这个话的时候，乔纳森就知道自己有点过分了。如果维妮丝拉得再近的话，他们就可以数那孩子肩膀上的瘢痕了。不过维妮丝明白他的意思，把距离拉到了五英尺远的地方。

"我看见了，一个金色长发的白人男孩，"鲍克瑟说，"你看他肩膀上被太阳晒脱皮了。这是从来没这么暴晒过的人才会出现的现象，我敢 99% 肯定，那孩子过去没这么晒过太阳。"

乔纳森表示同意。"我觉得可以确认就是他了，"他说，"这证明我们没有走弯路。鸡妈妈，你能给他做个标记，好跟住他吗？"

沉默。

"你还在吗？"乔纳森问道。

"我在，"维妮丝说，"我只是不知道该怎么回答你。他身上发出的热敏信号和别人都差不多。我可以用视觉跟踪他，但是很快就要不行了。天黑后，我们的画面就会失去他。"

"不用它了，"鲍克瑟道，"我们已经知道了他在那个地方。一旦我们在那里制造了一点混乱，我们就能趁机把他找出来。"

"那可不是一点点的混乱，"乔纳森说，"我可不想在一群四散奔逃的人当中去寻找一个同样在奔逃的目标。"

"那我们就在点着汽油之前找到他。先按住那个孩子，然后再把那个鬼地方炸它个底朝上。"

"为了找到他，我们必须在那个营地到处转悠，"哈维说，"我可不像你们是什么战术专家，想想都挺吓人的。"

鲍克瑟笑了。"吓人，呃？你知道怎么用枪，对吧？"

"我有办法了。"维妮丝说。

所有人都转向电脑。"什么办法？"乔纳森代大家问道。

"有办法在天黑后继续跟踪他了，至少能跟踪到他进屋。不是通过捕捉他的热敏信号，而是通过消除其他所有和他相同的热敏信号。"

乔纳森向鲍克瑟问道："你听明白了吗？"

"当然不明白。"

乔纳森笑着说：“看来不止我一个人不明白。”

“这很简单，”维妮丝继续说道，“通常我们考虑如何通过热敏信号去确定一个特殊的目标。但是在体温都是三十七摄氏度，在上下误差没多少的人群里，想靠这个办法特别区分出一个人来是行不通的。因此我们要做的就是，让计算机除了这一个目标之外，忽略掉其他所有的目标。”

“哦，我明白了。”乔纳森说。他也不知道自己是否真明白了，但他这样说的同时也向其他人做了示意，让大家不要再深究它了。只要维妮丝说可以，那肯定就是可以。理解它如何做到和为什么能做到并不是那么重要。“你能马上编出这个程序吗？”

“这花不了多长时间，”她说，“还有，我想为那里的每个建筑都做个相应的 GPS 坐标，并把它们下载到你们的设备上。我可不希望你们在黑暗中迷了路。”

乔纳森笑了。这些年来科技已经让战争改变了许多，这不仅仅是体现在武器上。不过相对而言，具体的实战行动这一部分变化还不是非常多。你依然要靠洞穿对方的肉体来杀死敌人，虽然其准确性和有效性是越来越高了。根本性的变化主要还是发生在那些非战斗元素上。在维妮丝完成她刚刚提到的下载后，敌方每个房子的具体坐标都会显示在他们的装置上，实际的精确度不会超过几英寸。这对于他们顺利地潜入和撤出的意义是不可估量的。这样一来，即使在一个能见度很差的多云多雾的夜晚，他们也能够准确地到达目的地，然后再安全地返回家里。这真是一个陆地导航的全新世界。

当维妮丝沉浸在她的网络空间的时候，乔纳森和他的战友们敲定了攻击计划。考虑到目前掌握的情报还很有限，这次突袭必须是直截了当、干脆利落的。潜入进去，制造混乱，找到人质后迅速撤出来。遇上任何手持武器的敌人都要毫不犹豫地杀死对方。对于没有武器的人，只要他们不碍事就放过他们。

"从战术上讲，鲍克瑟，你是炸药大王。哈维，你是医生。我是负责一切行动的头儿。作为一个团队，我们必须紧密配合，相互掩护，而一旦我们的人质到手，那就什么也不能阻挡我们把他塞上车去。我的意思是没有任何东西、任何事情可以阻挡我们，明白吗？如果事情搞砸了或者我们打散了，不管是谁，只要是和埃文在一起的，就必须马上带他离开此地，撤回上车地点。我们带两辆车就是专门为了防备我们遇到被打散的情况。"

"一旦人质安全上路，即使我们被打散了，我们仍然有回旋的空间。"他直视着哈维说，"你是团队中的新人，所以你需要知道参战规则。如果你还活着，我们就不会离开你，除非是为了保护人质而万不得已。明白吗？"

"我们海军陆战队也不是把战友扔下不管的人。"哈维说。

乔纳森点了点头。"我这话没有别的意思。"他看了一下手表。"现在是五点二十八分。到日落还有五十六分钟，一旦日落我们就出发。估计到达目的地需要三个小时，然后今晚就该热闹了。不管怎样，我们都要在十一个小时内离开这个该死的国家，最多十一个小时。"

37

"把那东西吐出去，"维克托终于走开后，查理说道，"它会把你的脑袋弄坏的。这里的人至少都是半疯了，谁也不需要疯得更厉害。"

埃文把一只手指弯成钩状，从嘴里抠出难闻的叶子。"你是怎么做到不让他打你的？"

查理的表情好像在说，让我歇歇吧。"记得我后背上那些伤疤吗？那是在我还不会对付他的时候留下的。"他走到在灌木丛里长着的为数不多的几棵大树旁，从其中的一棵树上摘下了几片绿叶。"嚼这个。"

"这是什么？"

查理耸了耸肩。"不知道。反正不是刚才那种坏东西。但是你嚼一会儿后，它们看起来就都一样了。嚼这种东西你才不会慢慢地变成一个废物。"

埃文感激地拿起树叶，把它们塞进了原先被古柯叶占据的地方。"你为什么会到这个地方？"

"我们最好开始干活吧。"查理说，"这没什么难的，你只要把叶子摘下来装进袋子里就行了。"他示范了起来，攥过树枝，把拇指扣在食指的第一个指节上往下一拉，一下子就把整个枝条上的叶子都撸了下来。

埃文模仿了一下，马上甩起他的手来。摩擦造成的感觉火辣辣的。"真疼。"

"没错，在你的皮肤变硬之前，你也许恨不得把手都剁下去。但是几周后，你就一点也不觉得疼了。"

埃文目瞪口呆。"几周？我可不想在这儿待几周。"

查理轻轻一笑。

"有什么好笑的？"

"没什么好笑的，"查理说，"每个人都说同样的话，但是从来没有人离开过这里。即使有离开的，也不是他本人希望的那种方式。"

"为什么不是？"

查理瞥了他一眼，继续撸他的树叶。"你最好继续摘，挨鞭子可是疼得要命。"他伸长脖子看看有没有人在监视他们，"他们没走是因为他们没有地方可去。你是走着到这里来的，对吧？你在路上看到有什么地方可以逃吗？"

"我可以去找警察。"

这一次，查理真诚地笑了。"别麻烦了，他们会来这儿的。警察常常来。你不要对什么都抱着希望，那只会自寻烦恼。帮助你是警察最不愿意做的事。他们来这是为了拿到老板给的报酬，捎带取点样品，然后再下山去糟蹋村里的姑娘。对他们来说，这里就像是热带雨林中的迪斯尼乐园。一个他们寻欢作乐的场所。你去找警察，他们就会把你抓住再送回来。然后你就得和维克托还有他的玩具来一场严肃的对话。相信我。你哪儿也别去。你最好是尽快地习惯这地方。"

恐惧再次涌遍了埃文的全身。"你在这儿多久了？"

查理耸了耸肩，"我不知道。我十岁的时候，我父母在波哥大的一次抢劫中被杀害了。有一段时间我在孤儿院那类地方到处挪来挪去的，后来到这儿就算扎根了。那都是很久以前的事情，我真的不清楚了。这和我们记住庆祝什么节日不一样，这里没有生日，没有圣诞节，而且天气也从来不改变。你还能记住什么呢？你多大了？咱俩差不多吧？"

"我十三。"埃文说。

查理停下来看了他一眼，脸上露出不相信的神色。"十三？真的？"

埃文点了点头。

"看起来你比你的年龄要小。"

"我说的不是真的。"话一出口，埃文就怀疑是否应该说谎。

查理移开了目光。很长一段时间，他没有做或说任何事情。也许有一分钟吧。当他回去继续干活时，他一直背对着埃文。

埃文的感觉糟透了。如果查理真的在这里度过了三年的时光，那他是怎么坚持下来的呢？他真的不清楚已经在这里待了多久了吗？埃文本来不该聊这些的。

"你的英语为什么说得那么好？"埃文问道。

"我父母是美国人。"查理说。他的声音很弱，有点哽咽。"维克托喜欢在像你这样的人来这里时我能和他们说英语。"

埃文变得更加不安了。"像我这样的人？"

查理没接茬。

"你什么意思，还有像我这样的人？"

查理摇了摇头。"忘了吧，就当我什么都没说。"

"想忘掉可是有点晚了。"

查理再次停下手头的活儿，看着他的眼睛。"他们会给长得像你这样的美国小孩很多的钱。"

埃文没明白，也许是他不想弄明白。"什么长得像我这样的？"

"你要不知道，就找个镜子。"

埃文推了他一把，查理失去了平衡，但只是踉跄了一下，没有跌倒在地。"告诉我，该死的！"

报复来得飞快而且莫名其妙。没等埃文反应过来，查理就给了他一巴掌，把他打倒在了刚刚还在采摘的灌木林中。

查理跨前两步，紧盯着埃文。他的眼睛瞪得通红，而且闪着泪光。他似乎喘不过气来。他喊道："你是白人，你这个笨蛋。你是白人，你看上去就像个女孩。人们付现金给看着像女孩的男孩子。你听懂了吗？然后他们就像干女孩一样干他们。"

埃文待在地上，等着看接下来会发生什么。有好一会儿，查理都像是在准备打斗，一只脚稍微靠前，双手在胸前摆出了架势。后来，他像是泄了气，放下双手，肩膀也耷拉了下来。"记着是你自己问我的。"他轻声说道，然后就又回去干活了。

埃文坐了起来，随后站起身，掸了掸身上的土，很快又意识到那是徒劳的。"对不起，是我推的你。"他咕哝道。

查理的手不停地在树上干活儿，同时他转过身说："对不起，你也别和我一般见识。"两人咧嘴一笑，就当开了个玩笑。一段友谊就这样建立起来了。

一阵机枪的扫射声让埃文吓得跳了起来，立即扑倒在地上。

查理笑得都喘不上气来了。"他们没向你开枪。"他说。他把挎在肩上的树叶袋子调整到一个更舒服的位置。

"那他们向谁开枪？"

"没向什么人开枪。"查理说，"走吧，该吃晚饭了。"

查理的袋子装满了，又大又重。它拖在查理身后足有两米远，由于实在太沉，查理每走一步都要用力哈下身子拖它。

"要我帮忙吗？"埃文问道。

"不用，谢谢。维克托不喜欢那样。很快你就有你自己的袋子了。"

埃文陪着查理把袋子拖上山顶，又下坡来到大院。他们走近时，晚餐的味道、汽油的味道还有臭鸡蛋的味道混合在一起，让埃文觉得有点反胃。他们把袋子拿到了中间那幢大建筑的边上，那里有很多工人在一个锈迹斑斑的大秤前面排成了一行。

一次一个人，每个男孩依次把他的袋子拖到秤上。一个男人负责称重量，然后在写字板上记录下来。在大家排队时，埃文发现队伍里每个孩子的后背上都有一道道的瘢痕。有些人的瘢痕比别人要多些，不过似乎没有人能永远躲开维克托和他的玩具。人们都陷在令人不安的沉默之中，埃文很想知道谈话是否也是被禁止的，但他生怕真是如此，所以没敢问。

埃文看了看自己的手指肚。很疼，而且黏糊糊的，不知道是自己手上的水疱磨破了还是沾上了灌木丛里的某种汁液。但他很高兴听了查理的话，用手摘他那份树叶，而不是像其他人那样成串地撸下它来。如果那样做，他很可能已经在翻开的皮肉下看到自己的骨头了。

终于轮到他们了。查理把他的袋子拖到了秤盘上。称重的男人调整一下秤锤的位置，用西班牙语说了些什么。查理谦和地做了回答，那人笑了。又说了几句话后，随着那人轻轻点头，他们退场了。

"他说什么？"埃文问道。

"他说我今天干活很努力，"查理咯咯地笑着说，"我懒得跟他说今天我是跟你一起干的活。"

埃文心中升起了一丝自豪感，自己能帮到新朋友是件高兴的事。可是当再次意识到他所面对的是什么后，埃文的脸色变得暗淡，情绪又低落下来。白人孩子靠被人猥亵来挣钱。

不，这种事肯定不会发生。他不知道将如何阻止它，但是这种事再也不会发生在他的身上了。他的耳边想起了乔纳森先生在复活者家园引用的《陌生的危险分子》一书中的话：宁可死在街上，也决不让他们拉上车。

是啊，等着看吧，当有人猥亵他时会发生什么。不管怎样，地板上一定会有很多的血。

"好，你还要搞清楚这里怎么吃饭。"接近院子中央时查理解释道。一些人已经在这里支起了很多烧丙烷的烤架。"他们给你什么你都要接受，当你接过来的时候还要微笑。维克托屁股后面有根帮助你表达谢意的棍子。一旦我们拿到吃的，我们就走到那边的一张桌子去吃。只要你能咽下去的都吃掉。如果你明天不能干活，那你就得挨揍，他们才不会在意你是由于没吃饭，懂了吗？不管什么时候，只要有东西吃，你就吃了它，明白吗？"

埃文点了点头。靠得越近，气味越难闻。"他们煮什么呢？"

"永远别问，"查理说，"你要问了肯定就挨揍，你要是知道了那是什么，比挨揍还糟糕。你可能认为自己想知道，但我敢保证，你不会愿意知道的。"

烤架起到了把院子里不同的人分为不同等级的作用，它把围在主屋周围的成年人和聚集在烤架远处的工人分开了。查理做给他看如何享用晚餐。他抓起了塑料托盘，很像是复活者家园后面餐厅里那种，自己拿着一个，同时也递给了埃文一个。查理先走向厨师，默默地端着盘子。厨师把一大块肉放在盘子里，然后舀一些让人恶心的黄色东西放进一个杯子里，摆在了盘子上的肉旁边。查理礼貌地笑了笑，朝着就餐区的一排破旧的野餐桌走去。埃文严格地重复着他的动作，尽最大可能不对托盘上的动物腿肉表现出厌恶之意。这块肉竟然还有脚指甲在上面。接下来是那杯垃圾，仔细检查一下，里面好像有玉米。不管怎样，他告诉自己那就是玉米，他喜欢玉米。如果他确信自己喜欢这个东西，那么也许他就可以把它咽进肚子里，而且以后还继续吃下去。

查理领着路找到了一张没人坐的桌子，埃文坐在了他的对面。

　　"你不要和其他工人说太多的话，"查理说，"他们不喜欢外国佬。前一段时间，外国佬杀了他们的很多亲戚，把这里变成了地狱。在这里说英语是个问题，而不说西班牙语是个巨大的问题，所以你最好尽快把这问题解决好。"

　　"但是你说英语啊。"埃文阐述了一个显而易见的事实。

　　"你看我周围有什么朋友吗？这些混蛋都知道我是不属于他们的另一种孩子。他们知道我不嚼他们的那种杂草，他们也知道只要有一两个机会让我逮着了，总有一天我就能为自己创造一种新的生活。他们不喜欢我的这个样子。"他咬了一口肉，屏住气息避开它的气味。"如果我是他们，我可能也会恨我不像他们那样有种。"

　　埃文不知道该如何回答，索性就没接茬。他拿起肉闻了闻，仍然无法接受，可还是闭上眼睛咬了一口。

　　哦，天哪，他必须想办法离开这里。

　　埃文敏锐地意识到人们正在观察和谈论他。坐在其他桌子旁的男孩们伸长脖子看着他指指点点的。更远处的一些男孩为了看得清楚，甚至站了起来。

　　"有点像是在动物园，是不是？"查理看了一眼说。

　　"和酒吧里相反，"埃文说，"这里每个人都这么安静。许多小孩子在一起，本来应该是很吵闹的。"

　　"就是因为那种杂草，"查理说，"这就是为什么他们想让每个人都嚼它的原因。那些东西对你有奇怪的作用，能让你除了干活什么也不关心。在这里你除了干活吃饭就是睡觉。"

　　埃文竖起了耳朵。"睡觉？还让我们睡觉？"

　　"太阳下山后，除了睡觉再没别的。那些小屋就是用来睡觉的。"他指着一排共四个茅草屋顶的小房子，它们和这里其他的房子别的都一样，但是四面有墙。这些房子比旁边的要高一些，为的是设置装有一排铁栏杆的窗户。窗户的高度约有一米，窗沿离下面的平台约有一米五的距离。"在天黑前他们把我们锁在里面，当太阳升起时，他们再把门打开。"

埃文的心跳加快了。他并没有幽闭恐惧症，但一想到和一些不喜欢他的陌生人一起关在一个小屋里，而且是在黑暗中，这对他而言就是活生生的噩梦。"如果晚上你要上厕所，那怎么办呢？"

查理嘴里含着食物说道："我尽量不起夜。但如果你不得不去的话，角落里有一个横着切断的鼓，上面有个座。在这里，惩罚性的工作之一，就是让你去清理那个东西。我从没见过有人干那个不呕吐的。"

噢，活生生的噩梦里还没包括这个呢。埃文必须离开这里。也许他会为此而死，但是这里的生活绝对不是属于他的。

突然间，仿佛有人给这个院子钉上了棺罩，而且还把里面的空气都抽走了。查理说道："记住，话多了一点好处也没有。"

埃文在自己的板凳上转过身去，看到维克托站在了烤架旁。他的手背在后面，从远处看，不知怎的他显得更加凶恶。在昏暗的光线下他的皮肤闪闪发亮。他什么也没说，直到整个院子安静了下来。

他说话时的声音很大。即使听不懂，埃文也知道他的话很重要。刚讲了几秒钟，他就指着埃文说到了他的名字。

埃文看着查理，希望他能翻译一下。

"他说你是个很特殊的客人。但他并不是真有那个意思，他是在拿你取乐呢。"

整个人群都转过来，齐刷刷地望着埃文。

"他说你不可信。"查理费力地翻译着，试图进一步解释这些话的实际含义而不仅仅是转述其表面的说法。过了几秒钟，他放弃了这种努力，开始直接翻译了。

"埃文·吉恩先生不能受到任何人的伤害。他的脸上不能有任何伤痕。他不会讲我们的语言，所以尝试和他交谈是愚蠢的。因为他很特殊，所以他不需要和你们其他人一样努力工作，但他仍然会和你们住在一起。"

"他到底想干什么？"埃文压低声音问道。

查理冲他嘘了一下。很显然，翻译一个人的话，又不去回答另一个人提出的问题是很难的。

他继续当着维克托的传声筒。"一定要照看好他。对我来说，他比你们任何人都有价值。如果他受伤了，我会严厉地惩罚你们所有人。"

维克托用力地挥了挥他的路易斯维尔棒球棍，以示进一步强调他的最后一句话。

"如果他逃跑了，或者有人来把他带走，那我就会狠狠地揍你们所有人。如果他不回来了，你们中的一些人会因为我生气而死掉。"

埃文觉得自己的耳朵红了，同时心里像是压了块大石头。维克托这样说，会让所有人都恨他。

"我们这位最新的居民有他的朋友，他们很想把我们的一切都抢走。不久的一天他们也许会杀了我和你们所有人。他们可能会编造一些借口，但是不管他们对你们说什么，那完全都是谎言。这些陌生人来的时候，会设法把埃文带走，如果他们成功了，你们很可能会死。一切都和过去一样，就像以前美国人杀了你们那么多人的父母一样。"

为了加深印象，维克托停顿了一下，趾高气扬地按桌子的等级从高向低走了过来。他停在埃文的旁边，怒目而视，突然以让埃文吓了一跳的速度揪住埃文的耳朵，把他从座位上拎了起来。埃文叫喊着用手去掰维克托的手腕，希望能阻止他把耳朵从脑袋上撕下来。

"如果那些人来找我们的朋友埃文，你们该怎么做？"

有那么几秒钟，没有人说话。随后一个男孩站了起来——他不可能超过十岁。"Mataremos。"男孩说。

其他男孩都高声叫了起来。

维克托把另一手放在自己的耳旁做出倾听状，身子向人群倾斜。他又说了些什么，随后每个人都异口同声地喊道："Mataremos！"

"什么？"维克托说道，进一步做出倾听的姿势。

"Mataremos！"男孩们齐声高喊。维克托放开埃文的耳朵，把他推回到座位上。在埃文周围，他听不懂的这句西班牙语好像变成了一首圣歌："Ma-ta-mos！Ma-ta-mos！"

坐在埃文这边，查理的表情非常不安。面对埃文无声的询问，他答道："他们这句话的意思是，'杀了他们'。"

38

"猛蝎，这里是鸡妈妈。"

乔纳森按了一下背心上的送话键："嗨，鸡妈妈。"他们三个人正走在一个似乎永无尽头的山坡上，乔纳森领头，鲍克瑟走在最后面。原本伸手不见五指的夜晚却在他们的眼里展现为一个明亮的绿色世界，这要归功于他们戴着的夜视镜。GPS 导航仪显示，他们在离开村子后已经走了三公里多一点的路程。一路上，乔纳森的手始终握在吊在胸前的那支 M4 的枪柄上，手指就在扳机护圈外面，一旦有情况马上就会做出反应。

"我得到了来自阿拉斯加的好消息，"维妮丝说，"金刚狼传过来的。我们的朋友正在乘坐特别安排的飞机返回，每个人都安全，而且他们还打出了一个本垒打。"

乔纳森笑了。"我敢肯定故事很精彩。"

"我已经听到一点了，"维妮丝说，"你都猜不到会有多精彩。"

"很期待。我们丛林这边有什么好消息吗？"

"还真有，"她说，"我相信我已经确认了贵重物品所在的最后位置。"维妮丝说，"他在 G 号楼。从里面的人数看，它可能是个宿舍。"

不用参考地图或电脑，乔纳森就明白她指的是大院东部外侧的第三个小房子。他停下来等其他人跟上。鲍克瑟和哈维也配备了同样的通信设备，但是作为指挥官，只有乔纳森可以答复渔人湾。"你有多肯定？"他问道。

"百分之百肯定他进入了 G 号楼。接下来的事情也许就不敢说得这么肯定了。"维妮丝说，"我会监视是否有人从那幢建筑出来，但是如果出现这种情况，我们无法知道那人究竟是谁。"

"明白。"乔纳森说，"我这里显示我们离目标还有三公里，你同意吗？"

"对，我这里的显示也是如此。"维妮丝说，"但是我也有不好的消息。他们把整个院子照得像白天那么亮。我用天眼昨夜的图像做了比较，他们的探照灯是新装上的。"

"说明他们在等着我们呢，"鲍克瑟低声说，"该死的乔西。"

"说明他们预感到会发生什么事情。"乔纳森说。他又按了一下送话键，"你找到发电机的位置了吗？"

"我想是的，"维妮丝说，"我找到了一个温度达到摄氏 260 度的热敏信号，与油料燃烧形成的温度一致，那应该就是他们的发电设备，位置在主建筑西侧边缘。问题是，它似乎始终处在由它自己供电照明的探照灯灯光下面，你们无法接近那里。"

"用狙击步枪把它打灭呢？"哈维问道。

乔纳森摇摇头。"我们的子弹是 5.56 毫米的，你的是 9 毫米的，用它们不把握。"他暗骂自己为什么没向乔西要一只 7.62 毫米口径的通用机枪。用 M60 机枪来对付发电机是最管用的了。

"我们再增加一次爆破就是了。"鲍克瑟说。

鲍克瑟善于用云淡风轻的语气谈论复杂危险的任务，乔纳森每每为此而感到惊奇。当然，鲍克瑟的建议是正确的。"我负责发电机的爆破。"乔纳森又转向哈维，"这样一来你就成了唯一负责掩护的，压力更大了，你准备好了吗？"

哈维抬起头呵呵笑道："如果我说没准备好，你有替换的人选吗？"

没错，一个愚蠢的问题就该得到这样的回答。

"别为我担心，"哈维说，"我正在逐渐恢复过来。虽然有段时

364

间没开枪了，我打得可能也没那么准，但是扣动扳机给枪管加热我还是能做到的。"

无线电又噼噼啪啪地响了起来。"嗨，你们还在吗？"

"抱歉，维妮丝，"乔纳森说，"我们正在运筹帷幄呢。"

"先运筹一下这个吧：我看到有两个人离开院子向你们一会儿要经过的那条路走来了。他们有手电筒，从他们的姿势看，我得说他们手里还有步枪。"

鲍克瑟哼一声笑了起来。"看来他们不懂得如何隐蔽行动。"他对着无线电评论道。

乔纳森欢迎对方使用手电这类的人造光源。这会让敌人处于双重的不利地位。不仅在交手之前他们就会首先暴露自己，而且打响以后他们光靠手电也就和瞎子没有多大区别，因为他们的发电设施会遭到摧毁。他希望制造出这样的局面，当然也可能出现意外，但是他非常希望会是这个局面。

"你确定他们是朝我们过来了吗？"乔纳森问。

"我只知道他们是向你们的那条路走来了，"维妮丝说，"再等等看就会知道他们是不是专门对付你们去了，我估计不是。"

"我猜也不是。"乔纳森说，"如果知道是我们来了，他们不会只派这么点兵力的。"

"我估计他们是想设置一些障碍物。"鲍克瑟离线对乔纳森说。

乔纳森也这么想。"鸡妈妈，盯着他们。如果他们停留在什么地方，就在 GPS 上给我们标注出那个位置。"

"我会的，但是图像有四分钟的延迟。"

"明白。尽力搞清各种情况，有消息随时通知我们。现在我们先让频道安静一会儿。"

维妮丝的能力和责任心是无与伦比的，然而当她和她的设备在一道参与行动时，某些情况下你很难预料她会发表什么样的见解和评论。所以见好就收，暂时结束通话不啻是一种明智之举。

"我有个问题，"哈维沉默了几分钟后说道，"在中东打仗时我们遇到过这样的问题，就是那些穆斯林知道他们的头顶上有我们的卫星在监视，所以他们会做一些假动作，想让我们上当。我们今天的对手有没有可能也这么做？"

"不会吧。"鲍克瑟的语气有点犹豫。

"你怎么确定呢？"

乔纳森接过了话茬。"因为乔西不知道卫星监控的事，那是我们内部的秘密。既然他不知道，他就无法告诉什么人。"

到了驱赶孩子们进屋睡觉的时候了，可是看守们之间却发生了争执。埃文听不懂他们吵什么，还是查理悄悄告诉了他。"一些看守认为把我和你关在一个小屋里是个错误。他们担心我们会谋划什么事情而别人又听不懂。"

埃文耸了耸肩，拖长了语调说："嗯……也是啊。"

争论持续了很久，使他们成了最后进屋的两个人。查理的脚刚刚迈过门槛，木门就砰地合上了，接着有什么沉重的东西滑过来拦住了木门。上过门栓后，埃文听到了咔嗒的响声，像是又加了一把锁。

一共有十张行军床，在长方形的屋子里摆成了两排，但是埃文只看到有九个人，包括他自己在内。这个地方的闷热和恶臭实在是无以复加，大概刚过了十秒钟吧，埃文就在认真地酝酿呕吐了。然而他的计划破产了，屋子里的一位居民把一双人字拖扔向了查理。一只打在他的额头，另一只飞到了角落，离那个解决大小便的地方不远。其余的孩子高声地叫了起来，然后是一长串愤怒的西班牙语，夹杂着大家的指指点点和嘲弄咒骂。

向查理扔拖鞋的孩子歪着脖子走上前来，肩膀和手臂做出了打架的姿势。距离越来越近，一场打斗看来已不可避免，于是埃文毅然上前去帮助他的新朋友。他就像个橄榄球运动员似的用力撞向来犯者的胸部，一下把那孩子撞倒在地上。埃文的眼睛冒着怒火，看到那孩子摇晃着站起来便再次把他击倒在地。在屋子的另一头，其他孩子开始大声叫嚷着冲了过来。

埃文不在乎。他们每一个都比他小。他已经厌倦了逆来顺受，受人摆布。如果他们想打架，那就打吧，哪怕只是为了打架而打架。他需要打人。他需要打碎什么东西，如果那是鼻子和牙齿，太好了。上帝知道，这可不是他的第一次打架。

他撞倒的那个孩子爬向了同伴，他们帮助他站了起来。乱仗开始了，屋子里立刻鸡飞狗跳，一片狼藉。

在各种叫喊声中，埃文完全没有听见查理对他大喊停下来。所以当查理从后面抱住他，把他拖离战场时，埃文感到惊讶极了。"住手！"查理吼道

"住手？你开玩笑？那小子向你扔了鞋！"

"无所谓的。"查理说。

在他们身后，房门突然开了。三个看守冲了进来，手里都端着枪。

查理向他们冲过去，伸出双臂拦住他们。"不，不，不，不，"他说，随后是长篇的西班牙语。起初看守们似乎不为所动，随着查理的话越来越多，那些人慢慢放松了下来。屋子里的其他人都沉默了，而且纷纷爬进了各自的床。

三十秒后，事情结束了。仅凭肢体语言，埃文就看出查理正在结束这场谈判。看守们好像都还满意，点点头退了出去。房门被重新锁上，一切都过去了。

查理转身瞪了一会儿其他人，走过去几步捡起了扔向他的拖鞋。

"怎么回事？"埃文问道。

"千万别为我的事打架，好吗？"查理指着最远处的铺位——离粪桶最近的——告诉埃文，"那是你的，新来的总是睡在最臭的地方。"

埃文抬起头，有点吃惊。"好吧。"

"我不会谢你的。"查理厉声说道，"别以为你了解这个地方，埃文。我们这里有自己的规则，其中一条就是新来的必须离马桶最近。因为安排我做了你的守护天使，这就意味着我也得闻臭味。"他挪到了马桶旁的第二张床上，和另一个小孩中间隔了一张空床。他先是坐到床边上，又把自己那对脏兮兮的脚抬到靠近过道的一端，躺到了床上。"现在试着睡觉吧。"

埃文也坐到了自己的床边，胳膊肘支在膝盖上，托起下巴面对着查理。"他朝你扔脏东西，伙计，你不能让这种事发生。我也住在这间宿舍里，我告诉你，你必须为你的名誉而战。"

查理摇了摇头，看着他的眼睛，表情很轻松。"你觉得这像是个宿舍吗？这是集中营，是没有暖气的西伯利亚。在这儿，你可以每天都打架，或者每天就将就活着。你以为我真的关心离马桶这么近怎么睡得着吗？在这个该死的地方，哪儿闻起来都一样。睡在这里还是那里，有什么不同吗？它不值得为这种事让你的鼻子挨揍。"他把目光移到天花板上，闭上了眼睛。"现在睡吧。"

在外面一个挺远的地方，有台发电机开动了。很快，明亮的灯光从窗户射了进来，把屋里照得像白天一样，墙上和天花板上都是灯光投射出的影子。屋子里的男孩们就像一个人一样齐刷刷地坐了起来，关切地互相耳语。

"嗯，是不一样呀，"查理说着也坐了起来，"难道真是有人来救你了？"

埃文一脸困惑地摇摇头，"我倒是希望如此。每个人都会希望如此。我很高兴他们来救我。"

查理笑了笑，又躺下身子，用手臂遮住了眼睛。

埃文也躺了下来，却根本睡不着，他开始担心这个夜晚会有多么漫长了。

过了五分钟，当远处传来其他孩子的鼾声时，查理小声问道："没睡吧？"

"当然了。"

"我想让你帮我一个忙。如果真有人乘飞船来救你，那就把我也和你一起带回船上去，好吗？"

这真是能让你咯咯笑个不停的最愚蠢的想象了。

乔纳森的耳机又响了。"他们重新移动了，是背朝你们往回走。"维妮丝说。

维妮丝一直在屏幕上跟踪携枪离开住地的这两人的行动。很幸运，两幅以四分钟为一个周期的照片恰好拍摄到了他们在小路上设置地雷的情景。由于树冠的遮挡，维妮丝无法确定他们安装的是什么型号的地雷。不过根据他们花了这么长时间的事实，乔纳森认定它肯定是某种相当简陋的东西。维妮丝在渔人湾的计算机屏幕上进行放大操作，用特殊的触笔在屏幕上标出了地雷的位置。她做到了以秒为单位显示其经度和纬度，把这个位置上传到了乔纳森一行携带的 GPS 设备上。

合理的程序是，设置第一颗地雷后，他们就不再上前边更远的地方去布雷，而是在往回收缩的途中继续布下其他的地雷。如果是与此相反的程序，就只能说明他们的脑子里进水了。

"猛蝎，你距离地雷的位置只有一百五十米了。"维妮丝说。

乔纳森按下了送话键。"继续盯着那两个混蛋，鸡妈妈。我收到地雷的坐标了，我们会找到它的。如果他们设置第二颗雷，我希望你也能发现它。"

"我越来越后悔跟你们跑到这种鬼地方来了，"哈维抱怨道，"竟然还有地雷，天哪。"

看到鲍克瑟没有接茬，乔纳森感觉挺欣慰。大块头一般说来不喜欢陌生人——或者说他就是不喜欢人——而且他也讨厌执行任务时后面拖着尾巴。听了哈维那番话后没作声，对鲍克瑟而言算是一种了不起的自我控制了。

五分钟后他们接近了第一颗地雷。GPS 显示还有十米的距离时，乔纳森命令大家停止前进，向他聚拢。

夜幕一片漆黑。别人只要是在几米外的地方就很难发现他们。

鲍克瑟和哈维先后悄声报告："到了。"

乔纳森说："他们的地雷就在前方十米远。哈维，去找到它。"

"什么？"他的声音很是恐慌。

乔纳森乐了。"只是玩笑。"

哈维把一只手放在了胸前。"好家伙。"

乔纳森正色道："从这里开始，我们要随时准备投入战斗。装满子弹，打开保险。这意味着一定不能乱碰扳机，明白了吗？"

哈维用有点夸张的动作打开了 MP5 的保险，选择了三连发模式。乔纳森和鲍克瑟从佩枪那一刻就让它们处在了待击状态。乔纳森对哈维的提醒是重要的，不到射击的时候，手指必须离开该死的扳机。军人并非都是倒在敌人的火力之下，如果美国公众知道他们穿军装的儿女中有多少人仅仅是由于粗心大意的家伙在错误的时间碰到了扳机而死去，他们一定会感到十分震惊的。

乔纳森继续说道："我要在白光下去排雷，所以请你们把视线移开。鲍克瑟，你近距离掩护我。哈维，你就待在这里，背对着我。我们中必须有一个继续保持良好的夜视能力。准备好了吗？"

"没问题。"鲍克瑟说。

"Oo-rah。"哈维轻声应了一声。

乔纳森笑了。海军陆战队的 Oo-rah 相当于陆军的 Hoo-ah，都是用来表达坚定气势的呐喊语。这说明海军陆战队的军魂已经在哈维的心头苏醒了。

乔纳森摘下夜视镜，按亮安装在枪口下方的手电筒，向前边一米远的地面照去。他低下身子，小心翼翼地向前移动，手电光从小路的一边扫到另一边，仔细寻找绊绳或是其他触发装置。鲍克瑟的身体在旁边紧挨着乔纳森，与他一起向前迈步，枪口一直对着前方。鲍克瑟的任务是掩护，他完全相信乔纳森会发现他们可能踩到的任何危险物品。在这么多年的这么多场战斗中，这两个人始终都是这样完全地相互依赖，成功地相互配合，甚至似乎都知道对方在想什么。

他们的速度缓慢得几乎难以忍受。年轻的士兵往往对这种情况感觉不耐烦，他们也经常因此而付出生命的代价。乔纳森停下来查看 GPS。屏幕显示出，无论他们找的是什么，都应该在一两尺的范围内。

在哪里呢？究竟是什么东西？乔纳森又走了几小步，停下来再次查看 GPS。"好了，鲍克瑟。"他说，"别动，好吗？"

大块头僵住了。"我有危险了？"他问道，目光依然在搜寻潜在的目标。

"我不知道。这绝对就是维妮丝标注的地方，但是我什么也看不到。我想找到绊线，引发手榴弹或是地雷什么的。可我什么也没看见。"

"也许不是绊发的。会不会是压发地雷？"鲍克瑟问道。

哇，乔纳森想，这帮家伙的武器真的这么齐全吗？他从枪口下取下电筒，弯下腰仔细地查看路面的泥土，寻找人为翻动掩埋的痕迹。"我不记得你带来了探雷器。"他打趣道。

"我把它塞在另外一条裤子里了。"鲍克瑟说。

乔纳森跪下身去，眼睛离地面只有几寸的距离。他感到胳膊和脖梗上的汗毛都竖起来了。"他妈的，这帮混蛋干得不错。"他说道，因为他还是什么都没发现。他进一步靠近地面，把光线移到另一侧，希望不同角度的照明可以给他一个不同的观察视角。

他几乎要放弃努力起身离开了。就在这时，他看见了刷子在泥土上留下的痕迹，非常轻微的痕迹。乔纳森终于注意到它们，只是因为痕迹有点太整齐了，不够自然。有人精心用刷子处理表面的浮土，乔纳森能想到的原因只有一个，那就是，他们埋的确实是地雷（如果埋的是别的，他们用脚就可以把洞口踩实）。

"找到了。"乔纳森说，"你猜得对，鲍克瑟。"

"当搭档的嘛。"鲍克瑟答道，"做好标记，我们走吧。"

"不，我们把它挖出来。"

大块头叹了口气，"我很烦你这种雄起起的样子，等你为了鼓捣它把咱们弄得满头大汗的时候，我会更烦的。"

"如果留着它，我们抽身的时候就有后顾之忧。"乔纳森说，"我猜到时候我们撤得越快才越好，现在我们还有很多时间。"

乔纳森不再进一步征求意见了。他从枪带上摘下 M4 放到地上，用牙咬住电筒，就像叼着一个大雪茄，又从左肩的刀鞘拔出卡巴军刀，轻轻把刀刃插进了地面。正如他预料的那样，刀刃插入得很容易，证明这里的土是回填的。他开始用刀尖小心翼翼地拨开表层的泥土。三分钟后，看见了。

"噢，噢，噢，"他取下了嘴上叼着的电筒，"还是当年苏联的货啊。我们碰上了一枚 pmn-2。"他把卡巴军刀插回刀鞘。

"当然了，"鲍克瑟低声道，"要不担心是这种玩意儿，我们费这劲干什么？"

pmn-2 型苏制反步兵地雷最初大量用在了越南战场。比起它的前身，Pmn-2 体积更小，重量更轻，绝对是一种袖珍型的爆炸武器。它装有一百克 TNT 和 RDX 混合炸药，杀伤力很大，不仅肯定会炸飞踩在上面的那只脚，而且在多数情况下都能造成比这要大得多的伤害。这种地雷让进入伊拉克和阿富汗的美军部队吃过很多苦头。

从积极的一面讲，正是由于它应用很广，有很多士兵都随身携带和布设，所以这种地雷的触发机构不很敏感。这也就说明了，为什么那么多没经过多少训练的人天天摆弄它，却还能活得挺长远。

乔纳森说："退后几步对你没什么坏处。"

"如果你把我炸到了，我就踢青你的屁股，让它永远变不过颜色来。"鲍克瑟说，"快干完你的吧，有趣的游戏在后边呢。"

乔纳森笑着又叼起电筒，用双手的前两个手指轻轻地拨开地雷周围松散的泥土。地雷完全暴露出来了，大约有他的手掌那么大。

乔纳森伸了一下腰，然后蹲起来，双脚横跨在刚挖出的洞口，伸手从胯下按住爆炸装置，然后慢慢地站起身来。如果是在别的日子，如果潜入的隐蔽性不是优先考虑的重点，他也许就把地雷当作飞盘扔进丛林里让它炸掉，但是今天他可没法那么潇洒。乔纳森相当肯定，他还记得如何拆卸 pmn-2，但是细想想又觉得没那么肯定。他把地雷带进路边的丛林里，选个地方轻轻地放下了。

他再次站直身来，拍了拍手上的土，回来拿起了枪。

"我估计会有只猴子把它当炮仗玩，是吧？"鲍克瑟笑道。

乔纳森也笑了。他关掉电筒，重新戴上了夜视镜，又按下了送话键。"地雷处理完毕。我们的朋友还埋了别的吗？"

维妮丝的声音传了过来。"没有。我会继续观察他们，一旦他们在哪里停下来，我立即告诉你们。"

哈维加入了他们。"是什么？"他问道。

乔纳森简单说明了情况，给他指了指地雷原来的位置。

"他们竟然在当地人来回行走的小路上埋下了地雷。"哈维顿了一下，愤怒地说，"这帮人就是地地道道的人渣。"

"要我看，"鲍克瑟说，"当有人奴役童工去生产一种毒害全世界孩子们的产品时，你称他们是人渣，这实在是太抬举他们了。"

39

在到达目的地前的二十分钟，他们就看到了远处照亮了丛林夜空的灯光。到了近前，只见一排排悬挂的白炽灯泡把整个院子照耀得如同白昼，看着很像是 20 世纪 60 年代一号公路边上的二手车交易场。

如果说原来对敌人是否早有防备还有点疑问的话，来这里一看，所有的疑问全都烟消云散了。除了灯光外，有很多士兵在周围巡逻，他们三两个人形成一组，大多数人的步枪虽然还用枪带吊在肩上，但也是一副严阵以待的模样。上边显然是已经给他们发出了预警。

然而也是由于高度的紧张，导致他们忘记了防御的一些基本原则。把大院的中心搞得灯火通明，固然有利于发现院子里的动向，从而增强了他们的安全感，但是如果有入侵者从外面的一片黑暗中悄悄接近这里，他们就变成了辨不清夜色的一群瞎子，无法及时发现黑暗中的可疑迹象。更致命的是，他们用来照明的发电机传出了隆隆的噪声，淹没了入侵者靠近时可能发出的动静。

乔纳森一行从院子的西南角摸进了大院，这是离发电机最近的地方。童工睡觉的宿舍排列在大院东侧的边上，离他们目前的位置相当远。在他们的左边大约十五米远的地方是汽油贮存库，而在右边只隔六米远就是那台体量硕大的拖车式发电机。乔纳森惊讶地发现，发电机围在了一道用木柱和铁丝网架起的栅栏里，它的出入口设在东侧。围栏里堆放着各种工具和设备，它们显然价值不菲，值得拉起铁丝网来予以保护。乔纳森若是想从栅栏的门口进去，就必须绕到东边，把自己明晃晃地暴露在大院里。

"有谁他妈的还给发电机拉上一道铁丝网？"鲍克瑟小声嘟囔。

乔纳森悄悄卸下帆布背包放在了地上，这是为了让自己的目标和动静变得更小。他在裤子的大腿口袋里取出了莱特曼多功能组合工具。有人能发明出这种东西，一定是上帝赐予他的灵感。他折回手柄，露出了尖嘴钳和钢丝剪，又从背包口袋中掏出一卷导爆索，用卡巴军刀切下十公分长的一段，然后把这一段又割成了两半。最后，他又在另一个口袋里摸出两只电子引爆器和一卷黑色的电工胶带。

"用手榴弹多简单。"鲍克瑟笑道。

现在还不是马上就炸掉发电机的时候。如果不是因为这个，他可能就真的用手榴弹了。眼下不能打草惊蛇，出其不意才是最重要的。他确认了其他两人的注意力都已高度集中后，强调道："注意观察。除非万不得已，千万别开枪。"

看到两个人点头后，乔纳森开始行动了。丛林的边缘到最近的铁丝网有五六米的距离。他让自己的身体在战术背心和插在上面的弹夹所允许的最大限度内贴紧地面，像蜥蜴一样匍匐着爬过了空地。到了围栏下面，他把身体转到了和铁丝网平行的方向。这样其他人就不容易看到他了，紧盯着他的两个战友自然另当别论。

他先是把一段铁丝网的根部从地面撬了起来，接着用莱特曼剪刀垂直剪断了十个一英寸大小六角形的铁丝环，又横向剪断了十个，为自己开辟出了一个比狗洞大一点的口子。他把剪开的铁网掰到旁边，翻过身躺在了地上。仰面通过这个口子才能更好地避开锋利的铁刺。他在心里对发电机的轰鸣所提供的掩护道了一声谢。

头部和肩膀是最不容易钻过去的部分。他的背部用力压进潮湿的地面，带着皮手套的手握住锐利的铁刺，同时两个大拇指连起来搭在鼻梁上方护住了眼睛。他弯起双膝，用脚后跟用力蹬地，一点点地向里挪动。一切都还顺利，没费太多的力气，他的上半身已经进入了围栏。剩下的好办了，就是坐起来，把腿拉进去。

天哪，这里太亮了。灯光从各个角度照过来，没有一块像样的阴影能让你躲进去。他移动得很快，压低身子迅速通过了一大堆铁桶、漏斗、油槽、搅拌杆等杂物和一排柴油桶，来到了离栅栏门不远的发电机旁边。它的块头不小，像是摆放在拖车平台上的一张大大的写字台。他眼前浮现出一群工人在山路上汗流浃背地把这东西拖过来的场面，随后又想也许是直升机把它卸到这里的。

从现在开始，关键要看速度和运气。他靠在发电机背后，用鼻子深吸了一口气，又用嘴把气吐了出去。该动手了。

他蹲下来探头进行观察，确认了附近没人，便贴着发电机绕到了它的前面，拉开一块挡板露出了控制单元。这台设备有两个基本部分：发电机本身和驱动它的柴油机。乔纳森为它们各设置了一个爆破点，后者装在燃料管周围，前者放在了输电主线路旁。导爆索的出现让爆破专家的活计变得轻松多了，你要做的就是给它安上雷管，用胶布把它贴在你要摧毁的地方。今晚他用的是无线数码电子雷管，不过他以往使用过各种各样的起爆器，甚至包括老式的导火线——你在牛仔电影里看到的放好炸药包后再用火点燃的那种东西——而现代的导爆索没有一次让乔纳森失望过。

"有人朝你走过去了。"鲍克瑟的声音在耳机里响起。

乔纳森俯身拔出了点 45 手枪。两秒钟后，他悄悄地绕回了发电机的远端，那里是多少能为他提供点庇护的唯一地方。

他用后背倚住嘈杂震颤的发电机，举着手枪，按下了送话键。"他看到我了吗？"乔纳森悄声问道。

回复不是很快。"很难说，"鲍克瑟也是悄声答道，"他似乎不是特别惊慌，不过他确实朝这边走过来了。也许他是要给发电机加油什么的。他有一支 AK-47，但枪口是朝下的。我想我们不要紧。该做的事做完了吗？"

乔纳森竖了一下大拇指，知道鲍克瑟一直在盯着他。

"那就快离开那该死的地方，回这来吧。"

鲍克瑟的这个提议的确是目前最好的选择。在夜晚，当敌人发现你的可能性突然增大时，通常的明智之举就是保持静止不动。人眼对移动的物体比静态的更敏感，所以移动容易被发现。但是在今晚这种明亮的灯光下，动和静之间的差别变得不那么重要了。

乔纳森仍然弯着腰，插回手枪，穿过堆积的杂物，奔向他在铁丝网上剪开的那个小洞。到近前时他向前一个鱼跃，卧倒在地，又迅速翻过身来，重新用后背着地，像只虫子一样向栅栏外面慢慢地蠕动。他的胸部刚刚穿过铁丝网的那道口子，鲍克瑟突然发出了嘘的声音："停、停、停，停下来。他去的就是你那个方向。真该死。"

乔纳森连忙停住了。他转过脑袋先看左边，接着又看右边，试图对面临的危险做出评估。果然，一个穿着制服的士兵从右侧快速地进入了视野，径直向他走了过来。乔纳森心想，这家伙马上就该变成个死人了。他伸手去枪套里拔点 45 手枪，却马上惊恐地意识到铁丝网的开口太小，他的手无法伸到绑在腿上的枪套。

妈的。

原来，这个士兵不是奔他过来的。与乔纳森无关，他来这里是要小便。他就在离乔纳森两米远的地方站下，拉开了裤子的拉链，眼睛盯着自己的影子。他的急迫的肢体语言让乔纳森想起了那些在酒吧灌进了太多啤酒的家伙。两秒钟后，乔纳森听到有股强有力的水流开始冲刷灌木丛的叶子，他几乎能觉察到那人获得解脱的愉悦感。

在士兵转身背对他的工夫，乔纳森快速把下半身也从洞里拖了出来。在他起身单膝跪地时，撒尿的声音终止了，剩下的只有发电机持续的轰鸣。

就像他担心的那样，这个士兵似乎感觉到有什么动静，朝这边转过了脸。

要说那个士兵是个男人，未免有点夸大其词了。然而就像世界上所有的士兵一样，尽管一时间震惊不已，这个少年的眼里还是透出了杀气。他的手伸向了 AK-47 的枪柄。

乔纳森立刻抽出柯尔特手枪，瞄准了少年的前额。他们离得很近，乔纳森都能看见他脖子上跳动的脉搏。少年吓得僵住了，当乔纳森举起左手食指放在唇边示意他安静时，他显得更是恐惧万分。

少年脸上的表情变得复杂了，看得出，在他的心里，士兵的责任感与生存的实用主义正在进行着激烈搏斗。乔纳森判断出他决定做一个傻瓜了。乔纳森摇摇头，示意孩子别做错误的选择。但是，年轻人的执拗是很难改变的。

就在这个士兵张开嘴要发出喊叫的时候，鲍克瑟魁伟的身影出现在了他的身后。大块头抓住他的头发向后一拉，用卡巴军刀快速划过了少年的脖子。半秒钟内，刀刃割断了双侧颈静脉、颈动脉和咽喉。鲜血呈扇面喷射了出来，士兵悄无声息地倒在了血污上。不到一分钟，他就要彻底死去了。

这孩子张大嘴做着无谓的挣扎，乔纳森看了看他，心里默默地道了个歉。如果条件允许，他们是会让他活下来的。然而战争的一个特性就在于，有时候你恰好就会闯入本不该属于你的地方，而你为此所做的付出从来是无法估价的。

眼前这一幕让哈维惊呆了。主要还不是由于它的血腥，而是因为它的惊人的效率。他在海军陆战队里与训练有素的战友们朝夕相处了五年，其中的三年都是在真刀真枪的战场上度过的，所以他对人与人之间的厮杀并不陌生。但是在他以往经历的战场上，杀戮中往往还闪过一丝的犹疑、一种人性本能的惊惧，而刚才的场景却完全不是如此。一个年轻人，为了方便一下，毫无戒心地站在了那里，也许是第几百次站在了那里。可是在瞬间他的生命就被夺走了，大块头杀死了他，就像是碾掉了一只讨厌的昆虫。

士兵的鲜血从红色的喷泉变成了涓涓的细流。鲍克瑟在死者的裤子上擦了擦自己的军刀，把它插回了刀鞘。不知为什么，哈维觉得鲍克瑟这个漫不经心的动作就和刚才杀人一样让他心惊肉跳，也许是因为哈维明白他自己永远做不来这样的事情吧。他现在懂得了为什么大块头不喜欢哈维跟来这里了：战场上的犹豫是一种罪过，是一种可能导致其他人丧生的罪过。

也许鲍克瑟是对的。让哈维参与这次行动可能是个巨大的错误。

他们转移到油库旁停下了。油库前后都有门，给鲍克瑟的出入提供了方便。在乔纳森和哈维的掩护下，鲍克瑟很快就溜进去了。利用等待他的时间，乔纳森拿出十倍的单筒望远镜，观察远处那幢他们相信埃文·吉恩关在了里面的房子。他看到了嵌着铁栏杆的一排窗户和一个单扇门，门上似乎有滑动门闩，还有一把普通的挂锁，这东西对鲍克瑟的长钳来说是小菜一碟。

比挂锁更麻烦的是两个看守。他们在门的两侧一边一个站着，手里端着枪，等待着随时与据称是已经在来路上的敌人交战。

"我希望一会儿的爆炸对这些看守能起到调虎离山的作用。"他低声对哈维说。

哈维发出了一声奇怪的嘟囔。

乔纳森扭过身来看他。"你没事吧？"

哈维看上去老了好几岁。"过会儿就好了。"

乔纳森点点头，脸上丝毫没表现出他的担心。"你做好你的事情就行，"他说，"你的任务是救人而不是杀人，这就很好了。运气好的话，除了跑来跑去，你可能什么都不用做。"

油库的门重新开了，鲍克瑟闪身出来回到他们身旁，咧嘴笑着说："我用了五个炸药罐。"乔纳森知道，每只罐子里装有半磅 C4 炸药和一个导爆索。"油桶上三个，库房本身两个。每个罐子都装了引爆器，可是我又给它们拴了个菊花链，瞧好吧。"菊花链是指用一根很长的导爆索把所有炸药筒都连在一起形成一个长串。导爆索以每秒超过一点五公里的速度从一个起爆点转移到另一个，这样形成的压力波要大大超过每个炸药筒单独爆炸所产生的威力。

"焰火放得越热闹，我们成功的机会就越大。"乔纳森笑道，"都准备好了吗？"他问的是两个人，实际是问哈维。

卫生兵点了点头。

"想想那个被他们强奸的小姑娘，还有那些被他们杀死的人。我们做的没一件事像他们那么坏。"鲍克瑟说。

乔纳森注视着他的朋友。怪不得有人说大块头变得敏感了，他的这些话带着感情，是当真说的。真不错，哈？

乔纳森带领他们回到了丛林边缘的黑暗当中。他们在丛林黑影的掩护下，沿着顺时针方向绕过院子，接近了东北角埃文所在的房子。在院子最北边的房子也就是 D 号楼里传出了嬉闹的声音。乔纳森听出是下哨的男人们在闲聊，都是些不怀恶意的辱骂还有性暗示这类的。

鲍克瑟拍了拍他的肩膀，用拇指点一下这幢营房，又做了个爆破的手势。乔纳森摇头表示反对，还用拇指朝下按了按。用炸药端掉这幢营房的提议很有吸引力，但是从现在到撤离需要做的事很多，过度消耗精力和资源是没有道理的。

这是如今经常出现的感觉：由于事先已用卫星图像和计算机制图软件等现代手段仔细研究过这个地方，乔纳森就觉得他以前来过这里似的，一点不觉得陌生。大院的布局和他预先掌握的完全一样。距离感上有点偏差，这地方比原来想象得更大，不过一旦你适应了实际的尺度，建筑物的相对位置和地形地貌就感觉非常熟悉了。

最后他们来到了埃文住的房子——他们标定的 G 号楼。由于是在房子背后，他们看不清院子，也看不到前边的看守。乔纳森用戴着手套的手按了按小屋的木墙板，又倚过去靠了靠。整体结构相当坚固。

乔纳森示意哈维过来，对着他的耳朵轻声说道："记着，电源一断，马上就戴上你的夜视镜，注意千万别看火。"

他又望向了鲍克瑟。大块头已经打开手机，准备向引爆器发送信号了。乔纳森也从腿上的窄口袋里取出手机，按下三位数代码，又把拇指移向了发送键。

"数到三。"乔纳森说，然后他拿着手机朝鲍克瑟晃动着，仿佛他们是在玩石头剪刀布的游戏。"一、二……"

40

　　过一会儿，查理就停止翻译那些孩子对埃文发出的威胁了。他们说等埃文睡着了就杀了他或在他的床上放条蛇，完全是胡扯，与复活者家园宿舍里的孩子们在没有大人的时候瞎聊的东西也差不多。当然，在文明社会里这都是毫无意义的废话，但在这里，这些话似乎也不能完全当作是耳旁风。

　　查理尽最大努力让埃文相信，这些孩子的话都不是经过脑子而是经过屁股说出来的——如果埃文出点什么事，维克托会狠狠教训他们的——但是在这个闷热的靠人造灯光点亮的夜晚，埃文实实在在地感受到了来自周围的巨大威胁。

　　宁可死在街上，也绝不让他们拉上车。

　　嗯，只有一件事是确定的，那就是不会再有……

　　猛然间，整个世界分崩离析了。

　　连续的爆炸汇聚成了一股强大的冲击波，伴随着震耳欲聋的巨响，无情地撕裂了丛林的夜空。即使是在距离很远的大院这一侧，乔纳森感受的震荡也仿佛是在胸口上挨了重重的一拳。

　　在最初的几毫秒里，彻头彻尾的黑暗笼罩了大院，就像是人们挑选了一个时刻同时都死死地闭上了眼睛。然而不过半秒钟，周围变成了一片橙黄色的闪闪发光的世界。汽油桶像导弹一样飞出了同时遭到炸毁的油库，一股股汽油喷溅在地上，画出了一道道熊熊燃烧的网格，翻滚的火焰急速地向四周蔓延。

几乎就在同时，自动武器开火的声音加入了爆炸的交响。先是近处有人开了一枪，随即有许多人从院子的不同地方加入了进来。缺乏经验或是陷入恐慌的士兵常犯的一个最大错误，就是不分青红皂白地胡乱开火。如果他们面对的是真正的行家里手，这种错误给他们带来的无疑就是灭顶之灾。

乔纳森默数到三，立即开始了行动。他举起 M4 卡宾枪，枪托抵在肩上，弯着腰在房后的角落左转，仅仅五步就跨过了长方形建筑物的较短一侧，再次拐过了转角。房前的情景给他留下的印象实在太强烈了。

只有上帝知道鲍克瑟是如何制造这场地狱之火的。崩坍的油库在大院的上空制造了一场火雨，形成了大小不一数以百计的起火点。第一轮爆炸刚过十秒钟，那幢中心建筑物——乔纳森判断是加工车间——就被引燃了，火苗随即点燃了正在浸泡古柯叶的汽油，火势呈几何级数陡然放大，很快引发了第二轮的爆炸。在乔纳森身边的宿舍里，孩子们正在不停地发出尖叫。

他们的叫声和从院子另一头传来的撕心裂肺的喊声比起来，简直太微不足道了——那是困在火海里的人们发出的绝望的惨叫。

门前两个哨兵的注意力完全被爆炸所吸引。他们端着枪，背朝着他们被派来看守的房门，盲目地扫视着院子寻找目标。乔纳森两个单发点射，每个家伙的脑袋上各中了一枪。

面对面应敌，枪与枪交火，坏蛋毙命，好人胜利。按照好莱坞电影宣扬的这套英雄主义模式，在背后出其不意地袭击敌人是一种不够光明磊落的行为。实际上，那种东西纯粹是浪漫天真的虚构。在真正的战争中，关键是要在坏人对好人构成威胁之前把他们干掉。如果他让哨兵们活下来，一会儿出来的路上他就还要面对他们。

哈维出现在乔纳森的右边，像个真正的军人一样警惕地观察着四周。他端着枪，单腿点地，接管了守在门口进行掩护的任务。"你不是还有活儿要干吗？"他问猛蝎。

当然有。按照计划，鲍克瑟已经用长钳剪断了挂锁，正在把门闩拉出来。乔纳森在门廊的平台与他会合，两人会意地对视了一下，正像他们过去的很多次那样。一旦破门而入，鲍克瑟将占据高位向右侧搜寻目标，而乔纳森则进入低位向左边前进。

他们戴上夜视镜，猛地打开了门。

埃文非常害怕。爆炸把他吓个半死，枪声同样令人恐怖，然而让他彻底崩溃的，是从窗户里涌进的团团热浪。他从床上滚到地面，尽力把自己缩成了一个圆球。在整个宿舍里，所有平日里装出的硬汉形象、阳刚之气全都不见了，他们现在只是一屋子瑟瑟发抖的孩子。

旁边的查理也滚到地上，并且挣扎着爬进了床下。埃文在心里大声尖叫：我要离开这个地狱——他想跑去用手掰断窗户的铁栏，或者是用肩膀去撞开那道房门——但是他的身体却拒绝做出任何反应。他完全被吓呆了。他常常听人说什么吓呆了，但是他刚刚知道它的字面含义竟然是如此准确。

"发生什么了？"埃文向查理喊道。

查理眼睛瞪得又大又红，摇了摇头。

埃文听到了两声枪响，距离很近。接着前门传来了咔嗒咔嗒的响声。真像是他曾经做过的噩梦，怪物用爪子死命地扒你的门想进来，而你无法做任何事情来阻止它。

他又惊恐地看了一眼查理，然后平趴在地面上，恨不得钻进地底下去。

上帝呀，他在心里喊道。然而埃文很快意识到他实在不知该向上帝祈祷什么。

没关系，多姆神父曾经告诉过他，上帝懂得你心里想什么，他不需要听到你说什么。

那么，一句"上帝呀"，应该就行了。

门突然被撞开，怪物进来了。实际是两个怪物，他们还拿着枪。

"躺在地上别动！"其中一个大喊。他的身材像个巨人——从现在的角度看，他的块头比刚进门的时候还要大——"躺在地上别动！"

马上，从房间的远端传来床铺的吱吱嘎嘎声和男孩们掉落到地上的声音。

"埃文·吉恩！"另一个人喊道。

埃文的心顿时拔凉，陷入了全新的恐惧。他们是来杀他的。然而，随着那人的又一句话，一切都改变了。

"埃文·吉恩，我们来带你回家！"

房间左边有个粪桶，是孩子们排泄的地方，所以乔纳森快速扫视了房间的这一半后，把注意力转移到了右边。

鲍克瑟用西班牙语喊道"躺在地上别动"，随后又喊了一遍。面对这样一个大汉，转瞬间，所有孩子都乖乖听话了。他们毕竟还是孩子，还没长胡子呢。

据乔纳森的估计，他们发动袭击已经有两分钟了，这意味着他们的行动已经落后于预定的计划。用不了多久，有人就会猜出他们是在声东击西。与那时将要发生的激战相比，此时蒸腾的火焰就要相形见绌了。

"埃文·吉恩！"乔纳森喊道。用夜视镜很难辨清肤色和头发等细节。"埃文·吉恩，我们来带你回家。"

两秒钟后，乔纳森发现他就在那里，就是房间东侧里面的那张床。他先是看到那里有什么在动，然后是乱蓬蓬的头发和白皙的皮肤。不是说夜视镜对皮肤和头发的颜色分不清楚吗？可是在这间屋子里，这孩子就像黑板前面的一支白粉笔。

"我找到他了。"他告诉鲍克瑟。

"明白。"鲍克瑟答道。大块头向西边靠过去一步，给乔纳森让出了带走埃文的空间，可是他的武器依然冲着房内。

埃文还没缓过神来，乔纳森过来抓住孩子的上臂帮他站了起来。在两张床的过道之间，乔纳森蹲到和男孩一样的高度，摘下了夜视镜。"我们是好人，埃文，从美国来。我们来这儿是要把你带回属于你的地方。"

在跳荡的火光下，乔纳森发现孩子的眼睛瞪大了。"乔纳森先生？"埃文喊道。

乔纳森笑了。"没错，是我。"

"你们怎么来这了？"

"说来话长，"乔纳森答道，"现在我要你保持安静，紧紧跟住我，让我们看看能不能活着从这里出去。"

有个孩子迅速爬起来向他们冲了过去，但是鲍克瑟用一只手挡在他胸前，拦住了他的脚步。"带我一起走吧。"那个孩子说。

他的英语让乔纳森一惊，然而他还是继续向门口走去。

鲍克瑟喊道："回到床上去，孩子，我们来这里只为他一个。"

"不！"男孩喊了起来，"埃文，你答应过我的！"

埃文从乔纳森手里挣脱出来，朝后面的查理招招手。"走。"他说。

乔纳森再次抓住埃文的胳膊，这次抓得更紧了。"不行，只能你走。"

"他是我的朋友。"

"你会有新朋友的，"鲍克瑟吼道，"猛蝎，我们必须走了。"

乔纳森半推半拽地把埃文弄出门口时，鲍克瑟用枪口对准了其他的孩子，自己也开始向后退去。

　　"乔纳森先生，乔纳森先生，听我说，他是查理。他是唯一帮过我的人……"埃文仍然在喊。

　　"我们没办法，"乔纳森说，"真的不行。"

　　埃文突然大声吼道："走，查理！他说你可以走！"

　　鲍克瑟出现在门口，吃惊地张开了嘴巴。"到底怎么回事儿？"

　　乔纳森也呆了，这时候那个男孩已经钻出了门口。好吧，妈的，现在还能干什么？朝孩子开枪吗？

　　放弃自己的主张比在这里争吵不休更节省时间。"好吧。"他说。随后转向鲍克瑟，"就让——"

　　一阵此起彼伏的尖叫声使得乔纳森的目光转向了院子的另一头。那里的大火烧到了最远处的宿舍——J号楼，已经开始吞噬西侧面对院子的那面墙。火舌舔舐着墙板，蔓延到了屋檐和茅草屋顶。乔纳森只看了一眼就知道，大火很快会通过高高的窗户窜进屋子。如果不做点什么，那些孩子们就该烧死了。

　　哈维说："头儿——"

　　乔纳森看了一眼鲍克瑟说："不得不管了。"他放开埃文的胳膊喊道，"跟着我。一步也别离开，明白吗？"

　　他没有等待回答，转身端着枪朝着正在燃烧的大火跑去。这就是那种噩梦般的场景——那种他在游骑兵部队做教官时反复要求学员面对的场景——在人质救援行动中，安全取回"贵重物品"就是使命，其他一切都是次要的。向上帝发誓，一旦你得到了贵重物品，你就不要做任何危及他们安全的事情。没错，他就是这么给人上课的，他还引用过许多的案例做了论证。但是他目前知道一个事实，那就是，训练用的那些案例、那些场景，没有一个是有关一大群孩

388

子将被大火烧死的。

火势增长的速度十分惊人。就在乔纳森用十来秒跑过这段距离的功夫，J号楼的远端已经被火焰吞噬了。从里面传出的阵阵尖叫，是他有生以来听过的最可怕的声音。他听不清孩子们在叫喊什么，他也没有设法去听清，光是那种声音本身就已经告诉了他一切。当他们跑到还剩最后几步的时候，哈维越过他第一个冲到了门口。乔纳森没想到这家伙会跑得这么快。

身后很近的地方突然传来一声枪响。乔纳森连忙一个滑步停下来举起了枪。开枪的是鲍克瑟。他端着枪，眼睛盯着院子的西南角，随着自己的视线及时调转枪口又开了第二枪，一个也正要开枪的士兵倒在了地上。

"快点，迪格，"鲍克瑟喊道，"这下失控了，我们遇到大麻烦了。"

乔纳森很少能听到他的朋友用这种焦虑不安的语气来喊叫。不论他们运用声东击西的战术取得了什么样的优势，现在都已经化为乌有了。事实上，用来声东击西的大火本身目前成了他们最大的问题。出其不意的奇效正在迅速地消失，接下来的整个行动要靠比拼枪法了。

哈维正在用力拽宿舍的门，想把它打开。乔纳森注意到没有一个当地的士兵或管事的跑来帮助孩子们。

"躲开，哈维。"乔纳森喊道。他把手中的M4挂回枪带上，抽出了莫斯伯格霰弹枪。他拉开后膛，退出一颗霰弹，又从子弹袋里摸出了一颗福斯特独头弹。他把子弹塞进枪里，关上弹仓，又把埃文和他的朋友推到了身后。接着，他在五公分左右的距离外用枪口对准门上的链锁，计算一下跳弹的角度后扣动了扳机。

霰弹枪猛烈地震动了一下，锁头不见了。乔纳森把门闩滑到一边，拉开了门。孩子们争先恐后地跑进了院子。他们不停地咳嗽和哭喊，脸蛋全都被烟熏得黝黑，不过乔纳森没看到有谁被火烧伤了。在他旁边，哈维尽可能地对每一个出来的孩子进行检查。看来他们都还好，因为哈维没让任何一个孩子停下来接受护理。

几发子弹打到了门左侧的墙上，随后不停地有子弹向他们射来。孩子们尖叫着四散奔逃，乔纳森本能地寻找埃文。埃文仍然待在他应该在的地方，他的朋友和他挨得很近，似乎彼此都能听到心跳。

尽管乔纳森想尽快离开这里，但是他必须再进屋看看，确保里边没留下任何活着的孩子。他一步两个台阶窜上去，急忙卧倒在了地面上。现在只有贴地的空气还可以呼吸。他向里爬了两米，判定了这已是一间空屋子。不过屋子另一侧的远端，有一堵火墙正像一头生猛的怪物吞噬一切。如果有人困在了那里，那现在肯定也是死了。

他立刻撤到了外面。

从燃烧的宿舍里跑出来的孩子们哪儿也没去，只是围着鲍克瑟和哈维，乔纳森一出来马上也被他们围在了中间。火光中出现了一个十二岁左右，右眼和右耳上带着旧伤的男孩子。他紧紧抓住乔纳森的背包带，用西班牙语说："我们该怎么办？我们去哪儿？请带我们一起走吧。"

其他的孩子也对鲍克瑟和哈维说着同样的话。尽管这些孩子都吓坏了，但是不知怎的，他们明白，相比他们原来的主人而言，这些带枪的陌生人会给他们提供一个更好的未来。

乔纳森什么也没说。他能说什么呢？行动的负荷已经严重超载了。

"我们必须撤退了。"他向队友喊道。

"北边！"鲍克瑟大吼。

乔纳森猛地向右转身，左手掐住埃文的脖梗把他摁在地上，同时用右手举起了 M4 卡宾枪。十多个穿着或是没来得及穿上军装的家伙已经不再下意识地去扑火，而是意识到了他们所面临的真正威胁。消息在他们中间传递得非常快，很多人已经举起了枪向他们瞄准。乔纳森射出了两个三连发，撂倒了其中的两个家伙。

坏蛋们从大院的各个方向开始了射击。这是一场恐慌驱使下的乱射，大部分都没有明确的目标，因此也不是特别的危险。但是老话说的对：只要你打的子弹够多，总有一个会碰上什么。

大部分孩子都四下逃走了。他们身后还有一幢没被火烧到的宿舍——H 号楼——依然锁着，里面的孩子们大声喊叫并不断拍打着墙壁。他们不仅害怕大火，更害怕枪弹，因为那些胡乱发射的子弹正在砰砰地打到房子的木墙板上，根本没人顾忌里面还有许多孩子。

乔纳森和鲍克瑟都卧倒在地上。乔纳森用身体压住了埃文的全身，埃文则像一条搁浅的鱼一样蠕动着，企图摆脱上面的重量。"过来保护贵重物品！"乔纳森对哈维喊道。可是哈维僵在那里了，既不是站着也没有趴下，似乎中间什么地方卡住了。

"哈维！"

乔纳森的吼声让他清醒了。

乔纳森从埃文身上滚了下来。"把埃文带到 H 号楼后面，掩护好他。只要有你不认识的人走近，你就开枪。"

哈维好像这才完全明白过来，也看清了周围的环境。他弯下腰，把手伸到埃文腋下，将他拉了起来。

埃文不需要别人帮忙。刚从乔纳森身下脱身，他就像火箭发射一样奔向了房子的后面，查理也是如此。哈维不得不赶紧追了过去。

"我们不能待在这儿。"鲍克瑟喊道。子弹打在他俩之间的地面上，大块头随手撂倒了那个枪手。

乔纳森知道他说得对。现在没办法悄悄带走埃文了。由三两个士兵组成一队的战斗分队已经散布在了大院里的各个角落。他们在火光中移动的身影和枪口闪出的火苗暴露着他们的位置，但是他们的人这么多，而共同的攻击目标只有乔纳森他们几个，所以一切只是个时间的问题。

"我们不能在这里防守。"乔纳森一边喊着一边向一个奔跑的目标射击，但是没打中。

"呃，你才这么想？"鲍克瑟也喊道。他换下一只弹匣，推上了另一只。

"我们向左移动，"乔纳森说。这次用了无线话机，这样哈维也能听到。"哈维留下来，原地别动。鲍克瑟，咱俩在那幢燃烧的营房后面会合。"他拔下还有六发子弹的弹匣，插上了一只满满三十发子弹的新弹匣。"好，大块头，你向北边左右各七十度角内的一切目标开火，我负责整个南边。火力压制开始！"

两个人的行动表现出了惊人的和谐。他们一边寻找和利用各种掩蔽物向前蹲行，一边用自动步枪不加瞄准地连续扫射。乔纳森在七秒钟内打光了头三十发子弹，用两秒钟换了一个新弹匣，然后在六秒钟内，再次打空了这个弹匣。现在这种射击，目的不是杀人——如果发现了目标，当然也要干掉——而是让子弹落在足够靠近敌人的地方，迫使他们卧倒在地。战争的又一个基本规则是，你不能在撤退的同时还在不停地杀人。在密集的火力中能否保持镇静，是区分专业军人和业余军人的一个最显著的标志。呃，再加上你命中目标的能力。

他们继续向曾经是宿舍而现在成了炼狱的那幢小房的后侧转移。在乔纳森的右手，鲍克瑟已经飞快地打光了九十发子弹，乔纳森甚至都没察觉到他换弹匣时的停顿。

乔纳森首先来到了燃烧的建筑物后身的阴影下面，这里算得是相对安全的地方。几秒钟后大块头也赶到了。

"没有人还击我们。"鲍克瑟说道。他的眼睛睁得很大，充满了期待，神情像是一个孩子在等待圣诞老人的礼物。"看来我们能把他们带出去。"

乔纳森点了点头。火力压制，或者说火力掩护，是一种战术，也是一种测试。通过它，你弄清了这些敌人在枪弹面前是如何地怯懦和畏缩。如果角色刚好颠倒过来，是两个业余者想在十几个专业士兵的枪口下利用夜色逃走，那么他们的下场就是不言而喻的了。

"尽管这样，我们的行动还是要快。"乔纳森说，"我们要把这些家伙从左向右撵过去。"

"这样他们就会退守到没着火的房子里。"鲍克瑟分析道。

乔纳森笑道："肯定如此。"手榴弹是消灭躲在建筑物里的敌人的最好武器。

没必要重温一遍他们的战略战术了。他们之间已经这样配合过多少次。就像呼吸一样，这种配合已经化为了他们的一种本能。

无线电话打破沉寂时，米奇·庞德没等听到其他声音就先听到了密集的枪声。

"他们炸毁了整个工厂。"维克托用西班牙语喊道，"巨大的爆炸！他们肯定能有二十个人！请马上增援！"

没等米奇下命令，一旁的飞行员已经发动了这架奢华的西科尔斯基 S-76 直升机的引擎。他们目前在距离工厂五十公里的公司本部院子里，等待着米奇·庞德知道一定会发生的这场战斗的消息。涡轮机的旋转唤醒了后面的机枪手。

"所有东西都着火了，"维克托喊道，"他们正在杀死我们所有的人，工厂也遭到了摧毁。"

米奇觉得胸口挨上了重重的一拳。"你什么意思,摧毁?"

"你听!"麦克风仍然开着,庞德似乎看到了维克托把无线电话机举到窗外的情景。没错,毫无疑问是枪声。

"好,阻止他们。"庞德命令道,"你手里有部队,我知道,因为是我给他们买的武器。"

"我们试试,"维克托答应道,"但是我无法保证那个白人小孩子的安全了。"

"去他妈的白人小孩子。"庞德骂道。虽然他欠美国国防部长的,但是如果工厂遭到摧毁,那就什么也比不上他将损失的数百万美元更重要了。多数的可卡因制造商一个月能生产几公斤就不错了,而他一周就可以生产几百公斤。他的工厂规模在南美洲是最大的。"最好让那孩子活着,但是如果他不得不死,那就让他死吧。我们已经上路了。"

他向飞行员点头示意。随着旋翼在潮湿的夜空飞转,直升机渐渐远离了地面。他们越过林木向北飞去,立即发现了遭到突袭的证据。地平线上升起了一道橙黄色的穹顶形光环,就像是一盏巨大的泛光灯驱走了丛林上空的黑暗。

"天哪。"米奇·庞德喃喃自语。本来不该是这样的。他同意把孩子留在工厂提供庇护,是因为这是他可以绝对控制的唯一地方。这是米奇的摇钱树,他一直牢牢地把它攥在手心里。

维克托和他的士兵应该粉碎突袭者营救那个孩子的图谋。这架直升机只是最后的一张保险单。只有在突袭者成功解救了人质并融入丛林的黑夜逃走时,这家伙才会派上用场。直升机装备了前视红外技术,每个机组成员又都戴着夜视镜,就是说,即使突袭者撤退到丛林中也会无处遁形。

如果一切都顺利,他们希望那个叫吉恩的男孩活着。但是如果他死了，也没有人会知道。那个父亲会被告知孩子依旧很好，他们会编出个不再出示照片的理由。如果这还不足以使那个人闭嘴，那就不是米奇·庞德的问题了。

那道穹顶形的光环越来越近，越来越亮。庞德咬住牙，决心大开杀戒。

41

敌人很可能以为他们会在这幢房子的远端那侧露头，所以乔纳森和鲍克瑟反其道而行之，就从他们来时的地方原路折回。他们离开小房后直接向左切，穿过营房和工厂之间烈火形成了的廊道，继续用和刚才相同的方式朝着相同的方向倾泻着子弹。

就在他们仿佛马上要突破左翼敌人的阻击时，他们突然右转，开始了认真的杀伤性射击。任何一个带枪的人影都是他们的射杀目标。

两个人一同移动，身体几乎挨在一起，不停地射击、换弹匣，一再地随机挫败任何阻挡他们的企图。火力压制的阶段已经结束，现在的关键是射击的准确性。一次射击两发子弹，两个人分别负责两边的目标，一经出现就干掉他。有个敌方的枪手刚露出正面的身影，乔纳森马上就是两枪，一发击中心脏，一发击中头部。如果对方呈现的是侧影，射击的目标就是他的耳朵。如果他们转身逃跑，子弹就射向两个肩胛骨的中间。

他们端枪指向哪里，哪里就有人死掉。乔纳森没想做统计，但是他知道在前十秒或十五秒里他干掉了五个敌人。对方也在还击，然而他们的子弹只是在盲目地碰运气。直到目前而言，没有一发子弹打在他身旁一米内的范围。而从他的枪口飞出去的子弹，没有一发是偏离目标的。

打击刚刚持续二十秒，敌人就开始逃命了。他们的求生本能战胜了对于胜利的渴望。除了个别的家伙，大多数人都是掉头就跑，这在交火中恰恰是去见上帝的一条捷径。

乔纳森和鲍克瑟丝毫没有放慢速度。有横陈在路上的尸体，他们就跨过去，没有什么能阻挡他们的脚步。如果换一种情况，哪怕敌方有一个受过更好训练或有更好战术意识的家伙，乔纳森他们这种正面突进都是给对手留出了一个从侧后翼反击的机会。这帮坏蛋可以隐蔽在一旁，等待进攻者通过后，从后方或侧面进行反扑。在他们向前挺进的过程里，乔纳森留意察看自己的六点钟方向，但是始终没有发现这种情况。

他们沿着院子的东侧边缘向北冲去。经过残存的油库也就是 A 号楼时，乔纳森看到敌人纷纷缩进了 B 号楼。在结构设计上，这幢房子和孩子们的宿舍差不多，只是门上没有锁，窗户上也没有铁栏杆。

乔纳森和鲍克瑟悄悄摸到 B 号楼离他们最近的那堵墙就停住了。他们躲在了窗户下面，这时如果有人隔着木墙板用步枪向外射击，会很容易击中他们。

枪声停了。乔纳森知道，这种平静不会持续太久。

"咱们把这房子炸了吧。"鲍克瑟小声说。

乔纳森表示同意。这是唯一的——

"哦，妈的！"他向院子里瞥了一眼，不禁倒吸了一口冷气。

埃文觉得周围的场景就像是他看过的最恐怖的电影，区别在于，爆炸是真的，鲜血四溅的尸体是真的，所有的一切都是真的。过去几天里的每一刻对他来说都是不可思议的，但是现在的场面无疑要雄踞排行榜之首。人们正在死去，天哪，到处都在爆炸。

还有，乔纳森先生！上帝呀，他倒是像个硬汉——对孩子们是友善的，实际上也很严厉——但是哪怕用一百万年，你也想象不出他会为了救埃文而去杀死其他人。埃文觉得自己的脑袋像是灌满了胶水，有太多的事情他目前还无法理解。

"埃文，这是怎么回事？"查理的声音依旧很大。他对突然到来的寂静还不习惯。"这些人是谁？"

"外面那个人叫乔纳森，他是——"

"别说话！"与他们在一起的这个人厉声说道。埃文以前没见过这人，不过他好像很紧张。他戴着军人的头盔和手套，手里还有枪，可是他看上去还是很害怕。这就和乔纳森先生不一样了，因为他似乎一点也不害怕。埃文不知道自己是不是喜欢乔纳森先生现在的这个样子。

"你是谁？"埃文问那人。他的声音不大也不小，刚好可以让他听得到。

"你们的一个朋友，我叫哈维。我希望你们两个保持安静。"想了一下，他很快伸出了一只戴着手套的手，"我知道，你是埃文·吉恩。很高兴认识你。"

埃文犹豫地握了握那人的手。"我也很高兴认识你。"

"我叫查理。"另一个男孩一边说着，一边把自己的手塞到了他们的手中。

"他是我的新朋友，"埃文解释道，"他在这两年了。他们杀了他的父母。"

哈维也握了握查理的手，但是脸上的表情有了点变化。他看上去有点悲伤。"喔，我希望我们能为你找到一个温馨的家。"他说。

"我们这是要干什么？"埃文问道。

"我们要把你从这里带出去。"

"但是怎么出去？"

哈维冲他做了个鬼脸，好像是说埃文竟然不知道这个世界上人人都知道的答案。"好好瞧着吧。"他说。

"我们要藏起来吗？"查理问。

"我们已经藏起来了。"哈维答道,"他们的任务是消除对你们的威胁,而我的任务是在这里确保你们的安全。"好像是为了强调自己的说法,他重新调整了一下握枪的姿势,"他们要想抓住你们,首先得过我这一关。"

听到从自己嘴里说出的这种狠话,哈维不禁觉得有点脸红。从中东战场回来后,他就再没感受过现在这般的恐惧。不是记忆中的,而是活生生的现实面前的恐惧。然而,战争是上帝赐予人的一种最为震撼的生命体验。眼前这个血肉横飞的战场,唤醒了哈维内心封闭已久的记忆,让他重新感受到了那种强烈的、甚至在某种程度上让人成瘾的冲动和刺激。在生死悬于一线的时刻,世界在你的眼里会显出一种近乎是超自然的鲜活和生动。色彩变得分外明亮,痛苦变得分外锐利,而喜悦更是分外的令人心醉神迷。

在这一刻,哈维觉得从军回来后的那段生活——那顶帐篷,那种惶惶不可终日的惊惧,那种对于自己一无所用的痛恨和麻木——似乎离他十分遥远,遥远得可以用光年来计算,好像那是属于别人的生活,与他本人没有一丝关联。他投入了一场神圣的战争,他现在有了值得为之战斗,甚至值得为之战死的东西。似乎是在百万年前,负责新兵基础训练的军士长对他说过,只有用生命去保护那些值得保护的生命,一个军人的生命才有真正的意义。

以往的哈维也懂得这句话的含义,然而只有现在,这句话才真正引起了他的共鸣。也许,为了保护那些值得让他来保护的生命,他真的要失去自己的一切。他对这两个孩子负有责任。如果他们死在这里,那是由于他没有负起责任。但是,如果他们活着看到了明天,那也是由于他没有辜负责任。牢记责任才会赢得胜利。

上帝保佑生命受到威胁的好人。

一个男孩在院子里惊慌地跑来跑去，显然是不知道该怎么办才好。他在十米外一个士兵尸体旁停住了脚。乔纳森记得这个士兵是倒在他的枪口下的。

他不知道其他孩子都去哪儿了，但是这个孩子目前的位置非常危险。乔纳森用西班牙语喊道："你！孩子！快趴下！"

男孩没有反应。相反，他靠近尸体弯下腰，仔细去端详死者的那张脸。接下来，孩子竟然用脚后跟用力地去踩踏尸体。一次、两次，然后是第三次。

乔纳森忍不住在心里诅咒了一句，继续大声喊道："住手！别那么干！"孩子不听他的。"妈的，掩护我，鲍克瑟。"

"你他妈这是要——"

乔纳森已经冲了过去。孩子继续踢着尸体。别的士兵不会就这么看着他踢来踢去——

B号楼和D号楼发出了枪声，打破了短暂的沉寂。那个孩子应声扑倒在地。

"王八蛋！"乔纳森大声骂着，举起M4卡宾枪，把子弹倾泻在离鲍克瑟很近的B号楼的窗户和墙壁上。鲍克瑟也从他的位置向D号楼猛烈地扫射起来。

敌人纷纷寻找掩护，不敢还击了。

换完弹匣，乔纳森跪下身去，用左臂抱起孩子毫无生气的身体，往回跑的同时用右手又打空了一梭子子弹。

跑回房子的阴影下面，乔纳森把男孩放到了地上。他的喉咙被打飞了，胸口也被打出了两个洞。在火光下，男孩的瞳孔变得像是没有生机的玻璃球。

"他已经死了，迪格，"鲍克瑟说，"没办法了。"

这孩子没超过十一岁。就那么一眨眼的工夫。他脑瓜里到底在想什么？是什么驱使他公然站在院子里去践踏一具尸体？

"迪格，我们得走了。他已经死了，这帮浑蛋杀了他。"

乔纳森感到心头升起了可怕的杀意，但是他努力抑制着它。这是战争。战争中有战争造成的现实，也有战争追寻的目标。过去的已经过去了。在你需要去保护生者的时候，你不能还在一味地牵挂死者。只是，这孩子实在是太小了。

"打起精神，迪格。"鲍克瑟说。

"好，"乔纳森说，"这帮混蛋谁也别想活着出去，谁也别想。"

鲍克瑟点点头。"我就愿听这话。"

乔纳森给步枪换好弹匣，背在了身上，又从背心里掏出一枚 M67 杀伤性手榴弹。"别让 D 号楼的人抬起脑袋，"他说，"我来杀死 B 号楼这帮浑蛋。"

"我的任务不轻啊，"鲍克瑟咧嘴笑道。他也给步枪换了一个新弹匣。"下令吧。"

乔纳森做了个深呼吸。"出击。"

鲍克瑟站起身，利用房子的拐角作为掩护，瞄准远处的房子，用二发点射击碎了那里的窗户。

在鲍克瑟的掩护下，乔纳森蹲着向左移动到了 B 号楼的房前，左肩紧紧贴在了墙上。在他的身后，鲍克瑟的枪口向着 D 号楼不停地扫射着子弹，而他面前的 B 号楼里这些人似乎还没弄清该如何应对这种局面。

乔纳森用拇指和食指按住手榴弹的保险杆，拉出了保险销。他低下腰沿着墙边飞快前进了几步，发现屋里没人有胆量向外偷看。他松开了保险杆。在这个距离内，他不想给敌人提供时间把它扔回来，所以他等了两秒，然后才把它抛进了敞开的窗户里。

"已投弹。"他对着麦克低声说道，通知鲍克瑟要爆炸了。乔纳

401

森卧倒在地上，两秒钟后，砰的一声！好样的。受伤者的尖叫紧随其后。他又挪到另外的窗户，重复了刚才的程序。"已投弹。"

第二次爆炸结束就该是打扫战场的时候了。"我进去了。"

"明白。"

乔纳森戴上夜视镜，再次拉过背在身上的莫斯伯格霰弹枪，同时三步并作两步跑上门廊踢开了前门，所有动作一气呵成。

鲍克瑟在外面的射击频率降到了原来的三分之一。当你掩护的人消失在一幢房子里的时候，再耗费很多子弹进行火力压制就没有意义了。

一迈进门槛，乔纳森就转向右边清理门后的区域。乔纳森突然和一个士兵面对面遭遇到一起，意外得差点叫出声来。这人就那么迷迷糊糊地站着，身上流血不止。他手里拿着M16，但是他似乎早就忘了这支枪的存在。这种晕头转向的状态往往都是在近距离爆炸发生后形成的。

乔纳森在瞬间闪过了放他一马的念头。但是，一旦这个士兵从眩晕中恢复过来，就依然是个威胁。乔纳森用莫斯伯格一枪轰掉了这家伙，9.32口径的子弹炸碎了他的胸膛。

他接着向左转身，沿着铺位之间的过道查看还有没有活着的。有个铺位下面伸出了一只手臂。乔纳森踢了它一脚，想看看它的主人是不是死了。那只手臂在地板上飞到了一边。

右前方有个男子在痛苦地扭动。在夜视镜里只见他的肚子上已经是黑乎乎湿漉漉的一片。乔纳森相信这样的伤口是致命的，刚打算放任不管，那人却举起了一支血淋淋的手枪。乔纳森一枪击毙了他。

进入了房间十五秒后，乔纳森按下了送话键："B号楼清理完毕，我现在出去。"

"该死的，他们要跑！"鲍克瑟的声音在耳机响起。他又开始射击了。

乔纳森冲出敞开的房门，单腿点地，重新抓起了他的 M4。他看到一群人从 D 号楼里涌了出来。他们跌跌撞撞地跑下门廊的阶梯，有的倒在了鲍克瑟的枪口下，但是多数仓皇地逃了出去，涌进了院子远处的树林。

乔纳森按下了话机的按钮。

"当心，哈维。他们朝你的方向过去了。"

哈维心头一凛。"妈的。"

"怎么了？"埃文敏锐地注意到哈维的情绪变了。

哈维没有意识到他刚才对着话机发出的声音很大。他把一只手按在埃文的肩上。"趴下，"他说，"平趴着。坏人过来了。不管发生什么事，你们就这么趴着不动，直到我们中有人来找你。"

两个男孩看上去很警觉。"谁过来了？"

"你们以前的老板。现在趴下。"哈维戴上了夜视镜，马上就发现了分散在灌木丛里的那些家伙。只一眼他就看到了七八个人，但是那些人没兴趣看他，他们只想着尽快逃出地狱。

他应该开枪还是应该放他们走？这是一个艰难的决定。他的任务是让埃文·吉恩健健康康地活着回家。要是开火，他就会暴露自己的位置，对方的还击会给孩子带来危险。但是如果放过他们，就等于让他们活下来重新投入战斗。

"逃犯在这儿呢！"后面的头顶上传来一个声音，是西班牙语。逃犯在这儿！埃文他们成了逃犯！哈维循声转过身却没看到人，他明白了，这是仍然被锁在后面那幢小屋的一个孩子喊的，不知道这孩子是怎么发现的他们。开始是这个孩子喊，随后其他的声音加入了进来。"逃犯在这儿！"

他们开始齐声喊起来了。果然管用，刚才奔逃的士兵们停了下来，离得最近的一个举枪开了火。

哈维的 MP5 来了个三发点射，那个士兵倒下了，不知道是死是伤还是仅仅吓倒了，不过重要的是他没再还击。

但是其他一群人开始射击了。丛林里到处是枪口喷射的火光，十几支自动武器此起彼伏的射击声汇集在一起，听着像是在撕裂某种纺织品。一阵猛烈的弹雨击碎了他们身后的木墙壁和旁边的树叶。哈维推着孩子们进一步靠近房根趴好，在他们头顶上的屋子里，那个刚才用喊叫招来了火力的男孩正在发出恐怖和痛苦的尖叫。缺乏瞄准的子弹噗噗地打在小屋的木墙上，仿佛它只是一层硬纸壳。

哈维知道他不能待在这里。如果他在原地还击，敌人就会集中向这里倾泻火力，埃文很可能也就由于他的原因而死去。

经历了所有这些——这么多的鲜血和痛苦——最不可饶恕的罪过，就是让埃文受到伤害。

"别动，"他低声对孩子说，"不管发生什么，都别动。"

"你要去哪儿——"

哈维不再流连此地，而是紧贴着潮湿的地面爬过宿舍，又一直爬到了北侧的树影下。枪口喷射的火光标志着敌人的位置。哈维向闪出火光的地方点射了两次，每次三发子弹。他的枪口上装有火焰抑制器，所以其他人难以判断他的位置，除非是那些在他开火时正好在他对面的人。在持续激烈的射击声中，他这几发子弹仅仅是添加了几声难听的噪音而已。

有只手突然落在了他的肩膀。哈维的魂差点没吓出来，急忙转身要直面危险，另一只手按住了他那支摆动的武器。"是我们。"乔

404

纳森说。他和鲍克瑟也加入了战斗。十五秒后，一切都结束了。

他们的听力逐渐恢复，重新听到了丛林的夜晚发出的那种微妙的声响，就像是受伤的孩子在呻吟和呜咽。

此外，还有直升机飞近的声音。乔纳森和鲍克瑟交换了一下目光。

"你没叫机动部队，对吧？"鲍克瑟问道。

乔纳森踢了一脚泥土。"妈的，空中打击，我们今晚就缺这个了。"

"我们需要那架直升机。"哈维说，"这些受伤的孩子，我们需要用飞机把他们带到安全的地方。"他严厉地看了一眼鲍克瑟，"别打算说什么他们用不着我们管，是我们发动了这场袭击。"

"如果你有什么主意，我听着呢。"鲍克瑟说。

哈维叹口气，摇了摇头，解开战术背心的尼龙粘扣，摘下了头盔。"哦，我真的有个主意，"他一边脱背心一边说，"虽然我不喜欢去，但是我的确有个主意。"

要想让这个主意奏效，他就得快着点了。

即使在一公里外，米奇·庞德看到的破坏规模也比他所能想象的最糟糕的情况还要严重十倍。尸体横七竖八地散落在各处，好像是从飞机上掉下来的。所有的东西都烧着了，甚至有的空地也在燃烧，没有燃烧的地方更是被枪弹糟蹋得千疮百孔。即使是遇到空袭也不至于形成比这更彻底的毁灭了。

"我的上帝，"他喃喃自语，"我的上帝，我的上帝，我的上帝……"他无法计算出这会让他付出几百万美元的代价。他对着直升机内部通话系统用西班牙语说："寻找白人士兵。只要你看到了，就杀掉他们。"

在他身后的机舱里，枪手已经准备好了 AK-47。

他们飞得又快又低，机身擦着树梢飞速掠过，这样对方就很难击中他们。然而，没有人向他们开枪。下面完全就没有人在移动。死者仍然躺在那里，不过他们身上的伤口看着更清楚了。

"真是难以置信。"飞行员说。

飞机很快就飞过去了，战争的废墟让位给了黑暗的丛林。"再转一圈，"庞德命令道，"这次慢一点。"

直升机在空中做了个悬停，然后开始掉头飞行。"如果我们飞得太慢，就很容易被击落。"飞行员警告说。

"如果想击落我们，他们早就该开枪了。"庞德说道，"他们没这么做，这说明他们不是死了就是逃了。"他深吸了一口气，"要我看，他们全都死光了。"

"灌木林里有动静，"枪手说，"右手边。"

庞德转过身去。多亏夜视镜，他现在看到他们了。有几个人在移动，他们是孩子。

"那些是工人。"庞德说。至少把他们给我留下了。他这么想。可是他马上又意识到他的士兵和监工都没了。所以，孩子们现在也必须死，他可不允许他们到村民中去传扬他软弱无能遭到痛击的丑闻。

"看那边，"飞行员用手指着说，"还有一个监工活着。"

没错，一个皮肤黝黑的男子，赤脚赤膊，正在踉跄地走到空地上，挥舞着双臂，示意直升机降到地面来。飞行员让直升机悬停在低空，旋翼刮起的气流猛烈地吹打着那个人，使他不得不抱住了自己的脑袋。

"你认识他吗？"飞行员问道。

庞德摇摇头。"我不知道，他似乎也只剩半条命了。"那个男人很明显地向左歪斜着，看上去是腿受伤了。

"也许是个圈套吧，"飞行员说，"你要我怎么做？"

哈维希望自己的跛行不要显得太过分。乔装打扮，诱人上钩，他过去可从来没演过这么一出戏。摇摇晃晃地走上空地的时候，他不禁担心，自己的驼背和蹒跚的步态是不是有点太像卡西莫多了。直升机减速并悬停在空中时，哈维知道自己引起了他们的注意。但是他们还在盘旋，哈维感觉到上面的枪口瞄准了他的胸部和头部，随时准备把他一枪放倒。

他已经脱掉了防弹衣、衬衫还有鞋，这样看起来更像他冒充的那些看守。但是没穿衣服也就意味着无法携带武器。他只能完全依赖自己的演技还有乔纳森和鲍克瑟的枪法了。当然，他也可能会死在这里，这个即使过一百万年他也不会选择来生活的地方。

旋翼的气流在他面前搅起了大团的尘土、灰烬和仍在燃烧的木块，使他什么也看不清楚。

哈维小心翼翼地扮演着自己的角色。他闭上眼睛，抱着头，希望仁慈的上帝和崇高的目标保佑行动的顺利。

直升机的轰鸣声出现了变化，他知道他们已决定着陆了。

就在这时，有人发出了叫喊。

乔纳森隐蔽在房子的拐角，采用蹲姿瞄准了直升机的驾驶舱。鲍克瑟单膝跪地，把枪举在乔纳森的上方，枪口瞄着舱门。这种品牌型号的飞机素有直升机中的凯迪拉克之美誉。如今它的舱门已经滑到一旁，有个枪手守在了那里。计划很简单：只要轮子一着地，乔纳森就打死飞行员，然后再干掉前排的乘客，而鲍克瑟负责解决机舱里所有其他人。整个过程应该不超过几秒钟。

乔纳森发现自己对哈维甘冒巨大风险的英勇精神有一种奇怪的

父亲般的自豪。当这一切了结时……

从后面传来了惊恐的尖叫声："救命！乔纳森先生！救命！乔纳森先生！"

乔纳森急忙回头，却听到有什么东西重重砸在墙上，紧接着是木头劈裂的声音。

埃文担心自己的念头会不会惹人讨厌。依然趴在房根下的积水里，想马上给出答案也难。在这幢依旧紧锁的小房里，孩子们的哭泣、呻吟和哀号声响成一片，连绵不绝。也许对其他孩子来说，这都是很正常的反应吧。可是埃文不想和他们一个样子，他们太娃娃气了。

趴在这么个地方，周围发生的事情什么也看不见，但是激烈的枪战和血腥的搏杀却声声入耳，据此他说服自己相信他并没有遭到遗弃。乔纳森先生说的对，他向他们保证过，如果他们待着不动，一切都会过去的。

查理同样趴在房子外面的淤泥里，已经沉默好久了，只有他的呼吸听着像是电影里的老式蒸汽火车，吭哧吭哧的。

"我们要死了吗？"查理嘀咕道。

"我不这么想。"埃文说。他希望语气更肯定些，尽管他的脑海里也在问着同样的问题。不过他没有工夫恐慌，因为查理已经吓得不行了，两个人中至少有一个要保持清醒的头脑。

"他们是谁？"查理问道。

"说来话长——"

埃文没等说完顿觉头痛欲裂，还发现自己正在被人从房檐下的泥浆里拖出去。"哎呦！"他大声叫着，伸手去摸自己的头顶，竟发现有只大手紧紧地揪着他的头发。由于碰到了那只手，似乎更是加快了自己从房下被拖走的速度。

他用脚后跟蹬住地面，却无法从那人手中挣脱出来。过了几秒钟，他就明白了，全身不禁瘫软了下来。

这是维克托，还是那么高大，但是在昏暗的光线下看着浑身都是血。他的眼睛由于愤怒而在燃烧着，埃文真切地感觉到了。

埃文挣扎着用双手抓住维克托的小臂，并向他的胯下踢了一脚，维克托手一松，打了一个趔趄，但是埃文的这一击并没让他倒下。

"救命！"埃文喊道，"救命！乔纳森先生！乔纳森先生！"

维克托还拎着他的路易斯维尔球棒。他双手握着球棒朝埃文的头部来了一记凶狠的本垒打。埃文一闪身勉强躲开了。球棒击碎了房子的木墙，许多碎木片飞落到了泥浆里。埃文再次尖叫起来。

在闪烁的火光中，他看见维克托笑着又把球棒举过了头顶。埃文发出了连声的尖叫。第一声是因为恐怖，后来是因为剧痛。

乔纳森看了一眼就明白发生了什么，他恨不得踢自己一脚。你永远不应该只观察一个方向，你永远不应该把你的贵重物品单独留下。但是这两个错误他都犯了，而现在一个又高又大、非常愤怒的当地人正想用球棒来毁掉一切。

乔纳森从墙边冲了过去。"看着直升机。"他同时命令鲍克瑟。哈维的计策马上就要奏效了，直升机摇摇晃晃地准备着陆，这时候乔纳森可不敢开枪惊动了飞机上的人。他拔出了自己的军刀。

当那个人在埃文的头顶上像举着斧头一样高高举起球棒时，埃文躺在他左侧的地面上蜷成一团瑟瑟发抖，手臂护着脑袋，像是受惊的小动物一样尖叫。乔纳森向那个人扑了过去，可还是晚了两步。球棒结结实实地落在了埃文蜷起的小腿上，乔纳森听到了骨裂的咔嚓声。

孩子痛苦的尖叫让他的心头猛地一颤。

乔纳森重重地撞向那个袭击者。他的肩膀撞到了那人的侧身，军刀深深地插入了对方的腹部。那人想发出尖叫，然而却是徒劳。乔纳森的刀刃准确地找到了降主动脉，那家伙的血压瞬间就降到了零。乔纳森拔出军刀时，他已经没气了。

就在埃文哭喊着"我的腿！上帝呀，我的腿！"的时候，鲍克瑟向直升机开火了。

米奇·庞德在下令着陆后很快又觉得不对头。他在近处仔细查看那个站在旋翼气流中的男人，觉得他确实并不眼熟。直升机右侧的方向似乎发生了什么事，这人有点分心了，开始变得烦乱起来。米奇向那个方向看了看，却没发现什么。

米奇把目光转回前挡风玻璃时，旋翼气流中的那人神态已经变了，身体的姿势似乎也不驼不痀了。

"这是个圈套！"就在起降轮着地的一瞬间，米奇喊道，"升空！升空！"

飞行员手忙脚乱地去拉控制杆，但是转瞬间他的头就被打爆了，鲜血和脑浆飞溅到挡风玻璃和仪表盘上。在身后的机舱里，枪手狗吠般地叫了一声，米奇接着听到他的枪咣当一声掉在了机舱里，他知道枪手也完蛋了。

米奇意识到自己就是下一个了。他伸手去抓门把手，但是在恐慌中一时什么也摸不到。某种沉重有力却不见踪影的东西撞向了他的胸口，瞬间挤干了他肺里的空气。不管那是什么——他知道那是一颗子弹——它已经使米奇的手臂不受支配了。

鲜血涌出那件白衬衫的时候，米奇惊讶地发现，原来死亡竟然是这么简单的事情。

42

在哈维照料伤员的同时，乔纳森和鲍克瑟在打扫着战场。就是说，他们要仔细搜寻院子里的每个角落，发现有活着的敌人就消灭他们。哈维没再听到枪声，这表明刚才那一轮袭击的质量是无可挑剔的。

十分钟、二十分钟，随着时间一点点过去，逃出去的孩子们开始溜回营地，聚集在了解救者周围。他们想知道他们该怎么办。有些孩子尽管不知道乔纳森他们要去哪里，但还是想和他们一起走。

"我们没法把他们都带走。"鲍克瑟说。

"那你怎么选择谁走谁留？"哈维问道。

"受伤的优先，"乔纳森说，"其他人我们一会儿再定。"如果埃文平安到家，谁都知道，就不会有救援队再来这里了。

"那么剩下的孩子怎么办？"哈维还是问道。

乔纳森耸了耸肩。"他们必须要有耐心。他们可以自己照顾自己一段时间。我希望村民能照顾他们，也许是其他人。我们不是来处理难民营事务的。不管怎么说，今天不行。"

哈维仔细听过后，明白自己该干什么了。"我留下来和他们在一起。"

"哦，不，"鲍克瑟反驳道，"我觉得那太离谱了。那样的话我们还得原路返回来接你。"

"我不指望你们回来，我的意思是，我真的留下来。"哈维望着乔纳森说，"我回去也没什么事可做。我就是个流浪汉，记得吗？

没有工作，没地方住，让很多人讨厌。我在这儿目前还有点用。"

乔纳森目瞪口呆地盯着他，不知道该说什么。

鲍克瑟嚷道："他这是胡扯淡，头儿，你快说话呀。"

乔纳森紧紧地盯住哈维说："我们是在讨论人生的一个重大选择，你再仔细想想。"

哈维笑了。"嘿，没有任何证据能证明我是非法入境。我会有什么问题？"

看到他的幽默没带来什么反应，哈维改变了语气。"说真的，老板。留在这里我会有一个新的开始。回到家里，我就什么也不是，只会让大家都挺尴尬。"他张开双臂，把孩子们聚拢了过来。"我现在有我的羊群了。"他的眼睛又盯着鲍克瑟，"我不是他们说的那种人。"

大块头显得有点不大自在。"你高兴就好。"他说道。然后他对乔纳森说，"我能在五分钟之内让这个小鸟飞起来。如果我们要离开这里，我们现在就该装货了。"他向直升机走去。

乔纳森说："哈维，我们的计划里可从来没有这一条。"

哈维笑了。"我也从来没这么计划过，但有的时候机会来得很蹊跷。"

"你在这儿怎么谋生呢？"

"适应和权变。那不是你的座右铭吗？"他耸耸肩说，"你知道吗，我从战场上回来后，什么事情都很不顺利。我拒绝了一些机会，因为我讨厌做那些事情。而我想做的工作，又不是我说了就能得到的。后来给我下了那样的判决，我对于美国已经没什么可留恋的了。说真的，我们救出来的这些孩子都需要找到家人，都需要接受教育。也许我会跟你学，创建一个哥伦比亚版的复活者家园呢。我会干好的。"

乔纳森为他感到无比的骄傲。"那就帮我们装货，好吗？"

只花了几分钟的工夫，大多数重伤员安置到了白色的皮沙发，其他的人都和埃文一起坐在了地板上。埃文看上去对待伤腿的疼痛还很勇敢。由于载重量的限制，他们画了个底线，所有的死者和没有受伤的孩子都不能上飞机。鲍克瑟说得简单明了：“我们这不是该死的校车。”

不过，经过一番激烈的争辩，对查理还是破例了。毕竟，承诺就是承诺。

货舱已经装满了，还有越来越多的孩子想往飞机上爬。该走了。乔纳森最后一次转向哈维。"只要你说一句，我们还可以给你腾出地方。"

哈维笑了。"我已经说过了。应该有人留下来。我想留下来。"

乔纳森发现自己有点说不出话——很少有的情况。他伸出手去。"谢谢你，"他说，"没有你，我们不可能做到这一切。"

哈维握住了他的手。"哦，我敢打赌，即便没有我，你也一定会找到其他办法的。谢谢你，谢谢你相信我足够疯狂，会跟着你到这儿来。"

两人握手的时间是那么长，甚至他们自己都觉得有点不好意思了。乔纳森想告诉这位海军陆战队的队员，他完全有理由为他自己而自豪。但是，乔纳森知道此刻这种话有多么苍白，最后他只是说："我们要走了。"

"嗯，"哈维说，"替我带个好，管他带给谁呢，好吗？"

"我会的。照顾好自己。"

"我会照顾好自己的，"哈维说，"你照顾好那些孩子。我希望你还记得那些外伤治疗常识。"

"只要飞五十分钟就到了。"乔纳森说道。要是按原计划，撤退需要将近十个小时。

"你们叫救护车了吗？"

"它们会在那儿等我们的。维妮丝说她负责沟通这件事，那就和我们亲自处理一样的。"

哈维再次伸出手去。"那好，快离开这个鬼地方吧。"

爬进货舱之前，乔纳森扔掉了所有的武器和装备，只把柯尔特手枪插在了腰里，把点 38 放进了裤袋。一会儿他不得不在伤员之间来回移动，负担越少越方便。

鲍克瑟从驾驶舱回头看看乔纳森，向上竖起大拇指表示等待指令。乔纳森戴上了拖着很长电线的机舱内部对讲机。"人质安全。"没等最后一个音发出来，他们就升空了。

埃文以前从没有坐过直升机，他知道他应该留下深刻的印象，表达由衷的谢意。但是他发现自己沉浸在一种悲哀的情绪中，也许还包含着羞愧。坐在这些受伤的孩子中间，埃文觉得自己应该对他们的痛苦负责。不管怎么说，他们都是因为他而受伤的。想到那些死去的人，他忍不住直想哭。

而且，埃文仍然不知道为什么发生了这样的事情。他不明白当初自己为什么会被带走，他不明白为什么乔纳森先生和其他人要冒这么大的风险把他救回去。然而，他们做到了。他们是为了他才这么做的。一个人如何才承受得了这一切呢？

"疼得厉害吗？"一个声音压过发动机的噪声传到了他的耳朵。

埃文没注意是查理挪到他旁边来了。当埃文此刻感觉自己老得有三十岁的时候，查理看上去却变得更年轻了。他显得很温顺，也许是可怜兮兮。听到他的问话，埃文下意识地摸了摸自己的腿。"夹板挺管用。"他说。

414

"你知道你的朋友把他杀了，对吧？我是说维克托。"

"今晚他杀了很多人。"

"不过他杀维克托用的是一把刀。我看见了，你朋友杀维克托的时候，我看见他的眼睛了。我觉得你朋友喜欢那么干。"

也许是巧合，埃文受了伤的小腿一阵剧痛，他不禁哼了一声。"我也喜欢那么干。"他咬牙切齿地说，"那个浑蛋说如果我逃跑，他会用球棍打断我的腿。幸好他只打断了一只。"

他们安静了下来。不过埃文感觉查理和他坐在一起是有原因的。他喜欢查理的陪伴，所以他只是等待着。

"以后我会怎么样呢？"过了一会儿，查理问道。

"你是什么意思？"

查理耸了耸肩。"就这意思。等我们到了地方，不管是什么地方，我该去哪儿呢？你朋友会把我和你一起带到美国吗？"

"他叫乔纳森。我猜他会的。"

"然后呢？我在美国没有一个认识的人，我也没有住的地方。"查理希望埃文能明白他的意思，"我需要有个住的地方。"

埃文终于听明白了。"你想和我一起回复活者家园？那是个好地方。"他苦笑了一下，"而且要是你被绑架了，他们也会来救你。"

"他们会带我去吗？"

埃文耸了耸肩，这让他的腿不知怎么又疼了起来。"我没觉得有什么不可以的。如果有人不同意，那就告诉多姆神父，他会摆平的。"

"谁是多姆神父？"

"他是个牧师，很好的牧师。他负责管理学校。你会见到他的。"

"他会喜欢我吗？"

"他喜欢所有人。"

查理想了想，轻轻点了点头。他皱着眉头，过了一会儿就止不

415

住呜咽了起来。

乔纳森已很久没有扮演过战场救生员的角色了，不过事实证明他依旧很熟练。起飞前，哈维在地面实施救护，稳定了孩子们的伤情，这对乔纳森很有帮助。在飞行期间，让伤者的生命体征保持稳定是至关重要的。他很担心那个胸部受伤的孩子。为了让他的肺部更顺畅地呼吸，在飞行中乔纳森不得不为他重新包扎了两次。值得庆幸的是，尽管这孩子依旧不省人事，但是他的生命体征是稳定的，双侧瞳孔保持大小均等，对光照有着良好反应。

就像所有航线上的所有飞机都有飞行计划一样，这架直升机也已经做出了自己的安排。所以不用提醒，乔纳森知道他们已经开始接近圣玛尔塔远郊的一个小型通用航空机场了。麻烦制造者乔西生前已经用乔纳森的钱，安排了一架湾流私人飞机。任务结束后，这架湾流将把他们送回美国。飞机属于尼加拉瓜反政府武装的一个前头目，这个人目前在哥伦比亚混得还相当不错，只要乘上了他的飞机，从哥伦比亚飞出来一点问题也没有。

"嗨，头儿，"鲍克瑟在对讲机里说道，"我觉得你大概想看看这个。"

乔纳森绕过一个受伤的孩子，跨过埃文和他的朋友，把手搭到了飞行员座椅靠背上。鲍克瑟指了指前方的机场跑道，一串救护车停在那里等待他们的到来。"我说什么来着？"乔纳森笑道，"维妮丝说话是很有准的。"

"我不是说那些运肉车，"鲍克瑟气恼地说，"看看那一队士兵吧。"

几十个人团团包围了停机坪上的一架喷气式飞机，乔纳森不得不相信，它的尾翼号码会证明这就是他们准备乘坐的那架湾流。

"噢，该死的。"乔纳森对着麦克风骂道。

"你希望我怎么干？"

乔纳森考虑了一会儿，却想不出什么办法。很明显，他们被人设套了。乔纳森知道由于乔西的背叛，完全可能出现这种情况，但是他对完成任务后从这条路线返回仍然抱有希望。现在，如果他们取消降落，飞往另外的机场，也不过是延缓一点时间，该发生的事情早晚是躲不过去的。毫无疑问的是，他们无法靠直升机一路飞回美国。

"按预定方案着陆。"乔纳森宣布道。

"备选方案是什么？"

"没有。"乔纳森只好承认。

"如果飞到尼加拉瓜，那里的政府也许会收留我们的。"

"看看你的燃油表吧，"乔纳森说，"即使他们收留，我们也没有足够的燃料去那里。"

"嗯，可是我们对付不了下面这么多人。"

"再正确不过了。"

"我可不想烂在丛林的哪个监狱里。"

"走一步算一步，鲍克瑟。"乔纳森说，"先把我们放到地面上，我试试来点外交手腕。"

"我在地板上还有上百发 5.56 口径的外交手腕。"鲍克瑟笑道，还瞥了一眼旁边座位上藏着武器的地方。

"这架飞机上不单是我们两个，还有好多孩子呢，大块头。着陆吧。"

鲍克瑟叹了口气，声音大得足以压住飞机的轰鸣。他厌恶地摇摇头，放好起落架准备着陆。"这飞机太老了，迪格，"他说，"非常、非常老了。"

乔纳森从枪套里拔出点 45 手枪放在了其他武器上面。根据机场上那些士兵的架势看，即使他带枪去见他们，屁股后面挎着武器与他们进行交谈的时间，一定会远远少于没有武器状态下的时间。

　　他转向了乘客，用西班牙语指示他们着陆后待在原地，等待救护车上的人来接他们。然后，他又用英语嘱咐埃文："你不要跟任何人走，除了我和大块头。明白吗？"

　　"你的意思是，宁可死在街上，也决不让他们拉上车，对吗？"埃文问道。

　　这句熟悉的话让乔纳森吃了一惊，他的脸上肯定也表现出来了。

　　"是在一次聚会上你告诉我们的。"埃文说。

　　乔纳森的心头受到了冲击。"我记得。不管怎么着，今天我们都会送你回家。"

　　在他们发出最后一次的着陆信号时，乔纳森站到了机舱门口，双手和双脚分别支在舱门的四个角，整个身体就像是字母 X。轮子接触了地面，鲍克瑟关掉了引擎。虽然旋翼还在转动，机场上的士兵们却已经向前涌了过来。

　　"这里有受伤的孩子，"乔纳森用西班牙语喊道，"我是带他们来治疗的。请不要伤害他们，他们已经受伤了。"

　　一名年轻的中尉警觉地盯着乔纳森。他看到了地板上流淌的鲜血和那些受伤的孩子。"天哪，到底发生了什么事？"

　　"是山里的奴隶主向他们开的枪，就是那些毒品制造商。是他们向这些男孩开枪的，他们甚至还当着孩子的面枪杀他们的父亲。我和我的朋友救了他们，把他们带来这里寻求医疗援助。"

　　军官显得有些迷惑。"我们得到的通知可不是这样的。"

　　"哦，不过这是事实。不管怎么说，能让医生过来吗？这样他们就有救了。"

军官有些犹豫。

"他们只是孩子，中尉，"乔纳森轻声说道，"给他们一个长大成人的机会吧。"

中尉点点头下达了命令。不一会儿，士兵们就和急救车上的医护人员一道，把孩子们运下飞机放在担架上了。

"不是那个金发的孩子和他旁边的男孩，"乔纳森说了两次，"他们和我在一起，我会亲自带他们去看医生的。"成功的概率很低，但是至少要尝试一下。如果允许他带孩子看医生，也许他们就有机会摆脱困境。

鲍克瑟依旧安静地坐在飞行员位置上。鲍克瑟是决不允许自己遭到俘虏的，多年来他们两人都对此心照不宣，而且乔纳森也没看出他的这一立场如今有什么改变。如果真到了那一步，出现的肯定是一个极度暴力的场面。

当最后一个孩子也被抬出直升机时，两个已经没什么事做的士兵突然面露惊讶。他们迅速立正，笔直的手潇洒地举向眼眉，齐刷刷地敬了个军礼。

顺着他们的视线，乔纳森看见一位老人走了过来。他回了个礼，但没让士兵稍息。从这个人的步态，乔纳森看得出他是一位将军，当他径直走到光亮之处时，肩章上的三颗星证实了这一点。

军队礼仪的长年熏陶让乔纳森在老人面前也站直了身体。即使你不尊重这个人，你也要尊重他的地位。乔纳森希望最终二者都会得到他的尊重。

"这么说，你们就是我听说过的那支前来入侵的美国军队了？"将军走近时用无懈可击的英语问道。

乔纳森皱起了眉头。"什么？"

"我认识这架直升机，"将军说，"它是我一个朋友的。"

"如果是那样的话，先生，恕我直言，您需要更好的朋友。这架直升机的主人曾经是个杀人犯，一个绑匪。"

将军眯起了眼睛。"曾经是？"他听出了乔纳森用的是过去时。

"是的，先生。我们杀了他。"

将军看上去很震惊。"你确定吗？"

"很高兴我能确定，"乔纳森说，"他是个强奸犯和杀人犯。他折磨其他的良民。我想我们是在谈论同一个人吧，米奇·庞德？"

将军的目光从乔纳森身上移开，转向机舱里淋漓的血迹。在他经过身旁时，乔纳森从将军的军装名牌上看到他叫鲁伊斯。"这么多血，"他摆手说，"都是这些孩子流的？"

乔纳森点了点头。"是的，先生。庞德的血在驾驶舱。您想看看吗？"

将军露出了奇怪的笑容。"不了，谢谢。你有多确定他已经死了？"

"千真万确。"

"我明白了。"将军伸手从上衣口袋掏出一包万宝路。他摇出一支烟，用嘴叼着，把剩下的放回去，又从另一个口袋里拿出了一只打火机。他点燃香烟，深深地吸了一口，又从舌尖上摘下了一点什么。

"我发现你有一些令人觉得有趣的技能。"将军说，"你以前来过我们国家，是吗？"

乔纳森尽量不动声色。"我只能说如果我来过这里，那可能也是出于一种我无法公开谈论的原因。"

鲁伊斯将军的眉毛挑了一下，他用两个手指指了一下乔纳森，对他的说法表示赞许。"我对毒品交易的事情想得不多，"他说，"像我这样的军人只是听从政府的指挥。在毒品贸易中获取一定的收益，这确实是我们的政府存在的一个缺陷。不过，有了收益才会有权力，而政客们永远不会满足于已经拥有的权力。"

接下来是很长的沉默。乔纳森不知道自己该怎么办，他只是默默地等待着。

　　"另一方面，我们在儿童的司法保护和健康关怀方面也存在一些问题。我想，从某种意义上，你杀了庞德使这个世界变得更好了一点。我认为你为这个国家做出了贡献，即使上面不同意这种看法。"对下一步该怎么办，他考虑了很久，然后点头表示他做出了决定。"如果这是你最后一次来我们国家旅行，我会认为这是我个人的荣幸。"他把烟头扔到停机坪上，用脚碾碎了它。"你们可以走了。"

43

当学校的管理员艾尔文·斯图尔特依次和每个孩子打招呼的时候，乔纳森站在后面，脸上露出他那著名的微笑，怀里抱着装满糖果的纸袋。亚历山大妈妈为斯图尔特推着轮椅，房间里充满了笑声和欢乐，那种意识到亲爱的朋友很快就会痊愈的笑声和欢乐。乔纳森知道，斯图尔特先生完全康复还需要几个月的时间，但是医生说这种完全康复已经是毫无悬念了。

一个身影出现在他的身旁。乔纳森转过身去，发现是盖尔过来了。"愿意送我回家吗？"她问道。

这正是他想做的。他们悄悄离开了医院的会客室，走下了通向前门的那道宽敞的楼梯。在外面，傍晚的天气已经从午后的酷热中冷却了下来，但是依然潮湿得像一块从水里捞出的毛巾。盖尔用力抓紧扶手，尽量不让受伤的那条腿吃重，小心翼翼地缓缓移动。

"需要帮忙吗？"乔纳森问道。他随时准备着扶住万一跌倒的盖尔。

"不用，我不要紧。"盖尔咕哝道，"只是上下楼梯还有点费劲。"来到人行道上，她停下来挺直了身体。"你可真行，迪格·格雷夫。我在政府的执法部门干了这么多年，又是砸门又是抓人的，可是从来没碰破一点皮。我这辈子第一次中枪，竟然是在一家私人调查机构。"

乔纳森笑着耸了耸肩。"从技术上说，你不算是中枪，只是被弹片崩到了。"

"承蒙指教。"她轻声笑道。

422

走到一半路程时，大狗乔看见了他们。它围着他们跑了几圈，希望他们能注意到它嘴上叼的那根棍子。这只快乐的黑色拉布拉多犬几乎已经成了全镇人的朋友，不过它不反对让乔纳森偶尔充当一下自己的主人。乔纳森没有接受大狗乔要他参加叼棒游戏的邀请，但是它的期望值并没因为他们的继续前行而衰减。

"你还好吧？"盖尔问道，用自己的肩膀轻轻碰了碰乔纳森。

乔纳森皱了皱眉。"我？我还好。好人终于战胜了坏蛋。昨晚你看了国防部长莱杰的罪行被曝光的新闻了吗？"FBI的艾琳·瑞夫斯局长从来都很善于吸引别人的眼球，所以当她亲自前去以谋杀和阴谋罪逮捕国防部长时，已经有足够多的媒体到了现场。

盖尔瞥了他一眼。"什么叫我看了吗？我就住在这个地球上，不是吗？我想他现在一定是悔不当初了。你的朋友金刚狼在危机管控方面做得无懈可击，我们在这件事上起的作用被她封锁得严严实实的。"

"我怎么听你的口气有点酸呢？"他们从教堂街向下朝着河边走去，这里有乔纳森最喜欢的景色。在他们身后绚烂的夕阳照射下，水上的码头变得流光溢彩。

"你是说因为没得到应有的表彰？"盖尔摇摇头，"一点也不。事实上，我倒是很感激她。艾琳特别称赞了道格·克雷默警长把杰里米·舒勒藏了起来，从而保住了他的性命，道格自然是对我们一点怨气都没有了。这位女局长可真是个人物呀。"

乔纳森苦笑了一下。"也许有一天道格会想开吧。他并不热衷于接受不属于自己的荣誉。"

"可总比由于无所作为而受到指责好啊。"

乔纳森点点头。"他心里明白。他只是对我让他处于那种境地感到生气而已，他有权利生这个气。"

当他们走到水边时，大狗乔又有了新的想法。它跑到他们前边，把棍子放到他们脚下，然后盯着它希望棍子扔到的那个地方使劲摇着尾巴。摇得太剧烈了，以致它的后腿差点失去平衡。

"你看它那副样子。"盖尔说。

"它是很难被人忽视的。"乔纳森承认道。他弯下腰捡起棍子，在手上拿了一会儿。"这会让它急疯的。"他说。大狗乔由于期待而几乎颤抖着，一会儿退回来，一会儿又跑过去，为自己的冲刺做出准备。他们走到小山的坡路下面向右拐去。乔纳森查看了一眼来往的车辆，出于乔的安全，终于用最大力气把小棍顺着人行道掷了出去。顷刻间，那只大狗只留下了一道黑色的影子。

盖尔一边走一边转头去看乔纳森。

"干吗？"他说，"为什么盯着我？"

"我在等你回答我的问题。"

"我不记得你提了什么问题呀。"

"我问过你还好吗？"

"我回答了。我说我还好。"

盖尔皱起眉头。"那不是答案，只是一种应付。"

"哦，上帝，"他呻吟道，"还有比你更厉害的人也想过要对我做点心理分析，盖尔，拜托，你就别试了。真的，我很好。我真的很好是因为我真的很浅薄，从来不想那么多。"

"你觉得我们会相信你吗？"

乔纳森感到自己都快要生气了。有时候，说自己还好也就是说明了一切。坏事总是会发生的，你经历过它，你克服了它。沉湎于这些往事与企图改变这些往事一样，都是毫无用处的。

"杰里米·舒勒和他的父亲团聚时你在旁边，我当时一直在观察你。"

"盖尔，别这样。"大狗乔又叼着棍子回来了，但是和第一次不大一样，它没有乞求乔纳森再掷一次，只是叼着它一步一步走到了主人的身边。

"那不是你希望看到的场景，对不对？"

乔纳森想对她的说法表示异议，但是盖尔是对的。多姆神父和亚历山大老妈始终是这部戏的导演，乔纳森感受到他们也一样感觉痛苦。由于盖尔搜集的证据无可辩驳，弗兰克·舒勒走出了死囚牢房。他获得释放后直接就去复活者家园与儿子团聚。弗兰克想给儿子一个紧紧的拥抱，可是杰里米却只想着躲到一旁。他紧紧抓住亚历山大老妈，请求留在复活者家园。人人都希望看到一幕喜气洋洋的父子团聚，然而真实的情景却令人唏嘘不已。

乔纳森当时是这样解释的："你在九年的时间里一直相信是你的父亲杀死了你的母亲，而且你等待着政府为此而执行你的父亲的死刑。你很难一下子越过这道心理障碍。回过头想，我想我们早就该预料到这种局面。请多姆继续处理好这件事情吧。"

他清了清嗓子，对盖尔说："说点好消息吧，我听说埃文·吉恩和他父亲的团聚很不错。"

"接受证人保护的日子并不好过。"盖尔指出。

"不会比他经历过的那段更艰难。"

盖尔却没有这么乐观。"当一个保护证人要面临特殊的挑战。头两年执法官会让他的日子好过些，但是接下来，这种改名换姓、东躲西藏的生活是要永远持续下去的。"

乔纳森耸了耸肩。"我倒是担心另一个孩子，埃文的朋友查理。埃文的父亲同意让查理和他们一起生活，可那是个需要特殊关照的孩子，我倒希望他能来复活者家园，由多姆来照顾他是更合适的。"

"所有那些死去的人呢？"盖尔问道，"你对他们怎么想？"这是她从一开始就打算提出的一个重点问题，而乔纳森却感觉盖尔是在发起偷袭。

"别再提它了，盖尔。"

"我知道你心里放不下，迪格，一定是这样的。"

乔纳森白了她一眼。他不想触及这个问题。

"我不想招人烦，迪格。但是我关心你，非常关心。你不能就这么把什么事情都自己咽下去。我明白你的感受，相信我，我真的明白。在这次行动中我也不是没杀过人，但是我用不着为那些死去的孩子而纠结。"

他们来到了盖尔家门口的阶梯前面。"你能自己上台阶开门吗？"乔纳森问道。

她的肩膀向下一沉。"迪格，请不要总拿我当个外人。"

乔纳森把她搂在了怀里。他感觉自己怀抱里的这个女人很坚强却也很柔弱。她的身上散发着香皂和洗发水好闻的味道。她温柔善良又自强自立。他相信自己爱上了她。他想过对她说出来，可他又害怕把事情搞砸了。上帝知道他多么珍惜他们两人共处的时光。

"我从没把你当作外人。我的心在哪里，你就在哪里。"他低声说道，"我不敢对人敞开我心里的这扇门，"他开始亲吻她，在她的耳边轻声说道，"注意别把这扇门推得太用力。"

乔纳森转身向消防站走去。"晚安。"他说。

大狗乔来到了他的身边。河面上的微风吹起了乔纳森前额的头发，也吹来了一股淡淡的咸腥气味。这是家乡的味道，是小镇的味道，是这个总是令人心旷神怡的渔人湾的味道。这座美丽的小城不仅是属于他的，当然了，它属于大家。他很久以前就懂得，有些人的欲壑永远是难以填满的，有些人注定要做那些肮脏的勾当。有了他们，社区的祥和和居民的幸福就无法获得坚实的保障。

于是，乔纳森也就命中注定了要干他现在这一行。让他欣慰的是，他做这个还挺擅长。有时候坏人会挡在你追求正义的路上，所以他们就必须被除掉。他的原则就是这样。

不过，这次的行动与以往还有不同。拯救一个孩子的性命值得付出如此高昂的代价吗？团圆幸福的结局必须建立在如此巨大的艰辛和痛苦之上吗？

"没关系。"他大声说道。大狗乔好奇地看了他一眼。事情做过了就是做过了。这次的救援行动的确干得太漂亮。如果说其中也有失误的话，他会汲取教训，避免以后重犯的。但是眼下还在为过去的事情而纠结却没有什么意义。不管怎么说，到头来人仰马翻、损失惨重的是那些坏蛋，而不是好人。

如同体育比赛一样，结局的胜败才是最重要的。一个黑帮家族集团马上就要土崩瓦解了，一个杀人犯从总统的内阁中被揪出来了，所有这些都是乔纳森和他的团队的功劳。干得真像样。

他走到消防站打开了门，大狗乔像火箭一样窜到了客厅里它认为属于自己的那张皮沙发上。乔纳森来到书房，倒了一杯拉加维林威士忌，坐下来翻那些还没来得及看的报纸。

十分钟后，他听到后门开了，多姆的声音传了进来："是我。"多姆进来的时候总是如此宣告一下，显然是为避免被误会为入侵者而遭到射杀。

"在书房。"乔纳森喊道。神父来到门口时，乔纳森向他举杯示意，用额头指了一下酒瓶。"你自己来吧。"

多姆给自己倒了点酒，然后坐到了墙边软软的沙发上。"盖尔来电话了。"他说。

乔纳森哼了一声。

"怎么了，迪格？"

乔纳森不耐烦地皱了皱眉。

"哦，得了，"多姆嘲讽道，"我是你的老朋友了，我还是个心理学家，而且我有直接与上帝沟通的管道。所以，就像是读一本书一样，我对你读得明明白白。"

乔纳森两眼凝视着他，很想知道有这样一位朋友到底是福还是祸。多姆身上有某种力量，能够扫除乔纳森在心理上的各种障碍。他拥有乔纳森为了禁锢自己的内心而建造的所有的铁栅栏、保险库和防火墙的钥匙。作为一个牧师，多姆洞察人的内心，赦免人的罪恶。作为一名心理学家，他帮助乔纳森排忧减压。但是对于乔纳森而言，他做的最好的角色是朋友。只要有多姆陪伴在一旁，乔纳森心里就踏实了。

"我喜欢这次杀戮，"乔纳森忍不住说真话了。"更糟糕的是，看到敌人在痛苦中挣扎，我心里还挺受用。"

"你们这些向恶魔讨还公道的人们产生这样的感受，难道不是一种正常的现象吗？"

"我不知道别人怎么想。我只知道我一心盼望这些坏蛋全都死掉，结果也确实是做到了。"他顿了顿，深吸了一口气，"可是他们中的好多人连二十岁都不到，比我们救出来的孩子大不了多少。"

"这个岁数的少年雇佣兵到处都是，"多姆说，"那是他们自己做出的选择。"

"可是供他们选择的列表实在是太短了。当奴隶，或是当监工，或是当兵去送死，也就是这么几项。"

他们陷入了沉默。两个人互相太了解了，用不着说一些不着边际的空话来填补这个空当。"如果重新活上一次，你会和现在有什么不同吗？"多姆终于问道。

这就是乔纳森问过自己上千次的那个问题，然而他始终没有找到答案。"大学毕业后当个保险推销员会怎么样？"

多姆礼貌地笑了笑，但没有答话。他让这个问题——还有与它相关的一切——都浮到空中飘走了。

乔纳森喝光了威士忌，抬头看着天花板说："我不是杀手，多姆，我不想当一个杀手。"

多姆更深地陷进了沙发，还跷起了腿。"我们就聊聊这件事吧。"他说。

他们的交谈持续了好久。